Das Buch

England im 18. Jahrhundert: Die schöne Clarissa wuchs in Frankreich auf, wohin ihr Vater, Lord Hessenfield, als Parteigänger Jakobs II fliehen musste. Zurück in England, lebt sie bei ihrer reichen und einflussreichen Familie. Doch die politischen Unruhen sind noch nicht beigelegt, und durch einen Zufall gerät Clarissa in die Hände jakobitischer Verschwörer. Dort begegnet sie ihrer ersten großen Liebe, dem Neffen des Anführers, der ihr zur Flucht verhilft. Kurze Zeit später muss der junge Mann aus politischen Gründen fliehen und das Schicksal führt Clarissa in die Arme von Lord Lance, einem Charmeur und leidenschaftlichen Spieler. Aber Clarissa wird ihre erste Liebe nicht vergessen ...

Die Autorin

Philippa Carr hieß mit richtigem Namen Eleanor Bufford Hibbert und veröffentlichte ihre Romane auch unter den Pseudonymen Victoria Holt und Jean Plaidy.
1989 wurde sie mit dem Golden Treasur Award der Romance Writers of America ausgezeichnet. Die Autorin starb 1993 während einer Kreuzfahrt im Mittelmeer.
Ein Großteil ihrer Werke sind im Wilhelm Heyne Verlag erschienen.

PHILIPPA CARR

DIE DAME UND DER DANDY

Roman

Aus dem Englischen von
von Hilde Linnert

WILHELM HEYNE VERLAG
MÜNCHEN

HEYNE ALLGEMEINE REIHE
Band Nr. 01/13154

Titel der englischen Originalausgabe
THE DROP OF THE DICE

Umwelthinweis:
Das Buch wurde auf
chlor- und säurefreiem Papier gedruckt.

Taschenbuchausgabe 7/2000

Printed in Germany 2000
Umschlagillustration: IFA-Bilderteam/TPL
Umschlaggestaltung: Nele Schütz Design, München
Satz: (3416) IBV Satz- und Datentechnik GmbH, Berlin
Druck und Bindung: Elsnerdruck, Berlin

ISBN 3-453-17193-4

http://www.heyne.de

I

In der Familie geborgen

Es gehört zu den Widersprüchen des menschlichen Wesens, dass Dinge, die wir leidenschaftlich begehren, in dem Augenblick, in dem wir sie bekommen, ihre Anziehungskraft verlieren; eines Tages ist es dann so weit, dass wir nur noch einen Wunsch haben, nämlich sie wieder loszuwerden. So erging es auch mir. Als Kind hatte ich mich – offensichtlich infolge der Wechselfälle meines Lebens – verzweifelt nach Sicherheit gesehnt. Als ich im Jahre 1715 dreizehn Jahre alt war, sehnte ich mich danach, aus dem behaglichen Kokon zu entkommen, den meine Familie um mich gesponnen hatte, und als sich mir die Gelegenheit dazu bot, ergriff ich sie.

Ich muss ungefähr vier Jahre alt gewesen sein, als mich Tante Damaris und Onkel Jeremy nach England brachten. Diese ersten vier Jahre meines Lebens waren äußerst dramatisch verlaufen, obwohl mir das damals nicht bewusst war. Wahrscheinlich hielt ich es für selbstverständlich, dass ein Mädchen von seinem Vater entführt wird, mit seinen Eltern in einem anderen Land in größtem Luxus lebt, dann in die Armut der Pariser Seitenstraßen gestoßen wird, von wo es gerettet und wieder in eine englische Familie verpflanzt wird. Das alles ertrug ich mit dem philosophischen Gleichmut, den Kinder besitzen.

Eines der Ereignisse, die sich mir unauslöschlich eingeprägt haben, ist die Heimkehr nach England. Ich erinnere mich genau daran, wie ich von Bord ging und auf den

Kiesstrand trat, und werde nie den glücklichen Ausdruck in Tante Damaris' Augen vergessen. Ich liebte sie seit dem Tag innig, an dem ich sie kennen gelernt hatte; sie war für mich der rettende Engel, den mir ein gütiger Himmel geschickt hatte. Verwirrt stand ich vor ihr. Ich wusste, dass ich keine Mutter hatte, denn sie war unter mysteriösen Umständen zugleich mit meinem Vater gestorben, und ich war sehr besorgt, denn anscheinend musste jeder Mensch eine Mutter haben – und auch einen Vater. Deshalb hatte ich gefragt: »Tante Damaris, wirst du jetzt meine Mutter sein?«, und sie hatte geantwortet: »Ja, Clarissa.« Ich weiß noch, wie sehr mich diese Worte beruhigten.

Onkel Jeremy hatte Damaris die ganze Zeit über genau beobachtet, und da ich meinen gut aussehenden, unvergleichlichen Vater verloren hatte, war ich bereit, ihn als Ersatz zu akzeptieren. Ich fragte ihn also, ob er mein Vater sein wolle, und er erwiderte, das hinge von Damaris ab.

Erst heute weiß ich, was damals in den beiden vorgegangen ist. Sie waren zwei unglückliche, vom Leben enttäuschte Menschen, die sich vor neuen Enttäuschungen schützen wollten. Damaris war sanft, liebevoll und liebesbedürftig, aber Jeremy war anders. Er war immer auf der Hut und misstraute den Beweggründen der Menschen. Sein Wesen war düster, während Damaris von sonnigem Gemüt war.

Als Kind hatte ich das nicht begriffen. Mir war nur klar gewesen, dass ich Sicherheit suchte und dass diese beiden sie mir bieten konnten. So jung ich auch war, wusste ich dennoch in diesem Augenblick auf dem Strand, dass ich mich an sie klammern musste. Damaris verstand meine Gefühle, denn trotz ihrer scheinbaren Ahnungslosigkeit war sie sehr weise – wesentlich weiser als zum Beispiel Carlotta, meine strahlende, genusssüchtige Mutter ...

Die Tage in England waren für mich eine einzige freudige Offenbarung. Ich entdeckte, dass ich eine Familie besaß, die sich auf mich freute und bereit war, mich in ihrem magischen Kreis aufzunehmen. Ich gehörte zu ihnen, sie liebten mich – und infolge des tragischen Schicksals meiner Mutter war ich ein Trost für sie. In jenen Tagen hatte ich das Gefühl, auf einer Wolke von Liebe zu schweben, und ich genoss diesen Zustand. Gleichzeitig dachte ich immer wieder an den Augenblick, als Damaris den Kellerraum betreten hatte, in dem ich mit Jeannes Mutter und Großmutter wohnte. Ich erinnerte mich an die Feuchtigkeit und an den Geruch der welkenden Blätter, der immer im Raum lag und der daher kam, dass die unverkauften Blumen in Kannen mit Wasser aufbewahrt wurden, damit man sie vielleicht am nächsten Tag an den Mann bringen konnte. Ich hörte noch ihre Stimme, als sie fragte: »Wo ist das Kind?« Ich hatte, mich in ihre Arme gestürzt, und sie hatte mich fest an sich gedrückt und leise gemurmelt: »Danke, lieber Gott, o danke.« Das hatte mich sehr beeindruckt, denn ich fand, dass sie mit Gott sehr gut stehen müsse, wenn sie so mit ihm sprechen konnte.

Sie hielt mich fest, als fürchtete sie, ich würde davonlaufen; das hatte ich aber keineswegs vor. Ich war froh, dass ich den Keller verlassen konnte; denn obwohl Jeanne gut zu mir war, hatte ich Angst vor Maman, die immer die wenigen Sous nahm, die Jeanne für ihre Blumen bekommen hatte, und sie, fieberhaft vor sich hin murmelnd, zählte. Ich hatte immer gewusst, dass sie mich nicht wollte und mich nur Jeannes wegen nicht auf die Straße setzte. Noch schrecklicher als Maman war Grand'mère, die immer muffige schwarze Kleider trug; sie hatte eine große Warze auf dem Kinn, aus der Haare wuchsen, und dieser Anblick faszinierte mich und stieß mich zugleich ab. Mir war sehr bald bewusst geworden, dass die beiden Frauen mich nicht mochten, und Jeanne musste mich immer vor ihnen in Schutz nehmen. Manchmal durfte ich mitgehen, wenn sie Blumen verkaufte, aber ich weiß nicht, ob mir das lieber war, als zu Hause zu bleiben. Es war natürlich schön, dem Keller, Maman und Grand'mère für eine Weile zu entgehen, aber mir war immer so kalt, wenn ich neben Jeanne auf der Straße stand und den Vorübergehenden Veilchensträuße oder andere gerade in Blüte stehende Blumen anbot. Die Blumen waren nass, damit sie frisch blieben, und meine Hände wurden rot und rissig.

Es war eine dramatische Heimkehr gewesen, die sich mir bis ins kleinste Detail eingeprägt hatte. Wir fuhren an dem großen Eversleigh Court genannten Haus vorbei, in dem, wie mir Damaris erklärte, meine Urgroßeltern lebten, und hielten vor dem Dower House, dem Heim von Damaris und meinen Großeltern. Sie waren so aufgeregt, meine Großmutter kam herausgelaufen, stieß einen Freudenschrei aus, als sie Damaris sah, und umarmte sie, als wolle sie sie nie wieder loslassen. Dann wandte sie sich mir zu und hob mich weinend in die Höhe.

Dann kam ein Mann heraus, der Damaris und mich immer wieder küsste. Danach gingen wir in das Haus, und alle sprachen gleichzeitig. Jeremy stand verlegen im Hintergrund, und da die anderen ihn anscheinend vergessen hatten, trat ich zu ihm und ergriff ihn bei der Hand – worauf sie sich wieder um ihn kümmerten. Meine Großmutter sagte, wir seien sicherlich hungrig und sie würde uns etwas zum Essen bringen lassen.

Damaris erklärte zwar, dass sie zu glücklich sei, um an Essen zu denken, aber ich meinte, dass ich gleichzeitig glücklich und hungrig sein konnte, worauf alle lachten.

Bald darauf saßen wir um einen Tisch herum und aßen. Es war ein schöner Raum – ganz anders als Jeannes Keller –, und ich hatte das Gefühl, in Wärme und Glück eingehüllt zu sein. Soweit ich begriff, war dieses Haus von nun an mein Daheim. Ich fragte Damaris danach, und sie sagte: »Bis ...«, und sah dabei sehr glücklich aus.

»Natürlich«, stimmte Großmutter zu. »Es ist wunderbar,

dass du wieder hier bist, mein Liebling, und dass du Clarissa mitgebracht hast. Du wirst eine Weile bei uns bleiben, mein geliebtes Kind.«

»Bis ...«, wiederholte ich unglücklich.

Damaris kniete neben mir nieder: »Onkel Jeremy und ich werden bald heiraten, und dann wirst du in unser Haus übersiedeln und bei uns wohnen.«

Damit gab ich mich zufrieden, denn sie freuten sich offensichtlich alle darüber, mich wiederzuhaben.

Jeremy ritt heim, und ich blieb im Dower House. Man wies mir ein kleines Zimmer neben Damaris an. »Damit wir nahe beisammen sind«, meinte sie, und das war sehr beruhigend, denn gelegentlich träumte ich, dass ich wieder in Jeannes Keller war, dass sich die alte Grand'mère in eine Hexe verwandelte und dass die Haare, die aus ihrer Warze wuchsen, zu einem Wald wurden, in dem ich mich verirrte.

Dann lief ich zu Damaris und erzählte ihr von dem Wald, in dem die Bäume das Gesicht von Grand'mère trugen; ihre Äste waren wie braune Finger, die immerzu Geld zählten.

»Nur ein Traum, mein Liebling«, beruhigte mich dann Damaris. »Träume können dir nichts anhaben.«

Es ist herrlich, dass ich mich in Damaris' Bett flüchten konnte, wenn die schlimmen Träume kamen.

Dann besuchten wir Eversleigh Court, wo weitere Verwandte lebten, die sehr alt waren. Es handelte sich um meine Urgroßmutter Arabella und um meinen Urgroßvater Carleton, einen grimmigen alten Mann mit buschigen Augenbrauen. Aber er mochte mich. Er sah mich streng an, aber ich stellte mich vor ihn hin, verschränkte die Hände hinter dem Rücken und starrte ihn an, um ihm zu zeigen, dass ich keine Angst vor ihm hatte. Schließlich war er nicht annähernd so schrecklich wie Grand'mère, und ich wusste, dass Damaris, Jeremy und die anderen ihm nicht erlauben würden, mich fortzujagen. »Du bist wie deine Mutter«, stellte er fest. »Eine der kämpferischen Eversleighs.«

»Das stimmt«, antwortete ich und versuchte, genauso grimmig auszusehen wie er, worauf alle lachten und meine Urgroßmutter bemerkte: »Clarissa hat Carleton im Sturm erobert.«

Es gab noch einen Zweig der Familie, der in Eyot Abbas lebte und uns aufsuchte. Ich erinnerte mich undeutlich an Benjie, weil er vor Hessenfield mein Vater gewesen war. Es war sehr verwirrend, und ich konnte es überhaupt nicht begreifen. Ich hatte einen Vater gehabt, dann war Hessenfield gekommen und hatte gesagt, er würde mein Vater sein; jetzt war er tot, und Jeremy nahm seine Stelle ein. Ein solches Übermaß an Vätern war bestimmt sehr ungewöhnlich.

Der arme Benjie sah sehr traurig aus, aber als er mich erblickte, leuchteten seine Augen auf. Er hob mich hoch und drückte mich gerührt an sich.

An seine Mutter Harriet konnte ich mich kaum erinnern; sie hatte die blauesten Augen, die ich je gesehen hatte. Außerdem gab es noch Benjies Vater Gregory, einen ruhigen, freundlichen Mann. Das war also noch ein Paar Großeltern. Ich war von Verwandten umgeben und begriff sehr rasch, dass es Streit in der Familie gab und dass es dabei um mich ging. Benjie wollte, dass ich mit ihm kam, weil er irgendwie doch mein Vater war und einen größeren Anspruch auf mich hatte als Damaris. Großmutter Priscilla meinte, dass Damaris das Herz brechen würde, wenn man mich ihr wegnahm, und, dass schließlich sie es gewesen war, die mich geholt hatte.«

Es war für mich sehr angenehm, dass alle mich haben wollten, aber ich war traurig, als Benjie heimfuhr. Beim Abschied sagte er zu mir: »Liebe Clarissa, wenn du willst, wird Eyot Abbas immer dein Zuhause sein. Wirst du dir das merken?« Ich versprach es ihm, und Harriet fügte hinzu: »Du musst oft zu uns kommen, Clarissa, weil du uns damit große Freude machst.«

Auch das versprach ich, und dann fuhren sie fort. Kurz danach heirateten Damaris und Jeremy, und Enderby Hall wurde mein Zuhause. Jeremy hatte allein dort gelebt, und als Damaris: ihn heiratete, war sie entschlossen, eine Menge zu ändern. In den Tagen vor der Hochzeit fuhr ich oft mit ihr hinüber; ich war von dem Haus fasziniert. Es gab dort einen Mann namens Smith, der ein Gesicht wie eine Reliefkarte mit Flüssen und Bergen hatte; es war voller Runzeln, und überall hatte er kleine Warzen; seine Haut war braun wie die Erde. Wenn er mich sah, verzog sich sein Gesicht, und ein Mundwinkel ging in die Höhe. Das faszinierte mich, denn irgendwann hatte ich begriffen, dass das Smiths Art war zu lächeln.

Außerdem gab es Damon, einen mächtigen Neufundländer, der so groß war wie ich. Er hatte ein dichtes, gewelltes, schwarzweißes Fell und einen buschigen Schwanz, der am Ende nach oben gebogen war. Wir sahen einander an und liebten einander.

»Vorsichtig«, warnte Damaris, »er kann sehr angriffslustig sein.«

Aber nicht mir gegenüber – nie mir gegenüber, denn er wusste, dass es Liebe auf den ersten Blick war. Wir hatten im *hôtel* keine Hunde gehabt, und schon gar nicht in Jeannes Keller, und ich war so glücklich, weil ich mit Damon, Damaris, Jeremy und Smith in einem Haus leben würde. Smith sagte. »Er hat sich noch nie so rase an jemanden angeschlossen.« Ich legte Damon einfach die Arme um den Hals und küsste ihn auf die feuchte Schnauze. Die anderen sahen besorgt zu, aber Damon und ich wussten, wie es um uns stand.

Jeremy freute sich darüber – überhaupt freuten sich damals alle über eine Menge Dinge. Der einzige Wermutstropfen in diesem Freudenbecher war die Erinnerung an Carlotta, und wenn ich an sie und den lieben, schönen Hessenfield dachte, wurde ich ebenfalls traurig. Damaris versicherte mir, dass beide jetzt glücklich waren, weil sie im Himmel lebten, sodass ich an meinem neuen Aufenthaltsort ebenfalls glücklich sein durfte, ohne ein schlechtes Gewissen zu haben.

Enderby Hall war zunächst ein finsteres Haus, bis man einige Büsche entfernte und Rasenflächen und Blumenbeete anlegte. Damaris nahm einen Teil der schweren Vorhänge ab und ersetzte sie durch leichtere Stoffe in hellen Farben. Die Halle war großartig; sie hatte eine gewölbte Decke und eine schöne Holztäfelung; an einem Ende befand sich die Zwischenwand, hinter der die Küche lag, und am anderen Ende eine elegante Treppe; die zur Galerie hinaufführte.

»Wenn wir eine Gesellschaft geben, werden dort oben die Musiker spielen«, erklärte mir Damaris.

Ich hörte ihr andächtig zu, nahm jede Einzelheit meines neuen Lebens in mich auf und genoss es rückhaltlos.

Es gab ein Schlafzimmer, das Damaris nur ungern betrat; ich bemerkte es bald und fragte sie direkt danach, wie eben Kinder sind. Sie sah erstaunt aus, wahrscheinlich, weil ihr nicht bewusst gewesen war, dass sie ihren Widerwillen zeigte.

Sie sagte nur: »Ich werde alles ändern, Clarissa. Das Zimmer wird nicht wiederzuerkennen sein.«

»Aber ich mag es«, widersprach ich, »es ist hübsch.« Ich trat ans Bett und fuhr mit der Hand über die Samtbespannung. Sie sah es voller Abscheu an, als erblicke sie etwas, das ich nicht sehen konnte. Ich verstand erst später – viel später –, was der Raum für sie bedeutete.

Jedenfalls veränderte sie ihn, und er hatte dann wirklich ein ganz anderes Aussehen. Statt des roten Samts kam weißgoldener Damast an die Wand, und an die Fenster dazu passende Vorhänge. Sie wechselte sogar den Teppich aus, und sie hatte recht damit. Der Raum sah jetzt viel freundlicher aus, aber sie benützte ihn nicht, obwohl es das schönste Zimmer im Haus war. Die Tür war immer verschlossen, und ich glaube, sie betrat es nicht oft.

Das war also mein neues Heim: Enderby Hall, jeweils zehn Reitminuten vom Dower House und von Eversleigh Court entfernt, sodass ich inmitten meiner Familie lebte.

Zweifellos waren Damaris und Jeremy miteinander glücklich. Was mich betraf, war ich so froh darüber, dem Pariser Keller entronnen zu sein, dass ich in den ersten Monaten einfach alles schön fand. Ich pflegte mich in die Mitte der großen Halle zu stellen, zur Galerie hinaufzusehen und zu sagen: »Ich bin hier.« Und dann versuchte ich, mich an den Keller mit dem Steinfußboden und an die Ratten zu erinnern, die nachts kamen und mich aus bösen, in der Dunkelheit gelblich schimmernden Augen ansahen. Ich wollte niemals vergessen, was hinter mir lag, und niemals, niemals dorthin zurückkehren. Deshalb konnte ich auch Schnittblumen in Vasen nicht ausstehen, weil sie die Erinnerung in mir wachriefen. Damaris liebte sie und brachte sie körbeweise aus dem Garten herein. Es gab ein eigenes Zimmer, das Blumenzimmer, in dem sie die Blumen in die Vasen ordnete. Am Anfang forderte sie mich auf: »Komm, Clarissa, lass uns ein paar Rosen holen«, aber sie bemerkte bald, dass ich dann still und traurig wurde und oft in der darauf folgenden Nacht einen Albtraum hatte. Deshalb hörte sie auf, Blumen abzuschneiden. Damaris war sehr feinfühlend, mehr als Jeremy. Wahrscheinlich musste er zu oft daran denken, wie das Leben ihm mitgespielt hatte, bevor er Damaris kennen lernte, um sich über andere den Kopf zu zerbrechen. Damaris dachte immer zuerst an die anderen und stand auf dem Standpunkt, dass es meist ihre Schuld gewesen war, wenn sie im Leben Pech gehabt hatte, und nicht eine Laune des Schicksals.

Als die Veilchen blühten, nahm sie mich zu den Hecken mit, und wir pflückten sie dort büschelweise. Sie rief mir ins Gedächtnis: »Weißt du noch, dass wir einander dank der Veilchen gefunden haben? Deshalb werden Veilchen immer meine Lieblingsblumen bleiben. Deine auch?«

Natürlich wurden sie daraufhin auch meine Lieblingsblumen, und danach machte es mir auch bald nichts mehr aus, andere Blumen zu pflücken. Um Damaris meine Sinnesänderung zu zeigen, brachte ich ihr eines Tages Rosen aus dem Garten mit; sie begriff sofort und drückte mich an sich, wandte dabei aber das Gesicht ab, damit ich nicht die Tränen in ihren Augen sah.

In der ersten Zeit sprachen alle immerzu über mich – nicht nur in Enderby, sondern auch im Dower House –, und in Eversleigh Court wurden wahre Konferenzen abgehalten. Wie oft hörte ich damals den Satz: »Ja, aber was wäre für das Kind das Beste?«

Sie spannen mich in einen ganz dichten, schützenden Kokon ein. Mein Leben war bisher in überaus seltsamen Bahnen verlaufen, deshalb brauchte ich besondere Fürsorge.

Vielleicht fühlte ich mich deshalb bei Smith so wohl. Ich sah ihm oft zu, wenn er im Garten arbeitete oder das Silber putzte. Bevor Damaris die Führung des Haushaltes übernommen hatte, war er für alle Arbeiten zuständig gewesen, aber jetzt sandte Großmutter Arabella Diener aus Eversleigh Court herüber. Jeremy war mit diesem Arrangement nicht einverstanden, genausowenig wie Smith.

Smith ging mit mir sozusagen »rau« um. »Steh nicht so müßig herum«, pflegte er zu sagen. »Müßiggang ist aller Laster Anfang.« Und dann ließ er mich Messer und Gabeln in Laden einordnen, oder ich musste Zweige und welke Blumen einsammeln und in den Schubkarren legen. Damaris war oft dabei, und wir drei verbrachten glückliche Stunden miteinander. Bei Smith fühlte ich mich wohl; ich war für ihn nicht ein Kind, auf dessen Wohlergehen man ununterbrochen bedacht sein musste – was meinen Verwandten wahrscheinlich gelegentlich Schwierigkeiten bereitete –, sondern eine nicht sehr brauchbare Arbeitskraft. Es war merkwürdig, dass ich mich danach sehnte, nicht ständig im Mittelpunkt zu stehen, aber es war natürlich ein Hinweis darauf, dass ich bereits gegen das Eingesponnensein im Kokon revoltierte.

Die Familie beriet lange darüber, ob ich eine Gouvernante bekommen sollte, bis Damaris sich bereit erklärte, mich selbst zu unterrichten.

»Du darfst dich nicht überanstrengen«, wandte Großmutter Priscilla besorgt ein.

Damaris lächelte. »Es ist ein Vergnügen für mich, Mutter, und ich werde dabei die ganze Zeit sitzen.«

Urgroßmutter Arabella überlegte, ob man für mich eine französisch sprechende Gouvernante aufnehmen sollte. Ich hatte bei meinen Eltern im *hôtel* außer Englisch auch Französisch gelernt, und später im Keller hatten wir nur noch Französisch gesprochen.

»Es wäre schade, wenn sie es vergisst«, meinte Arabella.

»Das wird nie der Fall sein«, erklärte Urgroßvater Carleton. »Wenn man eine Sprache einmal beherrscht, verlernt man sie nie wieder. Das Kind braucht nur ab und zu die Möglichkeit, sie zu sprechen. Aber solange zwischen unseren Ländern Krieg herrscht, wirst du nie eine französische Gouvernante für Clarissa bekommen, meine Liebe.«

Daher wurde beschlossen, dass Damaris mich vorläufig unterrichten sollte, und das Problem einer Erzieherin wurde auf später verschoben.

Durch die vielen Diskussionen über meine Französischkenntnisse musste ich oft an Jeanne denken. Ich hatte sie damals in der schweren Zeit sehr geliebt, weil sie das einzige Bollwerk zwischen mir und den gnadenlosen Straßen von Paris gewesen war. Sie hatte mir Sicherheit gegeben, und ich fragte mich oft, was wohl aus ihr geworden war. Ich wusste, dass Damaris ihr angeboten hatte, sie nach England mitzunehmen, aber wie konnte sie Maman und Grand'mère allein lassen? Ohne sie mussten sie ja verhungern.

Damaris hatte ihr damals erklärt: »Wenn Sie die Möglichkeit haben, zu uns zu kommen, werden Sie uns immer willkommen sein.«

Dieses Angebot von Damaris hatte mich gefreut, und ich wate auch, dass sie Jeanne für ihre Mühe reichlich entschädigt hatte. Jeanne konnte gut haushalten und würde mit dem Geld lange auskommen.

So ging das Jahr vorbei. Ich bekam ein Pony, und Smith lehrte mich reiten. Wenn ich in der Koppel an der Longe ritt, die Smith hielt, und Damon laut bellend hinter mir herlief, fühlte ich mich so glücklich wie nie zuvor. Das war noch schöner, als auf Hessenfields Schultern zu sitzen.

An den langen Sommertagen saß ich zuerst mit Tante Damaris im Schulzimmer und lernte, dann ritt ich aus – jetzt nicht mehr an der Longe –, oder ging mit Damon spazieren oder lag mit Damon im Gras oder fuhr nach Eversleigh Court oder Dower House, wo man mir Limonade und kleine Bäckereien vorsetzte. Im Winter gab es dampfenden Glühwein und frisch gebackene Pasteten. Ich liebte alle Jahreszeiten: Aschermittwoch und den Beginn der Fastenzeit; den endlosen Gottesdienst am düsteren Karfreitag und die Korinthenbrötchen hinterher; Ostern, wenn überall die Narzissen blühten und der köstliche Kranzkuchen auf dem Tisch stand, wenn ich neben Damaris in der Kirche saß und zählte, wie viele rote und blaue Farbflecken sich in den Glasfenstern befanden oder wie viele Leute ich sehen konnte, ohne den Kopf zu wenden, oder wie viele Ahs, Hms und Sosos Pastor Renton in seine Predigt einflocht. Es gab das Erntedankfest, bei dem die Kirche mit Obst und Feldfrüchten geschmückt war, und vor allem Weihnachten mit Krippe, Efeu, Stechpalmen, Mistelzweigen, Weihnachtsliedern, Geschenken und Erwartung. Alles war herrlich, und ich stand immer im Mittelpunkt, denn für sie war »das Kind« das wichtigste.

»Das Kind sollte mit Gleichaltrigen zusammenkommen.« Daraufhin wurden Kinder eingeladen, aber es gab in der Umgebung nur wenige, und ich machte mir nicht viel aus ihnen. Am liebsten war ich mit Damaris, Smith und Damon beisammen. Dennoch befriedigte es mich, »das Kind« und damit der Gegenstand der allgemeinen Aufmerksamkeit zu sein. Als ich älter wurde, begann ich, durch die Diener, die von Eversleigh Court herüberkamen, auch andere Dinge zu lernen. Die Dienstboten gingen nur ungern nach Enderby, da es für sie ein Abenteuer war. Die Bediensteten, die es dennoch wagten, wurden von ihren Kollegen bewundert und hatten nach ihrer Rückkehr viel zu erzählen. Ich interessierte mich immer für Menschen und vor allem für das, was in ihren Köpfen vorging. Ich fand bald heraus, dass die Menschen nur selten wirklich das meinen, was sie sagen, und dass Worte oft dazu dienen, um Gedanken zu verschleiern, statt sie klar auszudrücken. Zu meiner Entschuldigung kann ich allerdings anführen, dass ich eine sehr bewegte Kindheit hinter mir hatte und dass mir meine Verwandten gewisse Dinge verschwiegen hatten. Es war ganz selbstverständlich, dass ich mehr über mich erfahren wollte.

Einmal befand ich mich oben auf der Galerie, als zwei Dienstmädchen unten in der Halle miteinander plauderten. Sie sahen mich nicht, und ich verstand jedes Wort, das sie sprachen.

»Dieser Jeremy war immer ein komischer Kauz.«

Zustimmendes Brummen.

»Hat immer allein mit einem Diener gehaust. Nur er und dieser Smith ... und der Hund, der jeden Besucher verjagte.«

»Das hat sich ja zum Glück geändert, seit Miss Damaris hier ist.«

»Dass sie so allein nach Frankreich gereist ist ...«

»Das war sehr tapfer von ihr.«

»Allerdings. Diese Miss Clarissa ist ein kleiner Fratz.«

Meine Aufregung nahm zu. Ich war also ein kleiner Fratz!

»Es würde mich nicht wundern, wenn sie ihrer Mutter nachgerät. Miss Carlotta hatte es ja faustdick hinter den Ohren. Sie war so schön, dass ihr kein Mann widerstehen konnte. Aber es war eine Schande, dass sie den armen Mr. Benjie verließ. Gewaltsam entführt – dass ich nicht lache!«

»Na ja, das ist alles vorbei, und sie ist jetzt tot. Ein sehr früher Tod, nicht wahr?«

»Hm, das ist der Lohn der Sünde, könnte man sagen.«

»Und die kleine Clarissa gerät ihr nach, du wirst noch an meine Worte denken.«

»Es heißt ja, die Sünden der Väter ... und so weiter.«

»Du wirst schon sehen, hier werden noch die Funken fliegen. Warte nur ab, bis sie ein bisschen älter ist. Putzt du jetzt die Galerie?«

»Ich muss wohl, aber ich bekomme dort immer eine Gänsehaut.«

»Das ist der Teil des Hauses, in dem es spukt. Man kann zwar neue Vorhänge aufhängen und neue Tapeten anbringen, aber was nützt das schon? Neue Vorhänge haben noch nie Gespenster vertrieben.«

»Wenn es einmal in einem Haus spukt, hört das angeblich nie mehr ganz auf.«

»Das stimmt. In diesem Haus hat es immer Schwierigkeiten gegeben, und sie werden wiederkommen, trotz Rasen, Blumenbeeten, neuen Vorhängen und Teppichen. Wenn du willst, gehe ich mit dir in die Galerie; aber hilf mir zuerst hier unten.«

Damit bot sich mir die Möglichkeit, zu verschwinden.

Meine schöne Mutter hatte sich also schamlos betragen und Benjie wegen meines Vaters verlassen. Ich erinnerte mich undeutlich an eine Nacht im Gestrüpp, durch das mich starke Arme trugen, an den Geruch des Meeres und daran, wie aufgeregt ich war, weil ich auf einem Schiff fuhr. Ja, ich war in dieses schändliche Abenteuer verstrickt; ich war ja eigentlich seine Folge.

Erst später erfuhr ich den vollen Umfang der Geschichte; damals reimte ich sie mir aus dem Tratsch und aus meinen Erinnerungen zusammen.

Innerhalb der Familie kam es auch zu Spannungen; Jeremy litt unter so genannten Stimmungen«, die nicht einmal Damaris immer vertreiben konnte. Dann wirkte er sehr traurig; es hing mit seinem kranken Bein zusammen, das in irgendeiner Schlacht verwundet worden war und das ihm immer wieder Schmerzen verursachte. Auch Damaris hatte Tage, an denen sie sich nicht wohl fühlte. Sie versuchte, es vor mir geheimzuhalten, aber ich spürte das Unbehagen hinter ihrer fröhlichen Miene.

Sie sehnte sich nach einem Kind.

Und dann erzählte sie mir, als wir eines Tages beisammensaßen, dass sie nun ein Kind erwarte. Ich hatte schon geahnt, dass sich etwas Außergewöhnliches ereignet hatte, denn Jeremy sah aus, als würde er nie wieder eine seiner Stimmungen haben, und Smith lächelte dauernd vor sich hin.

Ich freute mich auf das Baby und versprach, dass ich mich mit ihm befassen und ihm französische Lieder vorsingen würde, die Jeanne mich gelehrt hatte. Im Haus wurden eifrig Vorbereitungen getroffen; Großmutter Priscilla machte sich Sorgen wegen Damaris, Großvater Leigh benahm sich, als wäre sie aus Porzellan, Urgroßmutter Arabella erteilte ungefragt gute Ratschläge, und Urgroßvater Carleton murmelte immer wieder: »Weiber!«

Irgendwann fiel mir auf, dass ich nach der Geburt des

Babys nicht mehr »das Kind« sein würde, und dass Damaris ihr eigenes Kind natürlich mehr lieben würde als ihre adoptierte Nichte. Der Gedanke bedrückte mich, aber ich schob ihn beiseite und beteiligte mich an dem allgemeinen aufgeregten Treiben.

Den Tag werde ich nie vergessen. Die Wehen setzten um Mitternacht ein; Großmutter Priscilla und die Hebamme wurden geholt, und einige Diener aus Eversleigh Court kamen herüber.

Durch die Unruhe wurde ich wach, kletterte aus dem Bett und lief zu dem Zimmer von Damaris. Dort fing mich die besorgte Priscilla ab. »Geh sofort wieder auf dein Zimmer«, befahl sie mir so streng, wie sie noch nie mit mir gesprochen hatte. Ich gehorchte, schlüpfte aber nach einer Weile wieder hinaus; diesmal sagte mir einer der Diener: »Steh uns nicht im Weg herum, du hast hier nichts verloren.«

Ich kehrte also in mein Zimmer zurück und wartete dort angsterfüllt, denn ich merkte, dass etwas nicht in Ordnung war. Es war so wie damals im Keller, eine Veränderung bereitete sich vor, und ich bangte um meine Sicherheit.

Das Warten schien überhaupt kein Ende zu nehmen, und als es endlich vorbei war, war die Freude aus dem Haus verschwunden, das jetzt womöglich noch düsterer und trauriger wirkte als zuvor. Es war eine Totgeburt gewesen, und Damaris war sehr krank. Niemand kümmerte sich um mich. Die Großeltern sprachen miteinander; diesmal wurde ich nicht erwähnt, sondern es ging immer nur um die arme Damaris und was das für sie bedeutete. Außerdem schwebte sie in Lebensgefahr; Jeremy war in eine seiner Stimmungen versunken und hatte einen bitteren Zug um den Mund. Sicherlich glaubte er, dass Damaris ihrem Kind nachfolgen würde.

Großmutter Priscilla wollte eine Weile in Enderby bleiben, um ihre Tochter zu pflegen. Dann kam Benjie und machte sich erbötig, mich für einige Zeit nach Eyot Abbas mitzunehmen. Zu meinem Kummer versuchte niemand, ihn davon abzubringen.

Ich fuhr also nach Eyot Abbas mit, wo mir die gleiche liebevolle Fürsorge zuteil wurde wie in Enderby.

Benjie liebte mich innig und hätte mich gern als Tochter bei sich behalten. Merkwürdigerweise tauchten aber in Eyot Abbas längst vergessene Erinnerungen wieder auf. Ich wusste plötzlich wieder, dass ich unter der Aufsicht meiner Nurse im Garten gespielt hatte. Und vor allem erinnerte ich mich an den Tag, an dem Hessenfield mich entführt, auf das Schiff und in das *hôtel* gebracht hatte – und an das Ende im kalten, bedrohlichen Keller, in dem Jeanne meine einzige Beschützerin gewesen war.

Beinahe wider Willen fühlte ich mich zu Harriet hingezogen, und da auch ihr Mann Gregory sanft und freundlich war, hätte ich in Eyot Abbas vollkommen glücklich sein können, wenn ich mich nicht nach Damaris gesehnt hätte, zu der ich eine besonders starke Gefühlsbeziehung hatte.

Diese Dinge müssen sich um das Jahr 1710 abgespielt haben, denn ich war damals acht Jahre alt. Wahrscheinlich war ich aber durch alles, was ich mitgemacht hatte, frühreif – jedenfalls war Harriet dieser Auffassung.

Harriet und ich waren einander ähnlich. Wir interessierten uns beide für Menschen und erfuhren dadurch sehr viel über sie.

Sie war eine erstaunliche Frau, deren Schönheit unzerstörbar schien. Sie muss damals schon sehr alt gewesen sein – sie verriet uns nie ihr wahres Alter –, aber die Jahre schienen spurlos an ihr vorübergegangen zu sein. Sie ließ sich einfach nicht von ihnen unterkriegen. Ihre Haare waren immer noch schwarz. »Bevor ich sterbe, werde ich dir mein Geheimnis verraten, Clarissa«, versprach sie mir mit übermütigem Lächeln, als wäre sie noch ein junges Mädchen. Ihre leuchtend blauen Augen bildeten einen faszinierenden Gegensatz zum dunklen, gewellten Haar, und angesichts ihres jugendlichen Feuers vergaß man die Krähenfüße in ihren Augenwinkeln.

Sie nahm sich meiner an und verbrachte viel Zeit mit mir, wobei sie mir oft Fragen über die Vergangenheit stellte.

»Du bist alt genug, um die Wahrheit über dich zu erfahren«, meinte sie. »Ich nehme an, du hast Augen und Ohren aufgesperrt, um möglichst viel aufzuschnappen.«

Das gab ich zu. Man konnte Harriet gegenüber hässliche Sünden eingestehen, weil man davon überzeugt war, dass sie in der gleichen Lage wahrscheinlich die gleichen, wenn nicht ärgere begangen hätte. Obwohl sie alt war und man sie deshalb mit Respekt behandeln musste, war sie anders als meine Familie. Sie war zwar geistig jung geblieben, verfügte aber über die Erfahrungen eines langen Lebens, aus denen ich lernen konnte.

»Ja«, wiederholte sie, »es ist besser, wenn du die ganze Wahrheit erfährst. Ich nehme an, dass deine liebe Großmutter nie ein Sterbenswörtchen darüber verlieren würde. Ich kenne die gute Priscilla und Damaris ist eine brave Tochter, die immer tut, was ihre Mutter will. Nicht einmal deine Urgroßmutter würde darüber sprechen, davon bin ich überzeugt. Ach, du meine Güte, also muss die arme, alte Harriet wieder einmal in die Bresche springen.«

Dann erzählte sie mir, dass meine Mutter im Gasthaus einige Jakobiten kennen gelernt hatte, deren Anführer Lord Hessenfield war. Sie verliebten sich ineinander, und die Folge war ich. Aber sie waren nicht verheiratet, sie hatten keine Zeit dazu gehabt, denn Hessenfield musste nach Frankreich fliehen. Ich kam auf die Welt, und Benjie erklärte sich bereit, Vaterstelle an mir zu vertreten, deshalb heiratete meine Mutter ihn. Hessenfield kehrte nach einiger Zeit heimlich zurück und holte meine Mutter und mich nach Frankreich, sodass der arme Benjie, der sich schon als mein Vater fühlte, einsam zurückblieb.

»Deshalb musst du besonders lieb zu Benjie sein«, meinte Harriet.

»Darauf kannst du dich verlassen«, versicherte ich ihr.

»Der arme Benjie. Er sollte noch einmal heiraten und deine Mutter vergessen, aber er bringt es nicht fertig. Sie war so schön, Clarissa.«

»Ich weiß.«

»Aber sie machte weder sich noch andere glücklich.«

»Sie machte Hessenfield glücklich.«

»Ja, sie waren vom gleichen Schlag. Deine Eltern, Clarissa, waren außergewöhnliche Menschen, und du kannst auf sie stolz sein. Ich frage mich, ob du ihnen nachgeraten bist, denn dann müsstest du aufpassen. Du müsstest auf deine Neigung zur Unüberlegtheit achten und lernen zu denken, bevor du handelst. Ich habe mich immer an diesen Grundsatz gehalten und bin gut dabei gefahren. Ich habe ein schönes Haus, einen guten Mann und den liebevollsten Sohn der Welt, und ich kann meinen Lebensabend in Frieden und Glück verbringen. Aber das alles fiel mir nicht in den Schoß, Clarissa, ich bemühte mich darum, mein ganzes Leben lang. Du hast die besten Voraussetzungen, ein glückliches Leben zu führen, mein Kind. Du hast zwar deine Eltern verloren, aber du hast eine Familie, die dich liebt. Jetzt weißt du die Wahrheit über dich und musst die Lehren daraus ziehen. Sei kühn, aber nicht unüberlegt, gehe einem Abenteuer nicht aus dem Weg, aber handle nie voreilig. Glaub mir, ich habe ein langes Leben hinter mir und weiß, wovon ich spreche.«

Ich saß oft mit ihr beisammen und hörte ihr fasziniert zu. Sie erzählte mir viel über die Vergangenheit, über ihr Leben als Schauspielerin und über ihr Zusammentreffen mit meiner Urgroßmutter Arabella kurz vor der Restauration Karls II. Sie sprach lebhaft, spielte mir die einzelnen Szenen förmlich vor, und ich erfuhr von ihr mehr über meine Familie als je zuvor.

Sie hatte recht; seit ich über meine Eltern Bescheid wusste, schwand langsam mein Bedürfnis nach Sicherheit. Wenn ich hörte, was die Mitglieder meiner Familie alles erlebt hatten, fühlte ich mich selbstbewusst und sicher.

Wahrscheinlich erwachte damals der Wunsch nach Unabhängigkeit in mir – aber ich war erst acht Jahre alt.

Eines Tages rief mich Harriet zu sich. Sie hielt einen Brief in der Hand.

»Eine Botschaft von deiner Großmutter; sie möchte, dass du nach Enderby zurückkommst. Damaris geht es besser, und sie sehnt sich nach dir. Damit ist dein Besuch bei uns zu Ende, denn wir müssen dem Wunsch deiner Familie nachkommen. Ich war sehr glücklich darüber, dass du bei uns warst, und Benjie war selig. Er wird traurig sein, wenn du uns verlässt, aber ich darf nicht vergessen, dass Damaris dich aus Frankreich geholt hat und daher den ersten Anspruch auf dich hat. Ich weiß, dass du ungern weggehst, aber dass du dich auch darauf freust, deine liebe Damaris wiederzusehen.«

Natürlich wollte ich Damaris wiedersehen, aber ich verließ Harriet, Gregory und Benjie ungern. Ich liebte Eyot Abbas, und mir fiel zu meinem Kummer ein, dass ich nun nicht mehr auf die kleine Insel übersetzen würde, die ich von meinem Schlafzimmerfenster aus sehen konnte. Ich war richtig hin und her gerissen.

Harriet sagte: »Gregory, Benjie und ich werden dich in der Kutsche heimbringen. Dadurch können wir noch eine Weile beisammen sein.«

Die Vorstellung, in Gregorys Kutsche zu fahren, begeisterte mich. Es war ein großartiges Fahrzeug, hatte aber keinen Platz für unser Gepäck. Das wurde in den Satteltaschen mitgeführt. Zwei Reitknechte begleiteten uns – einer saß auf dem Kutschbock, der andere ritt hinterher, und von Zeit zu Zeit tauschten sie die Plätze.

Es war eine gemächliche, genussvolle Reise; wir hielten

immer wieder bei Wirtshäusern. In mir erwachte undeutlich die Erinnerung daran, dass ich schon einmal in dieser Kutsche gereist war. Ich war damals noch sehr klein und hatte bei dieser Gelegenheit Hessenfield zum ersten Mal gesehen. Er hatte einen Räuber gespielt und die Kutsche aufgehalten. Während wir dahinrumpelten, sah ich zum Fenster hinaus, und die einzelnen Bilder tauchten wieder vor meinem geistigen Auge auf. Der maskierte Hessenfield, der die Kutsche anhielt, uns befahl auszusteigen und meine Mutter und dann mich küsste. Ich hatte keine Angst gehabt, denn ich fühlte, dass auch meine Mutter sich nicht fürchtete. Ich gab dem Räuber den Schwanz meiner Zuckermaus. Dann ritt er fort, und ich sah ihn erst wieder, als er mich von Eyot Abbas auf das Schiff brachte.

Ich wurde langsam schläfrig. Harriet und Gregory dösten vor sich hin; Benjie saß neben ihnen, und wenn sein Blick dem meinen begegnete, lächelte er mir zu. Er sah sehr traurig aus, und ich dachte: Wenn du Hessenfield wärst, würdest du mich nicht fortlassen.

Ich verglich jeden Menschen mit Hessenfield, denn er war größer gewesen als alle Leute, die ich kannte. Er hatte sie in jeder Beziehung überragt. Ich war davon überzeugt, dass er, wenn er am Leben geblieben wäre, König Jakob auf den Thron gesetzt hätte.

Wir kamen nur langsam voran, weil die Straßen so schlecht waren. Es hatte geregnet, und wir fuhren immer wieder durch Pfützen, sodass das Wasser hoch aufspritzte. Das gefiel mir, und ich lachte jedesmal darüber.

»Für den armen, alten Merry ist es nicht so lustig«, sagte Benjie. Merry saß gerade auf dem Kutschbock.

Plötzlich gab es einen Ruck, und die Kutsche hielt an. Gregory riss erschrocken die Augen auf, und Harriet fragte: »Was ist los?

Die beiden Männer stiegen aus. Ich blickte aus dem Fenster und sah, dass sie die Räder betrachteten. Dann steckte

Gregory den Kopf herein. »Wir sitzen in einer Rinne neben der Straße fest«, erklärte er. »Es wird eine Weile dauern, bis wir wieder hinauskommen.«

»Hoffentlich nicht zu lange«, antwortete Harriet. »In einer Stunde ist es finster.«

»Wir gehen sofort an die Arbeit«, beruhigte sie Gregory. »Das Wetter ist schuld daran; die Straßen sind in einem erbärmlichen Zustand.«

Harriet sah mich an und zuckte die Schultern. »Wir müssen uns eben in Geduld fassen. Freust du dich schon auf die warme Gaststube? Was möchtest du denn gern essen? Zuerst eine heiße Suppe, dann ein Spanferkel und eine Rebhuhnpastete?«

Wenn Harriet sprach, sah man das, was sie schilderte, zum Greifen deutlich vor sich.

Plötzlich sagte Harriet: »Du bist vor langer Zeit schon einmal in dieser Kutsche gefahren, kannst du dich daran erinnern, Clarissa?«

Ich nickte.

»Ein Räuber hielt euch auf«, fuhr sie fort.

»Es war in Wirklichkeit kein Räuber, sondern Hessenfield, der Spaß machte.«

Ich spürte, wie mir Tränen in die Augen stiegen, weil ich ihn nie wieder sehen würde.

»Er war ein *Mann,* nicht wahr?«, meinte Harriet ruhig.

Ich verstand, was sie damit sagen wollte, und dachte: Es wird nie wieder jemanden wie Hessenfield geben. Dann fiel mir ein, dass neben einem wunderbaren Menschen wie ihm alle anderen so unbedeutend aussahen, dass es ein Jammer war.

Harriet beugte sich zu mir. »Sobald ein Mensch tot ist, wirkt er viel besser, als er zu Lebzeiten eigentlich war.«

Ich dachte noch über diese Feststellung nach, als Gregory wieder den Kopf in die Kutsche steckte. »Noch zehn Minuten, und wir sind wieder unterwegs.«

»Gut«, rief Harriet, »dann kommen wir noch vor Einbruch der Dunkelheit zum ›Eber‹.«

»So wie die Straße aussieht, haben wir Glück, wenn wir es überhaupt schaffen«, antwortete Gregory.

Etwas später nahmen er und Benjie ihre Plätze in der Kutsche wieder ein. Nach der Ruhepause waren die Pferde unruhig und trabten bald lustig dahin.

Die Sonne war beinahe hinter dem Horizont verschwunden, und es wurde rasch dunkel. Dann erreichten wir den Wald, und ich hatte das seltsame Gefühl, dass ich diesen Ort genau kannte: Wahrscheinlich hatte uns Hessenfield seinerzeit hier überfallen.

Wir bogen in den Wald ein und waren erst ein kurzes Stück gefahren, als zwei Reiter aus dem Gebüsch brachen und neben uns herritten. Ich konnte einen von ihnen deutlich erkennen; er war maskiert und trug eine Flinte.

Räuber! Die Straßen wimmelten von ihnen. Mein erster Gedanke war: Diesmal ist es nicht Hessenfield, sondern es sind wirkliche Räuber.

Gregory hatte die Gefahr ebenfalls erkannt und griff nach der Büchse unter unserem Sitz. Harriet ergriff meine Hand und hielt sie fest. Merry rief etwas. Er gab den Pferden die Peitsche, sodass alle in Galopp fielen und wir in der Kutsche hin und her geworfen wurden.

Benjie zog den Degen, der vorsichtshalber in der Kutsche für solche Fälle bereitlag.

»Merry will anscheinend versuchen, ihnen zu entkommen«, murmelte Gregory.

»Das wäre am besten«, antwortete Benjie. Er sah Harriet und mich an; offensichtlich wollte er uns nicht durch einen Kampf gefährden. Die Kutsche ratterte weiter. Wir schwankten wild – und dann geschah es plötzlich. Ich flog von meinem Sitz und prallte an das Verdeck der Kutsche.

Ich hörte noch, wie Harriet flüsterte »Gott schütze uns«, dann wurde es dunkel um mich.

Als ich wieder zu mir kam, lag ich in einem fremden Bett. Damaris und Jeremy standen neben mir.

Damaris sagte: »Ich glaube, jetzt ist sie wach.«

Langsam kehrte die Erinnerung zurück. »Wir waren in der Kutsche ...«, flüsterte ich.

»Ja, mein Liebling, du bist jetzt in Sicherheit.«

»Was ist denn geschehen?«

»Es kam zu einem Unfall ... denk aber jetzt nicht darüber nach.«

»Wo bin ich?«

»Im ›Eber‹. Wir werden bald mit dir nach Hause reisen, sobald du kräftig genug bist.«

»Du bleibst also hier?«

»Ja, bis wir dich heimnehmen können.«

Ich erholte mich rasch; ein Bein war gebrochen, und ich hatte zahlreiche Prellungen.

»Junge Knochen heilen schnell«, erklärte man mir.

Zwei Tage danach erfuhr ich die ganze Wahrheit. Die Kutsche konnte nicht mehr verwendet werden, und die Pferde waren so schwer verletzt worden, dass man sie erschießen musste.

»Man konnte nichts anderes tun«, erklärte mir Damaris.

»Was ist aus den Räubern geworden?«, fragte ich.

»Sie machten sich aus dem Staub, als die Kutsche umstürzte. Merry und Keller hatten die Pferde angetrieben, um ihnen zu entgehen, und übersahen dabei den umgestürzten Baumstamm. So passierte es.«

»Befinden sich auch Benjie, Harriet und Gregory hier im Gasthaus?«

Darauf folgte längeres Schweigen, und ich hatte plötzlich Angst.

»Clarissa, es war ein sehr schwerer Unfall. Du und Benjie, ihr habt Glück gehabt ...«

»Was meinst du damit?«

Damaris sah Jeremy an, der nickte. Das hieß: Sag es ihr, es hat keinen Sinn, ihr die Wahrheit zu verschweigen.

»Harriet und Gregory wurden getötet, Clarissa.«

Ich wusste nicht, was ich darauf antworten sollte, ich war wie betäubt. Ich war wieder einmal mit dem Tod konfrontiert: Er schlug immer dann zu, wenn man es am wenigsten erwartete. Meine stolzen Eltern ... der liebe, freundliche Gregory ... die schöne Harriet mit den blauen Augen und dem schwarzen Lockenhaar ... alle tot.

»Ich werde sie nie wieder sehen«, stammelte ich.

Dann schloss ich die Augen; vielleicht konnte ich einschlafen und alles vergessen.

Damaris und Jeremy verließen das Zimmer, und ich hörte, wie sie vor der Tür miteinander flüsterten.

»Vielleicht hätten wir es ihr nicht sagen sollen, sie ist ja noch ein Kind.«

»Nein«, antwortete Jeremy. »Sie muss erwachsen werden und lernen, wie das Leben ist.«

So lag ich im Bett und dachte an die Dahingegangenen.

An diesem Tag hatte ich das Gefühl, kein Kind mehr zu sein. Aber es stimmt, dass junge Knochen schnell heilen; und wenn man jung ist, überwindet man auch den psychischen Schock bald.

Der arme Benjie sah aus wie ein Gespenst. Das Leben war immer grausam mit ihm umgesprungen, und dabei war er so herzensgut und hatte bestimmt nie jemandem ein Leid zugefügt. Trotzdem hatte er meine Mutter an Hessenfield abtreten müssen und mich an Damaris, und jetzt hatte er seine Eltern verloren, an denen er mit so selbstloser Liebe gehangen hatte.

Damaris und Jeremy bestanden darauf, dass er mit uns nach Eversleigh kam.

Jeremy trug mich in Enderby ins Haus, wo Smith und Damon mich schon erwarteten. Smiths Gesicht war noch faltiger als gewöhnlich, weil ich endlich wieder da war, und

Damon sprang immer wieder hoch und winselte leise, um mir zu zeigen, wie sehr er sich über meine Rückkehr freute.

Jeremy trug mich jeden Tag aus meinem Zimmer hinunter und am Abend wieder herauf, bis mein Bein in Ordnung war, und Arabella, Carleton und Leigh besuchten mich häufig, um mir die Zeit der Genesung zu verkürzen.

Arabella trauerte sehr um Harriet.

»Sie war eine Abenteurerin, aber sie war eine einmalige Persönlichkeit. Ich habe das Gefühl, dass ich mit ihr einen Teil meiner selbst verloren habe.«

Sie wollten, dass Benjie blieb, aber er musste sich um den Besitz kümmern. Außerdem meinte er, dass die Arbeit eine Ablenkung bedeuten würde.

Er forderte mich nicht auf, ihn in Eyot Abbas zu besuchen, weil er fürchtete, dass es für mich ohne Harriet und Gregory dort sehr traurig sein würde.

Trotzdem beschloss ich, oft zu ihm zu kommen, um ihn zu trösten.

II

Ein Besuch aus Frankreich

Etwa ein Jahr nach dem Unfall wurde beschlossen, dass meine Erziehung vervollständigt werden müsse, und zwar durch eine Gouvernante.

Großmutter Priscilla übernahm es, eine zu suchen. Sie fand, dass man sich dabei am besten auf Empfehlungen verließ, und als der Rektor von Eversleigh, der über unser Problem im Bild war, nach Dower House geritten kam, um meiner Großmutter zu sagen, dass er jemand Geeigneten kannte, war sie begeistert.

Bald darauf stellte sich Anita Harley vor und wurde sofort aufgenommen.

Sie war etwa dreißig Jahre alt, die verarmte Tochter eines Pfarrers, die ihren Vater bis zu seinem Tod betreut hatte, und jetzt ihren Lebensunterhalt selbst verdienen musste. Sie verfügte über eine gute Bildung; ihr Vater hatte die Kinder der Landedelleute unterrichtet und sie an den Stunden teilnehmen lassen. Da sie wesentlich rascher lernte als ihre Mitschüler, hatte sie schon mit zweiundzwanzig Jahren die Dorfkinder unterrichtet, war also sehr gut dafür geeignet, meine Erziehung in die Hand zu nehmen.

Ich mochte sie. Sie war würdevoll, ohne borniert zu sein, und machte kein großes Aufheben um ihr Wissen; sie hatte Sinn für Humor; sie bevorzugte Englisch und Geschichte und vernachlässigte die Mathematik ein bisschen – also stimmten unsere Vorlieben überein. Sie sprach auch ein bisschen Französisch, und wir konnten Geschichten in dieser Sprache lesen. Meine Aussprache war besser als die ihre, weil ich im *hôtel* immer mit den Bediensteten geplaudert hatte; ich sprach Französisch so fließend wie eine Französin. Überhaupt kamen wir gut miteinander aus. Wir ritten, spielten Schach und unterhielten uns ununterbrochen; sie war wirklich eine glückliche Ergänzung unseres Haushalts.

Damaris war entzückt.

»Sie wird dir mehr beibringen, als mir je möglich gewesen wäre«, gab sie ganz offen zu.

Anita wurde wie ein Familienmitglied behandelt. Sie aß mit uns und begleitete uns, wenn wir Dower House oder Eversleigh Court einen Besuch abstatteten.

»Ein wirklich reizendes Mädchen«, bemerkte Arabella.

»Und sie ist das Richtige für das Kind«, fügte Priscilla hinzu.

»Das Kind« wuchs rasch und lernte viel. Ich wusste um meine Herkunft, ich hatte gehört, wie die Diener mich als vorlaut bezeichneten; außerdem waren sie der Ansicht, dass man kein Wahrsager sein müsse, um zu erkennen, wie sehr ich meiner Mutter nachgeriet.

Wie ich mir vorgenommen hatte, besuchte ich Benjie bald. Damaris war damit einverstanden, bestand aber darauf mitzukommen, weil sie sonst, wie sie sagte, keinen ruhigen Augenblick hätte.

Auf diesen Fahrten achteten wir darauf, dass wir den Schauplatz des Überfalls immer bei Tageslicht erreichten; außerdem waren wir von Bewaffneten begleitet. Für mich war es ein aufregendes Abenteuer, wieder durch diesen Wald zu fahren, obwohl er mich jetzt nicht nur an meinen Vater, sondern auch an Harriet und Gregory erinnerte.

Anita begleitete uns, weil Damaris meinte, dass ich meinen Unterricht nicht unterbrechen sollte, und ich war froh darüber. Ohne Harriet wirkte Eyot Abbas ganz anders und es war deprimierend, überall im Haus auf die Spuren ihrer Tätigkeit zu stoßen.

Damaris meinte, dass Benjie die Einrichtung ändern sollte. Es war das beste Mittel, die Erinnerung an traurige Ereignisse zu verdrängen. Als sie das sagte, war sie sehr ernst und ich dachte an das Schlafzimmer in Enderby.

»Vielleicht können wir ihm ein paar Ratschläge geben, meinte Damaris. »Fallen Ihnen denn gar keine Vorschläge ein, Anita?«

Es hatte sich herausgestellt, dass Anita sehr gut Blumen anordnen und die Einrichtung farblich abstimmen konnte. Sie erzählte mir, dass sie so gern das alte Pfarrhaus, in dem sie gelebt hatte, neu eingerichtet hätte, aber es war nie genug Geld dafür da gewesen.

Wir fuhren also nach Eyot Abbas und Benjie freute sich über den Besuch, aber man konnte nicht übersehen, wie kummervoll und niedergeschlagen er war.

Er bemerkte, dass er eigentlich froh darüber sei, dass sein Vater seine Mutter nicht überlebt hatte, weil er ohne sie so fürchterlich einsam gewesen wäre. Das hieß natürlich, dass Benjie selbst sich fürchterlich einsam fühlte.

»Du musst alles tun, um ihn aufzuheitern«, erklärte mir Damaris. »Du kannst das besser als jeder andere.«

»Vielleicht sollte ich zu ihm ziehen«, meinte ich.

Damaris sah mich ernst an. »Möchtest du das?«

Ich schlang die Arme um ihren Hals. »Nein, nein. Ich möchte immer bei dir bleiben.«

Sie war sichtlich erleichtert und ich dachte wider Willen daran, wie wichtig ich war. Dann fiel mir ein, dass diese Menschen mich ja nur als Ersatz wollten – Damaris, weil sie kein eigenes Kind bekam und weil Jeremy seine Stimmungen hatte; Benjie, weil er Carlotta und jetzt seine Eltern verloren hatte. Obwohl ich mich geschmeichelt fühlte, musste ich mir darüber klar sein, dass sie alle eigentlich etwas anderes als mich wollten.

Anita, Benjie und ich ritten oft aus. Damaris begleitete uns manchmal, aber sie wurde müde, wenn sie zu lang im Sattel saß, also blieben wir drei allein. Auf diesen Ritten vergaß Benjie seine Trauer und lehrte mich eine Menge über die Forstwirtschaft. Anita verfügte auch auf diesem Gebiet über beachtliche Kenntnisse. Ich begann, die einzelnen Bäume voneinander zu unterscheiden, und Benjie hielt mir begeisterte Vorträge über die Eichen.

»Sie sind echt englische Bäume«, erklärte er, »die seit urdenklichen Zeiten hier wachsen. Wusstest du, dass die Druiden besondere Achtung vor ihnen hatten? Sie vollzogen ihre religiöse Riten unter Eichen; unter ihren Ästen wurde auch Recht gesprochen.«

»Ich glaube«, ergänzte Anita, »dass manche dieser Bäume zweitausend Jahre alt werden.«

»Das stimmt. Und unsere Schiffe werden aus den Brettern dieser Bäume gezimmert. Deshalb heißt es, dass unsere Schiffe Eichenherzen haben.«

Anita wollte wissen, worüber die Weiden trauerten, und erzählte uns, dass die Espe deshalb zittere, weil das Kreuz Christi aus ihrem Holz gemacht worden war, und sie seither keine Ruhe mehr finde. Anita sprach auch über die Mistel, die als Einzige nicht versprochen hatte, Baldur, dem schönsten der nordischen Götter, kein Leid zuzufügen. Deshalb konnte der böse Loki ihn mit einem Pfeil aus Mistelholz töten.

»Wie ich sehe, Miss Harley«, meinte Benjie, »stehen Sie der Natur sehr romantisch gegenüber.«

»Ich finde nichts Schlechtes daran«, meinte Anita.

Benjie lachte zum ersten Mal seit dem Unfall und dem plötzlichen Tod seiner Eltern.

Wir machten in Gasthäusern Rast, tranken Apfelwein und aßen frisches Brot mit Käse und warme Pasteten. Benjie redete meist über seinen Besitz, für den er jetzt allein verantwortlich war. Er suchte offensichtlich etwas, das ihn beschäftigte, sodass er seinen Verlust leichter ertragen konnte.

Ich sprach mit Anita über ihn.

»Er ist anders als Jeremy«, stellte ich fest. »Jeremy hätschelt seinen Kummer, und obwohl seine Ehe mit Damaris glücklich ist, kann er nicht vergessen, dass er im Krieg verwundet wurde.«

»Der Schmerz erinnert ihn immer wieder daran.«

»Ja, während Benjie durch die Räume, in denen seine Eltern gelebt haben, daran erinnert wird. Solche Dinge kann ein Mensch überwinden, während Jeremy dem Schmerz in seinem Bein nie entrinnen kann.«

Nach einiger Zeit fand ich, wir sollten nach Hause fahren, weil der arme Jeremy ohne Damaris sicherlich sehr unglücklich war. Ich wusste, dass ich ihm ein Trost war, denn wenn er mich ansah, erinnerte er sich daran, wie er und Damaris mich aus dem Keller geholt hatten. Ohne seine Hilfe hätte es Damaris nie geschafft und dieses Bewusstsein hob Jeremys Stimmung.

»Benjie«, fragte ich, »warum kommst du nicht zu uns nach Enderby?«

»Ich würde gern kommen, aber ich muss mich um den Besitz kümmern.« Er wollte nicht davonlaufen, sondern mit seiner Einsamkeit fertig werden.

Wir kehrten Ende September zurück, als die Blätter sich färbten und die ersten Früchte reif wurden. Anita und ich kletterten im Obstgarten auf Leitern, um Äpfel zu pflücken, während Smith die Schubkarren belud und Damon den Kopf schief legte und uns zusah.

Priscilla kam herüber und half Damaris beim Einkochen; wenn nicht die ständige leise Trauer gewesen wäre, hätte es ein ganz normaler Herbst sein können. Arabella vermisste Harriet sehr, was mich wunderte, denn sie war ihr gegenüber oft schroff gewesen, und ich hatte immer den Eindruck gehabt, dass vieles an Harriet sie störte.

Sogar Urgroßvater Carleton schien um sie zu trauern, und dabei hatte er nie ein Hehl daraus gemacht, dass er sie nicht mochte.

»Einmal muss jeder von uns gehen«, meinte Arabella, »früher oder später trifft es jeden.«

Damaris lehnte solche Aussprüche ab. Sie hielt sie für Unsinn und versprach, dafür zu sorgen, dass ihre Großmutter so alt wurde wie Methusalem.

Wieder ging ein Jahr vorbei. Ich war jetzt zehn, und überall wurde über den Waffenstillstand geredet, der den Krieg beenden sollte.

Priscilla fand, dass es wirklich an der Zeit war. Sie konnte nicht begreifen, was es uns kümmerte, wer auf dem spanischen Thron saß.

Urgroßvater Carleton sah sie an, schüttelte den Kopf und sagte nur ein Wort: »Weiber!«

»Wenn es wirklich zum Frieden kommt«, stellte Damaris fest, »wird man frei zwischen Frankreich und England hin- und herreisen können.« Sie sah Jeremy an. »Ich möchte nach Paris fahren.«

»Eine sentimentale Reise«, meinte Jeremy lächelnd. Ich liebte dieses Lächeln an ihm, denn dann wusste ich, dass er im Augenblick keine Schmerzen verspürte und das Leben genoss.

»Ich frage mich, was aus Jeanne geworden ist«, sinnierte Damaris, »hoffentlich geht es ihr gut.«

»Sie gehört zu den Menschen, die sich zu helfen wissen«, bemerkte Jeremy.

»Ach ja, ich werde nie vergessen, wie sie sich Clarissas annahm.«

»Auch ich nicht«, stimmte Jeremy zu.

Dann wurde Damaris wieder schwanger und war sehr glücklich darüber. »Diesmal«, meinte sie, »werde ich sehr vorsichtig sein.«

Der Doktor verordnete ihr viel Bettruhe und erinnerte sie

daran, dass ihre Gesundheit seit dem schweren Fieber, unter dem sie vor einigen Jahren gelitten hatte, geschwächt war. Eine Schwangerschaft war selbst für eine gesunde Frau sehr anstrengend.

Damaris und Jeremy strahlten vor Glück, denn der Schatten schien aus ihrem Leben zu verschwinden. Ihr Kind war auch für mich überaus wichtig, denn es würde mich von meiner Verantwortung ihnen gegenüber befreien. Es war merkwürdig, dass ich mich für sie verantwortlich fühlte, aber ich wusste jetzt, dass die Reise nach Frankreich zu einer neuen Beziehung zwischen ihnen geführt hatte. Ich war froh darüber, dass ich eine so positive Rolle in ihrem Leben gespielt hatte, aber sie belastete mich auch mit einer gewissen Verantwortung. Und jetzt kam auch noch Benjie dazu, den ich, allerdings unwissentlich, verlassen und ihm damit seine Tochter genommen hatte.

Weihnachten stand bevor. Arabella bestand darauf, dass wir alle, auch Benjie, zur Weihnachtsfeier nach Eversleigh Court kamen.

Damaris meinte, wir müssten uns besonders um Benjie bemühen, denn zu Weihnachten war die Erinnerung an die Verstorbenen besonders schmerzlich. Meinem Gefühl nach gaben sich alle ein bisschen zu fröhlich; sie taten so, als wäre es ein Weihnachtsfest wie alle anderen.

Anita und ich sammelten im Wald Stechpalmen, Efeu und Mistelzweige und Smith brachte das Weihnachtsscheit. Arabella bestand darauf, dass wir alle bis Dreikönigsabend blieben.

Obwohl wir den Weihnachtsabend nicht in Enderby Hall verbringen würden, hatten wir das Haus geschmückt. Ich hörte, wie ein Dienstmädchen sagte: »Ich möchte wissen, was die Gespenster davon halten werden.«

»Es wird ihnen nicht gefallen«, prophezeite ein anderes.

Sie glaubten anscheinend fest daran, dass ein böser Geist in Enderby sein Unwesen trieb.

»Es ist eine Schande, dass wir nicht hier bleiben«, sagte ich zu Damaris. »Es sieht zu hübsch aus.«

»Deine Urgroßmutter will nichts davon wissen. Umso schöner wird es sein, in das geschmückte Haus zurückzukommen, und außerdem bleibt Smith hier, der es ja auch weihnachtlich haben soll.«

»Smith und Damon. Ich werde am Christtag hinüberreiten und ihnen ihre Geschenke bringen.«

»Das ist lieb von dir.«

Ich wies darauf hin, dass ich es aus Eigennutz tun wollte, weil ich bestimmt Sehnsucht nach den beiden haben würde. Außerdem befürchtete ich, dass die Stimmung in Eversleigh ohne Harriet und Gregory gedrückt sein würde.

Damaris verscheuchte die trüben Gedanken, indem sie mir durch das Haar fuhr, und sagte: »Stell dir nur vor, beim nächsten Weihnachtsfest wird mein Kind schon dabei sein. Ich kann den April kaum mehr erwarten.«

»Ich hoffe, dass es ein Mädchen wird, ich wünsche es mir so sehr.«

»Aber Jeremy möchte einen Jungen.«

»Männer wollen immer Jungen, vielleicht haben sie das Gefühl, in ihren Söhnen wieder geboren zu werden.«

Wir fuhren also nach Eversleigh und feierten Weihnachten. Benjie traf am Abend ein und freute sich sehr über das Wiedersehen mit mir.

In der Weihnachtsnacht gingen wir wie immer um Mitternacht zur Mette in die Kirche von Eversleigh. Für mich war das stets der schönste Teil von Weihnachten gewesen – wenn wir die Weihnachtshymne und -lieder sangen und dann über die Felder nach Eversleigh Court gingen, wo uns heiße Suppe, Toast, Glühwein und Rosinenkuchen erwarteten. Wir sprachen über den Gottesdienst, verglichen ihn mit dem vom Vorjahr und waren fröhlich und hellwach. In den vergangenen Jahren hatten wir auch über

Harriets Scharaden gesprochen, denn sie hatte sie arrangiert und die Rollen verteilt.

In den Schlafzimmern brannten in den Kaminen lodernde Feuer und die Dienstmädchen hatten Wärmepfannen unter die Bettdecken geschoben. Anita und ich teilten uns in ein Zimmer, was uns nicht im Geringsten störte. Als wir nach der Mitternachtsmesse endlich schlafen gingen, lagen wir noch lange wach und plauderten. Anita erzählte mir von den Weihnachtsabenden im Pfarrhaus mit einer alten Tante, die bei ihnen wohnte, und wie sie mit allem knausern mussten. Als ihr Vater starb, war sie bei der Vorstellung entsetzt, dass sie jetzt allein bei der alten Tante bleiben sollte, und hatte deshalb versucht, eine Anstellung zu finden, um sich ihren Lebensunterhalt selbst zu verdienen.

»Du wirst bei uns immer ein Zuhause haben, Anita«, sagte ich.

Sie war mir dafür dankbar, dass ich sie beruhigen wollte, aber sie hielt ihre Stellung für unsicher und hatte immer Angst davor, dass sie vielleicht jemanden verärgerte und dann entlassen wurde.

»Damaris ist nicht so leicht verärgert«, versicherte ich ihr. »Und sie würde dich nie auf die Straße setzen. Du malst dir Situationen aus, die nie eintreten werden.«

Der Weihnachtsmorgen war klar und glitzernd, denn auf dem Rasen und auf den Zweigen der Eichen und Birken lag Raureif und verwandelte die Landschaft in ein Märchenland. Die Teiche waren zugefroren, aber die Sonne würde die Eisdecke bald zum Schmelzen bringen. Am Vormittag kamen die Weihnachtssinger und wir baten sie ins Haus. Als sie gesungen hatten, bekamen sie Rosinenkuchen und Punsch, den wir für sie vorbereitet hatten. Anita und ich füllten die Gläser und der Tag unterschied sich in nichts von den Weihnachten, die ich seit meiner Rückkehr nach England erlebt hatte.

Dann kam das große Weihnachtsessen mit Puter, Hühnern, Schinken und Rindsbraten, mit Pasteten in allen möglichen Formen, sodass der Tisch sich unter den Speisen bog. Es gab Plumpudding und Rosinenporridge – Letzteres kannte ich noch nicht. Es war wie eine Suppe mit Rosinen und Gewürzen.

Nachher spielten wir alle möglichen Spiele, auch Verstecken. Wir machten auch ein paar Scharaden, aber das erinnerte uns an Harriet. Dann spielten die Fiedler und wir tanzten und sangen. Ein paar Nachbarn waren auch zu Besuch gekommen, sodass wir eine große Gesellschaft waren; ich war davon überzeugt, dass ein Teil der Familie sehr froh darüber war, als die letzten Gäste sich endlich verabschiedeten.

In dieser Nacht lagen Anita und ich wieder wach und ich erzählte ihr von Harriet.

»Sie war ein außergewöhnlicher Mensch. Leute wie sie beeinflussen ihre Umgebung, ob sie es wollen oder nicht.«

Schließlich schliefen wir doch ein und standen am nächsten Tag erst spät auf. Die übrigen Mitglieder des Haushaltes waren schon auf den Beinen und als wir zum Frühstück hinuntergingen, war es bereits neun Uhr.

Einer der Diener berichtete uns, dass Damaris nach Enderby gegangen war. Sie wollte sich davon überzeugen, dass alles in Ordnung war.

Anita und ich saßen noch beim Frühstück, als Benjie hereinkam. Wir erzählten ihm, dass wir nach Enderby reiten wollten und dass Damaris schon zu Fuß vorausgegangen war. Sie ritt nicht mehr, um sich zu schonen, aber sie ging gern spazieren.

Benjie plauderte eine Weile mit uns und dann ritten wir zu dritt nach Enderby. Wir banden unsere Pferde an und traten ins Haus. Die Tür stand offen, aber da wir wussten, dass Damaris da war, wunderten wir uns nicht darüber.

Mir fiel sofort auf, wie ruhig es im Haus war. Für gewöhnlich bellte Damon, wenn ich hereinkam, und sprang mir entgegen, oder Damaris rief etwas. Die Stille jagte mir einen Schauer über den Rücken, ohne dass ich hätte sagen können, warum. Das Haus schien sich verändert zu haben und ich sah es plötzlich mit den Augen der Dienerschaft – ein Haus, in dem Böses geschehen konnte.

Das Gefühl ging vorbei. Smith war offensichtlich ausgegangen, wie er es oft tat. Er unternahm mit Damon lange Spaziergänge über die Felder.

»Tante Damaris!«, rief ich.

Keine Antwort. Wahrscheinlich ist sie oben und hört dich nicht, sagte ich mir.

Ich sah die beiden anderen an – sie hatten offensichtlich nichts von meiner Angst bemerkt. »Gehen wir weiter«, meinte ich, »wir werden sie schon finden.« Ich stieg die Treppe hinauf und dann sah ich einen von Damaris' Schuhen auf einer Stufe liegen.

Ich lief weiter und erblickte Damaris; sie lag in der Galerie und ihr Gesicht war weiß.

Anita kniete neben ihr nieder. »Sie atmet.«

Ich kniete ebenfalls nieder und in diesem Augenblick stöhnte Damaris auf.

Benjie sagte: »Wir müssen sie von hier fortbringen.«

»Tragen wir sie in ein Zimmer«, meinte Anita. Benjie hob sie hoch. Sie stöhnte und ich nahm an, dass mit dem Kind etwas nicht in Ordnung war. O Gott, betete ich, nicht auch dieses.

Benjie trug sie sehr vorsichtig; ich stieß eine Tür auf und er legte sie auf das Bett. Es war das Zimmer, das sie erst kürzlich neu eingerichtet hatte.

»Ich hole einen Arzt«, machte sich Anita erbötig.

»Nein«, widersprach Benjie, »überlasst das mir. Ihr bleibt bei ihr und kümmert euch um sie, bis ich mit dem Arzt hier bin.«

Anita hatte etwas Erfahrung in der Krankenpflege, weil

sie ihren Vater bis zu seinem Tod betreut hatte. Sie deckte Damaris zu und befahl mir, Wärmepfannen zu holen. Ich lief in die Küche, in der zum Glück ein Feuer brannte. Ich machte die Wärmepfannen zurecht, trug sie hinauf und Anita legte sie neben Damaris unter die Decke. Dann sah sie mich traurig an. »Ich fürchte, sie wird das Kind verlieren.«

Damaris schlug die Augen auf, erblickte mich und Anita und sah uns verwirrt an.

»Wir kamen herüber und fanden dich in der Galerie«, erklärte ich.

»Ach ja, ich bin gestürzt.« Dann schaute sie sich um und erkannte, in welchem Zimmer sie sich befand. »O nein, nein«, stöhnte sie. »Nicht hier, niemals.«

Anita legte ihr die Hand auf die Stirn und obwohl Damaris wieder die Augen schloss, trug ihr Gesicht einen verstörten Ausdruck.

Es dauerte lang, bis Benjie mit dem Arzt kam.

Nachdem der Arzt Damaris untersucht hatte, erklärte er: »Sie wird das Kind verlieren.«

Es folgten traurige Tage in Enderby. Damaris erholte sich zwar bald, war aber verzweifelt.

»Anscheinend werde ich nie ein Kind bekommen«, jammerte sie.

Priscilla kam immer wieder zu Besuch, aber Anita pflegte Damaris und kümmerte sich um den Haushalt. Benjie blieb, denn er wollte uns erst verlassen, wenn Damaris außer Gefahr war.

Wieder hörte ich die Diener flüstern.

»Es ist das Haus, es steckt voller Gespenster. Wieso ist die Mistress gestürzt? Sicherlich hat sie jemand – etwas – gestoßen.«

»In diesem Haus kann es kein Glück geben. Das war immer schon so und wird so bleiben.«

Ich begann mich zu fragen, ob an diesem Aberglauben

etwas Wahres war. Wenn es im Haus still war, stand ich unterhalb der Galerie und stellte mir vor, dass die Schatten Gestalt annahmen, die Gestalt der Menschen, die vor langer Zeit hier gelebt hatten.

Benjie ritt während dieses Frühjahrs und Sommers oft herüber und nach einem seiner Besuche kam Anita strahlend zu mir in den Schulraum.

»Eine große Neuigkeit, Clarissa: ich werde heiraten.«

Ich starrte sie verblüfft an, dann begriff ich. »Benjie!«, rief ich.

Sie nickte. »Er hat um meine Hand angehalten und ich habe ja gesagt. Ich bin ja so selig, er ist der beste Mann, den es gibt, ich kann mein Glück noch gar nicht fassen.«

Ich schloss sie in die Arme. »Ich freue mich so sehr. Du und Benjie, ihr passt so gut zueinander.«

Damit war ich eine schwere Verantwortung los. Ich schuldete Benjie nichts mehr – er hatte Carlotta und mich verloren und bekam jetzt stattdessen Anita.

Arabellas Kommentar lautete: »Harriet wäre damit einverstanden gewesen.«

»Natürlich«, meinte Priscilla, »müssen wir eine neue Gouvernante für Clarissa suchen.«

»Wir werden nie wieder jemanden wie Anita finden«, seufzte Arabella.

Damaris erklärte sich bereit, mich inzwischen zu unterrichten; außerdem bestand sie darauf, Anitas Hochzeit in Enderby auszurichten, denn hier war sie zu Hause.

Damaris setzte ihren Willen durch und war geraume Zeit mit den Hochzeitsvorbereitungen beschäftigt. Sie gab sich große Mühe, weil sie Anita zeigen wollte, dass sie zur Familie gehörte. Benjie war ein anderer Mensch geworden; seine Traurigkeit war verflogen, er lachte und war glücklich und wir freuten uns mit ihm.

Dann heirateten sie und Anita verließ Enderby Hall, um in Eyot Abbas einen eigenen Hausstand zu gründen.

Kurz nach meinem elften Geburtstag wurde der Vertrag von Utrecht unterzeichnet. Ein allgemeines Gefühl der Erleichterung war die Folge, denn damit war der Krieg zu Ende. Urgroßvater Carleton sprach beim Abendessen über nichts anderes, schlug dabei mit der Faust auf den Tisch, wetterte über die Schandtaten der Jakobiten und erklärte, dass sie jetzt für immer besiegt seien.

»Etwas Besseres hätte gar nicht geschehen können, denn das wird diesen Verrätern eine Lehre sein. Ludwig muss sie jetzt aus Frankreich ausweisen, es bleibt ihm gar nichts anderes übrig; und sie werden nach England zurückgekrochen kommen.«

»Jeder Mensch hat das Recht auf seine eigene Meinung, Vater«, widersprach Priscilla.

Seine Augen unter den buschigen Brauen blitzten. »Nicht, wenn es sich um einen heimtückischen Jakobiten handelt.«

»Ganz gleich, um wen es sich handelt«, beharrte Priscilla.

»Weiber!«, brummte Urgroßvater Carleton.

Wir waren alle froh darüber, dass der Krieg vorbei war; da jetzt Philipp von Anjou auf dem spanischen Thron saß, war das Ganze ohnehin sinnlos gewesen. Arabella und Carleton freuten sich schon darauf, dass jetzt Priscillas Bruder Carl, der einen hohen Rang in der Armee innehatte, nach Hause kommen würde.

Das Jahr verlief friedlich. Während des Sommers besuchte ich Eyot Abbas und freute mich darüber, wie sehr sich alles zum Guten gewendet hatte und wie glücklich Anita und Benjie aussahen.

An einem kühlen, nebligen Septembertag, an dem die Sonne überhaupt nicht zum Vorschein gekommen war, ritt ich nach Eversleigh Court hinüber. Ich hatte mir angewöhnt, an den Sonntagen das Dinner im Kreis der Familie einzunehmen.

Nach dem Essen blieben wir noch eine Weile sitzen, tranken Holunderwein, den Arabella selbst gebraut hatte, und plauderten. Carleton war schon wieder bei seinem Lieblingsthema – den Jakobiten –, wobei es ihn nicht im Geringsten störte, dass mein Vater einer ihrer Anführer gewesen war. Wenn er an sie dachte, wurde sein Gesicht noch röter, als es von Natur aus war, und seine Augenbrauen zitterten vor Empörung.

Ich fühlte mich immer verpflichtet, die Jakobiten zu verteidigen, denn seine Angriffe weckten bei mir die Erinnerung an Hessenfield. Manchmal fragte ich mich, ob Carleton das wusste, denn er war boshaft und pflegte junge Leute, die er mochte, besonders ausdauernd zu necken. Auch diesmal ruhte sein Blick auf mir, obwohl er sich eigentlich mit Leigh und Jeremy unterhielt. Sicherlich hatte er nicht übersehen, dass mir die Röte in die Wangen gestiegen war und dass meine Augen blitzten.

»Ha, ha!«, sagte er gerade. »›Verschwindet!‹ befahl ihnen der König von Frankreich. Hof von Saint-Germain! Wie konnte sich Jakob anmaßen, sich eine eigene Hofhaltung zuzulegen, wenn man ihn von dort, wo er darauf Anspruch gehabt hätte, verjagt hatte.«

»Der König von Frankreich hatte es ihm gestattet«, warf Jeremy ein.

»Der König von Frankreich, der der Feind Englands ist! Natürlich tat er alles, was er konnte, um England zu reizen.«

»Selbstverständlich«, stimmte Leigh zu, »er befand sich ja im Kriegszustand mit uns.«

»Das ist aber vorbei«, stellte Carleton triumphierend fest. »Und was wird jetzt aus unseren kleinen Jakobiten?«

Ich hielt es nicht mehr aus, denn ich dachte an den tapferen, starken, großen Hessenfield. Im Laufe der Zeit war das Bild, das ich mir von ihm machte, immer schöner geworden; ich hob seine Tugenden hervor, übersah seine Fehler und schließlich hielt ich ihn für den vollkommenen

Mann schlechthin. Es gab niemanden, der ihm gleichkam, und wenn er ein Jakobit gewesen war, dann musste das die einzig richtige politische Einstellung sein.

»Sie sind nicht klein«, platzte ich heraus. »Sie sind groß – größer als du.«

Carleton starrte mich an. »Ach, wirklich? Diese Verräter sind also lauter Riesen, was?«

»Ja, das stimmt! Und sie sind tapfer und ...«

»Hört euch das nur an!« Carleton riss die Augen auf, sodass die buschigen Augenbrauen in die Höhe gingen, und sein Mund zuckte, was darauf hinwies, dass er sich im Geheimen amüsierte. Trotzdem schlug er scheinbar empört mit der Faust auf den Tisch. »Wir haben eine *kleine* Jakobitin unter uns. Weißt du denn, Mädchen, was mit Jakobiten geschieht? Sie werden aufgehängt, und sie verdienen nichts anderes.«

»Hör auf, Carleton«, unterbrach ihn Arabella. »Du jagst dem Kind ja Angst ein.«

»Stimmt gar nicht!«, widersprach ich. »Er sagte gerade, dass Jakobiten klein sind, und das sind sie nicht.«

So schnell gab Carleton aber nicht auf.

»Wie ich sehe, müssen wir auf der Hut sein. Wir müssen dafür sorgen, dass sie hier in Eversleigh keine Verschwörung anzettelt. Ich halte sie sogar für fähig, höchst persönlich eine Revolution in Gang zu setzen.«

»Rede keinen solchen Unsinn«, wies ihn Arabella zurecht. »Nimm dir von diesen Süßigkeiten, Clarissa. Jenny hat sie eigens für dich gemacht, weil du sie magst.«

»Du sprichst von Süßigkeiten, während unser Land in Gefahr ist«, rief Carleton, aber ich wusste, dass er sich nur auf meine Kosten lustig machen wollte; ich war zufrieden, weil ich bewiesen hatte, dass die Jakobiten groß waren und weil ich Hessenfield verteidigt hatte. Also befasste ich mich mit den Süßigkeiten und nahm ein Plätzchen, das nach Mandeln schmeckte und das ich besonders liebte.

Carletons Aufmerksamkeit wandte sich jetzt wieder den anderen zu, aber er sprach noch immer über die Jakobiten.

»Angeblich protegiert die Königin ihren Bruder. Das kommt davon, wenn Weiber etwas zu sagen haben.«

Ich sah ihn scharf an. »Das ist Hochverrat an der Königin. Es ist ärger, als wenn man behauptet, dass die Jakobiten groß sind.«

Wieder zuckte sein Mund.

»Ihr werdet schon noch sehen, dass sie uns alle verraten wird.«

»Das tust du, indem du gegen die Königin sprichst«, erklärte ich.

»Jetzt reicht's aber, Clarissa«, mischte sich Priscilla ein, die keine politischen Diskussionen mochte. »Ich habe genug von diesem Gerede, und wenn die Männer nicht einmal bei Tisch aufhören, ihre kindischen Dispute auszutragen, werden wir sie allein lassen. Ich hatte angenommen, dass der Friedensschluss und die Opfer, die wir während des Krieges gebracht haben, lauter sprechen als Worte.«

Manchmal gelang es der für gewöhnlich sanften Priscilla besser als allen anderen, Carleton zum Schweigen zu bringen. Meine Großmutter war eine ungewöhnliche Frau und das musste sie wohl sein, sonst hätte sie nie meine Mutter im Geheimen in Venedig zur Welt bringen können. Ich erfuhr die ganze Geschichte zu gegebener Zeit, denn die weiblichen Familienmitglieder pflegten Tagebücher zu führen, in denen sie alles, was sie erlebten, wahrheitsgemäß vermerkten. Sobald eine von uns achtzehn war – oder auch früher, wenn es sich aus einem besonderen Anlass ergab – erhielt sie die Erlaubnis, die Aufzeichnungen ihrer Vorfahrinnen zu lesen.

Wir wollten uns gerade vom Tisch erheben, als einer der Diener hereinkam; er sah verwirrt aus.

Arabella fragte: »Was ist geschehen, Jess?«

»O Mylady, vor der Tür steht eine Weibsperson. Sie ist anscheinend eine Ausländerin und kann nicht ordentlich sprechen. Sie redet nur Kauderwelsch und sagt immer wieder Miss Clarissa und Miss Damaris.«

Damaris war aufgestanden. »Wir wollen sie uns einmal ansehen. Sie hat mich erwähnt?«

»Ja, Mistress. Sie und Miss Clarissa.«

Ich folgte Damaris in die Halle, Arabella und Priscilla schlossen sich ebenfalls an. Die große Eichentür war offen und in ihrem Rahmen stand eine schwarz gekleidete Gestalt, eine Frau, die eine Reisetasche umklammerte. Sie sprach in schnellem Französisch und als ich sie hörte, fielen mir alle die Worte wieder ein.

Als ich auf sie zulief, sah sie mich ungläubig an, weil ich mich in den fünf Jahren sehr verändert hatte. Aber ich erkannte sie.

»Jeanne!«, rief ich.

Sie ließ die Tasche fallen, breitete die Arme aus und ich stürzte mich hinein.

Dann trat Damaris neben uns. Jeanne ließ mich los, sah sie furchtsam an und begann rasch und unzusammenhängend zu reden.

Wir hatten immer gesagt, dass sie uns willkommen sein würde. Wir hatten sie schon damals aufgefordert mitzukommen, aber sie konnte ihre Mutter und ihre Großmutter nicht allein lassen. Aber sie hatte unsere Einladung nicht vergessen und jetzt war Grand'mère tot, Maman hatte wieder geheiratet und Jeanne war frei. Also war sie zu ihrer kleinen Clarissa gereist, die sie gerettet hatte, als sich niemand anderer ihrer annahm. Und sie wollte bei ihr bleiben ... und Damaris hatte gesagt ...

Hier schrie Damaris in ihrem sehr englischen Französisch dazwischen, dass Jeanne willkommen sei.

Arabella, die recht gut Französisch sprach, weil sie in den Tagen vor der Restauration in einem französischen Schloss gelebt hatte (sie hatte darauf gewartet, dass König Karl II. den Thron wiedererlangte), stimmte Damaris zu.

Und ich rief: »Verstehst du, was sie sagen, Jeanne? Du bleibst bei uns. Du bist zu uns gekommen und bist jetzt hier zu Hause.«

Jeanne weinte, umarmte mich noch einmal und sah mich dann erstaunt an, als wäre es mein Verdienst, dass ich gewachsen war.

Wir führten sie zum Tisch, wo sie ungläubig das viele Essen anstarrte. Damaris stellte sie vor und Urgroßvater Carleton erhob sich schwerfällig, denn er wurde allmählich alt und steif, und erklärte ihr in einem sehr englisch klingenden Französisch, dass jeder, der seiner Familie einmal einen Dienst erwiesen hatte, seiner Dankbarkeit gewiss war. Obwohl Jeanne nur einen Bruchteil seiner Worte verstand, konnte sie doch den herzlichen Ton, in dem sie gesagt wurden, nicht missdeuten.

Damaris bemerkte, dass sie sicherlich hungrig sei, und ließ ihr Suppe und Rindsbraten bringen, auf die sie sich heißhungrig stürzte. Sie erzählte uns, dass sie schon seit langem nach England kommen wollte, dass es aber während des Krieges nicht möglich gewesen war. Aber jetzt war endlich ein Vertrag abgeschlossen worden, die Kämpfe waren zu Ende und sie hatte ein Schiff gefunden, das sie über den Kanal brachte. Es hatte sie viel Geld gekostet, aber als sie ihre Großmutter und ihre Mutter nicht mehr erhalten musste, hatte sie Geld zurücklegen können – und da war sie nun.

So kam Jeanne nach England.

III

Sir Lancelot

Es ist erstaunlich, in welchem Ausmaß bedeutende Ereignisse, die sich fern von uns abspielen, unser Leben beeinflussen können. Hätte es nicht die große Revolution gegeben, durch die der katholische Jakob vom Thron gejagt und durch die Protestanten Wilhelm und Maria ersetzt wurde, wäre ich nie auf die Welt gekommen. Auch meine Abenteuer in Frankreich waren eine Folge dieser politischen Umstände. Während der friedlichen Jahre in Eversleigh hatte ich jedoch diese Konflikte vergessen und erst Urgroßvater Carletons Brandreden gegen die Jakobiten erinnerten mich daran, dass der Kampf noch nicht zu Ende war.

Ein weiteres wichtiges Ereignis war der Friedensschluss; in seiner Folge war Jeanne zu uns gekommen, und er sollte noch eine weitere wesentliche Auswirkung haben.

Jeanne hatte sich selig bei uns eingerichtet und befand sich in einem ununterbrochenen Glücksrausch. Manchmal war es für sie so, als wäre sie noch im *hôtel* bei Lord und Lady Hessenfield. In den ersten Wochen empfand sie es schon als Wunder, dass sie immer genug zu essen bekam. Sie plauderte unermüdlich, und ich stellte fest, dass ich mich mühelos mit ihr unterhalten konnte, denn dank der Grundkenntnisse der französischen Sprache, die ich in Paris erworben hatte, konnte ich mich jetzt ohne Schwierigkeiten auf Französisch verständigen. Jeanne hatte von meiner Mutter und mir ein wenig Englisch gelernt, das sie jetzt eifrig verbesserte, so dass die Verständigung zwischen uns immer besser klappte.

»Im Winter, wenn es nur wenige Blumen gab, litten wir sehr«, erzählte sie mir. »Ich scheuerte Fußböden ... wenn ich überhaupt Arbeit bekam ... und was verdiente ich dabei? Nur ein paar Sous. Im Frühjahr und im Sommer brachte ich uns mit dem Verkauf von Blumen durch. Diese Arbeit gefiel mir, weil ich dabei eine gewisse Freiheit hatte. Aber für Geschäftsleute arbeiten ... oh, ma chérie, du hast ja keine Ahnung, was das heißt. Die Zeit in dem *hôtel,* als ich bei Mylord und Mylady im Dienst war, die war himmlisch. Da warst ja auch du, *ma petite*!

Einen Winter arbeitete ich für den Apotheker und Gemischtwarenhändler. Die Arbeit war schwer, aber ich liebte den Duft, der im Laden herrschte. Manchmal, wenn viele Kunden zu bedienen waren, half ich auch beim Verkauf aus. Ich lernte, Zimt, Zucker, gemahlenen Pfeffer abzuwiegen ... und auch Arsen. Das erstanden elegante Damen, weil es ihnen zu einem schönen Teint verhalf. Aber wir sagten ihnen immer, dass sie vorsichtig sein müssten. Wenn sie zu viel nahmen ... *mon dieu,* dann verhalf es ihnen nicht zu einem schönen Teint, sondern zu einem Sarg.«

Jeannes Konversation, die je zur Hälfte aus englischen und französischen Wörtern bestand, war entzückend. Sie versetzte mich wieder nach Paris, nicht nur in die Tage in dem dunklen, feuchten Keller, sondern auch in die Zeit, als meine schöne Mutter gelegentlich ins Kinderzimmer hereinschwebte und ab und zu auch der wunderbare Hessenfield bei mir auftauchte.

Jeanne brachte frischen Wind nach Enderby. Sie zeigte mir, welche Frisuren jetzt in Mode waren. Sie hatte selbst schönes Haar und war einige Male von einem Friseur zum Erproben neuer Frisuren benützt worden. Wenn sie daran dachte, schüttelte sie sich vor Lachen. Sobald sie fertig war, trug sie ein paar Pfund Mehl und Pomade auf dem Kopf und sah oben herum wie eine elegante Dame und sonst wie eine Blumenverkäuferin aus. Aber es trug ihr ein paar Sous ein, obwohl sie viel Mühe hatte, das Zeug wieder aus den Haaren herauszubekommen.

Das größte Glück, das ihr widerfuhr, war aber die Stelle bei dem Apotheker gewesen. Man war mit ihr zufrieden gewesen und hatte ihr angeboten, ständig dort zu arbeiten, was sie auch annahm. Das hatte ihr die Möglichkeit gegeben, das Geld für die Überfahrt nach England zusammenzusparen.

Sehr amüsant war es, wenn sie über die Pariser Damen sprach und im Zimmer herumstolzierte, um sie nachzuahmen. Sie tranken Essig, um schlank zu bleiben, und nahmen Arsen, um einen zarten Teint zu bekommen. Auch die Frau des Apothekers hatte versucht, eine Dame zu sein. Sie nahm regelmäßig Arsen, trank täglich einen Viertelliter Essig und ihre Frisur war ein wahres Wunderwerk. Nachts wurde das erstaunliche Kunstwerk in Mullbinden gewickelt, sodass es doppelt so groß wurde. Wenn sie zu Bett ging, ruhten falsche Haare, Mehl und Pomade auf einer Art hölzerner Stütze, die eine Ausnehmung für ihren Hals hatte; diese Unbequemlichkeit nahm die Dame jedoch gern für ihre Schönheit in Kauf.

Eines Tages kam ein Bediensteter von Eversleigh Court mit einer Botschaft von Arabella herübergeritten. Sie hatten einen Besucher, der von der Field-Familie von Hessenfield Castle im Norden Englands kam.

Offensichtlich wünschte der jetzige Lord Hessenfield, seine Nichte kennen zu lernen.

Diese Nachricht versetzte mich natürlich in Aufregung, während Damaris eher etwas ängstlich wirkte. Wahrscheinlich fürchtete sie, dass die Familie meines Vaters versuchen würde, mich ihr wegzunehmen.

Wir ritten sofort nach Eversleigh, wo uns Arabella erwartete. »Der Mann ist ein Neffe des jetzigen Lords«, erklärte sie uns, während sie uns ins Haus führte. »Er wird dir wahrscheinlich Vorschläge unterbreiten, Clarissa, aber du darfst keine voreiligen Versprechungen machen. Zuerst müssen wir alle diese Angelegenheit durchbesprechen.«

Ich hörte sie kaum, denn ich dachte nur daran, dass ich jetzt mehr über die Familie meines Vaters erfahren würde.

Er war groß, wie Hessenfield; seine Haare waren blond und hatten einen rötlichen Stich. Er hatte das gleiche kühn geschnittene Gesicht wie mein Vater und leuchtend blaue Augen.

»Das ist Clarissa«, sagte Arabella, indem sie mich vorwärtsschob.

Er trat rasch auf mich zu und ergriff meine Hände.

»Ja, ich sehe die Familienähnlichkeit. Du bist eine Field, meine liebe Clarissa, nicht wahr?«

»Ja, so heiße ich. Wie heißt du?«

»Ralph Field. Mein Onkel, Lord Hessenfield, möchte deine Bekanntschaft machen.«

»Er ist ein Bruder meines Vaters?«

»Genau. Seiner Meinung nach dürfen so nahe Verwandte einander nicht fremd bleiben.«

»Oh.« Ich sah Damaris an.

Sie hatte die Stirn gerunzelt; die Vorstellung, dass dieser Mann mich mitnehmen wollte, machte sie besorgt.

»Eigentlich sollte dieses Zusammentreffen möglichst bald stattfinden«, fuhr er fort. »Du möchtest doch sicherlich die Familie deines Vaters kennen lernen.«

Ich versuchte, Damaris nicht anzusehen. »Ja, selbstverständlich.«

»Ich hoffte, dass du mit mir zurückreiten würdest.«

»Du meinst, dass ich gleich auf Besuch kommen soll?«

»Natürlich.«

Damaris griff rasch ein. »Wir brauchen Zeit, um Clarissa

für den Besuch auszustatten. Außerdem ist es sehr weit nach Hessenfield Castle.«

»Das stimmt, es liegt am anderen Ende Englands. Ihr befindet euch hier im Süden und wir ganz im Norden, dicht an der Grenze.«

»Ist das Gebiet dort oben nicht sehr unsicher?«

Er lachte. »Nicht unsicherer als anderswo, würde ich meinen. Sie können mir glauben, dass die Fields verstehen, sich Geltung zu verschaffen.«

»Davon bin ich überzeugt. Aber ein Kind …«

Ich war verärgert. Wann würden sie endlich aufhören, mich als Kind zu bezeichnen? In solchen Augenblicken empfand ich besonders stark, wie erstickend die Liebe war, in die sie mich einhüllten. Sie war wie eine große Decke – warm, weich und schwer auf mir lastend.

»Tante Damaris«, unterbrach ich sie entschlossen, »ich sollte die Familie meines Vaters besuchen.«

Im gleichen Augenblick bereute ich meine Worte, weil sie so unglücklich aussah. Ich trat zu ihr und ergriff ihre Hand.

»Es wäre ja nur für kurze Zeit«, betonte ich.

Jetzt mischte sich Arabella ein. »Solche Reisen wollen gut überlegt und vorbereitet sein. Vielleicht in einem Jahr …«

»Wir alle brennen darauf, unsere Verwandte kennen zu lernen. Ihr Vater war das Oberhaupt der Familie, und wir waren sehr erschüttert, als er so plötzlich in der Blüte seiner Jahre starb.«

»Das ist schon so lange her«, wandte Damaris ein.

»Deshalb ist es für uns nicht weniger tragisch, Madam. Wir möchten seine Tochter kennen lernen und Lord Hessenfield wünscht dringend, dass sie für einige Zeit auf Besuch kommt.«

Damaris und Arabella warfen einander einen Blick zu. »Wir werden es überdenken«, antwortete Arabella. »Sie werden nach der weiten Reise sicherlich müde sein. Ich werde Ihnen ein Zimmer zurechtmachen lassen, denn Sie können unmöglich heute schon zurückreiten.«

»Das ist überaus gütig von Ihnen, Madam und ich mache gern Gebrauch von Ihrer Gastfreundschaft. Vielleicht kann ich Clarissa dazu überreden, mit mir zurückzureiten; wenn sie wüsste, wie sehr wir uns auf sie freuen, würde sie bestimmt nicht zögern.«

»Sie ist etwas zu jung, um selbst solche Entscheidungen zu treffen«, meinte Arabella.

Wieder ärgerte mich der Hinweis auf meine Jugend und wahrscheinlich entschloss ich mich in diesem Augenblick endgültig zu dem Besuch bei der Familie meines Vaters.

Die arme Damaris war vollkommen verzweifelt. Sicherlich glaubte sie, dass ich aus dem Norden nie wieder zurückkommen würde.

Dann folgten Familienkonferenzen. Urgroßvater Carleton war strikt gegen diese Reise. »Die verdammten Jakobiten«, knurrte er. »Jetzt herrscht zwar Frieden, aber sie haben noch lange nicht aufgegeben. Sie trinken immer noch auf den König jenseits des Meeres. Nein, Clarissa darf nicht weg.«

Aber Urgroßvater Carleton war nicht mehr die unumstrittene Autorität innerhalb der Familie und Arabella stellte schließlich fest, dass mir die Reise nicht schaden konnte. Es handelte sich ja nur um einen Verwandtenbesuch.

Priscilla war dagegen, weil ich ihrer Meinung nach zu jung für ein solches Abenteuer war.

»Sie soll ja nicht allein reisen«, erklärte Arabella. »Wir würden ihr ein paar Bedienstete mitgeben und auch Jeanne könnte sie als Zofe begleiten.«

»Und was ist mit Damaris?«, fragte Priscilla. »Ohne Clarissa wird sie ganz unglücklich sein.«

»Meine liebe Priscilla, das Kind wird ihr natürlich fehlen, so wie es uns allen fehlen wird. Aber Damaris kann sie nicht für immer bei sich behalten, nur weil Clarissa ein Trost für sie ist. Clarissa muss auch ihr eigenes Leben führen.«

»Du willst doch nicht andeuten, dass Damaris egoistisch ist, Mutter? Damaris ist das sanfteste ...«

»Das weiß ich, aber sie hängt zu sehr an Clarissa. Sie kann dem Kind nicht verbieten, die Familie ihres Vaters zu besuchen, nur weil sie ihr so sehr fehlen wird.«

Priscilla schwieg daraufhin. Aber die Familie diskutierte weiter über dieses Thema. Leigh fand, ich sollte die Einladung annehmen, Jeremy war dagegen, aber wahrscheinlich nur deshalb, weil Damaris sich so aufregte.

Jetzt hatte ich wirklich das Gefühl, dass sie mich einsperren wollten, und beschloss, die Angelegenheit selbst in die Hand zu nehmen.

Ich erklärte Damaris: »Tante Damaris, ich reite zur Familie meines Vaters, ich *muss* sie kennen lernen.«

Sie sah mich traurig an, dann setzte sie sich und zog mich zu sich. »Natürlich sollst du reisen, mein Liebes. Du wirst mir nur sehr fehlen, denn ich erwarte wieder ein Kind.«

»O ... Tante Damaris!«

»Du wirst für mich beten, nicht wahr? Du wirst darum beten, dass es mir diesmal glückt.«

Meine Feindseligkeit war verflogen; ich schlang ihr die Arme um den Hals.

»Ich bleibe hier, Tante Damaris, ich kann jetzt nicht fort, ich würde mir solche Sorgen um dich machen. Aber es gibt eine Lösung ... ich bleibe hier, bis dein Baby auf der Welt ist, dann besuche ich die Hessenfields.«

»Nein, Liebes, du darfst dich nicht durch mich aufhalten lassen.«

»Aber ich könnte nicht glücklich sein, wenn ich dich jetzt allein lasse. Ich will bei dir sein, will sicher sein, dass es dir gut geht.«

Damit war die Entscheidung gefallen. Ich würde die Familie meines Vaters besuchen, aber erst in einigen Monaten, wenn das Kind von Damaris auf die Welt gekommen und dabei alles gut abgelaufen war.

Großmutter Priscilla war mit dieser Lösung einverstanden. Sie küsste mich zärtlich. »Es ist das Beste, was du tun konntest. Damaris ist überglücklich, weil du sie nicht im Stich lässt.«

Ralph Field ritt also mit der Botschaft nach Hause, dass ich in wenigen Monaten nachkommen würde.

Dann widmeten wir uns alle den Vorbereitungen für das Kind. Zuerst hatte Damaris solche Angst, sie könnte es wieder verlieren, dass sie kaum darüber sprechen wollte. Aber damit räumte ich bald auf; ich fand, dass man das Böse nur heraufbeschwor, wenn man stets daran dachte, und steckte alle mit meiner festen Überzeugung an, dass das Baby diesmal am Leben bleiben würde. Ich betreute Damaris mit umso größerer Liebe und Sorgfalt, als ich das Gefühl hatte, dass ich mich ihr gegenüber beinahe treulos verhalten hätte.

In dieser Zeit machte sich Jeanne sehr nützlich. Ich war erstaunt, wie sehr sie sich verändert hatte. In Frankreich war sie unter ständigem Druck gestanden; zuerst wollte sie im *hôtel* unbedingt das Wohlwollen meiner Eltern erringen und später musste sie im Keller um das nackte Überleben kämpfen. Die ständige Sorge hatte sie zermürbt und ihr von Natur aus heiteres Wesen gedämpft.

Sobald ihr aber bewusst war, dass sie sich in diesem ausgeglichenen Haushalt in Sicherheit befand, gab sie sich so, wie sie wirklich war. Die Art, wie sie Englisch sprach, war eine ständige Quelle der Heiterkeit für uns, und ich glaube, dass sie es manchmal absichtlich darauf anlegte, uns zum Lachen zu bringen. Außerdem machte sie sich sehr nützlich und nahm die Stellung meiner Zofe ein. Sie frisierte mich, kümmerte sich um meine Kleidung und war ständig um mich.

»Clarissa wird eine elegante Dame«, sagte Arabella.

»Wir brauchen diesen französischen Firlefanz nicht«, brummte Urgroßvater Carleton, aber auch er meinte es nicht ernst.

Jeanne war über die Aussicht auf ein Neugeborenes entzückt. Sie liebte kleine Kinder und kannte sich gut mit ihnen aus. Außerdem konnte sie sehr geschickt mit Nadel und Faden umgehen und fertigte reizende Babysachen an.

Es ist nicht erstaunlich, dass wir uns angesichts der Entwicklung in der Familie nur wenig um die Ereignisse draußen in der großen Welt kümmerten.

Das galt natürlich nicht für Urgroßvater Carleton, Leigh und Jeremy. Es war amüsant zu sehen, wie verschieden sie auf die politische Entwicklung reagierten. Carleton war ein überzeugter Gegner der Katholiken und hasste die Jakobiten umso mehr, als er nicht mehr fähig war, selbst in den Kampf einzugreifen, falls sie wirklich versuchten, die Herrschaft zu übernehmen. Leigh war der Meinung, dass sich im Lauf der Zeit alles beruhigen würde und war bereit, jeden Monarchen zu akzeptieren, der den Thron eroberte. Jeremy befürchtete das Schlimmste, nämlich dass die Jakobiten versuchen würden, Jakob auf den Thron zu setzen und dass es daraufhin zum Krieg zwischen der katholischen Splitterpartei und den Anhängern der hannoveranischen Kurfürstin kommen würde.

»Die Königin unterstützt ihren Halbbruder«, erklärte Carleton. »Sie lässt sich von Gefühlen beeinflussen und das ist bei Staatsangelegenheiten das Verkehrteste, das man tun kann.«

»Das Volk wird Jakob nie anerkennen«, meinte Jeremy. »Falls er in England an Land geht, kommt es zum Krieg.«

»Die Stimmung im Land ist für den Hannoveraner«, stellte Leigh fest, »weil er Protestant ist.«

»Angeblich will die Königin die Kurfürstin nicht nach England einladen«, sagte Jeremy.

»Aber einige Regierungsmitglieder drohen, dass sie eben das tun werden«, widersprach Leigh.

So redeten sie immerzu über dasselbe Thema. Wir Frauen hörten ihnen gar nicht mehr zu, weil wir Damaris ständig umsorgten. Priscilla meinte zwar, dass es Damaris offensichtlich besser gehe als bei den vorhergehenden Schwangerschaften, aber dennoch sehnten wir den Juli herbei – und fürchteten ihn gleichzeitig.

Die politischen Ereignisse interessierten uns ebenso wenig wie der Gesundheitszustand der Königin, die an Gicht litt und kaum noch gehen konnte. Die Namen Harley und Bolingbroke fielen öfter, denn sie schienen erbitterte Feinde zu sein. Carleton wieder regte sich über »diesen Besen Abigail Hill« auf, die anscheinend das Land regierte, denn die Königin tat alles, was diese Dame ihr riet.

»Sie ist genauso arg wie Sarah Churchill«, behauptete Carleton. »Weiber ... das ist das Übel. Eine Regierung in Unterröcken hat dem Land noch nie etwas Gutes gebracht.«

Arabella erinnerte ihn daran, dass das Land unter der Herrschaft von Königin Elisabeth eine Zeit des Friedens und Wohlstandes erlebt hatte. »Bilde dir nur nicht ein«, fuhr sie fort, »dass die Männer allein regieren; die Frauen müssen euch manchmal als Strohmänner benützen, aber sie sorgen schon dafür, dass sie in der Politik mitzureden haben.«

Am achtundzwanzigsten Juli setzten bei Damaris die Wehen ein. Es wurde eine lange und schwere Geburt, denn das Kind kam erst am dreißigsten zur Welt. Zum Glück war es ein kräftiges, gesundes Mädchen und obwohl Damaris erschöpft war und Pflege brauchte, erholte sie sich rasch. Jeremy saß an ihrem Bett und hielt ihre Hand und ich werde nie den glücklichen Ausdruck in Damaris' Gesicht vergessen, als ihr das Baby in die Arme gelegt wurde.

In der Familie folgten erregte Debatten darüber, wie das für uns alle so wichtige Kind heißen sollte. Carleton war für Arabella, aber Arabella schlug Priscilla vor. Leigh hielt das für eine großartige Idee, aber Jeremy fand, dass Namensgleichheit innerhalb einer Familie nur zu Verwirrung führte – und dann legte sich Damaris auf Sabrina fest. Ihr war der Name plötzlich eingefallen und Jeremy schlug sich auf ihre Seite, weil ihm der Name ebenfalls gefiel.

Sie wurde also Sabrina Anna genannt – nach der Königin.

Ein paar Tage danach starb Königin Anna. Obwohl sie schon längere Zeit krank gewesen war, kam ihr Tod für alle wie ein Schock. Sie war wohl keine sehr kluge Frau gewesen, aber während ihrer Regierung hatte das Land an Bedeutung gewonnen. Sie hatte sich mit geschickten Politikern umgeben und in ihren Diensten hatte einer der erfolgreichsten Generäle aller Zeiten gestanden – John Churchill, Herzog von Marlborough. Niemand konnte ihr nachsagen, dass sie sich nicht bemüht hätte, einen Thronerben zur Welt zu bringen, denn sie hatte siebzehn Kinder geboren, von denen allerdings nur eines das Säuglingsalter überlebte. Aber auch dieses, der arme kleine Herzog von Gloucester, war im Alter von elf Jahren gestorben. Deshalb schlitterte das Land durch ihren Tod in eine Krise.

Kurfürstin Sophie war die Enkelin Jakobs I. gewesen und hatte darauf ihren Thronanspruch begründet; leider war sie zwei Monate vor dem Tod von Königin Anna während eines Spaziergangs tot zusammengebrochen.

Damit avancierte ihr Sohn Georg zum protestantischen Thronerben. Anna hatte Georg nie gemocht und ihn immer als den »deutschen Bauern« bezeichnet; das war auch einer der Gründe dafür gewesen, warum sie ihren Halbbruder Jakob Stuart aus Frankreich zurückgeholt hatte.

Diese Komplikationen führten zu neuerlichen Debatten zwischen den männlichen Familienangehörigen; die

Frauen beteten darum, dass die unvernünftigen Herren der Schöpfung keinen Krieg darüber vom Zaun brechen würden, ob der Deutsche Georg oder Jakob Stuart König werden sollte.

»Ich begreife einfach nicht, warum wir nicht in Frieden leben können«, rief Priscilla zornig. »Kriege stürzen nur die Menschen ins Elend, die durchaus bereit waren, sich mit ihrem Nachbarn zu vertragen.«

Carleton freute sich über die plötzliche Wendung der Lage. Der Tod der Königin hatte den Erzjakobiten Bolingbroke überrascht; er hatte damit gerechnet, gemeinsam mit seinen Freunden die Thronbesteigung Jakobs in Ruhe in die Wege leiten zu können. Die Whigs waren besser vorbereitet; sie nahmen die Jakobiten, die einflussreiche Positionen innehatten, fest und riefen einfach Georg von Hannover als Georg I. zum König von England aus.

Sabrina Anna wurde im September getauft. Wir wollten die Taufe wegen des herannahenden Winters nicht länger aufschieben, also wurde gegen Monatsende, als das Wetter noch mild war und die Blätter der Bäume sich rotgolden färbten, die Zeremonie in Anwesenheit der ganzen Familie in der Kirche von Eversleigh vollzogen.

Damaris war zwar blass, aber sie strahlte vor Glück und Zufriedenheit. Jeremy hatte seit den ersten Tagen seiner Ehe nicht mehr so glücklich ausgesehen. Auch ich war froh und vor allem erleichtert, denn ich fühlte mich nicht mehr für Damaris verantwortlich.

Nach der Zeremonie fuhren wir nach Eversleigh Court zurück und ich hörte, wie Arabella mahnend zu Carleton sagte: »Bitte, tu mir den Gefallen und lass bei diesem Anlass einmal die Jakobiten aus dem Spiel.«

»Meine liebe Frau«, brummte Carleton, »du kannst nicht etwas aus dem Spiel lassen, das aufzieht wie schwarze Unwetterwolken und uns alle bedroht.«

Sabrina war ein braves Kind, das nur weinte, wenn es

nass war oder Hunger hatte; also war es nicht schwer, sie zu beruhigen. Sie trug das schöne Taufgewand aus weißer Seide und Brüsseler Spitzen, das sich seit Generationen auf Eversleigh befand und weiter befinden würde. Vielleicht würde der nächste Täufling mein Kind sein, dachte ich. Ich war jetzt zwölf und würde vielleicht in vier oder sogar schon drei Jahren in den Stand der Ehe treten. Ob die Familie schon Heiratspläne für mich schmiedete? Ich war jedenfalls entschlossen, mir meinen Mann selbst auszusuchen.

Als wir nach Enderby zurückkehrten, brachte Jeanne Sabrina in das Kinderzimmer und Damaris zog sich auf ihr Zimmer zurück, um etwas zu ruhen. Sie bat mich mitzukommen, weil sie etwas mit mir zu besprechen hatte.

Als wir allein waren, sagte sie sehr ernst: »Da du jetzt vorhast, deine Verwandten in Hessenfield zu besuchen, haben Jeremy und ich beschlossen, dich über einen wichtigen Umstand zu informieren. Deine Mutter war eine reiche Frau und du bist ihre Erbin. Wir sagten es dir nicht früher, weil die Familie der Ansicht war, dass es für junge Menschen besser ist, nicht zu wissen, wie reich sie sind.«

Ich war verblüfft. Ich war reich – daran hatte ich nie gedacht

»Ja«, fuhr Damaris fort, »deine Mutter hat väterlicherseits eine bedeutende Erbschaft gemacht. Das Vermögen ist gut angelegt und daher im Lauf der Jahre größer geworden. Du kannst darüber verfügen, sobald du achtzehn bist. Wir wollten es dir erst an deinem siebzehnten Geburtstag sagen, aber die Umstände zwingen uns, schon jetzt darüber zu sprechen.«

»Bin ich sehr reich?«

»Man kann nur schwer abschätzen, wie groß deine Erbschaft ist, denn sie ist in Wertpapieren und Ähnlichem angelegt. Dein Großonkel war ein ausgezeichneter und sehr vorsichtiger Geschäftsmann und hat gut vorgesorgt.

Und es kommt noch etwas dazu. Dein Verwandter aus dem Norden erzählte uns, dass auch dein Vater dir Geld hinterlassen hat. Ein Großteil davon befand sich in Frankreich, denn es war ihm gelungen, den größten Teil seines Besitzes hinüberzuschaffen, als er am Hof von Saint Germain und in Paris lebte. Damit bist du eine reiche Erbin, Clarissa.«

»Wie merkwürdig. Ich fühle mich gar nicht verändert.«

»Mein liebes Kind, deine Großmutter und ich machen uns deinetwegen Sorgen. Du verlässt uns jetzt, es gibt überall Mitgiftjäger und du bist noch so unerfahren. Aber sieh nicht so erschrocken drein, die meisten Menschen würden sich über eine solche Nachricht freuen.«

»Ich kann es mir noch gar nicht vorstellen ... ich bin eine Erbin.«

Damaris schloss mich in die Arme und küsste mich zärtlich. »Diese Tatsache wird doch zwischen uns nichts ändern ... oder?«

»Wie sollte es denn?«, fragte ich erstaunt.

»Jetzt weißt du es also und jetzt müssen wir uns mit deinen Reisevorbereitungen beschäftigen, Clarissa. Es war lieb von dir zu bleiben, bis Sabrina auf der Welt war.«

»Ich konnte gar nicht anders, ich hätte mir sonst schreckliche Sorgen um dich gemacht.«

»Wirst du mir etwas versprechen, Clarissa?«

»Natürlich, wenn ich es kann.«

»Falls Jeremy und mir etwas zustoßen sollte ... wirst du dich dann Sabrinas annehmen?«

»Was sollte euch denn zustoßen?«

»Wir leben in einer gefährlichen Zeit. Leute werden auf der Straße ermordet. Ich hörte erst gestern von einer Familie, die in ihrer Kutsche unterwegs war und von Wegelagerern überfallen wurde. Sie leisteten Widerstand und dabei wurde die Frau erschossen. Ich musste dabei natürlich auch an Harriet und Gregory denken ... Falls uns etwas zustoßen sollte, solange Sabrina noch nicht selbstständig ist, würdest du dich ihrer um meinetwillen annehmen?«

»Natürlich, liebste Tante Damaris.« Ich fühlte mich plötzlich großartig. Zum ersten Mal behandelte man mich nicht wie ein Kind. Ich war jemand, der fähig war, Verantwortung zu übernehmen, und das war den anderen klar geworden.

Mein Großonkel Carl, den ich nur flüchtig kannte, war heimgekommen. Er hatte während des Krieges unter dem Herzog von Marlborough in Frankreich gekämpft, an den Schlachten von Blenheim, Oudenarde und Malplaquet teilgenommen und war so etwas wie ein Held. Urgroßvater Carleton war offensichtlich sehr stolz auf ihn.

Ich hörte, wie Priscilla zu Damaris sagte: »Dein Großvater hatte Carl immer am liebsten von uns. Als ich klein war, stand ich stets an zweiter Stelle – nein, noch viel schlimmer, er bemerkte mich kaum.«

»Aber jetzt bemerkt er dich«, antwortete Damaris.

Onkel Carl war braun gebrannt und sah gut aus; er musste ungefähr Mitte Vierzig sein. Er kam nicht allein, sondern brachte Sir Lance Clavering mit, der viel jünger war als Carl und unter ihm ebenfalls am Krieg teilgenommen hatte. Für Arabella war er noch ein Kind, aber er war bereits zwanzig, um beinahe acht Jahre älter als ich. Er sah sehr gut aus und war auch elegant gekleidet. Da er nicht Berufsoffizier war wie Onkel Carl, trug er keine Uniform mehr.

Lance bot überhaupt einen Anblick, der Aufmerksamkeit erregte. Seine gesunde Gesichtsfarbe wurde durch die schneeweiße Perücke betont, die über der Stirn glatt zurückgekämmt und an den Seiten toupiert war. Hinten war sie zu einem von schwarzen Seidenbändern gehaltenen Zopf geflochten. Die Manschetten seines Rocks waren mit zarten Spitzen besetzt; der Rock reichte bis zu den Knien, sodass er die Kniehosen verdeckte, aber er stand vorn offen und gab den Blick auf eine schön gestickte Weste frei. Die Strümpfe waren weiß und auf den schwarzen Schuhen saßen silberne Schnallen. An einem der Goldknöpfe des Rocks hing ein Spazierstock. Ich hatte noch nie solche Eleganz gesehen und war tief beeindruckt. Lance sollte eine Zeit lang bei Carl in Eversleigh Court bleiben und dann mit ihm nach York reiten, wahrscheinlich in einer politischen Mission.

In Enderby lieferte Lance reichlich Gesprächsstoff. Jeremy hielt ihn für einen Gecken, aber Damaris war eher tolerant.

»Onkel Carl scheint viel von ihm zu halten«, meinte sie. »Schließlich nimmt er ihn in einer anscheinend wichtigen Angelegenheit nach York mit.«

»Das verstehe ich nicht«, murmelte Jeremy.

»Er ist sehr jung; er muss beinahe noch ein Kind gewesen sein, als er in die Armee eintrat. Das spricht für ihn, denn er hätte in London bleiben und es sich gut gehen lassen können. Soviel ich weiß, stammt er aus einer reichen Familie.«

Jeremy brummte. Natürlich konnte er Lance Clavering nicht leiden, denn die beiden waren ausgesprochene Gegensätze. Lance war immer guter Laune und schien das Leben für einen einzigen großen Spaß zu halten. Er war sehr höflich und interessierte sich immer für das, was man ihm erzählte. Mit Priscilla sprach er über die Herstellung von Obstwein, mit Damaris über Hunde und Pferde und mit den Männern über den Krieg; was das Militär betraf, bewies er beinahe genauso viel Sachkenntnis wie Großonkel Carl. Lance und ich ritten ein paar Mal gemeinsam aus; er bemühte sich sehr herauszubekommen, wofür ich mich interessierte, und dann unterhielt er sich so eingehend darüber, als wäre es für ihn das Wichtigste auf der Welt. Er besaß Charme, Grazie, Eleganz und vor allem das zwingende Bedürfnis zu gefallen.

»Er ist ein Gewinn für jede Gesellschaft«, stellte Arabella fest.

Jeanne sagte: »Oh, was für ein hübscher Gentleman.« Als ich ihm von dem Ausruf erzählte, war er nicht im Geringsten beleidigt. Er begann zu lachen und meinte, er werde sich bemühen, für Jeanne sein hübsches Aussehen zu bewahren.

Seine unerschütterlich gute Laune wirkte ansteckend und in seiner Gesellschaft lachten wir viel. Bei einer Jagd legte es einer unserer Nachbarn – Carleton nannte ihn nur einen »Bauerntölpel« – darauf an, so durch einen schlammigen Bach zu reiten, dass das schmutzige Wasser Lances perlgrauen Reitrock bespritzte. Lance wischte es gleichgültig weg, worauf er die Lacher auf seiner Seite hatte.

Immerzu schloss er Wetten ab. Sein Lieblingsausdruck war: »Ich wette, dass …«

Eines Abends saßen wir alle in Eversleigh Court beim Abendessen am Tisch, als man auf die Ankunft des neuen Königs zu sprechen kam. Urgroßvater Carleton fand, es sei eine Schande, dass wir uns unseren König aus Deutschland holen mussten.

Die gesamte Familie war streng protestantisch. Ich war die Einzige, die schwankte, und das auch nur deshalb, weil Hessenfield Jakobit gewesen war. Mir war natürlich klar, dass ich von der ganzen politischen Auseinandersetzung nur wenig wusste, und ich hatte in Eversleigh so viel über die Missstände in der katholischen Kirche gehört, dass ich mit einem protestantischen König durchaus einverstanden war.

»Der neue König ist nicht einmal bei den eingefleischten Protestanten beliebt«, stellte Arabella fest.

»Anna nannte ihn den deutschen Bären, und diese Bezeichnung passt genau auf ihn«, bemerkte Großonkel Carl.

»Aber wir wollen die Jakobiten nicht zurückhaben«, rief Carleton, »und da ist Georg der einzige Ausweg.«

»Er hat wenigstens nach der Erbfolge Anspruch auf den Thron«, warf Arabella ein. »Als ich ein Kind war, sprach man immer wieder über seine Großmutter. Sie war die Schwester von König Karl, der enthauptet wurde, und soll sehr schön gewesen sein. Sie heiratete den Kurfürsten von der Pfalz. Aus dieser Ehe stammte ihre Tochter Sophia, die Mutter von Georg. Somit ist er ein legitimer Thronerbe.«

»Die Jakobiten wären mit dieser Interpretation nicht einverstanden, weil Jakobs Sohn unbedingt König werden will«, stellte Lance lachend fest, als handle es sich um einen Heidenspaß. »Natürlich wird er es nie schaffen, weil ihn das Volk ablehnt. Aber er wird es bestimmt versuchen.«

Onkel Carl warf ihm einen zurechtweisenden Blick zu.

Lance rieb sich übertrieben heftig die Nase, um zu zeigen, dass er begriffen hatte, und fuhr lächelnd fort: »Der alte Georg soll gar nicht so schlecht sein. Er ist ein guter Freund ... seinen Anhängern gegenüber, und er vergisst Beleidigungen rasch. Er ist gutmütig und unglaublich geizig; er dreht jeden Penny dreimal um, ehe er ihn ausgibt. Von Literatur und Kunst versteht er überhaupt nichts und hat auch nicht die Absicht, sich damit zu beschäftigen. Sein Englisch ist fürchterlich. Der arme, alte Kerl hat wahrscheinlich überhaupt keine Lust gehabt, hierher zu kommen.«

»Das Volk wird einen Deutschen ablehnen«, behauptete Arabella.

»Sie werden sich schon an ihn gewöhnen«, widersprach Priscilla.

»Die Menschen gewöhnen sich wahrscheinlich mit der Zeit an alles«, stellte Lance fest, »sogar an die Mesdemoiselles Kielmansegge und Schulemberg.«

»Wer ist das?«, fragte ich.

»Nimm dir doch noch vom Roastbeef«, unterbrach uns Priscilla.

»Meiner Meinung nach war der Schlehenwein heuer besonders gut«, fügte Arabella hinzu.

Das war wieder ein Beispiel für die Art, wie sie mich behüteten. Ich wusste sofort, dass ich etwas Schockierendes über die von Lance erwähnten Damen erfahren könnte und dass man das vermeiden wollte, deshalb sah ich Lance an und wiederholte: »Wer ist das? Ich möchte es wissen.«

»Die Mätressen des Königs«, antwortete er lächelnd.

»Clarissa ist ... hm ...« Damaris wurde rot.

»Lady Clarissa ist welterfahrener, als ihr annehmt«, erklärte Lance und eroberte damit mein Herz im Sturm. Zu mir gewandt fuhr er fort: »Es sind deutsche Damen ... die eine ist unglaublich dick, die andere entsetzlich dürr. Wie du siehst, liebt seine deutsche Majestät die Abwechslung. Sie sprechen kaum Englisch, genau wie er, und sind die beiden unattraktivsten Frauen Europas. Man hält es für einen Witz, dass sie die ersten Importe aus Deutschland sein werden, die unser Land kennen lernt.«

»Das Ganze klingt ein bisschen wie ein Witz«, meinte ich.

»Das ist es auch, wie das Meiste im Leben. Bist du nicht auch meiner Meinung?«

So plauderten und scherzten wir, und die Familie begriff endlich, dass ich nicht mehr das kleine Kind war, für das sie mich hielten. Lance hatte ihnen gezeigt, dass ich fast erwachsen war, und damit meine Zuneigung gewonnen.

Dann ging das Gespräch auf die Reise nach York über, die Großonkel Carl und Lance in Kürze antreten sollten. Damaris hatte einen Einfall. »Clarissa soll nach dem Norden zur Familie ihres Vaters reiten. Vielleicht könntet ihr sie bis York mitnehmen; es liegt ja auf dem Weg. Es wäre für uns eine große Erleichterung, wenn sie wenigstens bis dorthin euren Schutz genießen könnte.«

Lance stimmte ihr sofort begeistert zu, und nach kurzer Überlegung meinte auch Carl, dass es sich machen ließe. Das bedeutete allerdings, dass ich mich etwas früher auf den Weg machen musste als vorgesehen, aber Damaris tröstete sich mit dem Gedanken; dass ich dafür unter männlichem Schutz reisen würde.

Wir stürzten uns sofort in fieberhafte Reisevorbereitungen und während des Packens fragte Damaris plötzlich: »Würde es dir etwas ausmachen, wenn ich Jeanne hierbehalte? Sie kann am besten von uns allen mit Sabrina umgehen.«

Ich war enttäuscht, weil ich an Jeanne hing und weil ihr lustiges englisch-französisches Kauderwelsch so unterhaltend war. Ich wusste jedoch, dass sie Damaris eine große Hilfe bedeutete. Weil ich mich ohnehin durch die Aussicht auf die Reise in gehobener Stimmung befand, verzichtete ich sogleich bereitwillig auf Jeannes Begleitung.

Es war ein warmer Tag Ende September, als wir aufbrachen. Damaris verabschiedete sich unter Tränen von mir und Jeremy sah mich etwas vorwurfsvoll an, weil ich mich so offensichtlich auf die Familie meines Vaters freute. Jeanne schwankte zwischen Tränen und wortreichen Ermahnungen; einerseits wollte sie Damaris' Kind betreuen, anderseits wollte sie mich begleiten, weil sie mich als ihr persönliches Eigentum betrachtete.

Ich war froh darüber, dass ich Enderby verlassen konnte, und schämte mich gleichzeitig über meine Freude. Jedenfalls nahm ich mir vor, nach Möglichkeit vor Weihnachten zurückzukommen, um der Familie ein Weihnachtsfest ohne mich zu ersparen.

Ich ritt zwischen Carl und Lance Clavering und sobald ich die Landstraße erreicht und den Abschiedsschmerz überwunden hatte, waren wir alle bester Laune.

Der Morgen war herrlich. Es war noch sommerlich warm, obwohl die Eichenblätter schon eine rotbraune Färbung angenommen hatten und die Ahornbäume an den Hecken orange und rot leuchteten. Im zarten Dunst, der über der Landschaft hing, lag der leichte Geruch des Meeres; die fernen Wälder schimmerten bläulich.

Hinter uns ritten zwei Bedienstete und zwei Reitknechte, die die Packpferde führten; die Eskorte war groß genug, um etwaige Wegelagerer abzuschrecken.

»Ich breche gern zu einer Reise auf«, sagte Lance. »Schon das ist ein Abenteuer, findest du nicht, Clarissa? Die Sonne wird jeden Augenblick durchbrechen und das ist schade, denn ich liebe diesen leichten Dunst, du nicht auch, Clarissa? Nebel wirkt immer irgendwie geheimnisvoll ... und abenteuerlich, bist du nicht auch meiner Meinung, Clarissa?«

Seine Fragen waren immer rein rhetorisch, denn er wartete nie die Antwort ab. »Es ist genau der richtige Morgen für ein Lied«, fuhr er fort, »nicht wahr?« Und schon sang er:

Es kamen sieben Zigeuner daher,
Sie sangen so klar und so rein,
Dass die Frau des Grafen hinunterstieg,
Die Dame vom Schloss gar so fein.
Sie schenkten ihr Muskatnüsse zuhauf
Und Ingwer als Liebespfand.
Und bekamen dafür sieben Ringe aus Gold
Aus der Dame eigener Hand.

»Du wirst alle Leute in der Gegend aufwecken«, sagte Carl.

»Um diese Zeit sollten sie ohnehin schon längst wach sein«, erwiderte Lance. »Es ist eine so rührende Geschichte. Weißt du, wie sie weitergeht, Clarissa?«

»Ja, die Frau des Grafen zog mit den Zigeunern davon.«

»Du kennst das Lied also.« Und Larice sang fröhlich weiter.

Heute Nacht lag ich noch im Federbett
Mit dem Mann, dem ich vermählt.
Kommt der Abend, werd ich unterm Himmel ruhn
Bei Zigeunern, den Freien der Welt.

»Sie hat den Zigeunern zuliebe ein Schloss aufgegeben. Was hältst du von der Frau des Grafen, Clarissa, war sie klug oder töricht?«

»Töricht«, antwortete ich, ohne zu zögern. »Sie wird bald von dem Nachtlager im Freien und den Zigeunern genug haben und sich nach ihren hochhackigen spanischen Schuhen sehnen, darauf kannst du Gift nehmen.«

»Was für ein kühl überlegendes Mädchen du bist! Ich hätte angenommen, dass du romantisch veranlagt bist, so wie die meisten Mädchen.«

»Ich bin nicht wie die meisten Mädchen, ich bin ich.«

»Oh, du bist ja eine kleine Individualistin.«

»Ich halte die Dame nicht nur für töricht, sondern auch für herzlos.« Ich sang die letzte Strophe des Liedes.

Der Graf von Casham liegt im Krankenbett,
Doch ich küsse den Freier so hold.
Was kümmert es mich, ob er sterben wird,
Was schert mich sein Geld und sein Gold.

»Und du hältst diese Gefühle für töricht?«, fragte Lance.

»Und ob.«

Mit solch leichtfertigem Geplauder vertrieben wir uns die Zeit, bis wir bei einem Wirtshaus Rast machten, um etwas zu essen und den Pferden Ruhe zu gönnen. Nach kurzer Zeit machten wir uns wieder auf den Weg.

Wir kamen durch Dörfer und Städte und ich bemerkte, dass Carl sich umsah, als suche er etwas. Ich wusste zwar, dass sie in geheimer Mission nach York ritten, aber das war mir gleichgültig, ich genoss nur Lances Gesellschaft.

Als es dunkel wurde, erreichten wir den Gasthof, in dem wir die Nacht verbringen wollten.

Man machte Zimmer für uns zurecht und servierte uns ein großartiges Abendessen, das aus Fisch in einer köstlichen Sauce, Hammelbraten und einem Punsch bestand, der die Spezialität der Wirtin war. Ich bekam Apfelwein. Während wir noch bei Tisch saßen, betrat ein Mann das Esszimmer, der mir irgendwie auffiel. Er trug einen dunkelbraunen Friesmantel mit schwarzen Knöpfen, braune Schuhe und schwarze Strümpfe. Auf seiner sorgfältig in Locken gelegten Perücke saß ein Dreispitz, den er abnahm, als er hereinkam.

Er setzte sich in unsere Nähe und ich hatte den Eindruck, dass wir seine Aufmerksamkeit erregten. Wahrscheinlich war es Lance Claverings Eleganz, die überall auffiel, denn Onkel Carl sah ohne Uniform nicht besonders eindrucksvoll aus, und ich war ja nur ein sehr junges Mädchen. Der Mann blieb ruhig sitzen und nach einer Weile vergaß ich ihn.

Nach einem im Sattel verbrachten Tag war ich müde und die frische Luft hatte mich schläfrig gemacht, deshalb schlief ich sofort ein, als ich endlich im Bett lag. Der Morgen kam viel zu schnell; ich wachte auf, weil es im Gasthaus lebendig wurde. Ich stand auf und sah aus dem Fenster; Lance stand im Hof, schaute herauf und entdeckte mich.

»Hast du gut geschlafen, schönstes aller Mädchen?«, fragte er.

»Den Schlaf der Erschöpfung.«

»Was hat dich denn so müde gemacht, doch nicht meine Gesellschaft, will ich hoffen?«

»Nein, die war eher anregend. Ich dachte beim Einschlafen noch an die Frau des Grafen.«

»Ach, das törichte Weib. Du musst dich nicht beeilen, wir können noch nicht aufbrechen. Eines der Pferde hat ein

Hufeisen verloren und muss zum Schmied gebracht werden.«

»Oh ... wann ist das geschehen?«

»Ich bemerkte es soeben. Wir werden gegen elf Uhr weiterreiten; dadurch haben wir die Möglichkeit, noch den Jahrmarkt zu besuchen.«

»Den Jahrmarkt? Was für einen Jahrmarkt?«

»Da ich immer bemüht bin, für deine Zerstreuung zu sorgen, habe ich mich hier ein wenig umgesehen. Dabei stellte sich heraus, dass in dem Dorf Langthorn ... oder heißt es vielleicht Longthorn? ... Jedenfalls, in diesem Dorf findet zweimal im Jahr ein Jahrmarkt statt und wir sind zufällig gerade zurechtgekommen. Ein Glücksfall, möchte ich meinen. Die himmlischen Mächte sind anscheinend fest entschlossen, diese Reise für uns alle unterhaltsam zu gestalten.«

»Was sagt mein Großonkel dazu?«

»Er hat sich damit abgefunden. Er hat hier einiges zu erledigen, also fragte er mich: ›Würden Sie sich ein oder zwei Stunden lang meiner kleinen Nichte widmen, Clavering?‹ Ich antwortete: ›Das werde ich mit dem größten Vergnügen tun, Sir. Wenn Sie nichts dagegen haben, werden Ihre kleine Nichte und ich den Jahrmarkt besuchen.‹ Daraufhin erteilte er seine Einwilligung.«

»Bist du immer so überschwänglich und gesprächig?«

»Nur, wenn ich ein sachverständiges Publikum habe.«

»Du findest, dass ich sachverständig bin?«

»Ich finde, dass du immer genau das bist, was ich mir wünsche, und zwar immer in dem Augenblick, in dem ich es mir wünsche. Und das, meine liebe Clarissa, ist die Definition einer attraktiven Frau.«

»Ich habe den Verdacht, dass du die Schmeicheleien, die du von dir gibst, gar nicht wirklich meinst.«

»Eine sachliche Feststellung ist doch keine Schmeichelei, oder? Man lobt jemanden, weil man das Bedürfnis dazu verspürt. Man spricht das aus, was einem in dem Augenblick einfällt, und wenn einem sehr viel Gutes einfällt, dann ist es umso besser, aber deshalb ist es noch lange keine Schmeichelei. Dir sage ich die Wahrheit, und wenn sie dir überschwänglich erscheint, so nur deshalb, weil Bescheidenheit ebenfalls zu deinen Tugenden zählt.«

»Ist es jemals vorgekommen, dass du nicht wusstest, was du sagen sollst?«

»Gelegentlich. Am Spieltisch, zum Beispiel wenn ich mehr verlor, als ich mir leisten konnte.«

»Das muss entsetzlich sein.«

»Na ja, es gehört eben zum Spiel. Wenn man jedesmal gewinnt, ist das Spiel nicht mehr aufregend, nicht wahr? Aber ich darf mit dir nicht über Glücksspiele sprechen, deine Familie wäre entschieden dagegen. Also, was meinst du, wollen wir auf den Jahrmarkt gehen?«

»Es wäre herrlich.«

»Dann sieh zu, dass du dein Frühstück bekommst, und wir machen uns auf den Weg. Ich verspreche dir einen anregenden Vormittag.«

»Ich werde mich beeilen.«

Ich trat vom Fenster zurück, zog am Klingelstrang und verlangte heißes Wasser. Nachdem ich mich gewaschen hatte, ging ich in die Wirtsstube hinunter. Während ich heißen, knusprigen Schinken und frisches Brot aß und Ale dazu trank, kam der Mann im Friesmantel herein und sprach mit dem Wirt über sein Pferd. Er war offensichtlich bereits reisefertig und hatte es eilig aufzubrechen.

Als ich die Gaststube verließ, erwartete mich Lance bereits und sagte mir, dass wir ein paar Stunden Zeit hätten. Wir gingen also ins Dorf und hörten schon von fern den fröhlichen Lärm. Der Jahrmarkt fand auf einem weiten Anger statt; zwischen den mit grellen Farben bemalten Buden drängten sich so viele Menschen, dass ich annahm, die gesamte Umgebung sei hier versammelt.

Lance fasste mich am Arm. »Bleib dicht bei mir, denn auf solchen Jahrmärkten wimmelt es von Taschendieben. Halte dein Geldtäschchen fest und wenn jemand versucht, es dir zu entreißen, so schrei, ich werde dann schon den Räuber verjagen. Und vor allem, halte dich an mich und verlasse deinen Beschützer nicht.«

»Wie Ihr meint, Sir Lancelot.«

»Ich muss dir etwas gestehen – ich heiße wirklich Lancelot. Sobald ich begriff, was das bedeutet – ich war damals sieben Jahre alt, denn ich war ein sehr intelligentes Kind, wie du sicherlich bemerkt hast, und habe mir diese Eigenschaft in meine reiferen Jahre hinübergerettet – änderte ich meinen Namen. Stell dir nur mal vor – Lancelot! Lance passt viel besser, denn es erinnert an eine Lanze, also an eine Kriegswaffe, etwas Aggressives.«

»Ich glaube, der gute Lancelot war gelegentlich reichlich aggressiv. Außerdem hatte er doch Schwierigkeiten mit Guinevere.«

»Dennoch möchte ich nicht als Ritter durch das Leben gehen.«

Ich lachte.

»Was kommt dir dabei so komisch vor?«

»Wir diskutieren anscheinend immer über Dinge, die vollkommen unwichtig sind.«

»Mein Name ist für mich überaus wichtig ... und ich hoffe, er wird es auch für dich werden. Was übrigens die spanischen Lederschuhe betrifft, deretwegen du dir solche Sorgen machtest, hat mir deine Einstellung zur Haltung der Frau des Grafen etliches über dich verraten und das ist für mich sehr interessant, meine liebe Clarissa.«

»Mir scheint, du hast doch etwas von Sir Lancelot an dir. Wonach riecht es hier?«

»Nach einem Ochsen, der am Spieß gebraten wird. Bei solchen Anlässen unumgänglich notwendig. Er wird portionsweise verkauft.«

»Ich glaube nicht, dass ich darauf Appetit habe.«

»Aber du wirst dir von mir etwas schenken lassen? Darauf bestehe ich.«

»Ich fürchte, du wirst dich nicht anstrengen müssen, um mich dazu zu überreden.«

Der Jahrmarkt faszinierte mich, denn ich hatte noch nie etwas Ähnliches gesehen. Ich hatte das Gefühl, ein Abenteuer zu erleben, aber vielleicht war mehr die Tatsache dafür verantwortlich, dass Lance Clavering mich begleitete.

Die Herbstsonne tauchte die in den Buden ausgestellten Waren in warmes Licht. Ein Teil des Marktes war den Rindern und Pferden vorbehalten, aber mich zogen die Verkaufsstände unwiderstehlich an. Lance und ich musterten gemeinsam Sättel, Stiefel, Kleidung, Töpfe, Pinsel, Schmuck, Kartoffeln, die mit der Schale in einem Kohlebecken gebraten wurden; neben ihnen lagen Kastanien: Lance kaufte ein paar und wir gingen kauend weiter.

Es war ein besonders großer Jahrmarkt, erklärte mir Lance. Es gab Wachsfigurenkabinette, Zwerge und Wahrsager. Vor einer Bude standen eine überaus dicke und eine sehr magere Frau, die bei den Vorübergehenden große Heiterkeit hervorriefen, denn sie stellten die beiden Mätressen des Königs dar, die er aus Deutschland mitgebracht hatte. Meiner Meinung nach bezeugten die Leute ihrem neuen Herrscher gegenüber wenig Respekt.

In einem Zelt sahen wir eine Marionettenaufführung und applaudierten begeistert gemeinsam mit dem übrigen Publikum. Lances Kleidung erregte zwar Aufsehen, aber die Leute waren daran gewöhnt, dass auch die Landedelleute den Jahrmarkt besuchten, also kümmerten sie sich nicht allzu sehr um ihn.

Dann führte er mich zu einer Bude mit Geschenken und forderte mich auf, mir etwas auszusuchen. Es gab Süßigkeiten, um die rosa oder blaue Bänder geschlungen waren – meist stellten sie Herzen oder ein Tier dar. Eines der

Tiere war ein Hund, der aussah wie Damon, und ich überlegte schon, ob ich ihn mir aussuchen sollte. Aber dann entdeckte ich eine Maus aus Zuckermasse mit leuchtend rosa Augen, einem langen Schwanz und einem blauen Band um den Hals. Ich musste sofort an den Schwanz der Zuckermaus denken, den ich Hessenfield geschenkt hatte, als er die Kutsche überfiel.

Lance sah, dass die Maus es mir angetan hatte, und kaufte sie und dazu ein Herz aus rosa Marzipan. Dann wollte er wissen, was ich an der Maus fand, und ich erzählte es ihm.

»Ach ja«, sagte er, »Hessenfield.« Zum ersten Mal, seit ich ihn kannte, war sein Gesicht ernst.

Wir wanderten weiter über den Jahrmarkt und ich hätte am liebsten die Zeit angehalten. Es war ein zauberhafter Morgen und ich war glücklich und aufgeregt.

Aber dann kamen wir zu dem Stand, bei dem sich Leute als Arbeitskräfte verdingten.

Als ich die armen Leute sah, die dort standen, wünschte ich mir, wir wären nicht vorbeigekommen. Es handelte sich um Menschen, die keine Arbeit finden konnten; ein alter Mann, dessen Augen verzweifelt blickten, war darunter, und ein Mädchen in meinem Alter. Meiner Meinung nach musste es zutiefst demütigend sein, sich auf diese Art anbieten zu müssen. Manche dieser Menschen hatten ihr Handwerkszeug bei sich, um zu zeigen, für welche Arbeit sie geeignet waren. Ich hatte noch nie so viel Verzweiflung auf einmal gesehen.

Lance bemerkte mein Entsetzen, ergriff meinen Arm und führte mich rasch weg.

Ich hatte keine Augen mehr für die Töpfe und Pfannen und die über dem Feuer brutzelnden Gänse; ich achtete nicht mehr auf die Quacksalber, die laut die wunderbare Wirkung ihrer Pillen und Mixturen anpriesen. Ich sah immerzu den verzweifelten alten Mann und das Mädchen vor mir.

»Du hast ein weiches Herz, kleine Clarissa«, sagte Lance, »und du hast die Gabe, dich in die Lage der anderen zu versetzen. Sieh zu, dass du sie nicht verlierst.«

Er kann also auch ernst sein, dachte ich, er ist gar nicht so oberflächlich, wie ich angenommen habe.

Dann kamen wir zu dem Zelt, in dem geboxt wurde.

»Gehen wir hinein«, schlug Lance vor, und ich sah, dass seine Augen vor Erregung glänzten.

In der Mitte des Zeltes war ein Boxring aufgestellt, in dem zwei Männer gegeneinander kämpften. Wir setzten uns auf eine der Bänke, die um den Ring standen.

Im Zelt war es warm. Ich sah, dass auf den nackten Oberkörpern der Boxer der Schweiß glitzerte. Meiner Meinung nach handelte es sich um eine abstoßende Schaustellung und ich wollte schon gehen, aber als ich mich Lance zuwandte, bemerkte ich den verzückten Ausdruck, mit dem er die beiden Männer beobachtete.

Nach einer scheinbar endlos langen Zeit ging der eine zu Boden. Das Publikum jubelte und ein Mann trat vor und hielt den Arm des Siegers in die Höhe. Der Boxer lächelte ins Publikum, obwohl seine Stirn blutete.

Dann rief jemand: »Machen Sie Ihre Wetten« und Lance ging zu einem Tisch, an dem ein Mann saß und Geld von den Leuten entgegennahm, die sich um ihn drängten.

Dann kamen zwei andere Männer in den Ring und begannen zu boxen. Mir wurde bei dem Anblick beinahe übel, aber ich konnte meinen Blick nicht von Lance lösen, der offensichtlich vom Kampf hingerissen war und mich anscheinend vergessen hatte. Als das Match vorbei war, zuckte er die Schultern; ich schlug ihm vor, zu gehen, und er folgte mir zögernd aus dem Zelt.

»Du machst dir nicht viel aus dem Sport der Könige«, meinte er.

»Ich habe geglaubt, Pferderennen sind der Sport der Könige.«

»Das hängt vom jeweiligen König ab, jedem gefällt etwas anderes. Ich weiß nicht, was unser edler Georg vorzieht.«

»Was tatest du an dem Tisch? Wir hatten das Eintrittsgeld ja schon bezahlt.«

»Ich platzierte eine Wette.«

»Was für eine Wette?«

»Auf den Sieger.«

»Du hast also darauf gewettet, welcher der Männer gewinnen würde?«

»Ja ... und setzte auf den falschen.«

»Du hast also Geld verloren.«

»Leider.«

»O Gott, hoffentlich nicht zu viel.«

»Fünf Pfund.«

Ich war entsetzt, denn für mich waren fünf Pfund viel Geld. »Das ist ja schrecklich.«

»Sei nicht so traurig, süße Clarissa. Stell dir vor, was geschehen wäre, wenn mein Mann gesiegt hätte.«

»Dann hättest du wahrscheinlich viel Geld bekommen.«

»Fünfzig Pfund ... für fünf. Wäre das nicht wunderbar gewesen?«

»Aber du hast verloren.«

»Ich hätte ja auch gewinnen können.«

Ich schwieg eine Weile, dann sagte ich: »Du bist ein Risiko eingegangen und hast verloren.«

»Dadurch ist es ja so aufregend. Wenn man sicher wäre, dass man jedesmal gewinnt, wo bliebe dann der Reiz?«

»Es wäre sicherlich sehr reizvoll, jedesmal zu gewinnen.«

»Ich merke schon, du bist keine Spielernatur.«

Ich gab ihm keine Antwort. Ein leichter Schatten hatte sich über unseren Ausflug gelegt. Zuerst war ich so selig gewesen, darin hatte ich die Menschen gesehen, die sich verdingten, und jetzt hatte Lance fünf Pfund verloren. Der Tag war nicht mehr so strahlend schön wie an seinem Anfang.

Außerdem mussten wir ohnehin zum Wirtshaus zurück. Zu meiner Überraschung war der Mann im braunen Friesmantel immer noch dort und dabei hatte er zuerst so darauf gedrängt, dass sein Pferd rechtzeitig gesattelt wurde.

Kurz danach waren wir wieder unterwegs.

IV

Intrige

Großonkel Carl und Lance Clavering blieben in York zurück und erst in diesem Augenblick wurde mir bewusst, wie sehr ich Lances Gesellschaft genossen hatte. Die lebhafte Konversation mit ihm war äußerst anregend gewesen und vor allem hatte mir gefallen, dass er mich als Erwachsene behandelte.

Für die letzte Strecke der Reise hatte ich nur die Diener als Begleitung und da das Wetter gut blieb und wir bei Morgengrauen aufbrachen und bis Sonnenuntergang ritten, mussten wir nur zweimal übernachten, und zwar in jenen Gasthäusern, die man uns empfohlen hatte.

Wir ritten über Moore und am Meer entlang. Ich war aufgeregt und begeistert – dieses wilde nördliche Land war die Heimat meiner Vorfahren.

Endlich kamen wir nach Hessenfield Castle. Es lag nicht weit vom Meer – etwa eine Meile entfernt, meiner Schätzung nach – und war ein schönes Gebäude aus gelbem Stein, das einen viereckigen Hof umschloss; an seinen Ecken erhoben sich vier hohe, quadratische Türme. An den Kanten dieser Türme sprangen achteckige, mit Pechnasen versehene Türmchen vor, die offensichtlich dazu dienten, dass die Bogenschützen von ihnen aus auf eine angreifende Armee hinunterschießen konnten.

Das überdachte Portal mit dem Türmchen und dem zinnenbewehrten Laufgang war überaus beeindruckend. Das Wappen der adligen Familie Field, die den Titel Hessenfield führte, war über ihm in den Stein gemeißelt. Ich betrachtete die durch Längspfosten unterteilten Fenster und empfand tiefen Stolz bei dem Gedanken, dass dies das Stammschloss der Familie meines Vaters war.

Während wir durch das Eingangstor ritten, liefen Stallknechte heraus, um zu sehen, wer da kam. Sie wussten sofort, wer ich war, und daraus schloss ich, dass man mich schon sehnlich erwartete.

»Seine Lordschaft hat uns vor zwei Tagen befohlen, Ausschau zu halten«, sagte einer von ihnen. »Ich werde Sie unverzüglich zu ihm bringen.«

Ich saß ab, ein Stallknecht übernahm mein Pferd und zwei Diener kümmerten sich um meine Begleiter und um die Satteltaschen.

Als ich das Schloss betrat, erkannte ich erst, wie großartig die Anlage war. Ich war an den prächtigen Herrensitz Eversleigh Court gewöhnt; Enderby war ein schönes altes Haus; aber das hier war ein richtiges Schloss. Seine Ursprünge waren normannisch – Eversleigh war elisabethanisch und daher verhältnismäßig modern. In jenem Teil des Schlosses, der wie eine Festung aussah, fielen mir die dicken Steinmauern und die Wendeltreppen auf, bei denen Seile als Geländer dienten. Wir gelangten in die große Halle – viel größer als die in Eversleigh; an den Wänden hingen Waffen aus einem anderen Zeitalter; ich blickte zur hohen, gewölbten Decke empor, bemerkte die Galerie und mir fiel wieder Enderby ein.

»Seine Lordschaft befindet sich in seinem Wohnzimmer«, sagte der Diener. »Ich werde ihm melden, dass Sie hier sind.«

Kurz darauf führte er mich eine breite Treppe hinauf und dann durch eine Gemäldegalerie. Ich warf rasch einen Blick auf die Bilder und stellte fest, dass die Männer und Frauen einander sehr ähnlich sahen. Ich nahm an, dass sich mein Vater unter ihnen befand, hatte aber keine Zeit, ihn herauszusuchen. Der Diener drängte mich weiterzugehen.

Wir verließen die Galerie und gelangten in einen langen Korridor. Hier lagen Teppiche auf dem Boden, die dem Raum ein modernes Aussehen verliehen. Die Behaglichkeit hatte über die Tradition gesiegt.

Der Diener klopfte an eine Tür und ich betrat ein Zimmer. Es war nicht sehr groß, wirkte aber überaus wohnlich. Die schweren blauen Vorhänge an den Fenstern passten zum Blau des Teppichs; im großen Kamin brannte ein Feuer und der Mann, der vor ihm saß, hatte eine Decke über den Knien. Ihm gegenüber saß eine junge Frau.

Der Mann begann sofort zu sprechen, stand aber dabei nicht auf.

»Du bist Clarissa«, sagte er. »Endlich bist du da. Ich habe schon geglaubt, du würdest nie mehr kommen.«

Ich ging schnell auf ihn zu und er ergriff meine Hand. Erst jetzt begriff ich, dass er krank war.

»Verzeih, wenn ich nicht aufstehe«, sagte er. »Aber ich kann es nicht. Ich muss mein Leben in diesem Stuhl verbringen. Aimée, meine Liebe, begrüße Clarissa.«

Die junge Frau hatte sich erhoben. Sie war nur um wenige Jahre älter als ich … sie war etwa achtzehn. Sie trug ein schönes Kleid aus dunkelgrünem Samt, das vorn ausgeschlagen war, sodass man das grauseidene Unterkleid sah.

Sie ergriff meine Hand, lächelte mir zu und sah mich forschend an. Sie bemerkte zweifellos, dass mein Haar zerrauft war und meine Hände infolge der Kälte gerötet waren.

»Du bist sicherlich müde und willst dich ausruhen«, meinte mein Onkel. »Vielleicht willst du dich auch waschen, umziehen und dann etwas essen. Wie wäre es mit einer warmen Mahlzeit? Ich wollte dich unbedingt sofort nach deiner Ankunft sehen und habe dich gar nicht gefragt, was du eigentlich möchtest? Willst du dich zuerst frisch machen? In der Küche werden sie inzwischen das Essen zubereiten, sodass wir einander bei der Mahlzeit näher kennen lernen können.«

»Es tut so gut, mit dir zu sprechen …«, begann ich.

»Onkel«, ergänzte er. »Ich bin dein Onkel Paul. Dein Vater war mein ältester Bruder. Ich wusste, dass es dich gibt, erfuhr aber erst jetzt, wo du lebst. Ich sehnte mich so sehr danach, dich kennen zu lernen. Sag jetzt, was du zuerst tun willst.«

Mir war bewusst, wie elegant das Aimée genannte Mädchen gekleidet war, und deshalb sagte ich, ich wolle mich waschen und umziehen. Das Essen konnte warten, bis alle zu Tisch gingen. Wir hatten, kurz bevor wir das Schloss erreichten, in einem Gasthof kalten Schinken, Brot und Käse gegessen.

»Dann wird dich Aimée in dein Zimmer geleiten. Du kannst Clarissa erklären, wer du bist, Aimée. Ihr werdet viel Gemeinsamkeiten finden. Wenn du fertig bist, Clarissa, werden wir beide ebenfalls ein langes Gespräch führen. Aber das Wichtigste zuerst. Ich weiß, wie sich Damen nach einem langen Ritt fühlen, und unser Klima hier oben ist nicht so mild wie bei euch im Süden.«

Ich fand ihn reizend. Er ähnelte ein wenig meinem Vater, aber das Beeindruckende an Hessenfield war seine Größe gewesen. Dass sein Bruder, mein Onkel Paul, an einen Stuhl gefesselt war, hatte mich sehr überrascht.

Aimée lächelte mir zu. »Ich freue mich so sehr, dass du gekommen bist. Du kannst dir nicht vorstellen, wie sehr wir uns danach gesehnt haben, dich kennen zu lernen. Komm mit, mach es dir bequem und dann können wir miteinander plaudern.«

Sie führte mich aus dem Zimmer, durch ein Labyrinth von Korridoren und mehrere Treppen hinauf, bis wir zu einem Zimmer in einem der Türmchen gelangten. Von dem schmalen Fenster aus konnte ich das Moorland meilenweit überblicken und in der Ferne lag das Meer.

Aimée trat neben mich. Sie duftete schwach nach einem Parfum – es roch nach Moschus und wirkte ein bisschen verführerisch. Ich betrachtete sie. Sie hatte dunkles, beinahe schwarzes Haar, schöne, längliche, dunkelbraune Augen und schwarze Wimpern. Ihre Haut war blass, ihre Lippen leicht gerötet. Damals wusste ich noch nicht, dass sie Hilfsmittel verwendete, um noch schöner zu wirken. Ich fand sie faszinierend, wenn auch ein wenig beunruhigend, und war sehr neugierig zu erfahren, wer sie war und ob wir verwandt waren.

»Onkel Paul hat dieses Zimmer für dich ausgesucht«, erklärte sie. »Er nahm an, dass dir die Aussicht gefallen würde.« Ich bemerkte, dass sie mit leicht französischem Akzent und Tonfall sprach, die zu ihrer exotischen Ausstrahlung beitrugen. »Der Wind heult über das Moor, wenn er von Osten weht. Huh!« Sie schauerte. »Er dringt in das Schloss ein und dann ist es so schwierig, es warm zu halten. Es ist sehr kalt hier im Norden.« Ich bemerkte, dass sie die R rollte, und mir fiel Jeanne ein.

»Sag mir«, fragte ich, »bist du meine Kusine ... oder sind wir auf andere Art verwandt?«

Sie trat einen Schritt näher und sah mich beinahe amüsiert an.

»Keine Kusine ... Näher, viel näher ... kannst du es nicht erraten?«

»Nein.« Ich fragte mich schon, ob Onkel Paul vielleicht eine junge Frau geheiratet hatte.

Ihre nächsten Worte erschreckten mich so sehr, dass ich zu träumen glaubte. »Wir sind Schwestern«, sagte sie.

»Schwestern! Aber wie ...«

Sie lächelte. »Wie nennt ihr es? *Demi-sœur.* Was ich dir erklären will, ist ... dein Vater war auch mein Vater.«

»Hessenfield!«

»Ach ja«, sie bemühte sich sehr, das H auszusprechen. »Ja, Hessenfield.«

»Aber wie …?«

»Sehr einfach, wie es so üblich ist, du versteht ja?«

Ich wurde rot und sie fuhr fort. »Ich sehe, du hast begriffen. Unser Vater war ein sehr liebevoller Mann. Er liebte meine Mutter sehr. Er liebte auch mich sehr. Er war ein sehr liebevoller Mann.«

»Du willst damit sagen, dass du seine uneheliche Tochter bist?«

»Diese Ehre teilen wir. Er war mit deiner Mutter nie verheiratet … genauso wenig wie mit meiner. Deine Mutter war schon verheiratet. Meine …« Sie zuckte mit einer typisch gallischen Bewegung die Achseln. »Na ja, er war ein Mann, der nicht für die Ehe taugte. Aber wir, du und ich, kamen dennoch zur Welt. Wir sind *bâtards*, nicht wahr? *Bâtards* des gleichen liebevollen Vaters.«

»Meine Schwester«, murmelte ich.

Sie legte mir die Hände auf die Schultern, zog mich an sich und küsste mich auf beide Wangen. Ich empfand eine gewisse Abneigung gegen sie. Meine Mutter hatte als Lady Hessenfield gegolten; sie hatte mit meinem Vater in seinem *hôtel* gelebt und die ganze Zeit über hatte es dieses Mädchen gegeben, das um vier oder fünf Jahre älter sein musste als ich. Vielleicht war das die Erklärung. Er hatte ihre Mutter gekannt, bevor er meine kennen lernte.

Ich lernte schnell. Der König hatte seine deutschen Mätressen mitgebracht. Hessenfield war wie ein König gewesen; er hatte Mätressen gehabt. Meine Mutter war eine von ihnen gewesen, genau wie Aimées Mutter.

»Nun«, fuhr sie fort, »wie ist es, wenn man plötzlich eine Schwester bekommt?«

»Es kommt natürlich unerwartet. Aber es ist aufregend.«

»Du hieltest dich für seine einzige Tochter, nicht wahr?«, fragte sie ein bisschen verschlagen.

»Ich bin in diesem Glauben aufgewachsen.«

»Bei einem Mann wie Mylord war es kaum zu erwarten.«

»Wie lange bist du schon hier?«

»Etwa ein Jahr. Ich konnte erst kommen, als wieder Frieden war. Es war für uns in Paris nicht leicht. Und außerdem hielt ich es für richtig, hierher zu kommen, denn es ist schließlich mein Heim. Mein Vater hatte die Absicht, uns hierher zu bringen, sobald er König Jakob den Thron verschafft hatte. Das pflegte er jedenfalls meiner Mutter zu versprechen; immer wieder erklärte er ihr: ›Wenn das erledigt ist, kehren wir heim nach Hessenfield Castle.‹«

»Und du wusstest von mir?«

»Natürlich.«

»Du wusstest auch, dass Tante Damaris mich nach England geholt hatte?«

»Nein.«

»Woher wusste dann mein Onkel ... unser Onkel ..., wo ich mich befand?«

»Er hat so seine Methoden, um etwas herauszubekommen. Vielleicht wird er es dir einmal erzählen.«

»Das alles kommt für mich so überraschend; ich werde einige Zeit brauchen, um mich daran zu gewöhnen.«

»Es wird dir nicht schwer fallen; ich halte es für gut und amüsant. Wir werden einander viel zu erzählen haben.«

»Ich möchte so viel wissen. Bist du einfach hierher gekommen und hast meinem Onkel gesagt, wer du bist?«

»Glaubst du vielleicht, dass ich nicht die Wahrheit spreche?« Sie schien plötzlich zornig zu sein. »Ich bin genauso seine Tochter wie du.«

»Nein, nein, du hast mich missverstanden. Ich frage mich nur, wie du hierher gelangt bist und was unser Onkel dachte, als er dich so plötzlich kennen lernte.«

»Ich hatte Beweise in der Hand.« Das hatte sie heftig hervorgestoßen; dann lächelte sie. »Oh, ich konnte beweisen, wer ich bin. Ich besaß seinen Wappenring. Den Ring, den alle Inhaber des Titels tragen. Ich brachte ihn unserem Onkel, der ihn jetzt am Mittelfinger der rechten Hand trägt. Unser Vater trug ihn am kleinen Finger.«

Ich nickte, denn ich erinnerte mich an den Ring. Er war aus Gold, mit einem Bezoar genannten Stein. Ich konnte seine Stimme hören, wie er es mir erklärte, als ich ihn danach fragte.

»Unser Vater war ein großer Mann. Der Ring passte nur auf seinen kleinen Finger. Ich brachte auch seine Uhr mit, und außerdem den Brief. All diese Dinge konnte ich hierher bringen, weil Lord Hessenfield sie meiner Mutter für den Fall gegeben hatte, dass ihm etwas zustieß. Er liebte seine Töchter sehr, das muss man unserem Vater lassen. Er wollte, dass für uns gesorgt wird. Das betonte er immer wieder. Er wollte, dass für *mich* ebenso gesorgt ist wie für dich.«

Ein Dienstmädchen kam mit Kannen voll heißem Wasser herein und Armee sagte, sie würde mich jetzt allein lassen, damit ich mich waschen könne. Wenn ich fertig war, sollte ich am Klingelstrang ziehen, dann wusste das Personal in der Küche, dass jemand mich wieder zu meinem Onkel bringen musste. Wir konnten uns dann unterhalten, bis das Abendessen aufgetragen wurde.

Ich war wie betäubt, während ich mir den Staub der Reise von Händen und Gesicht wusch. Man brachte mir meine Satteltaschen herauf und ich war froh, dass ich mich meiner Reitkleidung entledigen und ein rotes Kleid anziehen konnte, das mir stand. Ich wollte möglichst gut aussehen, um im Vergleich zu Armee nicht zu schlecht abzuschneiden.

Als ich fertig war, läutete ich die Glocke und wurde in das Zimmer geführt, in dem mein Onkel ungeduldig auf mich wartete.

»Ah«, sagte er, »endlich bist du bereit.«

Ich sah mich nach Aimée um und er fuhr fort: »Ich gab

ihr zu verstehen, dass es besser ist, wenn wir beide einander, zunächst allein näher kennen lernen. Warst du davon überrascht, dass du eine Halbschwester hast?«

»Allerdings.«

»Mein Bruder war immer ein lebenslustiger Mann. Alle Hessenfields sind so ... ausgenommen diejenigen, die außer Gefecht gesetzt sind.« Er sprach ohne Bitterkeit. Er hatte ein sehr freundliches Gesicht und ich begann, Zuneigung für ihn zu empfinden.

»Jolin – das heißt, dein Vater – war immer ein Abenteurer. Er war der älteste von uns Brüdern. Wir waren alle wagemutig, ich sagte ja schon, dass es in der Familie liegt. Aber er war immer der Anführer – John führte, wir folgten. Manchmal nahmen wir an seinen Abenteuern teil. Er war in so vieler Beziehung ein wunderbarer Mensch. Ich habe immer das Gefühl, dass er noch am Leben ist, und irgendwie ist er es ja auch in euch beiden. Merkwürdig, dass er *Mädchen* hinterlassen hat. Ich hätte geglaubt, dass er nur Söhne haben würde.«

»Hättest du sie vorgezogen?«

»Gewiss nicht, nachdem ich euch beide kennen gelernt habe.«

»Woher wusstest du, wo ich mich befand?«

Er zögerte einen Augenblick. »Ach ... man erzählte es mir. Der Freund eines Freundes ... einer dieser Zufälle.«

Zum ersten Mal verlor sein Gesicht den offenen Ausdruck und ich merkte, dass ihn meine Frage in Verlegenheit brachte. Ich beschloss, für den Augenblick nicht weiterzuforschen und ein anderes Mal herauszubekommen, wer der Freund war.

»Mein Bruder sandte aus Frankreich Botschaften an mich. Weißt du, dass er einer der führenden Jakobiten war?«

Ich nickte.

»Wenn er noch lebte ...«

»Du willst sagen, dass er den Georgsritter nach England bringen würde.«

»Ich bin davon überzeugt.«

»Und du teilst seine Ansichten?«

Er wich aus. »Wir leben in einer gefährlichen Zeit«, war alles, was er erwiderte. Nach einer kurzen Pause fuhr er fort: »Ich möchte dir erzählen, was mir dein Vater über dich schrieb. Seiner Meinung nach warst du das entzückendste Kind und er war stolz auf dich. Er hatte dich sehr lieb, musst du wissen.«

»Ich wusste es. So etwas spürt man, auch wenn man noch sehr klein ist. Ich erinnere mich noch immer daran.«

»Er liebte auch deine Mutter und bedauerte, dass er sie nicht heiraten konnte, weil sie bereits verheiratet war. Es war eines der vielen Abenteuer, in die er verstrickt wurde.«

»Und was ist mit Aimée?«

»Das muss einige Zeit vorher gewesen sein. Ich weiß nicht viel über Aimées Mutter, aber er muss sie gern gehabt haben, weil er ihr die Uhr und den Ring gab ... vor allem den Ring. Wahrscheinlich wusste er, dass deine Mutter im Sterben lag. Weißt du, dieser Ring hat in unserer Familie eine besondere Bedeutung. Er wird immer vom Oberhaupt des Hauses getragen, denn er verfügt über besondere Eigenschaften.«

»Bringt er Glück?«

»Darum geht es nicht. Hier, sieh ihn dir an.« Er zog den Ring vom Finger. Ich erinnerte mich undeutlich an ihn, er gefiel mir nicht sonderlich. Er war aus schwerem Gold und hatte einen Stein von undefinierbarer Farbe in einer komplizierten Fassung. »Es hat mir sehr viel bedeutet, dass ich ihn bekam«, fuhr mein Onkel fort: »Der Ring ist für die Familie sehr wichtig. Als dein Vater wusste, dass er an der gleichen Krankheit sterben würde wie deine Mutter, rief er Aimées Mutter zu sich, gab ihr den Ring und die Uhr und trug ihr auf, sie mir zusammen mit dem Brief zu bringen. Ich glaubte, dass wir den Ring für immer verloren hatten und dass er infolge der Krankheit deines Vaters mit ihm begraben worden war. Als Aimée dann mit ihm hier auftauchte, brachte sie mir damit das Erbstück der Hessenfields zurück. Es bewies mir, dass sie seine Tochter ist. Ich wusste, dass er sich nie vom Ring getrennt hätte, wenn er nicht im Sterben gelegen wäre – und ihn auch nicht deiner Mutter geben konnte. Natürlich verstrich infolge des Krieges eine lange Zeit, ehe sie hierher kommen konnte.«

»Wann erfuhrst du von seinem Tod?«

»Ein paar Monate danach. Unsere Freunde konnten nicht sofort herüberkommen, um mir davon zu berichten. Wir hörten, dass auch deine Mutter gestorben war. Ich wollte wissen, was aus dir geworden war und erkundigte mich nach dir, konnte aber nichts erfahren. Niemand wusste, wo du dich befandest.«

»Jeanne, eines der Stubenmädchen im *hôtel,* nahm sich meiner an. Sie behielt mich bei sich, bis mich meine Tante Damaris – die Halbschwester meiner Mutter – holte.«

»Ja, jetzt weiß ich das, aber damals wusste ich es nicht. Sobald ich deinen Aufenthaltsort erfuhr, schickte ich meinen Neffen zu dir; er sollte dich hierher einladen. Es hätte mich gefreut, wenn du früher gekommen wärst.«

»Das hätte ich auch getan, wenn meine Tante nicht ein Baby erwartet hätte.«

»Die gute Tante Damaris. Erzähl mir mehr über sie. Aimée behauptet, dass ihre Mutter versuchte, dich zu finden, aber keinen Erfolg hatte. Sie sagt, dass nach dem Tod deines Vaters und deiner Mutter Chaos im Haus herrschte. Natürlich weiß Aimée das alles nur vom Hörensagen. Sie weiß nur, was ihre Mutter ihr erzählt hat. Das Ganze kam ihr sehr geheimnisvoll vor, bis sie endlich die Möglichkeit hatte, nach England zu reisen. Darauf hatte ihre Mutter nur gewartet. Sie bestand darauf, dass

Aimée die Familie ihres Vaters aufsuchte – und Ring und Uhr zurückbrachte. Wahrscheinlich hoffte sie, dass Aimée hier ein Zuhause finden würde. Wie mir Aimée erzählte, hat ihre Mutter vor kurzem geheiratet und sich mit ihrem Mann außerhalb von Paris niedergelassen. Ich kann mir vorstellen, dass in einem solchen Haushalt eine erwachsene Tochter als störend empfunden wird. Aimée freute sich so sehr darüber, dass ich sie mit offenen Armen empfing, dass ich ganz gerührt war, und als ich ihr vorschlug, solange zu bleiben, wie sie will … sich sogar hier niederzulassen …, war sie überglücklich.«

»Das ist alles so verwirrend. Ich hatte keine Ahnung von diesen Dingen.«

»Wie solltest du auch? Wie alt warst du damals, fünf oder sechs?«

»Ich weiß nur noch, dass ich mit meinen Eltern in einem vornehmen Haus lebte. Dann waren sie fort und ich befand mich in einem feuchten, dunklen Keller, hatte Angst, war unglücklich und verstand nicht, was geschehen war.«

»Mein armes, armes Kind. Aber du warst bestimmt tapfer, denn du siehst deinem Vater sehr ähnlich. Welch ein Irrtum des Schicksals, dass er sein Leben lassen musste! Ich hätte an seiner Stelle sterben sollen, denn ich bin für den Rest meines Lebens an diesen Stuhl gefesselt … Das ist Selbstmitleid und davor sollte man sich hüten. Man gibt seinem Kummer dadurch nur immer wieder neue Nahrung, hätschelt ihn, statt dass man ihn in einen dunklen Schrank schließt und vergisst – was am klügsten wäre.«

»Es tut mir leid. Ist es lange her …?«

»Vierzehn Jahre; als ich fünfundzwanzig war. Mein Pferd warf mich ab, als ich an einer Jagd teilnahm. Ich wusste, dass es die Hecke nicht nehmen konnte, sie war zu hoch. Die anderen bogen ab und machten einen Umweg. Aber ich *musste* es versuchen. Ich wollte angeben, sonst nichts, und stürzte. Meine Stute fiel auf mich ... sie musste erschossen werden. Manchmal denke ich, es ist ein Jammer, dass sie mich nicht ebenfalls erschossen haben. Da hast du wieder das Selbstmitleid.«

»Was sehr begreiflich ist.«

»Niemand glaubte, dass ich je wieder gesund werden würde. Ich war mit einem schönen Mädchen verlobt. In den ersten Wochen besuchte sie mich und sagte, dass sie mich selbstverständlich heiraten würde ... aber mein Selbstmitleid war stärker. Ich wusste, dass es unmöglich war, ich grollte dem Schicksal. Die Mitglieder unserer Familie waren immer so aktiv gewesen. Ich konnte es nicht ertragen und außerdem kam der Schmerz dazu, der immer wiederkehrende Schmerz. Die Schwierigkeit war, dass ich nie wusste, wann er wieder einsetzen würde. Ich bekam Wutanfälle. Schließlich sah sie genau wie ich ein, dass es sinnlos war. Ich konnte sie nicht zu einem solchen Leben verurteilen. Sie heiratete später jemand anderen.«

»Es tut mir so leid. Jetzt wirkst du so ruhig und ausgeglichen ... so in dein Schicksal ergeben.«

»Das hat die Zeit bewirkt, Clarissa. Die Zeit ist der große Lehrmeister, der große Heiler. Ich sage mir, wie tragisch es ist, dass John in Paris an einer unbekannten Krankheit gestorben ist und dass ich, sein Nachfolger, ein Krüppel bin, der seine Tage in einem Rollstuhl verbringt. Man könnte es als Fluch der Fields bezeichnen, wenn man an solche Dinge glaubt.«

»Gibt es denn einen solchen Fluch?«

»Nein. Wir sind immer stark und unternehmungslustig gewesen und haben unser Land und unseren Besitz gegen plündernde Schotten verteidigt, wenn sie Beutezüge über die Grenze unternahmen. Es ist einfach einer der Unglücksfälle, die manchmal eine Familie treffen. Aber ich habe die ganze Zeit über mich gesprochen und ich möchte mehr von dir erfahren.«

Ich erzählte ihm vom Leben in Enderby, von dem nahe gelegenen Dower House, dem Heim meiner Großmutter Priscilla, und von Eversleigh Court, wo meine Urgroßeltern lebten.

»Du hast doch auch einen Onkel, nicht wahr? Er ist in der Armee, oder?«

»Er ist eigentlich mein Großonkel. Er heißt in Wirklichkeit Carleton, aber wir nennen ihn immer Carl, zum Unterschied zu meinem Urgroßvater.«

»Du stammst aus einer langlebigen Familie.«

»Meine Großmutter war sehr jung, als meine Mutter geboren wurde, und meine Mutter war jung, als ich geboren wurde.«

»Ich verstehe. Dadurch wird der Abstand zwischen den Generationen kleiner. Warst du eigentlich viel mit deinem Onkel Carl zusammen?«

»Nein, erst in letzter Zeit. Er begleitete mich nach York.«

Er nickte und schwieg eine Zeit lang; dann klopfte es und Aimée trat ein. Sie hatte sich umgezogen und trug jetzt ein Kleid aus blauem Brokat. Das Mieder war tief ausgeschnitten und ihre Haut schimmerte wie Perlmutter. Sie trug am Hals und an den Ohren Grenaten, die ihr sehr gut standen. Ich erfuhr später, dass diese Granaten ein Geschenk Onkel Pauls an seine Verlobte gewesen waren. Als sie die Verlobung löste, schickte sie ihm alle seine Geschenke zurück. Er musste Aimée sehr gern haben, wenn er ihr die Juwelen gab, die er seiner Verlobten zugedacht hatte.

Vor dem Abendessen kamen weitere Besucher aufs Schloss, und zwar der Neffe, der uns in Enderby aufgesucht hatte, und sein Vater. Matthew Field erinnerte mich an meinen Vater – er war groß und imponierend. Er schien sich sehr darüber zu freuen, dass er mich kennenlernte.

»Du bist genauso hübsch, wie mein Sohn Ralph behauptet hat«, erklärte er mir.

Ralph begrüßte mich wie einen alten Freund. »Es ist

schön von dir, dass du die weite Reise nicht gescheut hast. Ich hoffe, das Baby ist ohne Schwierigkeiten zur Welt gekommen.«

»Allerdings, und es blüht und gedeiht. Ich musste bleiben, bis es geboren war, das verstehst du hoffentlich.«

»Natürlich.«

Das üppige Abendessen verlief gemütlich. Es gab viele Gänge und einige von ihnen kannte ich nicht.

»Wir hier oben im Norden lieben ein herzhaftes Essen«, erklärte Onkel Paul. »Anders als ihr im Süden.«

»Und zwar wegen des Klimas«, fügte Ralph hinzu. »Es kann hier oben bitterkalt werden und wir brauchen heiße Suppen, dunkle Puddings und viel heißes Roastbeef, um die Kälte zu vertreiben.«

Nach dem reichlichen Essen und dem ungewohnten Wein war ich erschöpft; der lange Ritt und die Entdeckung, dass ich eine Halbschwester hatte, trugen das ihre dazu bei. Anscheinend merkte man es mir an, denn Onkel Paul sagte: »Clarissa braucht jetzt vor allem einen langen, erquickenden Schlaf. Aimée, bring sie in ihr Zimmer, sonst verirrt sie sich vielleicht im Schloss.« Dann wandte er sich an mich. »Das stößt Gästen gelegentlich zu, weißt du, bis sie sich hier auskennen. Dieses Gebäude war zuerst eine Festung, aber im Lauf der Jahrhunderte wurde so viel hinzugebaut, dass ich manchmal finde, es ähnelt mehr einem Labyrinth als einer Behausung.«

Aimée erhob sich gehorsam, lächelte mich an und fragte mich, ob ich jetzt mitkommen wolle. Ich stand ebenfalls auf, denn ich hatte vor allem das Bedürfnis, allein zu sein und das Erlebte zu verdauen. »Es ist ein bisschen ... wie heißt das noch? ... unheimlich bei *la chandelle.*« Wie Jeanne flocht auch sie gelegentlich ein französisches Wort ein, was der Unterhaltung einen besonderen Reiz verlieh.

»Ja«, bestätigte ich, »auch in unserem Haus ist es so ähnlich.«

Sie nickte. »Aber du fürchtest dich nicht vor der Dunkelheit.«

»Ich versuche jedenfalls, tapfer zu sein.«

»Mehr kann man ohnehin nicht tun, als es versuchen.«

Als wir bei meinem Zimmer anlangten, stieß sie die Tür auf und wir traten ein. Im Kamin brannte ein Feuer, sodass der Raum gemütlicher wirkte. »Ich habe ihnen gesagt, dass sie Feuer machen sollen«, erklärte Aimée »Es ist so kalt, wenn der Wind weht.« Die schweren Vorhänge waren zugezogen, die Bettdecke zurückgeschlagen und das Himmelbett sah sehr einladend aus.

»Du wirst sehen, dass sie auch eine Wärmepfanne unter die Decke geschoben haben.«

»Sie wollen unbedingt, dass ich mich wohlfühle.«

»Wir ... Onkel Paul und ich ... wollen dir zeigen, dass du dich bei deiner Familie befindest.«

»Das ist euch ja auch geglückt.«

»Gibt es noch etwas, das du für die Nacht brauchst?«

»Ich glaube nicht, danke.«

»Wenn du doch etwas benötigen solltest ...«, sie machte eine weit ausholende Armbewegung ..., »musst du nur läuten.« Sie zeigte auf den Klingelzug. »Oder wenn ich etwas für dich tun kann ... ich bin ganz in der Nähe. Wir schlafen beide im Türmchen. Mein Zimmer geht nach Westen, aufs Land hinaus, deines aufs Meer.«

»Danke, ich werde daran denken.«

»Gute Nacht, *ma sœur*, schlaf gut.«

Sie verließ leise das Zimmer. Ich betrachtete die Tür einige Sekunden lang; sie bestand aus kräftigen Eichenbrettern und hatte eine Klinke und einen Riegel, der vorgeschoben werden konnte. Einem plötzlichen Impuls gehorchend verriegelte ich sie.

Dann wunderte ich mich über mich. Warum hatte ich das getan? Es sah beinahe aus, als hätte ich Angst. Und wenn Aimée aus irgendeinem Grund zurückkam, klopfte und dann hörte, dass ich die Tür entriegelte? Dann hätte sie einen sehr schlechten Eindruck von mir. Ich schob den Riegel zurück und zog mich aus. Das Feuer warf flackernde Schatten in das Zimmer. Es war warm, gemütlich und dennoch ... an dem Raum war etwas Merkwürdiges, wie eine Warnung, und obwohl ich müde war, war ich nicht davon überzeugt, dass ich hier gut schlafen würde.

Ich schob den Vorhang zur Seite, als wollte ich die Außenwelt hereinlassen. Der Halbmond stand am Himmel, die Nacht war klar. Ich konnte in der Ferne deutlich das Meer erkennen. Die Luft war still, kein Windhauch bewegte das Gras auf dem Moor. Das Portal des Schlosses lag im Mondlicht majestätisch vor meinen Augen.

Ich wandte mich dem behaglichen Feuer zu und ging zu Bett.

Wie ich angenommen hatte, konnte ich nicht einschlafen. Ich wusste, dass es in alten Häusern alle möglichen ungewohnten Geräusche gibt. Wenn die Dunkelheit hereinbricht, ist es, als würden alle jene, die in diesen Mauern gelebt haben und keine Ruhe finden können, wieder durch die Räume wandeln. So war es auch in Enderby gewesen, aber ich hatte mich dort an das Knarren des Holzes gewöhnt. Ich wusste, welche Stufe jedesmal protestierte, wenn man auf sie stieg, und ich wusste auch, dass das Knarren bis in die frühen Morgenstunden anhielt. Hier war es ebenso, aber vorläufig waren mir die Geräusche noch nicht vertraut.

Ich lag etwa eine Stunde lang wach, ohne einschlafen zu können. Einmal nickte ich ein und träumte, dass Aimée hereinkam. Sie lächelte mich zuerst an und lachte mich dann aus, weil ich nicht so elegant war wie sie. Sie sagte: »Ich bin deine Schwester, *ma sœur, ma petite sœur*.«

Ich wachte in Schweiß gebadet auf, obwohl der Traum eigentlich nichts Erschreckendes an sich hatte. Beinahe erwartete ich, dass sie neben dem Bett stand und mich auslachte. Natürlich war niemand da, aber ich stand auf und verriegelte die Tür, weil ich das Gefühl hatte, dass ich dann ruhiger sein würde.

Vor Müdigkeit schlief ich schließlich doch ein, aber plötzlich wurde ich durch Stimmen geweckt, die aus dem Hof kamen. Erschrocken setzte ich mich auf.

Ich glaubte, den Hufschlag von Pferden zu hören, lauschte eine Weile und trat dann ans Fenster. Der Mond schien hell auf das Moor und obwohl ich unterhalb meines Fensters nichts erkennen konnte, vernahm ich immer noch Geräusche.

Endlich ging ich wieder zu Bett. Das Feuer war ausgegangen, der Raum war kühl, ich hatte kalte Füße. Ich wickelte sie in das Nachthemd und sah auf die Uhr, die ich auf das Nachttischchen gelegt hatte. Es war drei Uhr. Ich versuchte einzuschlafen, aber es hatte keinen Sinn, ich war hellwach.

Während meine Füße langsam warm wurden, überdachte ich alles, was ich seit meiner Ankunft auf dem Schloss erlebt hatte, vor allem meine Gespräche mit Onkel Paul und Aimée. Was sie mir erzählt hatte, würde jedem Menschen den Schlummer rauben, versicherte ich mir und da ich normalerweise einen gesunden Schlaf hatte, würde mir eine durchwachte Nacht bestimmt nicht schaden. Außerdem war es die erste Nacht in einem neuen Bett, an das ich mich erst gewöhnen musste.

Ich dachte daran, wie kompliziert das Leben war, wie Taten, die jemand in der Vergangenheit vollbracht hatte, die Zukunft beeinflussten, und wie ihre Auswirkungen sich durch viele Generationen hindurch bemerkbar machten.

Dann hörte ich plötzlich Stimmen ... leise, flüsternde Stimmen. Ich stand auf und trat ans Fenster. Einige Männer, die aus dem Pförtnerhäuschen gekommen waren, verließen soeben das Schloss. Ich erkannte Onkel Matthew und Ralph; von den drei anderen Männern wirkte einer irgendwie vertraut. Er trug einen braunen Wollmantel, schwarze Strümpfe und einen Dreispitz. Ich versuchte, mir ins Gedächtnis zu rufen, wo ich ihn bereits gesehen hatte. Dann verschwanden die Männer aus meinem Blickfeld und ich nahm an, dass sie zu den Ställen gingen, wo sie wahrscheinlich ihre Pferde eingestellt hatten. Ich hatte richtig vermutet, denn nach kurzer Zeit tauchten sie zu Pferd auf. Der Mann im braunen Wollmantel befand sich unter ihnen.

Ich blieb am Fenster stehen und blickte ihnen nach, bis sie außer Sicht waren. Dann kroch ich wieder ins Bett; mir war kalt und mich fröstelte ein bisschen. Lange Zeit dachte ich darüber nach, wieso ich eigentlich auf die Idee kam, dass seltsame Dinge vor sich gingen. Warum sollten mein Onkel und mein Vetter nicht in den frühen Morgenstunden das Schloss verlassen, und zwar mit Freunden, die erst eingetroffen waren, als ich mich schon auf meinem Zimmer befand? Dass ich mich zeitig zurückgezogen hatte, bedeutete noch lange nicht, dass auch sie es tun mussten. Aber die drei Fremden konnten erst sehr spät gekommen sein. Und was war dagegen einzuwenden?

Ich stellte mir alle möglichen seltsamen Ereignisse vor. Warum? Weil ich soeben entdeckt hatte, dass ich eine Schwester besaß, und weil ich die ruhige Welt der Familie meiner Mutter verlassen hatte. Der Schmetterling war aus dem Kokon geschlüpft und nun auf Abenteuer aus. Ich war in den Machtbereich der stolzen Hessenfields geraten, hatte bereits etliches über meinen faszinierenden Vater erfahren und wusste, dass ich noch viel zu lernen hatte.

Der Himmel wurde allmählich hell. Ich stand wieder auf und schob den Riegel zurück, denn ich wollte nicht, dass das Dienstmädchen, das das heiße Wasser brachte, vor einer verriegelten Tür stand. Niemand sollte merken, dass ich beunruhigt war.

Während ich auf den Morgen wartete, fiel es mir plötzlich ein.

Der Mann, den ich unten gesehen hatte, war der gleiche, den ich im Wirtshaus bemerkt hatte.

Wie seltsam! Er hatte sich für unseren Trupp interessiert, und jetzt tauchte er im Schloss auf. Was hatte das zu bedeuten?

Das tröstende Tageslicht drang ins Zimmer und vertrieb die nächtlichen Bilder.

Wie viele Männer in England trugen braune Wollmäntel, schwarze Strümpfe und Dreispitze? Tausende.

Ich würde am Morgen über mich selbst lachen.

Die ersten Tage auf Schloss Hessenfield prägten sich mir unauslöschlich ein. Da waren die Gespräche mit Aimée – leichtfertiges, frivoles Geplauder –, die mich bezauberten, weil sie die Vergangenheit wachriefen und Erinnerungen weckten, die lange begraben gewesen waren. Dann gab es die Unterredungen mit Onkel Paul, mein Interesse am Schloss, und die merkwürdige Spannung, die in der Luft lag, und die ich damals nicht deuten konnte. Unterdrückte Erregung und Unbehagen schienen alle Anwesenden mit Ausnahme von Aimée zu beherrschen. Ich nehme an, dass sie es ebenfalls bemerkte und darüber gleichzeitig amüsiert und wohl auch ein wenig deprimiert war.

Sie hatte sich selbst zur Schlossherrin ernannt und es war nicht zu übersehen, dass Onkel Paul sie ins Herz geschlossen hatte. Sie konnte ihn zum Lachen bringen und wahrscheinlich würde er jeden gern haben, der das zuwege brachte.

Er sprach mit mir über sie. »Sie besitzt echt gallischen Charme«, meinte er. »Den hat sie von ihrer Mutter. Ich muss sagen, dass wir im Schloss viel fröhlicher sind, seit sie hier ist.«

Ich brachte ihn dazu, mir zu erzählen, wie sie aufs Schloss gekommen war.

»Als der Krieg vorbei war und man frei von einem Land ins andere reisen konnte, traf sie hier ein. Sie ist eine einfallsreiche junge Dame. An einem schönen Sommermorgen tauchte sie im Schloss auf und erklärte, wer sie war. Sie gab mir den Ring, sagte, dass er gemäß dem Wunsch deines Vaters an mich gelangen sollte, brachte mir seine Uhr, die er wahrscheinlich ihrer Mutter hinterlassen hatte, und außerdem seinen Brief.«

»Wann hatte er ihn geschrieben?«, fragte ich.

»Es muss kurz vor seinem Tod gewesen sein. Wahrscheinlich gab er ihn Aimées Mutter als eine Art Garantie dafür, dass für das Kind gesorgt werden würde. Er starb plötzlich, aber er hatte immer ein gefährliches Leben geführt. Er wusste von einem Tag zum anderen nicht, ob er nicht in einen Hinterhalt geraten oder ermordet werden würde. Auf seinen Kopf war ein Preis ausgesetzt, wie du weißt.«

»Könntest du mir den Brief meines Vaters zeigen? Ich habe nie etwas gesehen, das von seiner Hand stammt.«

»Natürlich. Er erklärt darin eindeutig, dass seine Tochter anteilmäßig von seinem Besitz erben soll.«

»Erwähnt er mich?«

»Nicht in diesem Brief. Er hatte mir wegen dir geschrieben, als deine Mutter zu ihm nach Frankreich zog. Damals verfügte er, dass du seine Erbin sein sollst.«

»Und er schrieb erst später wegen Aimée?«

»Er hatte den Brief offensichtlich Aimées Mutter gegeben, damit sie ihn mir im Fall seines Todes bringt.« Er nahm einen Schlüsselbund aus der Tasche und reichte ihn mir. »Öffne den Schreibtisch dort drüben. Du wirst zuoberst ein paar Papiere finden. Würdest du sie mir bitte bringen?«

Ich tat, wie er mich geheißen hatte, und kehrte mit den Papieren zu ihm zurück. Er blätterte sie durch und gab mir dann einen Brief. Die rechte obere Ecke trug die geprägte Adresse des *hôtel*. Ich las:

Lieber Paul,

wir hatten heute ein unangenehmes Erlebnis. Es brachte mich zu der Einsicht, dass ich jeden Augenblick sterben kann. Ich weiß, dass das für alle Menschen gilt, aber bei einigen ist die Wahrscheinlichkeit größer – und ich gehöre zu jenen, denen plötzlich etwas zustoßen kann.

Ich habe gewisse Verpflichtungen auf mich genommen und ich möchte, dass diese meine Tochter Anteil an meinem Vermögen hat. Ihre Mutter wird dir diesen Brief irgendwie zukommen lassen. Ich werde später näher darauf eingehen, aber für den Fall, dass mir etwas zustoßen sollte, bevor ich dazu komme, möchte ich sicher sein, dass für dieses Mädchen genauso gesorgt wird, wie meine übrigen Verbindlichkeiten geregelt werden.

Ich werde später alles genau festlegen. Dieses Kind gehört zu uns, Paul, und ich weiß, dass ich dir vertrauen kann. Ich werde dir wieder schreiben, wenn ich mir zurechtgelegt habe, wie das Geld aufgeteilt werden soll.

Dein dich liebender Bruder
John

»Und er gab diesen Brief Aimées Mutter?«, fragte ich.

»Ja. Ich glaube es jedenfalls.«

»Er trägt kein Datum.«

»Aimée sagt, er schrieb ihn ein paar Tage vor seinem Tod, als hätte er eine Vorahnung gehabt oder sich nicht wohl gefühlt.«

»Dann muss er mit Aimées Mutter bis zu seinem Tod zusammengekommen sein.«

»Das darf dich nicht kränken, mein Kind. Er war eben so ... polygam. Er hatte immer Frauen, obwohl er deine Mutter ganz besonders liebte, und dich auch, weil du ihre Tochter warst. Aber er hatte Aimées Mutter offensichtlich auch gern gehabt, genau wie Aimée. Er war ein Schürzenjäger, aber er hatte eine sentimentale Ader. Sein Ehrgefühl war sehr ausgeprägt, und er drückte sich nie vor Verantwortung.«

Ich studierte seine Handschrift. Kühn und schwungvoll, typisch für ihn.

»Du kannst dir vorstellen, wie gerührt ich war, als Aimée zu uns kam«, fuhr Onkel Paul fort. »Sie erzählte mir, dass ihre Mutter den Brief, den Ring und die Uhr aufbewahrt und die Absicht gehabt hatte, sobald wie möglich nach England zu kommen. Als sich aber endlich Gelegenheit dazu bot, war Aimée alt genug, um selbst zu reisen, und ihre Mutter hatte geheiratet. Es war nur natürlich, dass sie ihren Ehemann nicht mit einer alten Liebesgeschichte belasten wollte, daher machte sich Aimée allein auf den Weg. Ich hoffe, du freust dich darüber, dass du eine Schwester hast. Sie ist ein reizendes, lebhaftes Mädchen, wie bei der Tochter meines Bruders nicht anders zu erwarten war. Du verfügst über die gleichen Eigenschaften, meine Liebe, und du solltest sie dir bewahren. Ich hoffe, ihre beide werdet Freundinnen, wie es sich für Schwestern gehört.«

Ich gewann meinen Onkel immer lieber.

Aimée und ich ritten oft aus, und sie zeigte mir die Gegend. Onkel Paul bestand darauf, dass uns dabei ein Reitknecht begleitete, weil die Zeiten unruhig waren. Aimée sorgte meist dafür, dass wir vor dem Bediensteten herritten, und dann versuchte sie, ihn abzuschütteln. Ich machte dabei nicht mit, weil der arme Teufel einen Verweis erhielt, wenn er uns nicht im Auge behielt, aber ich bemühte mich, eine gewisse Distanz zwischen uns und ihm einzuhalten, sodass wir ungestört unsere für mich so faszinierenden Gespräche führen konnten.

Wir unterhielten uns teils auf Französisch, teils auf Englisch und ich erfuhr viel über das Leben in Paris und auch über das Hast, in dem ich damals gewohnt hatte.

Das weckte Erinnerungen in mir. Ich konnte beinahe die Pariser Straßen riechen. »Der Geruch von frischem Brot«, sagte sie, »ist einer der köstlichsten Düfte der Welt. Wenn die Bäcker mit Körben voll heißen Brots in die Rue Gonesse kamen, erfüllte er die Straße. Außerdem gab es die Bauern mit den ländlichen Produkten ... Hühner, Eier, Obst und Blumen.«

Ich erinnerte mich an die Bäcker, die von Kopf bis Fuß mit Mehl bestäubt waren, Perücken trugen und Zangen in den Händen hatten, und an die Marktstände mit Fischen und Äpfeln.

»Für gewöhnlich ging ich mit dem Einkaufskorb am Arm in die Halles«, erzählte Aimée. »Maman sagte, dass ich besser handeln konnte als sie. Ich war schnell ... ich war ... wie heißt das noch?«

»Skrupellos?«, schlug ich vor.

»Skrupellos«, wiederholte sie. »Ich konnte den Preis drücken und mit dem *bon marche* heimkommen.«

»Das kann ich mir gut vorstellen.«

»Du glaubst also, dass ich ... *à droit* ... bin, kleine Schwester?«

»Ich glaube es nicht, ich weiß es.«

»Warum sagst du das?«, fragte sie scharf.

»Es ist mir aufgefallen.«

Sie neigte dazu, rasch beleidigt zu sein. Wahrscheinlich, weil sie des Englischen noch nicht vollkommen mächtig war. Ich hatte gedacht, sie würde sich darüber freuen, dass ich bemerkt hatte, wie klug sie war.

»Wir waren arm«, verteidigte sie sich. »Wir mussten jeden Sou dreimal umdrehen. Als unser Vater starb, änderte sich viel.«

»Das trifft auf uns alle zu«, stellte ich fest. Ich wusste von der Armut in den Pariser Straßen ein Lied zu singen.

Ich erzählte ihr vom Keller und während ich sprach, erlebte ich diese entsetzliche Zeit noch einmal.

»Aber du hattest doch die liebe Tante Damaris, die dich rettete.«

»Und du hattest deine Mutter.«

»Aber wir machten schwere Zeiten durch. Ist es nicht angenehm, in einem reichen Haushalt zu leben, wenn man so arm gewesen ist, dass man nicht wusste, wovon man die nächste Mahlzeit bezahlen soll? Wenn man einmal in dieser Lage gewesen ist, vergisst man es nie wieder.«

»Das stimmt.«

»Man genießt den Reichtum, man fühlt sich wohl. Geld bringt Sicherheit. Man ist bereit, viel dafür zu tun, dass man es bekommt ... und behält.«

»Es wäre entsetzlich für mich, wenn ich wieder in den Keller zurückkehren und wie damals leben müsste.«

»Jeanne nahm dich zu sich und sorgte für dich, nicht wahr?«

»Ich kann mir nicht vorstellen, was ich ohne sie angefangen hätte. Ich wäre immer noch dort ... Oder vielleicht wäre ich längst an der Kälte oder aus anderen Ursachen gestorben.«

»Du hast dadurch gelernt, was Armut ist, und das war eine gute Lehre. Jetzt wirst du Verständnis für die haben, die ebenfalls arm waren.«

»Da hast du recht. Erzähl mir von meinem Vater. Hast du ihn oft gesehen?«

»Ja, er besuchte uns oft.«

»Meine Mutter wusste nicht ...«

»Meine liebe Schwester, ein Mann erzählt seiner Geliebten nie, dass er daneben noch eine andere Frau hat.«

»Ich bin sicher, dass meine Mutter keine Ahnung davon hatte.«

»Das stimmt. Aber wir wussten, dass er mit ihr zusammenlebte. Das war unvermeidlich, denn sie war die *maîtresse en titre.* Weißt du, Hessenfield war wie ein König. Er verhielt sich in solchen Angelegenheiten, wie es ihm passte.«

Ich versuchte, mich an meine Mutter zu erinnern, und

obwohl die Bilder verschwommen waren, konnte ich mir nicht vorstellen, dass sie je wissentlich eine solche Situation hingenommen hätte.

Aimée hielt es anscheinend für eine amüsante Situation. »Ich bin um vier Jahre älter als du, deshalb kann ich mich an vieles erinnern. Er wirkte ... wie sagte man noch? ... in unseren Zimmern in der Rue Saint-Jacques ein bisschen deplatziert. Wir wohnten dort viele Jahre über einem Bücherladen.« Sie zog die Nase kraus. »Ich kann immer noch die staubigen Bücher riechen. Einige von ihnen waren nicht sauber, nicht appetitlich. Hessenfield füllte unser kleines Zimmer ganz aus, wenn er da war. Er sah so großartig aus, dass wir uns neben ihm armselig fühlten, aber er bemerkte es anscheinend nicht. Er war so glücklich, wenn er mit uns zusammen war. Er pflegte mich auf die Knie zu nehmen und zu sagen, dass ich eine kleine Schönheit sei. Ich war so ... *desolée,* als er starb. Dann folgten böse Jahre, wir waren arm. Aber der Bücherhändler war gut zu uns. Meine Mutter arbeitete in seinem Laden und ich half ihr. Wir hätten Uhr und Ring verkaufen können, aber meine Mutter sagte: ›Nein, niemals. Einmal fährst du nach England, wenn der Krieg vorbei ist ...‹ Dann heiratete sie und ich ging nach England. Als sie verheiratet war, wollte sie mich nicht mehr bei sich haben, weil sie eine neue Familie gegründet hatte. Und ich habe auch eine gefunden, nicht wahr? Onkel Paul ist gut zu mir. Wenn ich nicht seine Nichte wäre, würde ich ihn heiraten. Und jetzt habe ich auch noch eine kleine Schwester bekommen.«

Es machte ihr Spaß, mich aus der Fassung zu bringen. Sie erinnerte mich ständig daran, dass ich ein Bastard war; aber sie war es ja auch.

»Uneheliche Kinder sind Kinder der Liebe«, meinte sie einmal. »Das klingt romantisch, nicht wahr? Es macht mir überhaupt nichts aus, ein Kind der Liebe zu sein ... solange eine Familie für mich sorgt.«

Sie gab zu, dass sie die Damen und Herren, die in ihren Kutschen vorüberfuhren, beneidet hatte. Aber die alten Witwen in den Sänften, die am Morgen für gewöhnlich in die Kirche getragen wurden, die beneidete sie nicht so sehr, weil sie alt waren und weil es schrecklich war, alt zu sein. Sie hatte sich immer gewünscht, eine Dame in einer Kutsche zu sein – mit Schönheitspflästerchen, gepudertem Gesicht, Perücke und nach Parfüm duftend. Sie wollte durch die Straßen fahren, die Vorbeigehenden mit Pariser Schlamm bespritzen; die Aufmerksamkeit ebenso eleganter junger Männer in anderen Kutschen erregen, sich einholen lassen, im Geheimen ein Stelldichein ausmachen, das Theater besuchen, von den Männern im Zuschauerraum bewundert und von den Damen beneidet werden. Das Leben in Paris war viel aufregender gewesen als in Hessenfield, aber Paris war gleichbedeutend mit Armut und Hessenfield mit Wohlstand.

Es kam mir vor, als wäre ich immer schon eine Hessenfield gewesen, dabei war ich erst vor einer Woche angekommen. Durch meine Gespräche mit Onkel Paul und Aimée fühlte ich mich zum Schloss gehörig. Onkel Matthew und Ralph kamen oft zu uns und es gab auch andere Besucher, meist Männer. Manchmal speisten sie mit uns und dann bemerkte ich, dass sie bei ihren Gesprächen vorsichtig waren. Ich hatte den Eindruck, dass die Spannung, die ich bei meiner Ankunft gespürt hatte, eher zu- als abnahm.

Als ich eines Tages das Wohnzimmer meines Onkels betrat, saß er in seinem Stuhl, hatte den karierten Plaid über die Knie gelegt und ich bemerkte, dass einige Papiere zu Boden geglitten waren. Er war eingeschlafen und hatte sie fallen lassen. Ich zögerte. Es waren ungefähr sechs Bogen und einige waren in ziemlicher Entfernung von seinem Stuhl gelandet. Ich trat leise näher und hob einen auf.

Erstaunt betrachtete ich ihn, denn auf ihm befand sich

das Bild eines sehr gut aussehenden Mannes, unter dem »Jakob der Dritte, König von England« stand. Ich überflog die Seite. Sie enthielt eine Aufzählung der Tugenden des wahren Königs und die Feststellung, dass er bald zurückkehren und den Thron beanspruchen würde. Wenn es so weit war, musste sein Volk bereit sein, ihm den Treueeid zu leisten.

Ich fühlte, wie ich rot wurde – das war Hochverrat an unserem gekrönten König Georg.

Als ich aufblickte, sah ich in Onkel Pauls Augen.

»Du scheinst von deiner Lektüre gefesselt zu sein, Clarissa.«

»Ich fand das auf dem Fußboden ...« Ich begann die Bogen aufzuheben und bemerkte dabei, dass alle gleich waren.

»Sie sind mir vom Schoß geglitten, als ich einnickte«, meinte er.

»Sie sind hochverräterisch«, flüsterte ich.

»So könnte man sie allerdings bezeichnen. Dennoch gehen sie an gewissen Orten von Hand zu Hand.«

Ich schauderte. »Wenn sie jemand entdeckt ...«

Er sagte langsam: »In Schottland hat Jakob viele Anhänger. Es gibt sogar Parlamentsmitglieder, hoch gestellte Persönlichkeiten, die ihn unterstützen.«

»Ja, das habe ich gehört. Mein Urgroßvater sprach oft über Bolingbroke und Ormonde und ihresgleichen.«

»Gib mir die Bogen. Es wäre besser, sie in den Schreibtisch zu sperren, findest du nicht? Würdest du das tun, bitte? Danke.«

Er begann, über andere Dinge zu sprechen, aber ich wusste, dass etwas sehr Gefährliches im Gang war. Natürlich gab es Jakobiten in Hessenfield. Mein Vater war einer ihrer Führer gewesen. Deshalb hatte er in Frankreich gelebt und darauf hingearbeitet, dass König Jakob den Thron wieder bestieg. Dieser Jakob war inzwischen gestorben, aber es gab noch einen, seinen Sohn, den Georgsritter.

Ich wollte mit meinem Onkel darüber sprechen, aber er hatte offensichtlich nicht die Absicht, diese Angelegenheit mit mir zu erörtern. Ich fragte mich, was mein Urgroßvater Carleton sagen würde, wenn er erfuhr, dass Hessenfield Castle eine so genannte Brutstätte des Verrates war. Natürlich war er intolerant. Er gab nie zu, dass es außer seinem Standpunkt auch noch einen anderen geben konnte.

Ich war der gleichen Meinung wie meine Großmutter Priscilla – keine der Parteien hatte vollkommen recht. Mein einziger Wunsch war, dass sie sich einigten.

Mein Onkel sagte plötzlich: »Als ich dich einlud, plante ich alle möglichen Zerstreuungen für dich.«

»Was für Zerstreuungen?«

»Ich möchte, dass du die Menschen aus dieser Gegend kennen lernst: Vielleicht sollten wir ein paar Bälle geben. Du bist zwar sehr jung dafür, aber wir hätten wenigstens den Versuch gemacht dir zu zeigen, dass das Leben hier oben im Norden nicht ganz so langweilig ist, wie es dir vielleicht scheint.«

»Aber ich finde es gar nicht langweilig. Ich erlebe viel Interessantes.«

»Es ist ein Glück, dass deine Schwester hier ist und du Gesellschaft hast. Sonst würdest du dich bestimmt sehr langweilen. Aber es ist nicht immer so. Im Augenblick befinden sich meine jüngeren Brüder in Schottland und nur Matthew ist hier geblieben.«

»Etwas geht vor«, platzte ich heraus. »Ihr bereitet etwas vor.« Ich dachte an die Papiere, die ich auf dem Fußboden gefunden hatte und an Urgroßvater Carleton, der mit der Faust auf den Tisch schlug und von jakobitischen Verschwörern sprach.

Er antwortete mir nicht, sondern sagte nur: »Vielleicht werden wir später, falls du bei uns bleibst, etwas feiern.

Dann wirst du sehen, wie man sich auf einem Schloss unterhalten kann. Aber derzeit …«

»Ich verstehe. Man kann nicht etwas feiern, was sich noch nicht ereignet hat.«

»Wir werden ja sehen. Jetzt suche aber bitte Harper und sage ihm, dass ich meine Bouillon möchte.«

Nachdenklich ging ich zum Anrichteraum des Butlers, wo Harper bereits die Suppe wärmte, die mein Onkel täglich um diese Zeit zu sich nahm. Mir war jetzt klar, woher die Spannung im Haus kam. Sie bereiteten einen Coup vor, das heißt, sie wollten Jakob nach England zurückbringen, und es war nur natürlich, dass Hessenfield Castle – das Heim der treuesten Anhänger des Chevaliers – das Zentrum der Verschwörung war.

Ich dachte an meinen Urgroßvater, an meinen Großonkel Carl und an Lance Clavering. Meiner Meinung nach konnten die Verschwörer ihr Ziel nie erreichen und ich wusste, dass es zum Krieg kommen würde.

Ich wollte allein sein und darüber nachdenken, was das bedeutete. Wie Priscilla gesagt hatte – was spielte es für eine Rolle, welcher König auf dem Thron saß? Aber für verbissene Protestanten und vielleicht noch verbissenere Katholiken spielte es eine Rolle. Anscheinend wurden Kriege immer nur aus religiösen Gründen geführt. Warum wollten Menschen, die etwas für richtig hielten, diesen Glauben unbedingt anderen aufzwingen?

Onkel Paul war normalerweise sanft und freundlich, aber er hatte sehr fanatisch ausgesehen, als er von der Rückkehr Jakobs sprach.

Ich fragte mich, was die Familie in Eversleigh tun würde, wenn es zum Krieg kam und ich mich noch immer im Norden befand. Ich nahm an, dass man dieses Gebiet als jakobitisch bezeichnen konnte, denn die Schotten würden wahrscheinlich das Geschlecht der Stuarts unterstützen und nicht die Hannoveraner, obwohl sie keinesfalls dem katholischen Glauben angehörten – außer vielleicht im Hochland.

Später am Nachmittag kehrte ich in das Wohnzimmer meines Onkels zurück. Ich hatte mich entschlossen, ihn zu bitten, mir mehr über diese Vorgänge zu erzählen. Ich wusste, dass es eine Gruppe von Jakobiten gegeben hatte, die Jakob auf dem Thron sehen wollten, obwohl wir während der Regierung der Königin Anne nicht viel von ihnen gehört hatten; vielleicht hatte ich mich auch nur zu wenig dafür interessiert. Allerdings war von Zeit zu Zeit von ihnen die Rede gewesen und auf dem Kontinent hatte es immer eine Kolonie von Jakobiten gegeben; ich verstand auch, dass sie jetzt, da ein neuer Zweig der königlichen Familie nach England gekommen war, fanden, dass die Zeit für einen Aufstand reif war.

Als ich das Wohnzimmer betrat, stellte ich fest, dass mein Onkel nicht anwesend war. Ich wollte es gerade wieder verlassen, als ich im anschließenden Vorraum Stimmen hörte. Der dicke Teppich dämpfte das Geräusch meiner Schritte, als ich zur Tür ging. Dann hörte ich eine unbekannte Stimme meinen Namen nennen. Ich blieb stehen und lauschte.

»Aber ist es nicht seltsam, dass sie ausgerechnet jetzt hergekommen ist? Ich bin davon überzeugt, dass sie eine Spionin ist. Dieser Verdacht kam mir in dem Augenblick, in dem ich sie auf der Straße traf. Sie befand sich in Begleitung von Eversleigh – General Eversleigh –, obwohl er sich als gewöhnlicher Bürger verkleidet hatte, und der dritte im Bunde war ein Stutzer, der vielleicht gar kein solcher Stutzer ist, nämlich Clavering. Sie begleiteten das Mädchen und instruierten es. Deshalb ist sie hier. Wer würde ein Mädchen dieses Alters verdächtigen ... sie ist beinahe noch ein Kind.«

»Nein, nein.« Das war mein Onkel. »Sie kam, weil ich sie einlud.«

»Warum haben Sie sie ausgerechnet jetzt eingeladen?«

»Es geschah, bevor wir dies planten. Ihr Besuch verzögerte sich.«

»Verzögerte sich! Natürlich verzögerte er sich. Ich sage Ihnen, dass sie von der Sache Wind bekommen haben. Deshalb ist sie hier … und zwar gerade jetzt. Sie wird überall ihre Nase hineinstecken. Sie stellt eine Gefahr dar, hören Sie auf mich. Sie ist ein Sicherheitsrisiko für uns.«

Ich war zu verblüfft, um zu reagieren, obwohl ich wusste, dass die Tür jeden Augenblick aufgehen, jemand herauskommen und mich entdecken konnte.

Dennoch hatte ich das Gefühl, dass ich weiter zuhören musste. Andererseits fragte ich mich, was sie tun würden, wenn sie mich entdeckten.

»Sie machen viel Lärm um nichts, Frenshaw«, sagte mein Onkel. »Sie ist jung und unschuldig, sie weiß nichts von diesen Dingen. Sie denkt an ihre Ausritte, zerbricht sich den Kopf darüber, welche Schärpe sie tragen soll, will die Familie kennen lernen, die sie eben erst entdeckt hat.«

»Sie haben sie zur Hannoveranerin erzogen, Hessenfield. Sehen Sie das denn nicht? Sie ist hier, um zu spionieren. Ich wäre nicht überrascht, wenn …«

Ich machte kehrt, aber es war zu spät. Die Tür ging plötzlich auf und ich drehte mich um. Der Mann mit dem braunen Wollmantel und den schwarzen Strümpfen stand vor mir und während dieser ersten Sekunden der Begegnung jagte mir sein Gesichtsausdruck Angst ein, denn er war triumphierend und bösartig. Es hatte sich herausgestellt, dass er recht hatte, und gleichzeitig hatte er jemanden vor sich, den er für einen Spion aus dem feindlichen Lager hielt.

»Ich wollte mit meinem Onkel sprechen«, sagte ich so entschieden wie möglich. »Ich war überrascht, als er nicht hier war.«

»Er ist mit Freunden zusammen«, antwortete der Mann und trat auf mich zu.

Mein Herz klopfte so wild, dass er meiner Meinung nach merken musste, wie es an mein Mieder pochte. Ich verschränkte die Hände hinter dem Rücken, weil ich Angst hatte, er könne sehen, wie sehr sie zitterten.

»Dann darf ich ihn jetzt nicht stören«, meinte ich.

»Warten Sie schon lange?« Seine Augen waren grau und durchdringend.

Ich fühlte, dass er versuchte, meine Gedanken zu lesen, um sich davon zu überzeugen, dass sein Verdacht gerechtfertigt war.

»Nein, ich bin gerade erst gekommen.«

»Sie müssen uns sprechen gehört haben; daraus hätten Sie entnehmen können, dass er Besuch hat.«

»Es war mir eben klar geworden.«

Er zögerte, und einen Augenblick glaubte ich, dass er mich packen und davonschleppen würde. Falls es je einen Fanatiker gegeben hatte, so war er einer.

Mein Onkel rief: »Wer ist da?« –

»Ihre Nichte«, antwortete der Mann.

»Sagen Sie ihr, dass ich in etwa einer Stunde Zeit für sie haben werde.«

Der Mann sah mich an, ich nickte und ging. Ich lief, immer noch zitternd, in mein Zimmer. Es war nicht angenehm, beim Lauschen ertappt zu werden, aber dass ich etwas gehört hatte, das gefährlich sein konnte, erschreckte mich zutiefst.

Ich zweifelte jetzt nicht mehr daran, dass ich in eine Intrige geraten war. Ausgerechnet in dem Augenblick, in dem sich etwas Wichtiges ereignen sollte, musste ich hierher kommen. Jetzt wusste ich, was es war, und dass sie planten, Jakob nach England zurückzubringen und ihn zum König zu krönen. Aber Georg von Hannover würde nicht stillschweigend zusehen, es würde zum Krieg kommen. In Eversleigh würden sie treu zu Georg halten, während sich hier in der Familie meines Vaters die Anführer der Verschwörung befanden, die Jakob auf den Thron heben wollten.

Als Aimée in mein Zimmer kam, lag ich auf dem Bett, weil mich die Begegnung ziemlich mitgenommen hatte.

»Fühlst du dich nicht wohl?«, fragte sie erstaunt.

»Kopfschmerzen«, erklärte ich ihr. Ich wollte nicht mir ihr über das Gehörte und über alles, was ich wusste, sprechen. Jedenfalls vorläufig noch nicht – bis ich meine Gedanken geordnet hatte.

»Ich möchte ausreiten und hatte gehofft, dass du mitkommst.«

»Heute nicht, danke, Aimée.«

»*Ça va. Au revoir.* Ich komme später nochmal bei dir vorbei.«

Ich war froh darüber, dass sie nicht blieb, um sich mit mir zu unterhalten.

Etwa eine Stunde später hörte ich draußen Pferdegetrappel. Ich trat ans Fenster und sah, dass eine Gruppe Männer fortritt.

Dann ließ mich mein Onkel holen.

Als ich sein Zimmer betrat, saß er wie immer in seinem Stuhl.

»Clarissa«, sagte er und streckte mir die Hand entgegen. Ich ging zu ihm, ergriff seine Hand und kniete neben dem Stuhl nieder. »Mein liebes Kind«, fuhr er fort, »es ist so schwierig für mich. Ich habe mich so darüber gefreut, dass du hier bist – aber die Zeiten sind gefährlich.«

»Ich weiß«, antwortete ich. »Ich habe begriffen, dass eine Verschwörung im Gang ist, dass ihr Jakob wieder auf den Thron bringen wollt.«

»Das durchzusetzen war immer unser sehnlichster Wunsch, wir haben all die Jahre an nichts anderes gedacht. Wie du weißt, hat sich auch dein Vater für dieses Ziel eingesetzt, man könnte sogar sagen, dass er sein Leben für diese Idee gelassen hat. Wäre er nicht in Angelegenheiten des Königs in Paris gewesen, hätte er nicht sterben müssen. Ja, wir haben es nie vergessen und diesmal werden wir es schaffen. Es ist ein unglücklicher Zufall, dass dein Besuch gerade in diese Zeit fällt, es wäre viel besser gewesen, wenn du meiner Einladung sofort gefolgt wärst. Damals war dieses Ereignis nicht so nahe gerückt, wie es jetzt der Fall ist.«

»Onkel Paul, als ich in deinem Zimmer war und du dich im Vorzimmer unterhieltest, hörte ich wider Willen, was dieser Mann ... Frenshaw ... über mich sagte. Er glaubt, ich bin hier, um zu spionieren. Glaubst du das, Onkel?«

»Natürlich nicht.«

»Bevor ich hierher kam, wusste ich von all dem nichts. Es stimmt, dass mich mein Großonkel Carl und Sir Lance Clavering bis York begleiteten, aber nur, weil sie denselben Weg hatten und weil Tante Damaris wollte, dass sie mich unterwegs beschützen. Glaubst du mir?«

»Ja, ich glaube dir so sehr, dass ich dir vollkommen vertrauen will. Ein jakobitischer Aufstand steht bevor. Es gibt viele Schotten, die auf unserer Seite sind, deshalb wird er in Schottland ausbrechen. Lord Kenmure hat Jakob in Moffat bereits zum König ausgerufen. Lord Mar sammelt eine Armee, und die Lords Nithsdale, Wintoun und Carnwath werden ihn unterstützen. Sie machen sich bereit, die Grenze zu überschreiten, und Jakob ist unterwegs nach England.«

»Onkel, es wird zu einem Krieg kommen ... zu einem Bürgerkrieg!«

»Hör mir jetzt gut zu. Du musst nach Eversleigh zurückkehren. Meine Freunde halten dich für eine Spionin und wenn sich für uns Schwierigkeiten ergeben sollten, würden sie erbarmungslos vorgehen. Ich möchte, dass du dich morgen bei Tagesanbruch auf den Weg machst. Deine

Diener werde ich entsprechend instruieren. Pack deine Sachen, aber lass es niemanden wissen. Am Morgen werde ich allen erzählen, dass du zurückgerufen wurdest.«

»Darf ich auch Aimée nicht auf Wiedersehen sagen?«

Er zögerte. »Ich glaube, dass wir ihr vertrauen können, aber warte bis zum letzten Augenblick damit.«

Ich ergriff seine Hand und küsste sie. »Es tut mir sehr leid, dass ich dich verlassen muss. Wir haben nicht genügend Zeit für einander gehabt. Ich hätte über so vieles mit dir sprechen wollen.«

»Wir werden ein andermal Zeit haben. Wenn alles vorbei ist, wird das Land endlich zur Ruhe kommen, und sobald der wahre König auf dem Thron sitzt, kann der Deutsche nach Hannover zurückkehren. Soviel ich weiß, zieht er es ohnehin England vor.«

»Glaubst du wirklich, dass die Auseinandersetzung so ausgehen wird?«

»Ich weiß es. Und bedenke, Clarissa, wenn wir siegen, ist es die Krönung unserer Bemühungen. Dein Vater lebte und starb für dieses Ziel. Um seinetwillen solltest du auf unserer Seite stehen und unsere Absichten unterstützen.«

Ich dachte in diesem Augenblick an Eversleigh und an die warme, beschützende Liebe, die mir meine Verwandten mütterlicherseits entgegengebracht hatten. Plötzlich erfüllte mich Zorn, weil es all diese Unruhe geben und so viele Menschen sterben würden, nur damit ein anderer Mann den Thron besteigen konnte. Ich war jetzt völlig gleichen Sinnes mit meiner Großmutter Priscilla, die immer leidenschaftlicher gegen den Krieg gewesen war als alle anderen.

»Du wirst in glücklicheren Zeiten wieder hierher kommen«, fuhr mein Onkel fort. »Es ist nicht richtig von mir, dich fortzuschicken, aber ich kenne die Männer, mit denen ich zusammenarbeite. Ich kann sie nicht so gut im Zaum halten wie dein Vater. Du verstehst mich doch?«

Ich küsste ihn zärtlich und sagte ihm, wie sehr ich mich gefreut hatte, ihn kennen zu lernen, und dass ich sobald wie möglich zurückkommen würde.

Er runzelte die Stirn. »Du musst vorsichtig sein«, meinte er. »Wir wissen nicht, wie sich die Lage später entwickeln wird, aber in den nächsten Tagen müsstest du noch sicher sein. Reite so schnell nach Süden wie möglich. Die Bediensteten sind brave Burschen und ich habe ihnen eingeschärft, wie wichtig äußerste Vorsicht ist. Ich werde sie gut bezahlen und habe ihnen im Namen deiner Familie in Eversleigh versprochen, dass man sie reich entlohnen wird, wenn sie dich wohlbehalten abliefern. Wirst du dafür sorgen, dass deine Familie mein Versprechen einlöst?«

»Natürlich, Onkel.«

»Dann mache dich bereit, im Morgengrauen aufzubrechen.« Er zögerte, dann fuhr er fort: »Bevor du mich verlässt, möchte ich dir noch etwas geben. Fahr mich in den Vorraum.«

Ich gehorchte und musste ihn zu seinem Schreibpult schieben. Er sperrte es auf und entnahm ihm eine Schatulle, die er eine Weile nachdenklich in der Hand hielt. Er öffnete sie mit einem kleinen Schlüssel und holte einen Ring aus ihr hervor.

»Dieser Ring hier«, sagte er, »befindet sich seit der Zeit Elisabeths im Besitz unserer Familie. Er ist deshalb so wertvoll, weil sie ihn einem unserer Vorfahren gab, einem ihrer Höflinge, den sie sehr gern hatte. Weißt du ...« Er hatte den Ring aus der Schatulle genommen und ich bemerkte, dass er dem glich, den er selbst am Finger trug. »Er ist nicht mit Diamanten, Saphiren oder Smaragden geschmückt, aber wegen seines Alters und wegen seiner Bedeutung ist er wertvoller als jedes andere Schmuckstück. Steck ihn an.«

Ich steckte ihn an den Ringfinger meiner rechten Hand. Er war viel zu groß.

»Du musst noch ein wenig wachsen«, meinte er lächelnd. »Probier es mit einem anderen Finger.«

Auf dem Zeigefinger saß er endlich richtig.

»Na also. Er gehört dir und du wirst ihn deiner ältesten Tochter geben. Er wird immer von der ältesten Tochter der Familie getragen.«

Ich sah ihn scharf an und wandte ein: »Aber Aimée ...«

Er runzelte die Stirn. »Ja, ich nehme an, dass er eigentlich ihr zusteht, aber ich habe es mir genau überlegt. Dein Vater wollte deine Mutter heiraten und hätte es auch getan, wenn sie nicht schon verheiratet gewesen wäre. Er betrachtete sie als seine rechtmäßige Frau und dich als sein rechtmäßiges Kind. Aimée und ihre Mutter bedeuteten ihm nicht so viel, denn er erwähnte sie mir gegenüber nicht ... ausgenommen in seinem letzten Brief. Ich nehme an, dass es in seinem Leben viele Frauen gegeben hat, die ihm nicht so sehr am Herzen lagen. Aber bei deiner Mutter war es etwas anderes. Deshalb gebe ich den Ring dir, ein instinktives Gefühl treibt mich dazu. Bewahre ihn gut auf, er ist ein kleines Vermögen wert. Sieh dir die Fassung an; sie wurde von Elisabeths bevorzugtem Juwelier entworfen, wie mehrere Sachverständige festgestellt haben. Die Königin selbst trug ihn einmal.«

»Ich habe diesen Stein noch nie gesehen.«

»Nein, er ist heutzutage sehr selten, wurde aber seinerzeit viel von Königen getragen, weil sie stets in Gefahr waren, vergiftet zu werden. Angeblich saugt dieser Stein das in einer Flüssigkeit enthaltene Arsen auf und deshalb trugen ihn Leute, die befürchteten, jemand wolle sie ins Jenseits befördern.«

»Das ist sehr interessant, aber ich glaube nicht, dass mir jemand Arsen in den Becher tun wird.«

Er lächelte. »Der Ring ist eine Art Talisman, wie so viele Dinge, die sich lange Zeit im Besitz einer Familie befinden.«

»Es ist ein sehr ungewöhnlicher Stein.«

»Ja, er bildet sich in den Verdauungsorganen der persischen Bergziegen.«

Ich stieß angewidert einen leisen Ausruf aus.

»Es ist schon in Ordnung«, meinte er lachend. »Er ist gereinigt, aber er entsteht wirklich so. Er wird aus verdauten Haaren gebildet und dadurch ist er ein so gutes Mittel gegen Gift. Im Persischen bedeutet Bezoar ›Gegengift‹, daher der Name des Steins.«

»Das ist wirklich interessant.« Ich streckte die Hand aus und musterte den Ring. Mein Onkel ergriff meine Hand und hielt sie kurze Zeit fest. »Jetzt siehst du aus, als wärst du wirklich eine Hessenfield.«

Ich bedankte mich gerührt und als ich vor ihm kniete, nahm er mein Gesicht zwischen seine Hände und küsste mich.

»Viel Glück, kleine Clarissa. Komm bald zu uns zurück.«

Als wir uns am Abend in unsere Zimmer zurückzogen, sagte ich Aimée, dass ich mit ihr sprechen wolle. Sie nahm mich in ihr Zimmer mit.

Dort streckte sie sich auf dem Bett aus; ihr dunkles Haar umrahmte ihr Gesicht, ihre Augen waren wachsam. Ich saß neben dem Bett auf einem Stuhl, betrachtete sie und dachte, dass sie anziehend war, ohne eigentlich schön zu sein.

»Ich will mich von dir verabschieden, weil ich morgen früh abreise.«

Sie sah mich ungläubig an.

»Onkel Paul hält es für das Beste«, fuhr ich fort. »Die Zeiten werden unruhig.«

»Ach, diese Schufte! Jakobiten und Hannoveraner, nehme ich an.«

»Ja.«

»Onkel muss *triste* sein, weil du keine brave kleine Jakobitin bist.«

»Dazu ist Onkel zu klug. Er versucht nicht, jemanden zu etwas zu überreden, das er nicht will.«

»Bist du *gegen* die Jakobiten?«

Ich zuckte die Schultern. »Wir haben einen König, einen gekrönten König. Es wird nur Schwierigkeiten geben, wenn man dem Volk einen anderen Herrscher aufzwingt.«

»Hier auf Hessenfield sind sie anscheinend der Meinung, dass es für das Volk gut ist, wenn Jakob zurückkehrt.«

»Es ist immer schlecht, wenn man bestimmen will, was für andere gut ist, und es ihnen aufzwingt, nur weil es für einen selbst gut ist. Das Volk wird jedenfalls selbst darüber entscheiden, was es Will.«

»Wie ich sehe, ist an dir ein Staatsmann verloren gegangen.«

»Wenn du damit sagen willst, dass ich über gesunden Menschenverstand verfüge, bin ich deiner Meinung.«

»Aber was hat das damit zu tun, dass du uns verlässt?«

»Unser Onkel hält es für besser, wenn ich mich auf den Weg mache, bevor die Unruhen wirklich ausbrechen. Er möchte, dass ich nach Eversleigh zurückkehre.«

Sie nickte langsam. »Deine Familie steht auf der anderen Seite, was? Dann heißt es also für uns Abschied nehmen.«

»Nur für eine Zeit. Ich werde dich wieder sehen, Aimée. Du musst mich in Eversleigh besuchen. Tante Damaris wird sich bestimmt freuen, dich kennen zu lernen ...«

Ich zögerte. Würden Damaris, Jeremy, Priscilla und Arabella sich wirklich freuen? Sie würden nur ungern zur Kenntnis nehmen, dass. Hessenfield eine Geliebte ausgehalten hatte, während er mit ihrem Liebling Carlotta so gut wie verheiratet war. Aber Aimée war meine Schwester. Meine Verwandten verfügten über ausgeprägten Familiensinn und würden mich verstehen.

Sie bemerkte mein Zögern und lächelte heimlich. Manchmal hatte ich das Gefühl, dass Aimée meine Gedanken lesen konnte; sie war klug. Sie war sogar raffiniert, aber ich war vielleicht doch etwas schlauer, als sie annahm. Sie tat, als wäre sie über die Trennung sehr traurig, aber ich merkte ihr die Erleichterung an. Ich fragte mich, ob sie vielleicht auf meine Freundschaft mit Onkel Paul eifersüchtig und deshalb darüber froh war, dass ich ihr das Feld überließ.

Ich sagte ihr Lebewohl, versicherte ihr, dass wir einander sobald wie möglich wiedersehen würden, und ging auf mein Zimmer, um die letzten Reisevorbereitungen zu treffen. Als alles bereit war, ging ich zu Bett, aber ich konnte nicht schlafen; ich hatte Angst, nicht rechtzeitig aufzuwachen, obwohl Onkel mir gesagt hatte, dass er mir eine halbe Stunde vor Morgengrauen kalten Schinken, Brot und Ale aufs Zimmer bringen lassen würde. Das Essen für die ersten Reisetage war in den Satteltaschen verstaut worden, sodass wir erst dann in Wirtshäusern einkehren mussten, wenn wir weit von dieser Gegend entfernt waren.

Alles verlief planmäßig und als der erste Streifen der Morgenröte am Himmel stand, verabschiedete ich mich von meinem Onkel. Ich war gerührt, weil auch Aimée heruntergekommen war, um mich noch einmal zu sehen.

So verließ ich am frühen Morgen mit meinen Dienern Hessenfield und begab mich auf die Reise nach dem Süden.

V

Die Gefangene

Als ich mein Pferd nach Süden lenkte, empfand ich unbändige Freude bei dem Gedanken an das Wiedersehen mit meiner Familie. Sicherlich wussten sie, was im Norden vor sich ging, und machten sich meinetwegen Sorgen.

An diesem Morgen bot die Gegend einen schönen Anblick. Auf dem Moor blühte der Stechginster; der Nebel hing tief herab und vereinzelte Bäume streckten die blattlosen Äste zum Himmel. Wir ließen das offene Land hinter uns, ritten über Wiesen und durch Wälder und ich dachte, wie schön das kahle Astwerk sich vom Himmel abhob. Hier im Norden wurde es früher Winter als im Süden, aber dennoch würden wir Glück haben, wenn wir Eversleigh erreichten, bevor die Schneestürme einsetzten.

Im Schutz einer Hecke hielten wir Rast und machten uns über die Köstlichkeiten her, die man uns in Hessenfield eingepackt hatte. Wir aßen frisch gebackenes Brot und Kapaune und spülten alles mit Ale hinunter. Die vier Diener stellten fest, dass es eine ausgezeichnete Wegzehrung sei und dass das Beste an den Leuten im Norden ihre Kochkunst wäre.

Die vier hießen Jim, Jack, Fred und Harry und meiner Meinung nach hatten sie den Aufenthalt in Hessenfield vor allem deshalb genossen, weil es so viel zu essen gab. Natürlich wurden sie auch in Eversleigh ausreichend verköstigt, aber einer von ihnen behauptete, in Hessenfield gäbe es »wahre Berge von Nahrungsmitteln«.

Trotzdem freuten sie sich genauso wie ich darüber, dass es nach Hause ging; für sie war dieser Ausflug eine Art Abenteuer.

Wir ritten weiter und erreichten kurz vor Dunkelwerden das Wirtshaus, in dem wir gemäß den Anweisungen von Onkel Paul die Nacht verbringen sollten. Wir hatten den ersten Teil der Reise gefahrlos hinter uns gebracht; jetzt waren wir alle müde und hungrig und freuten uns auf das ausgezeichnete Mahl, das der Wirt im Essraum auftischte – heiße Suppe, Roastbeef, Kalbspastete, Käse und Obst. Zum Glück hatte er Platz für uns alle und wir beschlossen, zeitig schlafen zu gehen und bei Tagesanbruch weiterzureiten.

Nach der opulenten Mahlzeit suchte ich mein Zimmer auf, das auf den Hof des Gasthauses hinausging; erleichtert schlüpfte ich aus dem Reitzeug und ging zu Bett. Weil ich die vorhergehende Nacht kein Auge zugetan hatte, schlief ich bald tief und fest.

Hufgetrappel im Hof weckte mich. Neuankömmlinge, nahm ich an, und lauschte eine Weile den Stimmen der Diener und des Wirts. Anscheinend wurden sie nicht einig und ich konnte mir vorstellen, worin die Schwierigkeit bestand. Die Leute waren zu spät eingetroffen, um noch ein Zimmer zu bekommen. Ich und meine Begleitung hatten viel Raum beansprucht, obwohl wir nur zwei Zimmer belegt hatten – eines für die Diener, eines für mich. Unten ging die Debatte aber so lange weiter, dass ich aus dem Bett schlüpfte und aus dem Fenster sah.

Beinahe tat es mir leid, dass ich es getan hatte, denn es brachte mich um meine Nachtruhe. Einer der Reiter unten war Frenshaw, den ich im Geist immer noch als den Mann im braunen Wollmantel bezeichnete. Was tat er hier? Ich hatte das schreckliche Gefühl, dass er mich suchte.

Ich blieb am Fenster stehen, hielt mich aber hinter den Vorhängen verborgen. Der Wirt rang die Hände; sein

Wirtshaus war voll, was sehr selten vorkam. Die »Sonne« war kein großes Wirtshaus, wie Mylord ja selbst sah, der Wirt konnte drei Personen unterbringen, aber die anderen mussten weiterreiten. Der »Hirsch« befand sich nur zwei Meilen weiter unten an der Straße. Es waren sehr viele Reisende unterwegs, was um diese Jahreszeit ungewöhnlich war.

Dann einigten sie sich. Frenshaw und einer seiner Begleiter blieben, die anderen ritten zum »Hirschen« weiter.

Ich legte mich nicht wieder hin. Wir mussten sehr zeitig aufbrechen, wahrscheinlich noch vor Tagesanbruch. Ich nahm an, dass Frenshaw nach uns Ausschau hielt, vor allem nach mir.

Hastig zog ich mich an und ging zu dem Zimmer, in dem die Diener untergebracht waren. Ich hatte mich entschlossen, sofort weiterzureiten – wir mussten uns davonschleichen, solange alles im Wirtshaus ruhig war.

Ich klopfte an ihre Tür, brauchte aber eine Weile, um sie aufzuwecken, weil sie alle tief schliefen. Als ich ihnen erklärte, dass sie sich sofort fertig machen müssten, sahen sie mich unglücklich an.

»Die Pferde brauchen Ruhe, Mistress«, meinte Jim.

»Ich weiß, auch wir brauchen Ruhe, aber wir müssen dieses Wirtshaus verlassen. Wir hatten es so eilig, aus Hessenfield fortzukommen, weil mein Onkel Angst um mich hatte. Ich weiß jetzt, dass man uns verfolgt hat, deshalb müssen wir uns sofort und möglichst leise aus dem Staub machen. Zum Glück habe ich dem Wirt die Rechnung schon bezahlt, so dass wir ohne weitere Umstände fortkönnen. Aber wir dürfen auf keinen Fall Lärm machen.«

Es dauerte eine Weile, bis sie begriffen, dass wir uns in Gefahr befanden, aber schließlich hatte ich es ihnen klargemacht. Aus ihren Gesprächen mit den Bediensteten von Hessenfield wussten sie, dass es im Norden zu Unruhen kommen würde, also rissen sie sich zusammen und versprachen mir, sofort die Pferde fertig zu machen.

Ich kehrte in mein Zimmer zurück, packte meine Sachen und ging in den Hof.

Es war eine sternklare Nacht, als wir um zwei Uhr früh aus dem Tor ritten, und ich war sehr erleichtert, als die »Sonne« etliche Meilen hinter uns lag. Wir waren am »Hirschen« vorbeigekommen und ich hatte ihn besorgt beobachtet und mich gefragt, wie viele von Frenshaws Männern jetzt in ihm schliefen.

Als es hell wurde, hob sich meine Stimmung, und ich begann sogar, das Abenteuer zu genießen. Wir waren nach York unterwegs und würden dabei durch das kleine Dorf Langthorne kommen. Der Spaß, den wir auf dem Jahrmarkt gehabt hatten, schien so weit zurückzuliegen; ich hatte Lance Clavering beinahe vergessen, wahrscheinlich weil so viele neue Eindrücke die alten überlagert hatten. Falls er aber noch in York sein sollte, wäre es wunderbar, ihn wieder zu sehen.

Es war Mittag. Ich hatte die Absicht gehabt, Lebensmittel aus dem Wirtshaus mitzunehmen, hatte aber keine Zeit mehr dazu gehabt. Wir hatten zwar Brot und Kapaun und auch Ale, aber die Sachen waren nicht mehr frisch und schmeckten nicht mehr so gut wie am ersten Tag.

Schließlich kamen wir zu einem Wald, durch den ein Bach floss. Wir waren sehr müde und auch die Pferde brauchten eine Pause. Harry führte sie zum Wasser, dann streckten wir uns unter den Bäumen aus und waren bald eingeschlafen.

Ich fuhr mit einem Ruck hoch; mir war kalt, meine Muskeln waren verkrampft. Meiner Schätzung nach würde die Sonne in einer Stunde untergehen. Sie gab nur wenig Wärme und ich ärgerte mich, weil wir so lange geschlafen hatten. Wir hätten jetzt schon ein Nachtquartier erreicht haben müssen.

Die vier Diener schnarchten noch und die Pferde waren an Bäume gebunden. Ich hatte das Bedürfnis, mir ein wenig Bewegung zu verschaffen, bevor ich die Männer weckte, deshalb ging ich zum Bach hinunter. Mein Mund war trocken; vielleicht war das Wasser frisch und klar.

Ich wusste, in welche Richtung ich gehen musste, und dass es nicht weit war. Dann sah ich den Bach vor mir, er war rein und hell.

Ich blickte mich um. Die Bäume nahmen mir die Sicht auf die Diener und Pferde. Ich durfte nicht lang ausbleiben, denn wenn sie erwachten und mich nicht fanden, würden sie erschrecken. Außerdem mussten wir uns bald auf den Weg machen, wenn wir noch vor Einbruch der Dunkelheit ein Wirtshaus erreichen wollten.

Ich wollte gerade beim Bach niederknien, als ich eine Bewegung hinter mir wahrnahm. Ich drehte mich um, aber im gleichen Augenblick umschlangen mich kräftige Arme; als ich aufschrie, legte mir jemand die Hand auf den Mund. Dann streifte man mir eine Art Kapuze über den Kopf, sodass ich nicht rufen konnte.

»Gut gemacht«, sagte eine Stimme. »Jetzt zu den Pferden.«

Ich versuchte, mich loszureißen, aber es war zwecklos. Der Mann, der mich festhielt, war viel kräftiger als ich; er klemmte mich unter seinen Arm und trug mich fort, als wäre ich ein Bündel Heu. Dann legte er mich über ein Pferd und wir galoppierten davon.

Ich war erschrocken und hatte Angst. Obwohl ich nicht wusste, wer mich gefangen genommen hatte, fürchtete ich, dass es Frenshaws Leute waren. Sie waren mir zur »Sonne« gefolgt und mussten am Morgen entdeckt haben, dass wir weggeritten waren. Sie wussten, dass ich nur die nach Süden führende Straße eingeschlagen haben konnte, also war es ihnen nicht schwer gefallen, mich zu finden.

Ich wusste nicht, was ich tun sollte. Es wäre Wahnsinn

gewesen, wenn ich versucht hätte, mich bei dem Tempo, in dem wir dahingaloppierten, aus den Armen des Mannes zu befreien, der mich festhielt. Ich konnte nichts tun als abwarten, was sie mit mir vorhatten.

Ich hatte das Gefühl, dass Stunden vergangen waren, als sie endlich den Galopp verlangsamten; ich begriff, dass wir unser Ziel erreicht hatten. Wir trabten in einen Hof.

»Bravo!«, sagte eine Stimme – es war Frenshaw.

Man hob mich vom Pferd und streifte mir die Kapuze ab. Einige Augenblicke lang konnte ich nichts erkennen, dann bemerkte ich ein Haus. Beiderseits der Tür brannten zwei Fackeln und zwischen ihnen stand ein Mann – Frenshaw.

»Führt sie hinein«, befahl er. Jemand packte mich am Arm und schob mich hinter ihm ins Haus. Wir befanden uns in einer Halle; im Vergleich zu Enderby war sie nicht groß, aber die Decke wurde von schweren Balken getragen und im großen Kamin loderte ein Feuer.

Mir schwindelte und meine Beine waren ganz steif, sodass ich ein wenig schwankte.

»Gebt ihr einen Stuhl«, sagte Frenshaw.

Jemand schob mir einen Stuhl hin und ich setzte mich.

»Also«, begann er, »ich möchte, dass du uns unverzüglich erzählst, was du in Hessenfield erfahren und wem du darüber berichtet hast.«

Der Schock darüber, dass man mich entführt und hierher gebracht hatte, hatte mich betäubt. Ich hatte von dem Augenblick an Angst vor diesem Mann gehabt, als ich ihn im Schloss erblickte; aber schon vorher war ich das unheimliche Gefühl nicht losgeworden, da er mir Böses antun würde.

Ich stammelte: »Sie irren sich, ich weiß überhaupt nichts, ich habe niemandem etwas berichtet. Ich habe mit diesen Angelegenheiten nichts zu tun, kenne mich mit ihnen nicht aus und sie interessieren mich auch nicht.«

»Dein Onkel hat einen Fehler begangen, als er dich fortschickte. Er wird dafür zur Verantwortung gezogen werden. Ich habe ja selbst entdeckt, dass du an der Tür gelauscht hast. Du bist eindeutig zu uns gesandt worden, um zu spionieren; General Eversleigh hat dich über alles instruiert, was du zu tun hast. Er hielt es für genial, ein junges Mädchen in das feindliche Lager zu schicken. Für ihn war es ein Glücksfall, dass Hessenfield zufällig mit dir verwandt war.«

»Sie irren sich. Es war nie die Rede davon, dass ich etwas ausspionieren sollte. Der Versuch, einen anderen König auf den Thron zu setzen, wurde erst unternommen, nachdem ich ins Schloss gekommen war.«

»Glaub nicht, dass du uns mit kindischem Geschwätz zum Narren halten kannst. Du weißt genauso gut wie wir, dass wir seit Jahren versuchen, den rechtmäßigen König auf den Thron zurückzuholen.«

»Daran habe ich nie gedacht.«

»Das soll ich dir glauben? Noch dazu, wo du mitten unter Anhängern des Hannoveraners gelebt hast. Wir alle wissen, dass General Eversleigh Georgs fähigster Befehlshaber ist. Sag uns, was du herausgefunden hast. Wir wissen, dass du deine Entdeckungen nach York an den General gemeldet hast.«

»Ich habe nichts dergleichen getan. Seit ich mich in York von ihm getrennt habe, bin ich nicht mehr in Verbindung mit ihm gestanden.«

»Nimmst du an, dass wir dir das glauben?«

»Ich habe keine Ahnung.«

Einer der Wächter schlug mich heftig ins Gesicht. Ich schrie auf und Frenshaw sagte: »Das ist nicht notwendig ... vorläufig nicht.«

»Sie war frech zu Ihnen, Sir.«

»Sie wird es uns mit der Zeit schon erzählen.«

»Wie viel Zeit haben wir denn?«, fragte einer der Männer, den ich gerade erst bemerkt hatte. Ich war so müde, dass mich nur meine schreckliche Angst wach hielt. In der vergangenen Nacht war ich kaum zum Schlafen gekommen und die eine Stunde im Wald vor meiner Gefangennahme hatte mir auch nicht viel genützt. Ich war hungrig, aber vor allem wollte ich schlafen.

»Wir werden von ihr erfahren, was wir wollen«, meinte Frenshaw. »Im Augenblick scheint sie zu benommen zu sein.«

»Sie kann letzte Nacht nicht geschlafen haben, wenn sie die ›Sonne‹ vor Tagesanbruch verlassen hat. Sieh doch, sie ist erschöpft.«

Ich begriff, dass es am besten war, wenn ich so tat, als würde ich einschlafen. Dadurch gewann ich ein bisschen Zeit, um nachzudenken und herauszufinden, ob eine Fluchtmöglichkeit bestand.

Als Frenshaw aufstand und zu dem Stuhl trat, auf dem ich saß, schloss ich die Augen und ließ den Kopf zur Seite sinken. Er beugte sich über mich und schüttelte mich. Ich schlug schlaftrunken die Augen auf. »Wo ... bin ich?«, fragte ich und schloss wieder die Augen.

»Du hast recht«, stellte er fest. »Sperrt sie für heute Nacht ein. Wir werden uns morgen früh mit ihr beschäftigen; wir haben Zeit.«

Wieder rüttelte mich jemand und zwang mich aufzustehen. Ich gähnte.

Sie mussten mich durch die Halle zur Treppe schleppen. Während ich Schläfrigkeit vortäuschte, versuchte ich mir einzuprägen, wohin man mich brachte. Als wir die Halle verließen, nahmen die beiden Männer, die mich begleiteten, Kerzen von einem Bord an der Treppe, um den Weg zu beleuchten. Wir kamen zu einem Treppenabsatz mit mehreren Türen. Die beiden stießen mich eine weitere Treppe hinauf, die zu einer langen Galerie führte. Wir durchquerten sie und kamen zu einer hölzernen Tür, hinter der sich ein Korridor mit weiteren Zimmern befand. Dann stiegen wir ein paar Stufen zu einer Art Dachkammer hinauf. Sie war geräumig und das Dach, in dem sich zwei Fenster befanden, fiel steil ab. Ich bemerkte ein Bett, einen Stuhl und einen Tisch. Man schob mich hinein, und ich hörte, wie der Schlüssel sich im Schloss drehte.

Mein Herz klopfte wild, als ich in der Mitte des Zimmers stehen blieb. Trotz meiner Erschöpfung war ich hellwach. Wie sollte ich hier herauskommen? Die Fenster befanden sich im Dach; ich musste auf den Stuhl steigen, um hinausblicken zu können, und dann würde ich auch nur den Himmel sehen. Ein Ende des Raums war mit einem Vorhang abgeteilt; ich ging hinüber, zog ihn zur Seite und entdeckte eine Sitzbadewanne und einen kleinen Tisch. Ich kehrte zum Bett zurück und setzte mich.

Wie konnte ich entkommen? Selbst wenn ich ihnen alles erzählte, was ich wusste, würden sie nicht zufrieden sein, weil ich nichts Wichtiges wusste. Es war allgemein bekannt, dass die Jakobiten immer eine Bedrohung dargestellt hatten, schon seit Jahren. Und mehr konnte ich ihnen nicht erzählen.

Außerdem würden sie mir nicht glauben.

Ich legte mich auf das Bett und trotz meiner Verwirrung und meiner Angst, trotz meiner wachsenden Besorgnis, schlief ich fast augenblicklich ein.

Als ich aufwachte, fiel helles Licht durch die Fenster in die Dachkammer. Ich war steif vor Kälte. Zuerst wusste ich nicht, wo ich mich befand, und dann kam die Erinnerung zurück und mit ihr das Entsetzen.

Ich stand auf, ging zur Tür und rüttelte an ihr. Das war natürlich sinnlos, denn sie war aus schweren Eichenbrettern, und ich hatte gehört, wie sie versperrt worden war. Ich fragte mich, was meine Entführer mit mir vorhatten, und mir fielen schreckliche Dinge ein. Ich erinnerte mich an die Gefangenen, die im Tower von London gefoltert worden waren. Ich stellte mir die Daumenschrauben, die Folterbank, die Eiserne Jungfrau vor, diesen fürchterlichen eisernen Schrank in Frauengestalt, der innen vor Nägeln starrte. Die Opfer wurden hineingestoßen und, wie die Folterknechte grausam scherzten, »umarmt«, bis die Nägel in ihr Fleisch drangen.

So etwas besaßen sie sicherlich nicht, tröstete ich mich. Aber es gab andere Grausamkeiten, die sie ohne so komplizierte Instrumente verüben konnten.

Je mehr Zeit verging, desto mehr wuchs meine Angst. Ich hatte mich nach Abenteuern gesehnt; jetzt sehnte ich mich nur noch danach, wieder in meinem friedlichen Zuhause zu sein. Dann schrak ich zusammen, weil ich glaubte, Schritte zu hören.

Ich sah auf die Uhr, die immer noch an ihrer Kette an meinem Hals hing. Überrascht stellte ich fest, dass es neun Uhr war.

Ja, die Schritte kamen auf mein Zimmer zu; der Schlüssel drehte sich im Schloss, und die Tür ging knarrend auf. Ich begriff, dass die Dachkammer selten benützt wurde.

Ich hatte den Schurken Frenshaw erwartet, aber stattdessen stand ein Junge vor mir. Ich war überrascht, weil er anscheinend genauso alt war wie ich, und das beruhigte mich. Außerdem war ich ja auf Frenshaw oder einen seiner Männer gefasst gewesen und im Vergleich zu ihnen wirkte dieser Junge schön. Er trug keine Perücke und sein gelocktes Haar war in Form einer Ponyfrisur geschnitten, sodass es wie eine schimmernde Haube sein Gesicht umrahmte. Seine Haut war blass, seine Augen tiefblau. Ich glaubte zu träumen; oder vielleicht hatten sie mich getötet und ich war im Himmel. Das Gesicht des Jungen trug einen so reinen Ausdruck, als wäre er ein Engel.

Er sah mich unverwandt an und fragte: »Bist du bereit, uns zu erzählen, was du dem Feind verraten hast?«

Also gehörte er doch zu ihnen. Das war merkwürdig, weil er so jung war und so unschuldig aussah.

»Ich habe ihnen nichts mitgeteilt«, sagte ich kurz angebunden. »Ich habe nichts zu erzählen. Es wäre besser für euch, wenn ihr mich freilasst. Wenn meine Familie erfährt, wie ich behandelt wurde ...«

Er hob die Hand. »Du wirst dieses Haus erst verlassen, wenn du uns alles erzählt hast, was du weißt.«

Ich schrie ihn verzweifelt an. »Wie kann ich euch etwas erzählen, wenn es nichts zu erzählen gibt! Auch wenn ihr mich hier festhaltet, bis ich vor Kälte und Hunger sterbe, kann ich euch nichts sagen ... weil ich nichts weiß.«

»Bist du hungrig?«

»Ich habe seit längerer Zeit nichts mehr gegessen.«

»Warte!«

Er verließ das Zimmer, schloss die Tür hinter sich und versperrte sie gewissenhaft.

Meine Stimmung besserte sich. Er sah so jung aus; vielleicht würde er mir zuhören und vielleicht konnte ich ihn davon überzeugen, dass ich die Wahrheit sagte. Aber was war mit den anderen?

Er kam erst nach zehn Minuten wieder. Ich hörte seine Schritte, als er durch die Galerie ging, und dann die drei oder vier Stufen zur Dachkammer hinaufstieg. Er öffnete die Tür, kam herein und hielt mir ein Tablett hin, auf dem eine Schüssel mit Haferbrei stand.

»Hier«, sagte er, »iss das.«

Ich griff nach dem Tablett. Ich hatte einen Bärenhunger und mir hatte noch nie eine Mahlzeit so gut geschmeckt.

Als ich aufgegessen hatte, fragte er: »Fühlst du dich jetzt besser und bist du eher bereit zu reden?«

»Ich fühle mich besser und bin bereit zu reden, aber das, was du hören willst, kann ich dir nicht erzählen, weil ich es einfach nicht weiß.«

»Du bist eine gute Spionin«, stellte er beinahe bewundernd fest. »Aber du wirst schließlich doch nachgeben.«

»Wie lange wollt ihr mich hier festhalten?«

Er zuckte die Schultern. »Das hängt von so vielem ab.«

Ich saß auf dem Bett; er setzte sich auf den Stuhl und musterte mich aufmerksam. »Wann bist du geboren?«

»Im Februar 1702.«

»Ich wurde im November 1701 geboren, also bin ich älter als du.«

»Ungefähr drei Monate.«

»Drei Monate können eine sehr lange Zeit sein. Ich bin jetzt dein Kerkermeister, bis die Männer zurückkommen.«

»Von wo zurückkommen?«

Mein Herz schlug rascher. Seit dieser gut aussehende junge Mann in die Dachkammer getreten war, schaute alles viel freundlicher aus.

»Hast du den Lärm heute Nacht gehört?«

»Nein.«

»Er ist wahrscheinlich nicht bis hier herauf gedrungen. Sie sind alle in größter Eile fortgeritten. Es wird bald vorüber sein, weil die loyalen Hochländer jetzt in England einmarschieren. Alle wurden aufgerufen, sich der siegreichen Armee der Hochländer anzuschließen und nach Preston zu marschieren.«

»Willst du damit sagen, dass sie in England eingefallen sind? Ist jetzt Krieg?«

»Es wird bald vorbei sein. Die Engländer weichen vor den tapferen Hochländern zurück. Jakob wird bald eintreffen und Anspruch auf den Thron erheben.«

»Du bist überzeugter Jakobit?«

»Natürlich. Und du bist in der falschen Überzeugung erzogen worden. Ich weiß über dich Bescheid, sie haben mir Etliches erzählt, und den Rest habe ich mir zusammengereimt. Sie wussten nicht, was sie mit dir tun sollten; ein paar wollten dich töten.«

»*Mich* töten! Sie müssen verrückt sein.«

»Sie hielten meinen Onkel für verrückt, weil er dich am Leben gelassen hat.«

»Wer ist dein Onkel?«

»Sir Thomas Frenshaw.«

»Ach, du bist also *sein* Neffe?«

Er nickte. »Ich wohne hier bei ihm, er hat mich aufgezogen. Natürlich sehe ich ihn nur selten, aber er ist ein tapferer, guter Mann.«

»Ich kann nicht behaupten, dass er mich gut behandelt hat. Und was seinen Mut betrifft – es gehört nicht sehr viel Mut dazu, ein unschuldiges Mädchen einzuschüchtern.«

»Du hast eine scharfe Zunge.«

»Eine scharfe Zunge ist oft eine gute Waffe. Sie ist nicht so wirkungsvoll wie ein Schwert, aber sie hat ihre Vorteile.«

»Du bist ein außergewöhnliches Mädchen. Du wirkst viel älter, als du bist.«

»Vielleicht deshalb, weil du für dein Alter sehr jung wirkst.«

»Das stimmt nicht. Ich reite besser als die meisten Reitknechte und mein Fechtlehrer sagt, ich könnte jederzeit erfolgreich ein Duell bestehen.«

»Wirklich großartig«, spottete ich. »Du kannst auch den Kerkermeister bei einem Mädchen spielen, das dich nicht einmal angreifen kann, außer mit ihrer scharfen Zunge.«

Er lachte. »Du bist anders als alle Leute, die ich bis jetzt kennen gelernt habe.«

»Natürlich, ich bin ja eine Spionin.«

»Du gibst es also zu.«

»Du bist wirklich sehr jung, du bemerkst nicht einmal, wenn meine Zunge sich über dich lustig macht.«

»Vergiss nicht, dass du meine Gefangene bist. Bis die Männer zurückkommen, bin nur ich für dich verantwortlich.«

»Dann gib Acht, sonst entfliehe ich.«

»Das kannst du nicht, die Diener sind ja auch noch hier. Sie wissen alle, dass du unsere Gefangene bist. Mein Onkel und seine Freunde werden bald zurückkehren.«

»Falls sie siegen, den armen Georg nach Hannover zurückschicken und James den Heiligen krönen, dann werden meine kleine Sünden vielleicht nicht mehr so schwer wiegen.«

Er dachte darüber nach. »Es stimmt, das könnte deine Rettung sein. Du hoffst also, dass Jakob triumphiert?«

»Nein! Georg für immer!«

»Das ist Verrat.«

»Im Gegenteil, du begehst Hochverrat.«

»Du bist eine Spionin.«

Ich lachte ihn aus. Obwohl es merkwürdig klingt, begann die Situation mir zu gefallen. Ich war zwar immer noch eine Gefangene, aber mein Kerkermeister war nur ein Junge, und ich war davon überzeugt, dass ich ihn überlisten konnte.

Er war böse auf mich. Er nahm das Tablett, verließ das Zimmer und versperrte die Tür sorgfältig. Das war unvernünftig von mir gewesen, ich hätte auf ihn eingehen sollen. Ich hätte versuchen sollen, mehr über die Anlage des Hauses zu erfahren, dann hätte ich jetzt schon Fluchtpläne schmieden können.

Ich saß auf dem Bett, als ich wieder Schritte hörte. Er kam mit einem erschreckten kleinen Dienstmädchen herein.

»Das ist Janet«, erklärte er mir. »Sie wird dich begleiten, damit du dich waschen kannst. Ich werde Wache halten, also versuch nicht erst zu entfliehen.«

Dankbar folgte ich Janet aus der Dachkammer die Treppe hinunter. Sie zeigte mir einen kleinen Raum, in dem ich mich waschen und Toilette machen konnte. Ich sah Kannen mit heißem Wasser, einen Krug und eine Waschschüssel. Janet sagte mir, dass sie draußen warten wolle, ließ mich allein und schloss die Tür hinter sich.

Als ich fertig war, folgte ich ihr hinaus und sie führte mich zu meinem jungen Kerkermeister, der geduldig gewartet hatte. Wir kehrten in die Dachkammer zurück und ich merkte, dass er immer noch ärgerlich war, denn er sprach nicht mit mir. Dennoch bedankte ich mich bei ihm. »Es war sehr freundlich von dir«, meinte ich. »Ich hätte nicht erwartet, dass ihr Spione so gut behandelt.«

»Wir sind ja keine Wilden«, antwortete er, verließ die Kammer und versperrte die Tür.

Ich fühlte mich jetzt besser, ja, ich geriet sogar in eine leicht gehobene Stimmung. Ich war in diesem Haus eingesperrt; die Männer, die mich gefangen genommen hatten, waren zu den Aufständischen gestoßen, um beim Sieg dabei zu sein, und mein Kerkermeister war ein Junge in meinem Alter. Die Lage sah gar nicht mehr so verzweifelt aus wie in dem Augenblick, als ich hier angekommen war.

Es war Mittag, als er wiederkam. Diesmal brachte er mir heiße Suppe und ein Hühnerbein. Es schmeckte wie Ambrosia.

»Das Essen schmeckt dir«, stellte er fest.

»Hast du schon jemals gehört, dass Hunger der beste Koch ist?«

»Meiner Meinung nach keine originelle Bemerkung.«

»Das ändert nichts daran, dass sie zutrifft. Dennoch, danke für die ausgezeichnete Mahlzeit.«

Er lächelte und wiederholte, dass sie keine Wilden wären.

»Wirklich?«, fragte ich. »Danke für die Information. Wenn du es mir nicht gesagt hättest, hätte ich es vielleicht gar nicht bemerkt.«

»Du bist sehr unvernünftig. Eigentlich solltest du versuchen, dich bei mir einzuschmeicheln.«

Natürlich hatte er recht; durch meine spöttische Art erleichterte ich meine Lage keineswegs.

»Das stimmt. Guter, lieber Herr, ich danke Euch für die Wohltaten, die Ihr mir erwiesen habt. Es ist überaus gnädig von Euch, jemanden zu ernähren, der sich in meiner Lage befindet. Ich verneige mich vor Eurer Großmut.«

»Das ist ja noch schlimmer als vorher«, stellte er streng fest.

Ich begann zu lachen und zu meiner Überraschung stimmte er ein.

Ich dachte: Ihm macht es ebenfalls Spaß, natürlich. Er hat jetzt die Verantwortung für mich, aber ich glaube, er mag mich.

Von diesem Augenblick an änderte sich unsere Beziehung. Gelegentlich hatte ich den Eindruck, dass wir ein Theaterstück spielten, in dem ich die Rolle des entführten Mädchens und er die des Wächters übernommen hatte. Die Situation hatte etwas Irreales an sich und das gefiel uns beiden.

Er saß auf dem Stuhl und sah mich an.

»Erzähl mir von dir«, sagte er.

Ich begann ihm zu erzählen, wie ich meinen Onkel Hessenfield besucht und von meinem Heim im Süden nach dem Norden gekommen war, aber er unterbrach mich. »Hör auf damit, das kenne ich. Ich habe gehört, wie sie darüber gesprochen haben, dass du mit deinem Onkel, General Eversleigh, nach York und von dort allein weiter nach Hessenfield geritten bist. Ihrer Meinung nach war es eine gute Gelegenheit für dich, ein bisschen herumzuspionieren und ...«

»Das mit dem Spionieren stimmt nicht, aber alles andere ist richtig.«

Ich erzählte ihm meine Lebensgeschichte, die sehr romantisch klang. Meine schöne Mutter und mein unvergleichlicher Vater, der große Hessenfield.

»Der große Hessenfield«, wiederholte er mit leuchtenden Augen. »Für uns war er immer ein Held. Man hat mir eingeschärft, dass ich genauso werden müsse wie er.«

»Er war wunderbar. Ich bin auf seinen Schultern geritten!«

»*Du* bist auf den Schultern des großen Hessenfield geritten!«

»Ich bin seine Tochter.«

»Und du hast es fertig gebracht, für die andere Seite zu spionieren!«

»Wie oft soll ich dir noch sagen, dass ich nicht spioniert habe?«

»Du bist eigentlich hierher gekommen, um für uns tätig zu sein?«

»Keineswegs. Ich will nichts mit euren Kriegen zu tun haben. Ich will, dass der gute Georg dort bleibt, wo er ist, und dass ihr alle aufhört, seinetwegen herumzutoben.«

»Kann Hessenfields Tochter so sprechen?«

»Und ob.«

Ich erzählte ihm, wie meine Eltern gestorben waren, wie mich das treue Dienstmädchen bei sich aufgenommen hatte und wie Tante Damaris nach Paris gekommen war, um mich zu suchen.

»Ja«, meinte er und musterte mich bewundernd, »ich kann mir lebhaft vorstellen, wie du das alles erlebt hast.«

Dann erzählte er mir von sich. Im Vergleich zu meinen Abenteuern wirkte sein Leben nicht aufregend. Als er fünf Jahre alt war, fiel sein Vater in der Schlacht von Blenheim.

»Doch nicht aufseiten der Jakobiten?«, fragte ich.

»Nein, mein Vater war kein Jakobit. Aber kurz nach dem Tod meiner Mutter wurde ich zu meinem Onkel geschickt, und erfuhr hier alles über die gute Sache. Dadurch wurde ich Jakobit und du kannst dich darüber lustig machen, so viel du willst, aber ich sage dir, dass König Jakob zurückkehren wird, um über uns alle zu herrschen.«

»Du solltest nie so fest behaupten, dass etwas geschehen wird. Du könntest dich nämlich auch irren.«

»Mein Onkel wird bald mit guten Nachrichten aus Preston zurückkehren.«

»Und was wird dann mit mir geschehen?«

»Das hängt davon ab, was alles erledigt werden muss.«

Mich schauderte. »Vorläufig sind sie jedenfalls noch nicht hier«, meinte ich.

Wir sprachen über andere Dinge, auch über Pferde und Hunde. Ich erzählte ihm von Damon und er sagte, er besitze eine Bulldogge. Er wolle sie mir zeigen … dann unterbrach er sich. »Du bist ja eine Gefangene«, fiel ihm ein.

»Du könntest mich freilassen, damit ich die Hunde sehe.«

»Und wenn du davonläufst?«

»Du könntest mich einfangen und zurückbringen.«

»Du machst dich schon wieder über mich lustig.«

»Entschuldige, ich wollte es nicht.«

So verging der Tag recht angenehm und als es dunkel wurde, brachte er mir eine Felldecke und zwei Kerzen.

Als ich darüber nachdachte, fiel mir auf, dass es ein sehr glücklicher Tag gewesen war.

Es fällt mir heute noch schwer, mir darüber Klarheit zu verschaffen, was während der Tage, die ich in der Dachkammer verbrachte, in mir vorging. Wenn ich sie mir vergegenwärtige, scheinen sie in ein mystisches Licht getaucht zu sein. Er kam jeden Morgen mit dem Haferbrei, blieb den Vormittag über bei mir und brachte mir dann das Mittagessen. Schon am zweiten Tag machten wir uns nicht mehr vor, dass wir Feinde waren. Ich zeigte ihm deutlich, dass ich mich freute, ihn zu sehen, und er gab mir zu verstehen, dass er gern mit mir beisammen war.

Er hieß Richard Frenshaw und er sagte mir, dass ihn seine Freunde Dickon nannten. Ich nannte ihn ebenfalls Dickon, weil ich fand, dass es zu ihm passte. Er stellte fest, dass Clarissa zu mir passte. Gelegentlich blickten wir einander schweigend an. Ich hielt ihn für den schönsten Menschen, den ich je gesehen hatte – von einer ganz anderen Schönheit als meine Eltern. Ich nehme an, wir verliebten uns ineinander, aber keinem von uns wurde es zunächst bewusst, vielleicht weil es bisher keinem von uns widerfahren war.

Wir stritten ununterbrochen. Er ergriff begeistert Partei

für die Jakobiten, ich lachte ihn aus und ärgerte ihn, indem ich ihm sagte, dass es mir vollkommen gleichgültig sei, welcher König auf dem Thron säße. Ich wollte nur, dass die Menschen rund um mich herum glücklich waren, ohne dass sie kämpften oder zornig wurden, weil ihre Nachbarn andere Ansichten hatten als sie.

Wahrscheinlich wäre es mir nicht schwer gefallen, ihn dazu zu überreden, mich entfliehen zu lassen. Ich hätte ihm vorschlagen können, mir die Pferde zu zeigen; dann hätte ich mich auf eines geschwungen und wäre davongeritten. Er hätte mir sicherlich auch den Schlüssel zur Dachkammer gegeben. Aber ich tat es nicht, ich wollte nicht, dass er das Vertrauen seines Onkels missbrauchte. Dickon war ein zutiefst ehrenhafter Mensch.

Er brachte mir seine Bulldogge und zeigte sie mir. Der Hund hieß Chevalier, wie der Möchtegernkönig. Das Tier mochte mich und diese Tatsache verband uns noch enger. Das kleine Dienstmädchen Janet wusste, wie es um Dickon und mich stand. Sie war im Grunde ihres Wesens romantisch veranlagt und beobachtete wahrscheinlich voll Entzücken, wie unsere Liebe aufblühte. Ich bekam täglich besondere Leckerbissen aus der Küche – und mir wäre es am liebsten gewesen, wenn diese Episode nie zu Ende gegangen wäre. Es kam mir vor, als hätte ich ganze Ewigkeiten und nicht nur drei Tage in der Dachkammer verbracht. Dickon erzählte mir später, dass es auch ihm so gegangen war.

Wir konnten nicht genug voneinander erfahren, das kleinste Detail schien ungeheuer wichtig zu sein. Ich hatte noch nie etwas so Merkwürdiges und zugleich Schönes erlebt.

Als er am vierten Tag zu mir kam, wusste ich in dem Augenblick, in dem er das Zimmer betrat, dass etwas nicht in Ordnung war. Er war blasser als sonst und sein Haar war zerzaust. Ich wusste, dass er die Gewohnheit hatte, sich mit der Hand durch die Haare zu fahren, wenn er unruhig war.

Ich trat rasch zu ihm und legte ihm die Hände auf die Schultern. Es war das erste Mal, dass ich ihn berührte. Er reagierte sofort, indem er die Arme um mich legte und mich an sich drückte. Wir schwiegen beide, ganz in dem Glück versunken, so nahe beieinander zu sein.

Endlich löste er sich von mir, und ich merkte erst jetzt, dass er Angst hatte. Er sagte: »Du musst fort, denn sie kommen zurück. Sie sind nur noch ein paar Meilen entfernt. Wir wurden bei Preston geschlagen, die meisten Hochländer haben sich ergeben und der Rest ist auf dem Rückzug. Mein Onkel wird bald eintreffen und ich fürchte, dass er dich töten wird.«

Das rief mich in die Wirklichkeit zurück. Ich hätte wissen müssen, dass die Idylle nicht von Dauer sein konnte. Dickons Gesichtsausdruck hatte sich verändert – auch ihm war der Ernst der Lage bewusst geworden.

Er sah mich besorgt an. »Du darfst nicht hier bleiben, du musst weg von hier.«

»Wir müssen einander Lebewohl sagen«, murmelte ich.

Er wandte den Kopf ab und nickte. Mich ergriff entsetzliche Verzweiflung. »Ich werde dich nie wieder sehen.«

»Nein, nein, das darf nicht geschehen.« Dann drückte er mich an sich und küsste mich. Er sagte »Clarissa!« und wiederholte meinen Namen immerzu.

Plötzlich riss er sich zusammen. »Wir dürfen keine Zeit verlieren. Du musst sofort das Haus verlassen.«

»Du lässt mich gehen?«

Er nickte.

»Aber dein Onkel ...«

»Wenn sie dich hier finden, töten sie dich vielleicht.«

»Sie werden aber merken, dass du mir zur Flucht verholfen hast.«

»Mir wird schon eine Ausrede einfallen«, murmelte er.

»Komm jetzt. Sie müssen jeden Augenblick hier sein. Du musst vorsichtig sein; bleibe hinter mir und sei leise.«

Er schloss die Tür hinter uns und versperrte sie sorgfältig. Er ging vor mir die Treppe hinunter und dann durch die Galerie und wenn die Luft rein war, winkte er mir, ihm zu folgen. Wir gelangten ohne Schwierigkeiten in die Halle und gingen zu den Ställen hinüber. Rasch sattelte er mir ein Pferd.

»Hier«, sagte er, »reite nach York und schicke von dort aus eine Nachricht an deine Familie. Vielleicht hast du Glück und dein Onkel hat die Stadt noch nicht verlassen. Vom ›Schwarzen Schwan‹ in York fährt jeden Montag, Mittwoch und Freitag eine Postkutsche nach London ab. Die Reise dauert vier Tage, vorausgesetzt dass alles glatt geht. Vielleicht kannst du sie benützen. Ich glaube nicht, dass sie dir so weit folgen werden. Sie müssen nach Schottland reiten und sich den Männern dort anschließen.«

»O Dickon, du tust so viel für mich. Ich werde nie vergessen ...«

Im Allgemeinen neige ich nicht dazu, in Tränen auszubrechen, aber jetzt waren meine Augen feucht. Auch Dickon hatte Mühe, seiner Rührung Herr zu werden.

»Für ein Mädchen ist es gefährlich, allein durch das Land zu reiten«, meinte er.

Dann begann er, noch ein Pferd zu satteln.

»Was soll das, Dickon?«, fragte ich.

»Ich begleite dich. Ich kann dich nicht allein reiten lassen.«

Wir führten die Pferde in die kalte Morgenluft hinaus.

»O Dickon, das kannst du nicht tun. Überleg dir doch ...«

»Wir haben keine Zeit zum Reden. Steig auf, setz dein Pferd in Galopp, wir müssen so rasch wie möglich von hier fort.«

Ich wusste, dass ich mich in Gefahr befand; meiner Meinung nach waren sie fähig, mich zu töten, wenn sie mich bei ihrer Heimkehr noch antrafen. Wir durften wirklich keine Zeit verlieren. Sie hatten eine Schlacht verloren und würden sofort nach Schottland weiterreiten wollen. Einerseits würden sie keine Lust haben, Zeit an mich zu verschwenden, andererseits würden sie nicht wagen, mich freizulassen. Ja, ich befand mich in großer Gefahr – und dennoch war ich noch nie im Leben so glücklich gewesen.

Die Hufe unserer Pferde klapperten auf dem gefrorenen Boden und es war herrlich, neben Dickon zu reiten. Die Gegend wirkte noch schöner als im Frühjahr. Das schwarze Geflecht der Äste hob sich vom hellen Himmel ab, die grauen Quasten der Haselnusssträucher flatterten im leichten Wind, der Jasmin an der Tür einer Hütte zeigte schon gelbe Triebe – das alles empfand ich als zauberhaft. Ich hörte das Lied der Lerchen, die von den Feldern aufstiegen, und den schrillen Schrei der Spottdrossel. Es war merkwürdig, dass ich in einem solchen Augenblick auf diese Details achten konnte. Wahrscheinlich war Damaris daran schuld, die mir die Wunder der Natur vor Augen geführt hatte.

Jedenfalls war ich glücklich und weigerte mich, über den Augenblick hinaus zu denken. Dickon und ich waren zusammen geflohen und er hatte mich gerettet – ich ahnte undeutlich, dass ihn sein Edelmut noch teuer zu stehen kommen würde.

Am frühen Nachmittag erklärte er mir, dass wir eine Rast einschalten müssten. »Nicht nur wir brauchen eine Stärkung«, meinte er, »sondern auch unsere Pferde.« Wir hielten bei einem Wirtshaus; über der Tür baumelte knarrend ein Schild, dem ich entnahm, dass es sich um die »Rote Kuh« handelte.

»Falls uns jemand fragt, sind wir Bruder und Schwester und leben in Thorley Manor«, erklärte er mir. »Niemand wird auf die Idee kommen, das anzuzweifeln, denn soviel ich weiß, gibt es kein Thorley Manor. Wir besuchen unseren Onkel in York; die Diener mit den Satteltaschen sind schon vorausgeritten. Du heißt Clara und ich heiße Jack.«

Ich nickte; das Abenteuer wurde jeden Augenblick aufregender.

Dickon befahl dem Stallknecht herrisch, die Pferde zu füttern und ihnen Wasser zu geben. Dann gingen wir in die Wirtsstube; ich habe in meinem ganzen Leben keine glücklicheren Stunden erlebt als damals mit Dickon. Im großen Kamin brannte ein helles, wärmendes Feuer und die Wirtin brachte uns Teller mit Erbsensuppe und frisches Gerstenbrot mit Schinken und Käse. Zum Trinken gab es Ale und mir hatte noch nie eine Mahlzeit so gut geschmeckt, nicht einmal in den Tagen der Armut in Paris. Die Wirtsstube in der »Roten Kuh« an der Straße nach York war für mich das Paradies, das ich nie mehr verlassen wollte.

Ich sah Dickon bewundernd an. Wir waren so glücklich, weil wir beisammen waren, wir wollten nicht darüber nachdenken, welche Folgen dieser impulsive Entschluss haben würde. Für ihn konnten sie katastrophal sein, denn er hatte seinen Onkel, der gleichzeitig sein Vormund war, verraten; er hatte um meinetwillen sogar die jakobitische Sache verraten.

Die Uhr in der Wirtsstube zählte geräuschvoll die Minuten. Sie erinnerte mich ununterbrochen daran, dass die Zeit verging, und ich hätte sie am liebsten angehalten.

»Ich möchte mein ganzes Leben mit dir zusammen hier bleiben«, sagte ich.

»Mir geht es ebenso.«

Dann schwiegen wir, in unser Glück versunken.

»Wir müssen weiter«, meinte Dickon schließlich: »Wir hätten gar nicht so lange bleiben dürfen.«

»Glaubst du, dass sie uns verfolgen?«

Er schüttelte den Kopf. »Nein, sie müssen nach Norden zur Armee. Der Kampf gegen England geht weiter.«

»Und du, Dickon?«

»Ich werde mit ihnen gehen.«

»Bitte, bleiben wir noch eine Weile hier.«

Er schüttelte den Kopf, blieb aber sitzen. Ich blickte in die Flammen im Kamin und sah in ihnen Märchenbilder von Schlössern und Reitern.

Dann bemerkte ich plötzlich, dass der Himmel sich verfinstert hatte und dass ein paar Schneeflocken herabschwebten. Ich sagte nichts, denn ich wusste, dass Dickon sofort aufbrechen würde, sobald ich ihn darauf aufmerksam machte.

Die Wirtin kam herein; sie war rundlich, hatte ein rotes, freundliches Gesicht und trug eine weiße Haube auf den zerzausten Haaren.

»Der Wind frischt auf«, sagte sie. »Er weht aus Norden. Nordwind-Schneewind heißt es bei uns. Müsst ihr beide noch weit reiten?«

»Wir wollen nach York«, antwortete Dickon.

»O du meine Güte! Das schafft ihr nie vor Dunkelwerden. Wenn ihr jetzt aufbrecht, bleibt ihr im Schnee stecken.«

Dickon trat ans Fenster. Der Schnee fiel dicht und er drehte sich verzweifelt zu mir um.

»Vielleicht könnten wir über Nacht hier bleiben?«, meinte ich. »Haben wir genug Geld?«

Er nickte.

»Ach Gott«, meinte die Wirtin, »ich nehme an, euer Vater hat auch gut ausgestattet. Ihr lebt hier in der Gegend, was?«

»Thorley Manor«, erklärte Dickon unbekümmert.

»Den Namen habe ich noch nie gehört. Wie weit ist es bis dorthin?«

»Etwa zwanzig Meilen.«

»Dann kann ich es gar nicht kennen. Also, Master Thorley, wenn Sie sofort bezahlen, kann ich Sie unterbringen, das steht außer Frage.«

»Meine Schwester und ich werden uns überlegen, was wir tun sollen.«

»Überlegen Sie lieber schnell, junger Herr, denn ich höre, dass Pferde in den Hof kommen. In einer Nacht wie dieser werden noch mehr Leute hier Quartier suchen.«

Als sie den Raum verlassen hatte, sahen wir einander ängstlich an. Wer waren die Neuankömmlinge? Hatte vielleicht Sir Thomas Frenshaw jemanden hinter uns hergeschickt, als er unser Verschwinden bemerkte – oder hatte er sich gar selbst auf den Weg gemacht?

Ich streckte die Hand aus; Dickon ergriff sie und streichelte sie beruhigend.

»Du hättest mich nicht begleiten sollen«, meinte ich. »Du hättest mich entkommen lassen und ihnen sagen können, dass dich keine Schuld trifft.«

»O nein, ich musste mit dir reiten. Allein hättest du es nie geschafft.«

Wir sahen einander schweigend an und in diesem Augenblick der Gefahr wurde uns deutlich bewusst, dass wir einander liebten und dass für jeden von uns ein Leben ohne den anderen leer und sinnlos sein würde.

Unsere Angst legte sich, als wir feststellten, dass es sich bei den Neuankömmlingen um eine Gruppe von Reisenden handelte, die angesichts des plötzlichen Wetterumschwungs beschlossen hatten, nicht weiterzureiten, sondern die Nacht in der »Roten Kuh« zu verbringen.

Sie betraten lärmend und ausgelassen die Wirtsstube, störten unsere Ruhe und brachen in die wunderbare Vertrautheit ein, die zwischen Dickon und mir geherrscht hatte. Wir saßen nebeneinander auf einem Sofa in der Ecke des Raums, während die drei Männer und die drei Frauen am Tisch Platz nahmen und die Wirtin heiße Erbsensuppe auftrug.

Die Frauen sahen uns neugierig und freundlich lächelnd an. Als sie begannen, Fragen zu stellen, waren wir darauf vorbereitet und erzählten ihnen, dass wir Geschwister wären, dass wir unseren Onkel in York besuchten und dass die Diener mit den Satteltaschen bereits vorausgeritten waren.

»Zwei so junge Leute wie ihr allein auf der Straße!«, rief eine ältere Frau. »Mein Gott! Ich hätte bestimmt etwas dagegen, wenn meine Kinder so unterwegs wären.«

»Mein Bruder kann gut mit dem Degen umgehen«, sagte ich.

»Und du bist stolz auf ihn, das kann man sehen. Nun, wir reiten auch nach York, und es wäre am besten, wenn ihr euch uns anschließt, was, Harry?«

Sie wandte sich einem der Männer zu.

Der mit Harry Angeredete musterte uns wohlwollend und nickte. »In der Zahl liegt Sicherheit«, meinte er und zwinkerte uns zu.

Die Wirtin kam geschäftig herein. »Also, bleiben Sie über Nacht?«, fragte sie.

»Es wird uns nichts anderes übrig bleiben.«

»Das Wirtshaus ist voll«, erklärte sie befriedigt. Sie betrachtete uns der Reihe nach, schob die Haube zurück, kratzte sich am Kopf und schob die Haube dann wieder sorgfältig zurecht. »Ich muss Ihnen eben Strohsäcke in die Galerie legen. Wir nennen sie Behelfsgalerie.« Sie kicherte. »In solchen Nächten bekommt man oft mehr Gäste, als man Betten hat.«

Die Frau, die mit uns gesprochen hatte, stellte fest, dass man froh sein musste, in einer Schneesturmnacht überhaupt ein Dach über dem Kopf zu haben.

Die Wirtin sah uns an. »Die beiden Jungen müssen auch in die Galerie. Mehr können wir ihnen nicht bieten.«

Mein Glücksgefühl schwand; diese freundlichen, wohlmeinenden Reisenden waren in das Zauberreich, in dem wir uns befanden, eingebrochen. Wir waren jetzt Mitglieder einer Gruppe und nicht mehr zu zweit allein.

»Es hätte ärger kommen können«, flüsterte mir Dickon zu. »Genauso gut hätte mein Onkel hier auftauchen und uns zurückholen können und wer weiß, was uns dann erwartet hätte.«

Während des ganzen Nachmittags schneite es unaufhörlich, sodass sich eine weiße Decke über die Straße legte und der Schnee sich auf den Fensterbrettern türmte. Unseren Gefährten machte es überhaupt nichts aus, im Gegenteil, für sie war es ein unterhaltsames Abenteuer. Die Frau setzte sich zu uns und stellte uns Fragen. Ob wir gar nicht an unsere arme Mutter dachten? Sie würde sich sicherlich Sorgen um uns machen. Aber sie würde ja annehmen, dass die Diener bei uns waren. Waren wir vielleicht ein wenig schlimm gewesen und hatten sie absichtlich verloren?

Das war keine schlechte Idee und ich versuchte, schelmisch und schüchtern zugleich dreinzusehen.

»Aber, aber«, sagte eine jüngere Frau und drohte uns mit dem Finger. Und wir kamen von Thorley Manor, wie? Landedelleute, nicht wahr? Das hatte sie sofort gesehen, so etwas musste man ihr nicht erst sagen. Wir waren beide die typischen jungen Landedelleute. Na, wir sollten uns jedenfalls keine Sorgen machen, sie würde sich unser annehmen. Was für ein Glück, dass auch sie nach York unterwegs waren. Wir sollten uns ihnen anschließen, denn Strauchdiebe machten die Straßen unsicher. Sie waren imstande, um das Geld für einen Krug Ale einem Menschen den Hals durchzuschneiden. Aber wir hatten ja Glück gehabt, wir waren auf die Macksons und die Freelys gestoßen, die mit Wolle handelten. Sie waren Geschäftspartner und reisten mit ihren Familien nach York, um Wolle zu verkaufen.

Sie waren freundlich, meinten es gut mit uns und wider Willen wurden sie uns sympathisch.

Dann begannen sie zu singen. Ihre rauen Stimmen erfüllten die Wirtsstube und der Wirt oder die Wirtin kamen von Zeit zu Zeit herein und brachten frische Getränke. Zum Abendessen würde es Spanferkel geben, erzählten sie uns im Verschwörerton, die Wollhändler brüllten begeistert und einer der Männer schrie: »Und viel Fülle, Missus.«

»Dafür werde ich schon sorgen«, antwortete die Wirtin.

Draußen schneite es, die Kerzen tropften und die Gesellschaft sang. Einer der jüngeren Männer hatte eine gute Stimme und gab ein Lied zum besten.

> Ihr Gentlemen von England
> Sitzt warm am heimischen Herd
> Wisst nichts von den tausend Gefahren
> Wenn ein Schiff über Meere fährt …

Und dann stimmten alle in den Refrain ein:

> Wenn die stürmischen Winde we-e-e-hn
> Wenn die stürmischen Winde wehn.

Eine der Frauen sang ein Kinderlied und ich wusste in diesem Augenblick, dass ich immer, wenn ich später einmal dieses Lied hörte, in Gedanken wieder in der Wirtsstube mit dem lodernden Feuer sitzen und zusehen würde, wie es draußen schneite.

Dann wurde das Spanferkel aufgetragen und alle Reisenden, die in der »Roten Kuh« übernachteten, schlossen sich zu einer fröhlichen Runde zusammen. Die Männer sprachen über die politischen Wirren.

»Angeblich ist der Prätendent unterwegs nach England womöglich ist er schon gelandet.«

»Er sollte bleiben, wo er ist. Weiß er denn nicht, dass er unerwünscht ist?«

Ich drückte Dickon warnend die Hand, denn ich befürchtete, er würde sich verraten. Die Gesellschaft würde nicht begeistert sein, einen Jakobiten in ihrem Kreis zu haben.

»Sie sind bis nach Preston gelangt«, erzählte einer der

Reisenden. »Wir haben sie schon erwartet und sie in die Flucht geschlagen ... diese Hochländer aus Schottland. Wozu sind sie überhaupt in unser Land gekommen? Sie haben sicherlich nichts Gutes im Schild geführt.«

»Wir haben jedenfalls dafür gesorgt, dass sie die Beine in die Hand nehmen.«

»Sie glauben doch nicht, dass es zum Krieg kommen wird?«, fragte eine der Frauen. »Das wäre schrecklich. Ich erinnere mich noch, dass mir mein Großvater erzählt hat, wie es damals war, als Krieg im Land war.«

»Aber wir haben ja erst vor kurzem Krieg geführt«, meinte einer der Männer.

»Ach, das war doch nicht hier in der Heimat, das kann man nicht als Krieg bezeichnen. Mit Krieg meine ich, wenn sie hier kämpfen, auf englischem Boden, Engländer gegen Engländer, sodass Menschen, die heute noch Freunde sind, morgen zu Feinden werden. Das meine ich und das will keiner von uns.«

»So weit wird es auch nicht kommen. Die Jakobiten wurden geschlagen, bevor es überhaupt richtig begonnen hatte. Komm, Bess, sing uns ein Lied.«

Also sangen sie und Dickon und ich hörten zu. Schließlich begaben wir uns alle auf die Galerie und legten uns auf die Strohsäcke. Dickon und ich lagen nebeneinander und hielten uns an den Händen, sprachen aber nicht, weil wir die übrigen nicht wecken wollten. Zwischen uns waren außerdem keine Worte nötig. Ich dachte an das Ungeheuerliche, das er für mich getan hatte. Er hatte die Loyalität seinem Onkel gegenüber, den Glauben an seine gerechte Sache beiseite geschoben, und das alles nur aus Liebe zu mir. Ich wusste nicht, wie ich das je wieder gutmachen konnte.

In dieser Nacht schlief ich nicht und Dickon ging es ebenso. In der Nacht begann es zu regnen und am nächsten Morgen war der Schnee weggetaut.

Wir standen zeitig auf und machten uns reisefertig. In Gesellschaft der Wollhändler verlief der Ritt ereignislos und in der Abenddämmerung lagen die Türme und alten Mauern der Stadt vor uns.

»Sind eure Freunde hier?«, fragte der Wollhändler Dickon.

»Ja. Wir danken Ihnen dafür, dass wir mit Ihnen reiten durften.«

»Ach, nicht der Rede wert, Junge. Das gehört sich einfach so. Zwei junge Leute wie Sie sollten nicht allein reiten. Wo wollen Sie in der Stadt hin?«

»Zum Haus des Bürgermeisters«, antwortete Dickon. Mir stockte der Atem. Ich hatte ihm erzählt, dass mein Onkel, Lance Clavering und ich bei unserem Aufenthalt in York im Haus des Bürgermeisters gewohnt hatten.

Die Gruppe war beeindruckt.

»Ich habe euch ja gesagt, dass es sich um Landedelleute handelt«, flüsterte die ältere Frau.

Über Goodramgate kamen wir zu den Shambles und dort verabschiedeten wir uns von unseren Gefährten. Da ich schon einmal in York gewesen war, kannte ich den Weg zum Haus des Bürgermeisters. Das imposante Gebäude hob sich unübersehbar von den kleinen Häusern in der engen Straße ab.

Als wir näher kamen, begann mein Herz wild zu pochen, denn Lance Clavering trat soeben aus dem Haus. Er blieb überrascht stehen und starrte mich an.

»Clarissa!«, rief er. Ich hatte ganz vergessen, wie gut er aussah. Er trug einen gestickten Rock, dessen Manschetten in zartestem Mauve und Blau schimmerten, und sah großartig aus. Seine Krawatte bestand aus Rüschen und seine hellblauen Strümpfe waren über die Knie hinaufgerollt; ich erfuhr später, dass es sich dabei um den neuesten Modeschrei handelte. Auf seinen glänzenden schwarzen Schuhen mit den hohen Absätzen funkelten prächtige Schnallen. Er nahm den Dreispitz ab und verbeugte sich.

»Oh, Lance!«, rief ich.

Er ergriff meine Hand und küsste sie.

»Wieso ...? Was bedeutet das?« Er sah Dickon an, der ihn verblüfft betrachtete, als könne er nicht glauben, dass diese glitzernde Erscheinung Wirklichkeit war.

»Das ist, hm ...« Ich zögerte, denn ich hatte Angst. Gefahr lag in der Luft und ich durfte Dickon nicht verraten. »Jack Thorley«, fuhr ich fort. »Er brachte mich hierher.«

»Einen guten Tag, Jack Thorley.«

»Das ist Sir Lance Clavering«, sagte ich, »ein Freund der Familie.«

Ich musste Dickon keine weiteren Erklärungen geben, denn ich hatte ihm erzählt, wie mein Onkel Carl und Lance Clavering mich nach York begleitet hatten. Das war ja auch der Grund gewesen, warum man mich gefangen genommen hatte.

»Kommt lieber ins Haus«, meinte Lance. »Dann könnt ihr uns alles erzählen. Wir glaubten, dass du noch in Hessenfield bist, Clarissa, und machten uns deshalb große Sorgen ... wegen der Entwicklung in letzter Zeit. Wir wollen die Pferde gleich in den Stall führen. Ich bin überrascht, dass dein Onkel dir erlaubt hat, Hessenfield zu verlassen.«

»Ich habe sehr viel zu erzählen, Lance. Ist Onkel Carl auch hier?«

»Er kommt heute abend zurück. Er hat sehr viel zu tun, denn seit deiner Abreise ist allerhand geschehen.«

»Ich weiß.«

Dickon hatte die ganze Zeit geschwiegen. Wahrscheinlich wusste er nicht, was er jetzt tun musste, nachdem er mich sicher bei Lance Clavering abgeliefert hatte, und fragte sich, ob er nicht lieber gleich zurückreiten sollte.

»Seid ihr allein gekommen?«, fragte Lance. »Nur ihr beide?«

»Ja, also ... wir sind mit anderen Leuten gereist«, antwortete ich ausweichend.

»Ich hoffe, dass ihr eine gute Reise hattet.« Lance musterte Dickon.

»O ja, danke«, antwortete Dickon. »Überhaupt keine Schwierigkeiten.«

»Sie müssen müde sein. Ich werde dafür sorgen, dass Sie ein Abendessen und ein Bett für die Nacht bekommen. Wahrscheinlich werden Sie sobald wie möglich nach Hessenfield zurückreiten wollen.«

»Allerdings«, bestätigte Dickon.

»Sie werden keine Schwierigkeiten haben. Wir haben diese verdammten Hochländer davongejagt. So eine Frechheit! Stellen Sie sich vor, sie sind bis Preston gelangt. Aber jetzt sind sie glücklich jenseits der Grenze – jedenfalls die, die entkommen konnten.«

Ich sah, wie Dickon zusammenzuckte.

»Hoffnungslos!«, fuhr Lance fort. »Ich kann mir nicht vorstellen, was sie sich davon versprochen haben. Aber was war mit dir los, Clarissa? Hattest du Heimweh?«

»Ich hatte das Gefühl, dass es für mich an der Zeit war, wieder nach Hause zu kommen.«

Lance lachte laut. »Sie ist eine resolute junge Dame«, sagte er zu Dickon. »Wahrscheinlich haben Sie das auch bemerkt.«

Dickon nickte.

Als wir das Haus betraten, begrüßte uns Laura Garston, die Frau des Bürgermeisters, herzlich und gab ihrer Verwunderung darüber Ausdruck, dass ich so bald wiedergekommen war.

»Die beiden jungen Leute sind erschöpft«, warf Lance ein. »Clarissa wird uns später alles erzählen. Inzwischen wollen sie sich sicherlich frisch machen, etwas essen und sich ausruhen. Der junge Mann ist Jack Thorley aus Hessenfield.«

Dickon benahm sich mit einem Anstand, der Lance sofort aufgefallen war. Zuerst hatte er ihn für einen Reitknecht gehalten, aber nach wenigen Sekunden hatte Lance, der Mann von Welt, Dickon als seinesgleichen behandelt. Das rechnete ich ihm hoch an und obwohl ich mir Dickons wegen Sorgen machte, bereitete es mir Vergnügen, wieder Lances anregende Gesellschaft zu genießen.

Im Haus wurden uns Zimmer zugewiesen und wir konnten uns endlich den Staub der Reise von Gesicht und Händen waschen.

Dann servierte man uns eine Mahlzeit und Dickon und ich hatten dabei die Möglichkeit, in aller Eile ein paar Worte unter vier Augen zu wechseln.

»Ich kann nicht bleiben«, meinte er, »ich muss fort.«

»Werden wir einander wieder sehen?«

»Wir werden. Wir müssen. Mir wird etwas einfallen.«

»Sie werden mich nach Hause schicken, sodass wir meilenweit voneinander entfernt sind.«

»Ich sage dir ja, dass ich einen Weg finden werde. Aber wenn ich hier bleibe und sie erfahren, wer ich bin ...«

»Ja, natürlich. Du bist hier genauso gefährdet, wie ich es in Hessenfield war. Diese dummen, dummen Männer machen mich richtig wütend.«

»Wir haben keine Zeit, wütend zu sein, ich muss mich sofort auf den Weg machen.«

»Ja, das sehe ich ein. Wenn mein Onkel zurückkommt und beginnt, Fragen zu stellen ...«

»Dann werden sie nicht mehr so freundlich zu mir sein. Ach, Clarissa, warum musstest du bei ihnen aufwachsen? Du gehörst zu uns.«

»Ich gehöre mir selbst und ich habe mit diesen unsinnigen Streitigkeiten nichts zu tun. Mir ist es gleich, ob du für Georg oder für Jakob bist, und das weißt du.«

»Ich liebe dich«, sagte Dickon.

»Ich liebe dich«, antwortete ich.

Wir lächelten einander an. »Ich werde die Tage in der Dachkammer nie vergessen«, sagte er.

»Auch ich nicht. Ich würde so gern wieder dort sein oder unterwegs auf der Landstraße oder in der Behelfsgalerie.«

»Ach, Clarissa, Clarissa.« Die Art, wie er meinen Namen wiederholte, rührte mich jedesmal von neuem. »Ich werde zu dir zurückkommen, ganz gleich was geschieht. Ich schwöre es.«

»Ich glaube dir. Aber jetzt musst du gehen, Dickon. Du bist ein großes Risiko eingegangen und je länger du bleibst, desto gefährlicher wird es für dich. Ich werde dich vor mir sehen, wie du die Straße entlang zurückreitest. Willst du auch nach Schottland? Bitte, Dickon, tu's nicht. Lass sie doch ihre dummen Kriege alleine austragen, wenn sie unbedingt wollen, aber nimm nicht daran teil, bitte nicht. Denk lieber darüber nach, wie wir wieder zusammenkommen und dann zusammenbleiben können.«

»Wenn alles vorbei ist und der rechtmäßige König den Thron bestiegen hat, werde ich dich holen. Ich werde um deine Hand anhalten, dich mit mir nehmen und wir werden bis ans Ende unserer Tage beisammen bleiben und glücklich sein.«

Wir sprachen nicht mehr, sondern hielten einander nur schweigend an den Händen. Dann stand er auf: »Ich werde jetzt zu unserer Gastgeberin gehen und ihr sagen, dass ich zeitig am Morgen aufbrechen muss. So ist es am besten. Wenn ich erst einmal fort bin, kannst du ihnen die Wahrheit erzählen ... über alles. Dann hast du es leichter.«

Ich nickte unglücklich.

Damit endete der traurige Abend. Man führte uns in unsere Zimmer; Dickon teilte das seine mit einem der Kammerdiener, weil nichts anderes zur Verfügung stand. Ich hatte eine kleine Kammer für mich allein, blieb aber die ganze Nacht wach und dachte an ihn; und ich wusste, dass auch er an mich dachte.

Im Morgengrauen ging ich zu den Ställen hinunter.

Wir klammerten uns einige Augenblicke lang aneinander. Seine letzten Worte, bevor er davonritt, waren: »Ich werde zurückkommen, denk daran. Ich werde zu dir zurückkommen, Clarissa.«

Ich sah ihm nach, bis ich ihn im grauen Dämmerlicht des Morgens aus den Augen verlor.

Am nächsten Tag musste ich sehr viel erklären und als Onkel Carl und Lance meine Geschichte hörten, waren sie entsetzt.

»Wie konnte Lord Hessenfield dich so fortschicken?«, rief Onkel Carl.

»Wie hätte er sie dort behalten sollen?«, fragte Lance. »Er tat das einzig Richtige. Mein Gott, was hätte Frenshaw ihr alles antun können!«

»Sie hielten mich für eine Spionin«, wiederholte ich.

»Eine schöne Bescherung!« meinte Onkel Carl. »Jetzt stellt sich das Problem, was wir mit dir tun sollen. Du weißt, was los ist, nicht wahr? Im ganzen Land herrscht größte Spannung. Die Tatsache, dass die Hochländer bis Preston gelangen konnten, hat uns alle ein bisschen aus dem Gleichgewicht gebracht. Wer hätte das für möglich gehalten? Der Norden ist eine Brutstätte des Verrats.«

»Sie behaupten dasselbe vom Süden.«

»Ach«, meinte Lance, »haben sie eine kleine Jakobitin aus dir gemacht?«

»Natürlich nicht! Meiner Meinung nach ist die ganze Geschichte idiotisch! Wen kümmert es schon …«

Lance ergriff meine Hand und küsste sie. »Deine weibliche Logik zeugt zweifellos von Weisheit, aber wir Männer werden das nie einsehen. Wir werden weiterhin Krieg führen, mit dieser Tatsache müssen wir uns abfinden. Außerdem führt es zu nichts Gutem, wenn Jakob König wird. Das Volk würde unter ihm nie zur Ruhe kommen. Er ist bigott. Er würde den Katholizismus im Land einführen; und wegen der Scheiterhaufen von Smithfield, die unter Bloody Mary brannten, sowie wegen der spanischen

Inquisition, die einige unserer Seeleute kennen lernten, würde kein Engländer das dulden. Georg mag nicht gerade der Herrscher sein, den wir uns wünschen, aber er ist friedlich und mischt sich nicht allzu viel in die Angelegenheiten seiner Bürger ein. Du wirst sehen, dass unter seiner Herrschaft der Handel blühen und gedeihen wird. Er ist das, was wir brauchen, ein netter deutscher Bauer, kein wildromantischer, bigotter Chevalier.«

»Die wichtigste Frage ist, was wir mit Clarissa tun sollen«, unterbrach ihn Onkel Carl.

»Soviel ich weiß, verkehrt die Postkutsche von York nach London jeden Montag, Mittwoch und Freitag«, warf ich ein.

»Du bist gut informiert«, stellte mein Onkel fest, »aber ich würde nie zulassen, dass du allein in einer solchen Kutsche reist.«

»Und warum nicht? Andere tun es auch.«

»Andere schon, aber die Damen unserer Familie nicht. Lance ...«

Lance lächelte ihn an, als wüsste er im Voraus, was mein Onkel vorschlagen würde.

»Du reist in einigen Tagen nach London.«

»Das stimmt.«

»Du könntest Clarissa mitnehmen. Vielleicht können wir veranlassen, dass jemand sie in London abholt und nach Enderby bringt. Jeremy oder Leigh könnten das ganz bestimmt übernehmen.«

Lance erwiderte: »Es wird mir ein Vergnügen sein, Lady Clarissa nicht nur nach London, sondern sogar nach Enderby zu begleiten.«

Ich lächelte schwach, denn meine Gedanken waren bei Dickon.

In den darauf folgenden Tagen dachte ich immer wieder an Dickon, aber Lance Clavering war der beste Gesellschafter, den ich mir wünschen konnte. Die fröhlichen

Gespräche mit ihm, seine Bemerkungen über das Leben und die Vorgänge um uns, lenkten meine Gedanken besser von meinem Liebeskummer ab als jede andere Zerstreuung.

Ich glaube außerdem, dass er wusste, was vorgefallen war: Er war mir gegenüber freundlich und vielleicht ein wenig wehmütig; aber meist sprudelte er vor Ideen über und seine geistreichen Bonmots heiterten mich oft auf.

Wir hatten Glück mit dem Wetter, das immer milder wurde, je weiter wir nach Süden kamen. Der Himmel war sogar blau und es war oft windstill. Wenn wir zeitig am Morgen aufbrachen, lag Reif auf den Ästen der Bäume und auf der Straße, aber wenn die Sonne am Vormittag höher am Himmel stand, verschwand er und obwohl die Luft scharf war, fühlten wir uns wohl.

Lance sang, lachte und plauderte viel; er schien entschlossen zu sein, mich zu trösten. Nach ein paar Stunden in seiner Gesellschaft begann ich wirklich, mich besser zu fühlen. Er stand dem Leben mit unerschütterlichem Optimismus gegenüber, der ansteckend wirkte; ich glaubte gern daran, dass eines Tages dieser unsinnige Streit beigelegt sein und Dickon zu uns kommen würde. Ich war sicher, dass er Damaris und Jeremy gefallen würde; und sobald sie begriffen, dass ich ihn liebte, würden sie ihn in ihre Arme schließen.

Diese zuversichtliche Stimmung verdankte ich Lance. Das Leben war dazu da, damit man es genoss, und es gab immer etwas, worüber man lachen konnte. Während wir so dahinritten, stimmte ich sogar in seinen Gesang ein, weil er mich dazu drängte – und war ihm dann dafür dankbar.

Wir befanden uns in Begleitung von zwei Reitknechten, bildeten also einen ansehnlichen Trupp. Ein Räuber würde es sich überlegen, drei kräftige Männer anzugreifen.

Am Abend des ersten Tages gelangten wir zu einem

Wirtshaus, das Lance kannte und in dem wir, wie er sagte, gut untergebracht sein würden.

Er hatte recht. Der Wirt begrüßte uns überschwänglich, stellte Lance und mir je ein Zimmer zur Verfügung und brachte die beiden Reitknechte zusammen in einem Raum unter, ein sehr zufrieden stellendes Arrangement. Als wir den Reisestaub von Gesicht und Händen gewaschen hatten, gingen wir zum Abendessen in die Gaststube hinunter. Die Mahlzeit war genauso köstlich, wie Lance vorhergesagt hatte. Man servierte uns dicke Scheiben saftigen Schmorbratens mit Klößen und danach Taubenpastete und Süßigkeiten. Der Wirt brachte seinen besten Wein aus dem Keller, um Lances verwöhnten Gaumen zufrieden zu stellen, und wenn ich nicht immer wieder in Gedanken bei Dickon gewesen wäre, hätte ich mich in Lances Gesellschaft sehr wohl fühlen können.

Wir sprachen die ganze Zeit über die Abenteuer, die Lance in der Armee erlebt hatte, und berührten die gegenwärtigen Wirren nicht, weil er fühlte, dass dieses Thema meine Unruhe steigern würde. Ich war ihm aufrichtig dankbar dafür, dass er auf dieser Reise mir gegenüber so rücksichtsvoll war.

Als wir mit dem Essen fertig waren, kam die Wirtin herein und fragte, ob Lance Portwein möchte. Lance bestellte ein Glas und die Wirtin erwähnte, dass die Postkutsche jeden Augenblick eintreffen müsse.

»Die Fahrgäste sind jedes Mal ganz ausgehungert, aber wir sind auf sie vorbereitet«, fuhr sie fort. »Diese Kutschen sind gut für das Geschäft, weil sie regelmäßig verkehren ... mehr oder weniger. Ich habe eine ordentliche Portion Schmorbraten gekocht ... er ist heiß und ich kann ihn in dem Augenblick auftragen lassen, in dem die hungrige Meute aussteigt.«

Sie brachte den Portwein und Lance schlürfte ihn gerade, als die Kutsche in den Hof rumpelte und die müden Passagiere herausquollen – ihnen war kalt, sie hatten Hunger und sie sahen blass und erschöpft aus.

»Kommen Sie nur herein«, forderte sie der Wirt auf. »Im Kamin brennt ein Feuer, an dem Sie sich wärmen können, und bevor Sie sich's versehen, steht das Essen auf dem Tisch.«

Die Wirtin huschte zu uns herein. »Sie sind da«, meldete sie. »Ich glaube nicht, dass Sie mit den Leuten im gleichen Raum sitzen wollen. Ich werde dafür sorgen, dass niemand hereinkommt, bevor Sie ihren Port getrunken haben, Mylord.«

Lance erhob sich lässig. »Nein, lassen Sie sie nur herein, ich kann den Port mit aufs Zimmer nehmen. Es ist ja wirklich kein Vergnügen, in so einer Kutsche zu reisen, sie rüttelt einem die Knochen durcheinander. Komm, Clarissa, wir wollen sie nicht bei der Mahlzeit stören.«

»Danke vielmals, Sir«, sagte die Wirtin. »Das ist wirklich freundlich und rücksichtsvoll von Ihnen.«

Ich lächelte Lance zu und dachte, dass er trotz seiner modischen Kleidung und seines dandyhaften Benehmens ein wahrer Gentleman war.

Als wir die Wirtsstube verließen, hörten wir Pferde in den Hof traben und gleich darauf kamen drei Männer herein. Sie waren elegant gekleidet und einer von ihnen, dem der Duft des Schmorbratens in die Nase stieg, rief: »Himmel, riecht das gut! Was ist es denn, Frau Wirtin?«

Die Wirtin, die instinktiv wusste, wann sie es mit vornehmen Leuten zu tun hatte, knickste. »Es ist das Essen, das wir den eben angekommenen Passagieren der Postkutsche servieren wollen, Mylord.«

»Dann bringen Sie uns zuerst von dieser köstlichen Mahlzeit, bevor Sie sie den anderen vorsetzen.«

Hier griff der Wirt händereibend, aber offensichtlich verlegen ein.

»Mylord«, wandte er ein, »was wir haben, reicht gerade

für die Insassen der Postkutsche. Es ist nämlich bestellt worden, müssen Sie wissen. Die Kutsche kommt hier regelmäßig vorbei und wir sind verpflichtet, für sie Vorsorge zu treffen. Das warme Essen reicht leider nicht für Sie, aber ich kann Ihnen feinen Käse, frisches Gerstenbrot und guten Wein bringen.«

»Feinen Käse! Mein guter Mann, wir wollen eine warme Mahlzeit. Die Leute aus der Postkutsche sollen sich das teilen, was wir übrig lassen, oder den feinen Käse essen. Ich bin davon überzeugt, dass sie damit zufrieden sein werden. Bringen Sie uns eine warme Mahlzeit, und zwar sofort. Wir haben einen weiten Weg hinter uns und sind hungrig.«

Eine der Frauen aus der Kutsche hatte das Gespräch mit angehört. Sie war rund, hatte ein rotes Gesicht und ein kräftiges Kinn; offensichtlich war sie gewohnt, ihren Willen durchzusetzen.

»Nein, das werden sie nicht tun, Herr Wirt«, rief sie. »Das Essen gehört uns, es wurde für die Kutsche bestellt. Versuchen Sie also nicht, uns hereinzulegen, Sie hochwohlgeborener Herr, denn ich und meine Begleiter lassen uns sowas nicht gefallen.«

Der Sprecher der drei Reiter hielt sich das Lorgnon, das von seiner eleganten Jacke baumelte, vor die Augen und musterte die Frau erstaunt.

»Herr Wirt«, sagte er schließlich, »dieses Geschöpf beleidigt meine Augen. Lassen Sie sie wegschaffen.«

Die Frau stützte die Hände in die Hüften und sah ihn herausfordernd an. »Hüten Sie Ihre Zunge, Sie Prahlhans«, fuhr sie ihn an, »oder Sie fliegen an meiner Stelle hinaus.«

»Das Weib wird auch noch frech.«

Er trat ein paar Schritte vor und sie ging ihm entgegen. Er hob die Hand, als wolle er sie zur Seite schieben, versetzte ihr aber einen Schlag, der sie zurücktaumeln ließ.

Jetzt trat Lance vor.

»So behandelt man keine Dame, Sir«, sagte er.

Der Mann starrte ihn an und war verblüfft, weil er jemandem gegenüberstand, der offensichtlich dem gleichen Stand angehörte wie er.

»Sagten Sie Dame, Sir?«, fragte er höhnisch grinsend.

»Allerdings. Ich habe den Streit mit angehört. Die warme Mahlzeit wurde für die Postkutsche vorbereitet, die um diese Zeit fällig war. Unerwartete Gäste können nicht etwas beanspruchen, was ihnen nicht zusteht.«

»Wirklich nicht, Sir? Darf ich fragen ob Sie bereit wären, Brot und Käse als Abendessen zu akzeptieren?«

»Keineswegs, denn ich habe soeben einen ausgezeichneten Schmorbraten gegessen. Aber ich traf rechtzeitig ein, ich verlangte nichts, was mir nicht gebührt.«

»Sie mischen sich in Dinge, die Sie nichts angehen.«

»Ganz im Gegenteil, sie gehen mich sehr wohl an und ich werde nicht zusehen, wie man diesen Leuten das wegnimmt, was sie von Rechts wegen zu bekommen haben.«

»Sie werden nicht zusehen?«

Lance zog lächelnd den Degen. Ich hatte Angst um ihn, denn er stand drei Männern allein gegenüber, aber gleichzeitig war ich stolz auf ihn.

»Verdammt«, meinte einer der Männer, »das ist ja Clavering.«

»Ach«, antwortete Lance, »du bist es tatsächlich, Timperly. Ich bin erstaunt darüber, dass du dich in solcher Gesellschaft befindest.«

»Sei ruhig, Clavering, was macht es dir denn aus? Es handelt sich ja nur um Reisende aus der Postkutsche.«

»Sie haben dieselben Rechte wie die Leute, die in Privatkutschen reisen. Meiner Meinung nach gehört das Abendessen ihnen und ihr werdet mit frischem Brot und feinem Käse bestimmt zufrieden sein, denn das Dicke Rebhuhn ist ein ausgezeichnetes Wirtshaus. Auch der Portwein ist erstklassig, er wird dir schmecken, Timperly.«

»Jetzt hören Sie doch, Clavering«, mischte sich der erste

Mann ein. »Was macht es Ihnen wirklich aus? Warum kümmern Sie sich überhaupt darum?«

»Das ist unwichtig«, antwortete Lance, »nehmen Sie nur zur Kenntnis, dass ich es tue. Ich fordere jeden Einzelnen von Ihnen zum Zweikampf heraus. Entscheiden wir es mit der Waffe.«

»Einverstanden«, sagte der erste Mann.

»Sei vorsichtig«, warnte ihn Timperly. »Du kennst Claverings Ruf als Fechter.«

»Haben Sie Angst?«, fragte Lance. »Kommen Sie schon. Wer traut sich? Wir lassen die Waffen darüber entscheiden, wer Schmorbraten mit Klößen und wer Brot mit Käse isst.«

»Ich nehme es mit Ihnen auf.« Der erste Sprecher zog den Degen.

»Gentlemen«, rief Lance, »darauf müssen wir eine Wette abschließen. Was setzen Sie? Zwanzig Pfund, die Sie nur zu dritt zahlen, wenn ich gewinne. Und wenn ich verliere ... aber verdammt! Ich bin so sicher, dass ich gewinne, dass ich bereit bin, jedem von Ihnen zwanzig Pfund zu zahlen, wenn er mich zuerst ankratzt.«

»Und beim ersten Kratzer ist das Duell zu Ende?«, fragte Timperly, der erleichtert aufatmete.

»Ja.«

»Wann beginnen wir?«

»Hier und jetzt.«

Der Wirt und die Wirtin waren sichtlich verzweifelt, während einige Leute aus der Postkutsche erstaunt zusahen. Sie flüsterten miteinander über die Ursache des Kampfes und betrachteten Lance voll Bewunderung. Ich war stolz auf ihn und hatte doch gleichzeitig Angst, dass ihm etwas zustoßen könnte; aber ich wusste, dass er gewinnen würde. Einen anderen Ausgang des Duells konnte ich mir nicht vorstellen und als ihre Degen aneinander klirrten, steckte mich die allgemeine Aufregung an. Ich schickte ein Stoßgebet für Lance zum Himmel.

»Greif an, Lance, du musst gewinnen«, flüsterte ich. Die übrigen Zuschauer waren lauter, sie schrien und tobten, während der Wirt danebenstand und die Hände rang.

Nach ein paar aufregenden Augenblicken war alles vorbei. Lance hatte gesiegt. Er hatte seinen Gegner erwischt und auf die elegante Manschette des Mannes tropfte Blut. Lance stieß einen Triumphschrei aus, als er den Degen in die Höhe hielt; er sah einen Augenblick lang wie ein mittelalterlicher Ritter aus, der für das Gute gekämpft und das Böse besiegt hat.

»Zwanzig Pfund für mich und warmes Essen für die Kutsche«, stellte er fest. »Eine sehr befriedigende Begegnung.«

Die drei Männer machten betrübte Gesichter, ergaben sich aber in ihr Schicksal. Das Geld wechselte den Besitzer und sie traten in die Wirtsstube, während die Leute aus der Postkutsche in den Speisesaal marschierten und sich darüber unterhielten, was für Abenteuer man erleben kann, wenn man eine Reise macht.

Lance ergriff meinen Arm. »Es ist Zeit, zu Bett zu gehen. Wir müssen morgen zeitig aufbrechen.«

Wir stiegen die Treppe hinauf und als wir bei unseren Zimmern angelangt waren, meinte er: »Was hältst du von diesem kleinen Raufhandel?«

»Ich war stolz auf dich.«

»Das rechne ich dir hoch an.«

»Aber das mit dem Geld störte mich, es hat das Ganze irgendwie verdorben.«

»Dadurch wurde es für mich und die Postkutschenleute erst interessant.«

»Es war ein Jammer. Bis zu diesem Augenblick hattest du die armen Leute edelmütig verteidigt und dann sah es aus, als hättest du es aus Spielleidenschaft getan.«

»Ich lasse mir keine Gelegenheit zu einem Spielchen entgehen.«

»Ich weiß. Aber ohne Wette wäre es edler gewesen.«

Er nahm mein Kinn in die Hand und sah mir ins Gesicht. »Die Schwierigkeit mit dir ist, dass du immer die Vollkommenheit suchst. Hör damit auf. Du wirst sie nämlich nie finden.«

»Warum nicht?«

»Weil es sie auf dieser Welt nicht gibt.«

In diesem Augenblick musste ich an Dickon denken. Dieses Erlebnis war doch vollkommen gewesen, oder? Ja, aber nur bis zum Augenblick der Trennung. Vielleicht hatte Lance recht und es gab nichts Vollkommenes in diesem Leben. Man musste sich wohl damit abfinden, nicht nach Vollkommenheit suchen, nicht auf sie hoffen, sondern sich mit dem zufrieden geben, was man bekam.

Lance lächelte mich nachdenklich an, dann beugte er sich vor und küsste mich leicht auf den Mund.

»Schlaf gut, meine Liebe, und steh zeitig auf. Wir müssen bei Morgengrauen schon unterwegs sein.«

VI

Das Urteil

Wir verließen das Wirtshaus, als sich der erste Lichtschimmer am Horizont zeigte. Eigentlich war es gar nicht so zeitig, denn um diese Jahreszeit waren die Tage kurz. Lance meinte, wir würden jedenfalls früh genug zur Weihnachtsfeier eintreffen und meine Familie würde sich bestimmt freuen, mich wiederzuhaben.

Wir hatten Timperly und seine Freunde nicht wieder gesehen, dafür aber einige Passagiere der Postkutsche, die ebenfalls sehr früh aufbrechen mussten.

Eine der Frauen sagte mit einem Blick auf Lance zu mir: »Sie haben einen sehr feinen Kavalier bei sich.«

Ich strahlte vor Stolz und pflichtete ihr bei.

Dann waren wir unterwegs und Lance schien den Zwischenfall vergessen zu haben. Vielleicht gab es in dem aufregenden Leben, das er führte, viele solche Ereignisse. Er sang während des Ritts und forderte mich immer wieder auf, mitzuhalten. Ich tat es und meine Stimmung besserte sich wider Willen. Er hatte offensichtlich einen wirklich guten Einfluss auf mich.

Gegen Abend erreichten wir den »Schwarzen Bären«, ein weiteres Wirtshaus, von dem Lance behauptete, dass man uns dort gut bedienen würde. Ich fragte ihn, woher er sich so gut mit Wirtshäusern auskannte.

»Ich bin ein erfahrener Reisender«, antwortete er.

Wir betraten die Gaststube, man brachte uns eine ausgezeichnete Mahlzeit und wir kamen wieder mit den anwesenden Gästen ins Gespräch, diesmal aber auf angenehme Art und Weise.

Es handelte sich um zwei Männer, die mit ihren Frauen unterwegs waren, und es war nicht zu übersehen, dass sie dem Landadel angehörten. Wir plauderten mit ihnen und erfuhren, dass sie sich auf dem Heimweg nach London befanden. Sie kannten Lance vom Hörensagen und freuten sich sichtlich, ihm persönlich zu begegnen.

Wir hatten zusammen gespeist und im Laufe des Gesprächs stellte sich heraus, dass Lance und die beiden Herren gemeinsame Bekannte hatten.

»Ich erinnere mich an den alten Cherrington«, meinte einer von ihnen. »Er hat an einem Abend zwanzigtausend in dem Lokal verloren ... wie hieß es noch? Ach ja, die ›Kokospalme‹.«

»Dort wurden ganze Vermögen gewonnen und verspielt«, stellte Lance mit funkelnden Augen fest. »Früher einmal war es die frequentierteste Spielhölle von London.«

»Wie wäre es denn jetzt mit einem kleinen Spielchen?«, fragte einer der Männer.

»Eine ausgezeichnete Idee«, rief Lance.

Ich war deprimiert. Ich hatte gehofft, dass wir uns den ganzen Abend mit den netten Leuten unterhalten würden, weil ich mich in ihrer Gesellschaft wohl fühlte. Aber ich konnte sehen, dass die Spielleidenschaft von Lance Besitz ergriffen hatte und er bei der Aussicht auf ein Kartenspiel beinahe außer Rand und Band geriet.

Sie konnten es nicht erwarten anzufangen. Er wandte sich zu mir und erklärte mir, es wäre gut, wenn ich zeitig zu Bett ginge, da wir in aller Herrgottsfrühe weiterreiten mussten, wenn wir am nächsten Tag London erreichen wollten.

Ich verstand, dass ich damit entlassen war, verabschiedete mich von der Gesellschaft und ging hoch erhobenen Haupts, Gleichgültigkeit heuchelnd, auf mein Zimmer.

Obwohl ich an Dickon dachte und mich fragte, wie es ihm ging, traf es mich tief, dass Lance die Gesellschaft dieser Fremden der meinen vorzog. Warum musste er immer jede Gelegenheit ergreifen, um sein Geld aufs Spiel zu setzen? Außerdem hatte er mich fortgeschickt. Allerdings hatte er unseren neuen Bekannten erklärt, dass ich die Nichte General Eversleighs sei und dass er den Auftrag habe, mich nach London zu begleiten. Dann hatte er schnell hinzugefügt, dass dies eine der angenehmsten Pflichten sei, die er je zu erfüllen hatte.

Solche Schmeicheleien beeindruckten mich nicht; ich war zornig, weil er mich wegen eines Spiels mit seinen neu erworbenen Freunden so beiläufig verabschiedet hatte.

Ich zog mich aus und ging zu Bett, konnte aber nicht einschlafen. Ich dachte an die Tage, die ich mit Dickon verbracht hatte, erinnerte mich an jedes seiner Worte und an den wunderbaren Augenblick, als wir erkannt hatten, dass wir einander liebten. Es war wie ein Sonnenaufgang gewesen: zuerst ein paar Lichtstreifen am Himmel und dann das plötzliche Erscheinen und die strahlende Herrlichkeit, die das Leben mit mystischem Glanz erfüllte.

Je zorniger ich auf Lance war, desto poetischer malte ich mir meine Beziehung zu Dickon aus; es überraschte mich nur, dass ich trotz all meiner Sorge um Letzteren immer noch so böse auf Lance sein konnte.

Er ist unheilbar dem Spiel verfallen, sagte ich mir, und das ist ein schwerer Charakterfehler. Natürlich wirkte er sehr edel, als er sich für die Leute aus der Postkutsche einsetzte, aber wahrscheinlich war auch das nur ein Spiel für ihn.

Stunden vergingen und er war noch nicht heraufgekommen. Ich öffnete leise die Tür und sah hinaus. Alles war still. Auf Zehenspitzen schlich ich mich zu seinem Zimmer und sah vorsichtig hinein. Der Raum war leer und sein Bett unberührt. Er saß also noch immer unten und spielte mit diesen Leuten. Ich sah auf die Uhr – es war zwei Uhr. Ich ging wieder zu Bett und fragte mich, wie viel er inzwischen gewonnen oder verloren haben mochte.

Es war nach drei Uhr, als ich seine Schritte auf der Treppe hörte; er bemühte sich offensichtlich, leise zu sein. Ich sprang aus dem Bett, riss die Tür auf und stand vor ihm.

»Clarissa!«, rief er.

»Hast du eine Ahnung, wie spät es ist?«

Er lachte. »Nach drei.«

»Und hast du die ganze Zeit unten gesessen und gespielt.«

Er trat näher. »Konntest du nicht schlafen?«

»Wie sollte ich? Ich machte mir Sorgen.«

»Meinetwegen?«

»Ich dachte an Dickon.«

»Ach ja. Nun, das war unvernünftig von dir, du hättest schlafen sollen. Ist dir klar, dass wir in wenigen Stunden schon wieder unterwegs sein müssen?«

»Ist es dir klar?«

»Ich komme mit sehr wenig Schlaf aus.«

»Hast du gewonnen?«

Er sah mich schuldbewusst an und schüttelte den Kopf. »Aber es war ein schönes Spiel.«

»Du hast also verloren!«

»Es ist ja ein Glücksspiel, nicht wahr?«

»Wie viel?«

»Nicht sehr viel.«

»Wie viel?«, wiederholte ich.

Er lachte. »Du siehst so streng aus. Also schön, fünfzig Pfund.«

»Fünfzig Pfund?«

»Es war eine lange Sitzung.«

»Ich halte es für unvernünftig. Gute Nacht.«

»Clarissa.« Er trat einen Schritt vor und legte mir die

Hände auf die Schultern. »Danke für deine Besorgnis«, sagte er. Dann zog er mich an sich und küsste mich.

Ich schob ihn verwirrt von mir.

»Gute Nacht«, wiederholte er ruhig. »Geh jetzt schlafen. Denk daran, dass wir zeitig hinausmüssen.«

Dann ging er in sein Zimmer und ich kehrte in das meine zurück. Er hatte mich aus der Ruhe gebracht, denn er hatte mich mit seinem Kuss erschreckt. Mir war bewusst, dass ich nur dürftig bekleidet war, und außerdem spielten bei all dem meine Gefühle für Dickon ebenfalls eine Rolle.

Wütend redete ich mir ein, dass ich mich über Lance geärgert hatte und dass es nicht sehr höflich von ihm war, mich aufs Zimmer zu schicken, als wäre ich ein Kind.

Ich legte mich ins Bett; mir war kalt und ich war noch immer nicht schläfrig. Schließlich fielen mir aber doch die Augen zu; wie mir schien, klopfte sofort danach jemand an meine Tür und sagte mir, es wäre Zeit zum Aufstehen.

Wir verließen das Wirtshaus so früh, wie geplant. Lance schien die Nacht, die er sich um die Ohren geschlagen hatte, nichts auszumachen. Er war genauso fröhlich wie immer und bereit, mich mit Erzählungen von seinen Abenteuern zu unterhalten.

Ich konnte mir eine Bemerkung über seine Spielleidenschaft nicht verkneifen und tadelte ihn noch einmal, weil er so viel Geld verloren hatte.

»Du hast am Abend zuvor zwanzig Pfund gewonnen«, erinnerte ich ihn, »und die hast du wieder verloren, und noch einige dazu.«

»So geht es Spielern«, erklärte er. »Sie werden durch ihre Gewinne angespornt, wieder zu spielen, und verlieren dann nur umso mehr.«

»Dann ist es eine wirklich unsinnige Gewohnheit.«

»Da hast du natürlich recht. Aber im Laufe deines Lebens wirst du erkennen, dass viele Dinge zwar unsinnig, aber gleichzeitig von einer unwiderstehlichen Anziehungskraft sind. Das ist eben die Tragödie.«

»Meiner Meinung nach würde schon ein wenig Charakterstärke genügen ...«

»Du hast vollkommen recht, nur braucht man nicht nur ein wenig, sondern sehr viel Charakterstärke.«

»Ich hatte mich so darüber gefreut, dass du die zwanzig Pfund auf so edle Weise gewonnen hast.«

»Es hat keinen Sinn, wenn du dir wegen solcher Dinge den Kopf zerbrichst, meine liebe Clarissa. Was ich im ›Rebhuhn‹ gewonnen habe, ist inzwischen in eine andere Tasche gewandert und die Leute aus der Postkutsche haben das gute Abendessen auch schon längst vergessen.«

»Meiner Meinung nach werden sie sich sehr lange an dich erinnern. Sie werden noch in vielen Jahren ihren Kindern davon erzählen.«

»Es ist nur wie eine Kerze in einer dunklen Welt. Kerzen tropfen und gehen rasch aus, Clarissa. Was für ein trostloses Gespräch! Wir sind bald in London, wo wir eine Nacht in meinem Haus verbringen werden. Am nächsten Tag reiten wir nach Enderby weiter, sodass dein Abenteuer bald zu Ende geht. Ich danke dir dafür, dass ich daran teilnehmen durfte.«

»Ich muss mich bei dir bedanken.«

»Es war eine wunderbare Reise. Im ›Rebhuhn‹ eine Art Duell, vergangene Nacht ein Spielverlust von fünfzig Pfund, eine Strafpredigt wegen meines lockeren Lebenswandels – und vor allem, süße Clarissa, deine reizende Gesellschaft.«

Ich wurde schwach. Er hatte eine charmante Art und vielleicht gefiel es mir gerade wegen seiner Schwächen so gut.

Wir ritten also weiter und ich war gerührt, als ich die Steinmauern des mächtigen Towers von London und den Fluss erblickte, der sich wie ein Band zwischen Feldern und Häusern dahinzog. Es wurde schon dunkel, als wir in die Albemarle Street kamen, in der sich Lances Stadtwohnung befand. Sofort nach unserer Ankunft brach fieberhafte Geschäftigkeit aus, denn er hatte anscheinend unzählige Bedienstete. Er erklärte ihnen, dass sie ein Zimmer für die Nichte von General Eversleigh herrichten mussten, die er am nächsten Morgen zu ihrer Familie auf dem Land begleiten würde. Inzwischen wollten wir etwas essen; außerdem waren wir müde, weil wir einen weiten Ritt hinter uns hatten.

Es war ein sehr schönes, keineswegs altes Haus. Später erfuhr ich, dass es kurz nach dem Großen Feuer von Christopher Wren entworfen worden war, als der berühmte Architekt einen Großteil der Stadt wieder aufbaute. Im Vergleich zu Eversleigh war es nicht groß, zeichnete sich aber durch eine Eleganz aus, die vielen größeren Häusern fehlte. Die Täfelung war prächtig, die Treppe elegant geschwungen. Da ich Lance kannte, hatte ich keine prunkvolle Einrichtung erwartet; alles, was ich erblickte, zeugte aber von erlesenem Geschmack.

Der Haushalt war ausgezeichnet geführt, das war nicht zu übersehen. Unsere Zimmer waren im Handumdrehen bereit und das Essen stand auf dem Tisch.

Wir saßen in einem Raum, dessen Fenster beinahe vom Boden bis zur Decke reichten, um möglichst viel Licht hereinzulassen. Auf dem Tisch stand ein silberner Leuchter und in dem warmen Kerzenschein wirkte die Einrichtung sehr anheimelnd.

»Ich finde dein Haus schön«, erklärte ich ihm.

»Danke, Clarissa, auch ich fühle mich hier wohl. Ich verbringe sehr viel Zeit hier, viel mehr als auf dem Land. Du wirst selbst bemerkt haben, dass ich ein ausgesprochener Stadtmensch bin.«

»Natürlich, hier sind ja auch viele Spiellokale.«

»Ach, spielen kann man auf dem Land genauso gut. Ich

versichere dir, dass es dort sehr viele Möglichkeiten gibt, sein Geld zu verlieren.«

»Es zu behalten ist wahrscheinlich nicht so aufregend.«

»Natürlich nicht.«

»Für mich wäre es aufregend zuzusehen, wie es sich vermehrt.«

»Liebe, beispielhafte Clarissa! Ein Vorbild für uns alle, und vor allem für unvernünftige Spieler. Koste die Suppe, sie ist der Stolz meines Kochs. So viel ich weiß, brodelt auf dem Küchenherd immer ein Kessel voll dieser Köstlichkeit.«

»Du wirst hier sehr gut versorgt.«

»Darauf lege ich großen Wert. Gut versorgt werden, gehört zu den großen Leidenschaften meines Lebens ... natürlich an zweiter Stelle nach meiner Spielleidenschaft.«

»Ich lerne dich allmählich sehr gut kennen.«

»O Gott, klingt das unheilverkündend! Ich lerne auch dich ein bisschen kennen.«

»Meiner Meinung nach ist es nicht gut, wenn man zu viel über jemand anderen weiß.«

»Das könnte eine tief schürfende Feststellung sein.«

Mit derlei Geplauder vertrieben wir uns die Zeit.

Ich verbrachte die Nacht in einem entzückenden Zimmer. Im Kamin brannte ein Feuer, und kaum hatte ich den Kopf auf das Kissen gelegt, war ich auch schon eingeschlafen.

Ein Dienstmädchen, das mir heißes Wasser brachte, weckte mich. Es war noch finster, aber sie erklärte mir, dass wir laut Sir Lance aufbrechen würden, sobald es hell war.

Merkwürdigerweise bedauerte ich, dass das Abenteuer beinahe zu Ende war. Ich war von all dem, was ich erlebt hatte, noch immer betäubt, und mir wurde erst allmählich bewusst, wie sehr ich das Zusammensein mit Lance genossen hatte.

Wir verließen das behagliche Haus in der Albemarle Street und schlugen die Straße nach Südosten ein. Unterwegs machten wir zweimal Rast; beim zweiten Mal in der historischen Stadt Canterbury. Bis Eversleigh war es nur noch ein Tagesritt.

Wenn wir in den Orten, durch die wir kamen, anhielten und mit jemandem ins Gespräch kamen, drehte sich die Unterhaltung immer um die Revolution, die der Georgsritter entfesseln wollte – oder der Prätendent, wie man ihn meist nannte.

Überall herrschte Angst vor einem Krieg und ich war unglücklich, denn wenn es wirklich so weit kam, würden Dickon und meine Familie in verschiedenen Lagern stehen.

Als wir Canterbury verließen, wirkte Lance etwas bedrückt.

Ich fragte ihn, ob er an den Märtyrer dachte, der in der Kathedrale ermordet worden war. Beschäftigte das Schicksal des heiligen Thomas seinen Geist und stimmte es ihn melancholisch?

»O nein«, widersprach er. »Ich muss gestehen, dass ich kaum einen Gedanken an ihn verloren habe. Du weißt sicherlich, dass es nur einen Grund für meine Melancholie geben kann, nämlich die Tatsache, dass ich bald von dir Abschied nehmen muss.«

Dieser Satz stimmte mich glücklich und ich lachte vor Vergnügen; dann erinnerte ich mich an Dickon und schämte mich wegen meiner Leichtfertigkeit.

»Du hast die Gewohnheit, den Menschen zu sagen, was sie gerne hören«, stellte ich fest.

»Du musst zugeben, dass es keine üble Gewohnheit ist.«

»Falls du wirklich meinst, was du sagst.«

»Das ist ein zusätzlicher Vorteil. Du kannst mir glauben, dass ich es wörtlich meine, wenn ich dir versichere, dass unsere kleine gemeinsame Reise mir mehr Spaß gemacht hat als die meisten Dinge, die ich bis jetzt erlebt habe. Geliebte Clarissa, ich danke dir dafür, dass du mir zu einer so glücklichen Zeit verholfen hast.«

»Unsinn. Du weißt, dass ich diejenige bin, die dir zu danken hat. Ich fürchte, ich war keine sehr fröhliche Reisegefährtin.«

»O doch. Trotz allem, was geschehen ist, hatte ich das Gefühl, dass du unsere Reise genossen hast.«

»Ich war so glücklich, wie es mir angesichts der letzten Ereignisse und meines Kummers überhaupt möglich war.«

Gerührt ritten wir schweigend weiter.

An diesem Tag erreichten wir Enderby. Als Damaris begriff, dass ich es war, kam sie überrascht herausgestürzt. Sie drückte mich herzlich an sich und dann schloss Jeremy liebevoll seine Arme um mich.

»Oh, Clarissa, wir haben uns solche Sorgen um dich gemacht und hatten solche Angst um dich, seit die Unruhen ausgebrochen sind.«

Damon sprang um uns herum und ich war froh darüber, dass er Lance sofort ins Herz schloss.

Ich musste natürlich Sabrina sehen, die seit meiner Abreise ein gutes Stück gewachsen war; Diener wurden nach Eversleigh Court und zum Dower House geschickt. Die ganze Familie sollte in Enderby zusammenkommen, um das große Ereignis zu feiern.

Lance blieb über Nacht; jedes Familienmitglied bedankte sich einzeln bei ihm, weil er mich sicher nach Hause gebracht hatte. Sie lauschten fasziniert meiner Geschichte, die ich ihnen mit allen Details erzählte, denn ich hatte keinen Grund, etwas zu verschweigen – ausgenommen natürlich die Tatsache, dass Dickon und ich einander liebten.

»Ich danke Gott für diesen Dickon«, meinte Damaris. »Du hast dich wirklich in großer Gefahr befunden, mein Liebling.«

»Die verdammten Jakobiten«, knurrte Urgroßvater Carleton. »Ich würde sie alle aufhängen. Außer den Prätendenten ... für den ist der Galgen noch zu gut.«

Ich war also in den Schoß der Familie zurückgekehrt und es kam mir zuerst komisch vor, dass ich wieder in meinem eigenen Bett schlief.

Weihnachten kam heran. Damaris wiederholte immer wieder, wie sehr sie sich darüber freue, dass ich zur Weihnachtsfeier zurechtgekommen war. Außerdem war die Zeit jetzt zu gefährlich, als dass man Reisen unternehmen konnte. Es würde zum Bürgerkrieg kommen, der katastrophale Folgen zeitigen würde, und das alles nur, weil ein paar Leute den Prätendenten auf den Thron setzen wollten.

Sie war davon überzeugt, dass die loyale Armee unter Befehlshabern wie Onkel Carl mit diesem Unfug bald aufräumen würde-aber vorerst würde es vielleicht Schwierigkeiten geben.

Jeanne war glücklich, weil ich sicher heimgekehrt war. Sie weinte und herzte mich dabei.

»Ach, Mademoiselle Clarissa, du gehörst zu den Menschen, die immer etwas erleben, das gibt es. Da musst du von England fort und kommst nach Frankreich, wo du zuerst in einem großartigen Haus und dann in einem Keller lebst. Dann rettet dich jemand von dort ... und dann geht es hier weiter. Ach, wie glücklich bin ich, dass du wieder bei uns bist. ›Weihnachten‹, habe ich gesagt, ›was ist Weihnachten ohne die kleine Clarissa?‹ Ich habe *la petite Sabrina,* natürlich habe ich die Kleine. Aber du bist meinem Herzen am nächsten, weißt du.« Sie legte die Hand auf die Brust.

»Jeanne«, erklärte ich feierlich, »ich werde dich immer lieb haben.«

Dann weinten wir gemeinsam.

Ich konnte mich nicht unbeschwert auf Weihnachten freuen. Die ganze Zeit fragte ich mich, wo sich Dickon herumtrieb und ob ich je wieder von ihm hören würde. Gelegentlich gab es Neuigkeiten über den Prätendenten. Er hatte seinen Wohnsitz Bar-le Duc verlassen – denn er war am französischen Hof nicht mehr gern gesehen –, hatte sich als Lakai verkleidet und war nach St. Mâlo geritten, wo er versucht hatte, auf einem Schiff eine Passage nach Schottland zu bekommen. Da ihm dies nicht gelang, war er nach Dünkirchen weitergeritten. Es war schon Mitte Dezember, aber dann schaffte er es, mit einigen Getreuen ein Schiff aufzutreiben, das ihn nach Schottland übersetzte; drei Tage vor Weihnachten landete er in Peterhead.

Diese Neuigkeit versetzte mich in Verzweiflung, weil ich davon überzeugt war, dass es zu erbitterten Kämpfen kommen und Dickon natürlich dabei sein würde.

Die nächste Zeit verstrich ohne weitere Nachrichten. Die Familie war sehr erstaunt darüber gewesen, dass ich eine Halbschwester hatte. Sie wollten nicht offen darüber sprechen, denn sie bedauerten sehr, dass meine Eltern nicht verheiratet gewesen waren und hielten es für schandbar, dass Hessenfield noch eine uneheliche Tochter gehabt hatte.

Ich dachte oft an die Tage in Paris, als Aimée wahrscheinlich in meiner Nähe gewohnt hatte, und bei meinen Gesprächen mit Jeanne wurden sie wieder lebendig. Natürlich erinnerte sie sich viel besser an diese Zeit als ich. Ich stellte ihr viele Fragen und hatte manchmal das Gefühl, dass ich alles noch einmal erlebte.

Ich ließ sie vom Leben im *hôtel* erzählen. »Hast du je von Aimée und ihrer Mutter gehört?«

»Nein, niemals. Wenn sich Mylord in Paris aufhielt, war er immer mit deiner Mutter beisammen. Natürlich ging er gelegentlich aus … das alles war sehr geheimnisvoll. Er pendelte zwischen Paris und dem Hof in Saint-Germain hin und her. Aber ich hörte nie etwas von einer anderen Frau.«

»Bist du sicher, Jeanne?«

Jeanne nickte entschieden. Sie schloss die Augen, legte den Kopf zurück und ließ ihren Geist in die Vergangenheit wandern.

»Ich erinnere mich ganz genau. Ich erinnere mich an Yvonne, Sophie, Armand ... das war der Kutscher. Vor allem erinnere ich mich an Germaine, die sich für etwas Besseres hielt; man könnte beinahe sagen, dass sie größenwahnsinnig war. Germaine fand, dass sie nicht zu uns gehörte, sie sollte eigentlich eine Lady mit einer eigenen Kutsche sein statt einem Dienstmädchen in so einem Haus. Dann gab es noch Clos, der die Schuhe putzte und die Roste reinigte und überhaupt alles tat, was man ihm anschaffte. So ein fröhlicher Junge, er lächelte immer. Ja, und Claudine war auch noch da, sie benahm sich so ähnlich wie Germaine, nur war sie nicht ganz so hochnäsig. Oh, ich erinnere mich so gut an alles. Einmal waren Mylord und Mylady Hessenfield in Saint-Germain und Germaine zog die Kleider von Mylady an. Wir konnten nicht aufhören zu lachen, so gut ahmte sie sie nach. Die einzige Schwierigkeit war, dass sie die Sachen nicht mehr ausziehen wollte, sie wollte nicht mehr an die Arbeit gehen.«

»Und ich war immer dabei?«

»Du warst entweder bei Mylord und Mylady oder du warst im Kinderzimmer.«

»Ich erinnere mich an niemanden außer an dich, Jeanne.«

»*Mon Dieu!* Du warst ja noch ein Baby. Manchmal nahm ich dich mit, wenn ich ausging, zum Drogisten, wo ich etwas für Mylady kaufen musste, meist ein süß duftendes Parfüm, oder zum Handschuhmacher, um ein Paar Handschuhe abzuholen. Kleine Besorgungen. Ich hatte strikten Auftrag, nie mit dir durch die verbotenen Gassen zu gehen, zum Pont-au-Blad oder zur Rue du Poirer. Ich erinnere mich, dass einmal ein Mann in einer Kutsche vorbeifuhr – ein junger Dandy, der hinter der Kutsche seiner Geliebten herjagte –, und dich von oben bis unten mit Schlamm bespritzte. Ich musste dich zu dem Kleiderputzer an der Straßenecke bringen, der dich säuberte. Du konntest doch nicht in so einem Zustand nach Hause gehen und der Schlamm musste sofort weggeputzt werden, sonst wäre er nie wieder aus deinem Kleid herausgegangen.«

»Wenn ich dir zuhöre, Jeanne, sehe ich alles wieder vor mir.«

»Ach, es gibt vieles, das man besser vergisst. Wir haben es überlebt, nicht wahr? Ich möchte wissen, was aus Germaine geworden ist. Sie hatte einen Geliebten, auf den sie sehr stolz war. Er lebte irgendwo am linken Seineufer. Ich erinnere mich, dass sie einmal über Nacht bei ihm blieb und dass Clos sie zeitig am Morgen ins Haus ließ. Monsieur Bonton erfuhr nie davon. Erinnerst du dich an Monsieur Bonton? Man könnte sagen, dass er unser Vorgesetzter war. Angeblich war er einer der besten Köche von Paris und es hieß, dass der König selbst ihn in seine Dienste nehmen wollte. Aber vielleicht war das auch bloßes Gerede. Trotzdem hatten wir alle Angst vor ihm, denn er war sehr einflussreich. Ein Wort von ihm und wir wurden entlassen, fortgejagt ...«

»Jeanne, es kommt mir so seltsam vor, dass es diese Frau, Aimées Mutter, gegeben haben soll.«

»Wahrscheinlich hatte er zu dieser Zeit nichts mehr mit ihr zu schaffen.«

»Nein, das glaube ich nicht. Sie besaß einen Brief von ihm, in dem er bestimmte, dass die Familie für Aimée sorgen sollte. Er muss mir ihr zusammengekommen sein.«

»Wer kennt sich schon bei einem Mann aus? Auch der Beste von ihnen hat sein Geheimnis und oft ist dieses Geheimnis eine andere Frau. So sind die Männer nun mal, *ma petite*. Wir dürfen uns nie über das wundern, was sie tun.«

Ich nahm an, dass sie Recht hatte, fand mich aber nur schweren Herzens damit ab.

Zu Beginn des neuen Jahres hörten wir viel über den Prätendenten. Er sollte in Scone gekrönt werden und die Jakobiten überredeten ihre Frauen dazu, ihren Schmuck herzuschenken, um daraus eine Krone für ihn zu machen.

Gerüchte, nicht mehr. Auf den Pamphleten, die in Umlauf gebracht worden waren, war Jakob schön wie ein Gott dargestellt – groß, gut aussehend, edel und voller Vitalität, entschlossen, sich sein Recht zu erkämpfen. Anscheinend sah die Wirklichkeit ganz anders aus. Jakob verfügte keinesfalls über einnehmende Manieren; er verstand es nicht, den Mann von der Straße für sich zu begeistern; er konnte keine Konversation machen; außerdem war er melancholisch und schien eher bereit, eine Niederlage hinzunehmen, als den Siegeswillen der Seinen zu stärken.

Kurz gesagt, ihm fehlte die Fähigkeit, Menschen zu führen. Der Earl von Mar, der die treibende Kraft hinter diesem Aufstand war, versuchte vergebens, ihm diese Eigenschaften einzuflößen, die für den Erfolg des Unternehmens wesentlich waren. Es war hoffnungslos und sogar Mar begriff schließlich, dass er für eine verlorene Sache kämpfte. Die Einzigen, die bereit waren, Jakob zu unterstützen, waren die Hochländer, und bald war allen klar, dass es am klügsten war, sich zurückzuziehen, solange dies noch möglich war, und auf eine neuerliche Gelegenheit zu einem Aufstand zu warten.

Die loyalen Truppen König Georgs marschierten nach Norden und Jakob blieb nur noch ein Ausweg – nach Frankreich zurückzukehren. In Montrose bestiegen er und der Earl von Mar ein Schiff, segelten nach Norwegen und dann die Küste entlang bis nach Gravelines, wo sie am zehnten Februar an Land gingen.

Das Unternehmen war zu Ende.

»Gott sei Dank«, erklärte Priscilla erleichtert. »Hoffen wir, dass wir nie wieder eine so unbesonnene Expedition erleben.«

»Nun, wenigstens ist jetzt alles vorbei«, stimmte Damaris zu.

Aber leider war es noch nicht vorbei. Es gab viele Gefangene und es war nicht anzunehmen, dass sie ein mildes Urteil erwartete; Man musste den Leuten deutlich machen, welche Strafe auf Hochverrat stand.

Ein Teil der Gefangenen wurde nach London gebracht, um dort abgeurteilt zu werden. Meine Unruhe wuchs.

Dann kam Onkel Carl heim und sagte, dass er eine Zeit lang bleiben würde, da die Kämpfe im Norden vorbei waren.

»Dein Freund Frenshaw befindet sich unter den Gefangenen«, erzählte er mir. »Er wird der Hinrichtung nicht entgehen. Auch Hessenfield ist in Schwierigkeiten. Bei Gott, Clarissa, du befandest dich dort oben im Zentrum des Aufstandes.«

»Gott sei Dank ist sie davongekommen«, meinte Damaris.

Ich wollte um jeden Preis erfahren, wie es Dickon ergangen war. Auch um meinen Onkel Hessenfield machte ich mir Sorgen, denn ich hatte ihn lieb gewonnen.

Ein paar Tage später traf Lance ein, der behauptete, dass er meinetwegen gekommen sei. Er führte ein langes Gespräch mit Onkel Carl, dann brachte er mir die schlimme Nachricht bei.

Er forderte mich auf, mit ihm in den Garten zu gehen. Es war ein warmer Februartag und in der Luft lag ein Hauch von Frühling.

Ich musste nicht lang warten, um den wahren Grund für sein Kommen zu erfahren. »Clarissa«, sagte er, »was ich dir jetzt erzähle, wird dich traurig stimmen, aber ich finde, dass du es erfahren solltest.«

Ich flüsterte: »Es geht um Dickon, nicht wahr?«

»Er ist in London.«

»Kann ich ...«

Er schüttelte den Kopf. »Er ist einer der Gefangenen. Er wurde zusammen mit seinem Onkel aufgegriffen und es gibt keine Hoffnung für sie. Sie werden alle wegen Hochverrats verurteilt werden.«

»Aber er ist doch noch so jung.«

»Er war alt genug, um gegen die Truppen des Königs zu kämpfen.«

Ich fasste ihn am Arm und sah ihn bittend an. »Sicherlich kann man etwas tun ... man muss etwas tun können. Denk daran, dass er mir das Leben rettete.«

»Ich denke daran und wenn ich die Möglichkeit hätte, etwas für ihn zu tun, würde ich nicht zögern. Aber sie sind alle verloren. Die Leute können nicht Hochverrat an unserem König begehen und dann straflos davonkommen.«

»Dickon ist etwas anderes.«

»Ich weiß, dass Dickon für dich etwas anderes ist, Clarissa, aber für die Richter des Königs ist er es nicht. Ich habe mich gefragt, ob ich dir erzählen soll, was ihm bevorsteht, oder ob ich lieber schweigen soll.«

»Nein, nein, ich will wissen, was mit ihm geschieht, Lance, könntest du mich zu ihm bringen?«

»Das ist vollkommen unmöglich.«

»Kannst du denn gar nichts tun?«

Lance biss sich nachdenklich auf die Lippen und ich fasste wieder Hoffnung.

»Lance, du könntest etwas tun, das weiß ich. Wenn jemand ihm helfen kann, dann bist du es.«

»Du schätzt meinen Einfluss zu hoch ein. Ich kann überhaupt nichts unternehmen. Dein Onkel Carl nimmt eine hohe Position bei der Armee ein ...«

»Dann werde ich ihn darum bitten. Er ist ja jetzt zu Hause.«

»Bring ihn aber nicht auf die Idee ...«

»Was willst du damit sagen?«

»Es wäre am besten, wenn du den Eindruck erwecktest,

dass du diesem jungen Mann das Leben retten willst, weil er das deine gerettet hat. Wenn dein Onkel Carl merkt, dass von deiner Seite ›romantischer Unsinn‹, wie er es nennt, im Spiel ist, ist er bestimmt nicht bereit, Dickon zu helfen. Sowohl Carl als auch deine Familie wären entschieden gegen eine Verbindung mit einer verfemten jakobitischen Familie. Vielleicht ist es besser, wenn ich mit ihm spreche.«

»Nein, nein, ich will dabeisein.«

»Schön, aber sei vorsichtig.«

Onkel Carl hörte mir nachdenklich zu.

»Siehst du, Onkel«, sagte ich, bemüht, meine Gefühle zu verbergen, »er hat mein Leben gerettet. Ich glaube, dass wir aus diesem Grund etwas für ihn tun sollten.«

»Das stimmt natürlich«, bestätigte Lance. Könntest du etwas tun?«

»Das glaube ich keinesfalls«, antwortete mein Onkel.

»Aber du könntest es versuchen.« Lance ließ nicht locker.

»Dazu müsste ich nach London reiten.«

»Ich werde dich begleiten«, erklärte Lance.

In diesem Augenblick liebte ich Lance, weil er meine Sache zu der seinen gemacht hatte. Ich wusste, dass er auf meiner Seite stand, und dank dieser Unterstützung sah ich die Lage optimistischer.

»Wir müssten morgen aufbrechen. Man macht ihm einen fairen Prozess.«

»Ein Wort von dir hätte großes Gewicht. Er ist ja wirklich noch sehr jung.«

»Ich bezweifle, dass man das in Betracht ziehen wird. Jeder, der alt genug ist, um zu kämpfen, ist auch alt genug, um den Preis für seinen Hochverrat zu bezahlen.«

»Wir können es wenigstens versuchen.«

Ich merkte deutlich, dass Onkel Carl es für aussichtslos hielt, und obwohl Dickon mich gerettet hatte, hatte er keine große Lust, seinetwegen nach London zu reisen. Aber Lance überredete ihn. Lance war gütig und hilfsbereit. Ich hatte es erkannt, als er sich für die Leute aus der Postkutsche einsetzte, denen man ihr Abendessen vorenthalten wollte. Er konnte sich in die Lage der anderen versetzen und die Dinge von ihrem Standpunkt aus sehen. Meiner Meinung nach war das eine seltene Fähigkeit und die meisten Menschen, die über sie verfügen, sind zu egoistisch, um daraus Konsequenzen zu ziehen.

Am nächsten Morgen ritten Lance und Onkel Carl nach London. Ich hätte sie am liebsten begleitet, aber Lance meinte, dass sie ohne mich rascher vorwärtskommen würden, denn sie mussten London erreichen, bevor der Prozess begann.

An die darauf folgenden Tage will ich mich nicht erinnern. Es war die schrecklichste Zeit meines Lebens.

Ich hatte fürchterliche Angst, denn Lances Haltung hatte mir gezeigt, dass nur wenig Hoffnung bestand. Jeden Tag wartete ich auf Nachricht; ich konnte weder essen noch schlafen und Damaris machte sich meinetwegen Sorgen.

»Clarissa, mein Liebling«, sagte sie, »du darfst dich nicht so aufreiben. Es stimmt, dass er dich gerettet hat, aber er ist dann zu ihnen zurückgekehrt und hat an ihrer Seite gekämpft.«

»Er hielt es für richtig«, rief ich. »Du weißt doch, was es heißt, an etwas zu glauben.«

Niemand konnte mir Trost spenden und eine ganze Woche lang war ich verzweifelt.

»Wenn du so weitermachst, wirst du noch krank werden«, meinte Damaris.

Dann kehrte Lance allein zurück, denn Onkel Carl hatte noch in London zu tun. Als ich Lances Gesicht sah, wusste ich, dass nicht alles nach Wunsch gegangen war.

»Lance, Lance!« Ich warf mich in seine Arme. Er hielt mich ein paar Sekunden fest, dann riss ich mich los und sah ihn an.

»Sag mir die Wahrheit.«

»Er wird nicht hingerichtet, so viel konnten wir erreichen.«

»O Lance, Lance ... ich danke dir.«

»Aber ...« Er zögerte und die Spannung machte mich wahnsinnig.

»Er wird nach Virginia deportiert.«

»Nach Virginia!«

Lance nickte. »Er ist wahrscheinlich schon unterwegs in die Kolonie, die dort gegründet wurde. Er ist nicht der Einzige. Seine Jugend und Carls Bemühungen haben ihm das Leben gerettet.«

»Aber Virginia ist so weit weg ... Jenseits des Meeres.«

»Es ist ein weiter Weg«, bestätigte Lance.

»Und für wie lange ...«

»Vierzehn Jahre.«

»Vierzehn Jahre ... dann bin ich eine alte Frau.«

»Aber nicht doch«, meinte Lance beruhigend.

»Ich werde ihn vielleicht nie wiedersehen.«

Lance sah mich traurig an. »Aber wir haben ihm das Leben gerettet«, sagte er.

VII

Die Hochzeit

Es war ein heißer Tag im Juni. Morgen früh sollte ich heiraten. Ich versuchte, mir meine Zukunft vorzustellen, und sagte mir immer wieder: Es wird schon gut gehen, etwas Besseres konnte ich mir gar nicht wünschen. Alle freuen sich darüber und alle sind davon überzeugt, dass ich glücklich sein werde. Sie haben bestimmt recht.

Es war über drei Jahre her, dass Dickon nach Virginia deportiert worden war, aber manchmal schien mir, als wäre er noch bei mir. Ich hatte in den Wochen vor meiner Hochzeit oft von ihm geträumt. Ich sah ihn deutlich vor mir, erinnerte mich genau an sein Gesicht, als er mir Lebewohl gesagt hatte, und glaubte, in seinen Augen einen stummen Vorwurf zu lesen.

Wir waren damals noch Kinder, redete ich mir ein, die einander unter so seltsamen Umständen kennen gelernt hatten. Es war nur natürlich, dass wir uns ineinander verliebten, obwohl wir einander nicht wirklich kannten – jedenfalls nicht so, wie ich jetzt Lance kannte.

In diesen drei Jahren war Lance immer wieder nach Eversleigh gekommen, und als mir bewusst wurde, dass ich der Grund dafür war, fühlte ich mich natürlich geschmeichelt. Ich begann, mich auf seine Besuche zu freuen, denn sie waren die Höhepunkte der Woche. Er brachte mir jedes Mal kleine Geschenke aus London oder aus dem Teil des Landes mit, in dem er sich gerade aufgehalten hatte. Wir lachten viel miteinander, ritten, gingen spazieren und die Familie sah wohlwollend zu. Und schließlich war es soweit – er hielt um meine Hand an.

Ich wies ihn ab, denn wie konnte ich jemanden heiraten, solange ich auf Dickon wartete? Er wird hierher zurückkehren, um mich zu holen, redete ich mir ein, und wenn er kommt, muss ich für ihn bereit sein.

Die Familie war enttäuscht. Sie waren alle der Ansicht, dass Lance der ideale Partner für mich war. Er war zwar wesentlich älter als ich, aber Damaris stellte fest, dass ich einen älteren Mann brauchte. Er war finanziell gut gestellt und hatte ein sehr ausgeglichenes Wesen; er war ein ausgezeichneter Gesellschafter, den Onkel Carl mochte, und daher ein willkommener Gast in Eversleigh.

Damaris versuchte, mich dazu zu überreden, dass ich mir meine Antwort noch einmal überlegte. Arabella fand, dass es für uns beide gut wäre, wenn wir ein Paar wurden, Onkel Carl hielt es für die ideale Ehe und sogar Urgroßvater Carleton war der Meinung, dass der junge Mann der Richtige war.

Lance schien meine Weigerung gelassener hinzunehmen als alle anderen. Er kam weiterhin auf Besuch und ließ keinen Zweifel daran, dass er sich immer noch in meiner Gesellschaft wohl fühlte. Das war für mich sehr angenehm, denn ich hatte inzwischen begriffen, wie schwer es mir fallen würde, auf seine Freundschaft und seine Stippvisiten zu verzichten.

Er sagte, dass er meine Gefühle für Dickon begreife. Diese beinahe unheimliche Fähigkeit, sich in die Lage der anderen zu versetzen, war eine seiner anziehendsten Eigenschaften. Er war geduldig, freundlich und zärtlich und gab mir zu verstehen, dass er mich zwar nicht wieder mit seinen Anträgen belästigen würde, dass er aber sicher war, schließlich doch das Ziel seiner Wünsche zu erreichen.

Dann fuhr ich einmal mit Damaris und Jeremy nach London. Es ergab sich ganz unvermittelt, denn Jeremy musste in die Stadt, und Damaris war auf die Idee gekommen, dass wir ihn begleiten könnten. Wir trafen am späten Nachmittag ein und begaben uns direkt in das Stadthaus der Familie, in dem wir die paar Tage, die wir in London zu verbringen gedachten, wohnen sollten.

Am nächsten Morgen wachte ich zeitig auf und hatte einen glänzenden Einfall: Es wäre bestimmt sehr amüsant, Lance jetzt aufzusuchen. Er würde sich sicherlich freuen, mich zu sehen und zu erfahren, dass wir einige Tage in der Stadt blieben.

Ich ließ mich in einer Sänfte zu dem Haus in der Albemarle Street bringen, obwohl es erst zehn Uhr war. Mir hatten die Londoner Straßen immer schon gefallen und ich war jetzt entzückt, weil ich sie von meinem Stuhl aus so ganz aus der Nähe erlebte. Es war ein buntes Leben und Treiben, vor allem die Sänften, in denen selbst zu dieser frühen Stunde elegant gekleidete Damen und Herren durch die Gassen getragen wurden. An meinen Augen zog eine wahre Modenschau vorbei; die Männer machten den Frauen nicht nur in Bezug auf Kleidung, sondern auch mit Perücken, Schminke und Schönheitspflästerchen Konkurrenz. Ein oder zwei Gentlemen musterten mich prüfend und ich schrak zurück und fühlte mich wie ein echtes Provinzgänschen. Einen krassen Gegensatz zu diesen herausgeputzten Menschen bildeten die Bettler und Straßenhändler, die mich faszinierten. Überall herrschte ungeheurer Lärm; die Nachrichtenmänner bliesen in kleine Trompeten, um die Vorübergehenden darauf aufmerksam zu machen, dass sie die *Gazette* oder eine andere Zeitung feilboten; die Blasebalgflicker und die Messerschleifer kauerten auf dem Katzenkopfpflaster, während sie arbeiteten, und priesen dabei laut ihre Dienste an; der Colly-Molly-Puff-Mann, der Pasteten verkaufte, bot seine Ware Seite an Seite mit einem Milchmädchen an.

Ich lächelte und dachte daran, wie Lance sich freuen

würde, mich zu sehen. Als wir bei seinem Haus ankamen, befahl ich den Trägern zu warten für den Fall, dass er ausgegangen war und ich sofort nach Hause zurückkehren musste.

Ich klopfte und Lances ausgezeichneter Lakai öffnete die Tür.

»Hallo, Thomas«, sagte ich, »das ist ein überraschender Besuch, nicht wahr?«

Er starrte mich an, als traute er seinen Augen nicht. Es war das erste Mal, dass ich ihn sprachlos erlebte. Er kannte mich natürlich gut, denn ich hatte mit meiner Familie oft das Haus in der Albemarle Street aufgesucht.

»Ist Sir Lance zu Hause?«, fragte ich.

Er verhaspelte sich ein bisschen, was merkwürdig war, denn für gewöhnlich sprach er sehr präzise. »Ja, natürlich, Miss Clarissa, aber ...«

Inzwischen stand ich schon in der Halle. »Ich bin froh, dass er da ist, denn ich wäre sonst sehr enttäuscht gewesen. Ich werde zu ihm hinauflaufen, ich möchte ihn überraschen.«

Thomas streckte die Hand aus, als wolle er mich zurückhalten, aber ich war schon an ihm vorbei und lachte vor mich hin, weil ich mir Lances Gesicht vorstellte, wenn er mich erblickte.

Weil ich annahm, dass er beim Frühstück saß, öffnete ich die Tür zum Speisezimmer, aber er war nicht da.

»Aber Miss Clarissa, Sie können doch nicht!« Thomas stand hinter mir.

Ich kümmerte mich nicht um ihn, sondern lief, zwei Stufen auf einmal nehmend, die Treppe hinauf. Wahrscheinlich war er noch nicht aufgestanden und ich konnte ihn mit seiner Faulheit necken. Es gehörte sich natürlich nicht, dass ich sein Schlafzimmer betrat, und Damaris wäre darüber sehr entrüstet gewesen, aber zwischen Lance und mir bestand eine besondere Beziehung. Ich wusste, dass ich gegen die Konventionen verstieß, aber Lance hatte selbst oft festgestellt, dass Konventionen nur für Fantasielose galten und dass Individualisten sich über sie hinwegsetzen konnten, wenn es ihnen zweckmäßig erschien.

Und genau das tat ich jetzt.

Ich erreichte die Schlafzimmertür, hörte Thomas hinter mir heraufkeuchen und klopfte.

Eine Frauenstimme sagte: »Herein.«

Ich öffnete die Tür. Sie saß im Negligé am Toilettentisch und kämmte ihr langes, dunkles Haar.

»Stellen Sie das Tablett ab«, befahl sie, ohne sich umzusehen.

Ich war verblüfft. Was tat diese Frau in Lances Schlafzimmer?

Dann erschien Lance persönlich. Ich starrte ihn verwundert an. Er trug helle Kniehosen und kein Hemd, sodass sein Oberkörper nackt war.

»Ich würde jetzt gern frühstücken; wie steht es mit dir, Liebling?«, fragte er. Dann unterbrach er sich, denn er hatte mich erblickt.

Mein Gesicht wurde purpurrot. Ich drehte mich um, lief aus dem Zimmer und stolperte beinahe über Thomas, der vor Verzweiflung außer sich war. Als ich die Stiegen hinunterrannte, hörte ich Lance rufen: »Clarissa, Clarissa, komm zurück.«

Ohne auf ihn zu hören, lief ich zur Tür hinaus und zur Sänfte, die zum Glück noch auf mich wartete.

Auf dem Rückweg sah ich weder die bunten Straßen noch hörte ich die rauen Schreie der Straßenhändler. Ich sah nur Lance und die Frau in seinem Schlafzimmer vor mir. Lance, der um meine Hand angehalten hatte!

Ich will ihn nie wieder sehen, sagte ich mir empört. Ich war sehr aufgebracht und sehr unglücklich.

Natürlich ließ Lance die Sache nicht auf sich beruhen,

sondern besuchte mich noch am gleichen Tag. Ich schützte Kopfschmerzen vor und weigerte mich, mein Zimmer zu verlassen. Aber er kam immer wieder, bis ich ihn endlich empfing.

»Ich möchte dir alles erklären«, sagte er.

»Die Situation sprach doch für sich.«

»Allerdings«, bestätigte er schuldbewusst.

»Wer ist diese Frau?«

»Eine Freundin, die mir sehr teuer ist.«

»Oh ... du bist schändlich.«

»Und du, meine liebe Clarissa, bist sehr jung. Ja, deine Vermutung trifft zu, Elvira Vernon ist meine Mätresse, und zwar schon seit einiger Zeit.«

»Deine Mätresse! Aber du hast doch um meine Hand angehalten!«

»Und du hast mich abgewiesen. Gönnst du mir diesen Trost nicht?«

»Ich verstehe dich nicht.«

»Du musst noch viel lernen, Clarissa.«

»Dich kenne ich sehr genau! Was würden die Leute sagen ...«

»Meine Liebe, die meisten wissen es ohnehin. Diese Situation ist weder schrecklich noch ungewöhnlich. Es ist ein sehr freundschaftliches Arrangement. Elvira und ich vertragen uns sehr gut.«

»Warum heiratest du dann nicht *sie*?«

»Es ist nicht diese Art von Beziehung.«

»Es sah aber genauso aus. Oh, wie gut es war, dass ich dich abgewiesen habe. Wenn ich ...«

»Wenn du dich bereit erklärt hättest, mich zu heiraten? Dann hätte ich mein Verhältnis mit Elvira beendet und mein Leben als ehrbarer Ehemann begonnen.«

»Du bist so ... aalglatt.«

»Hör zu, Clarissa, ich mag Elvira in einer bestimmten Beziehung, aber ich habe ebenso wenig die Absicht, sie zu heiraten, wie sie die Absicht hat, mich zu heiraten. Wir mögen einander, wir trösten einander. Dich liebe ich und will dich heiraten, das musst du mir glauben.«

»Ich glaube dir nicht und ich wünsche nicht, dich wieder zu sehen. Ich halte es für entsetzlich; wahrscheinlich hast du schon eine Menge Mätressen gehabt.«

»Etliche«, gab er zu.

»Dann geh zu ihnen zurück und lass mich in Ruhe. Ich kann mich glücklich schätzen, dass ich nicht auf dich hereingefallen bin.«

»Du hast mich also doch in Betracht gezogen, oder?«

»Ich habe dir gesagt, dass ich jemand anderen liebe und auf ihn warte. Aber das geht dich nichts an, denn ich werde dich nie wieder sehen.«

Er sah mich mit einem halb liebevollen, halb spöttischen Lächeln an. Eine seiner Eigenschaften, die mich zur Verzweiflung trieb und gleichzeitig faszinierte, war seine Unfähigkeit, irgendetwas ernst zu nehmen. Sie verlieh ihm ein Format, als wäre er jederzeit fähig, mit jeder Situation fertig zu werden.

Als er fort war, wurde mir bewusst, wie zornig, wie verletzt, wie gedemütigt ich mich fühlte. Ich begriff nicht, warum ich so reagierte. Was er tut, betrifft mich nicht, sagte ich mir. Wenn er will, kann er sich ein ganzes Haus voller Mätressen halten.

Er besuchte meine Familie weiterhin. Wenn er mich sah, benahm er sich, als wäre nichts vorgefallen. Ich wunderte mich nach wie vor über ihn und sah immer wieder Elvira Vernon in seinem Schlafzimmer vor mir. Ich wusste nicht genau, worin eine Liebesbeziehung bestand, und begann, mich neugierig mit der Sache zu befassen. Gelegentlich sah ich auch Elvira Vernon, die immer beherrscht und ruhig wirkte. Sie ist ziemlich alt, dachte ich boshaft.

Wenn Lance mir nicht genügend Aufmerksamkeit widmete, reagierte ich darauf mit Eifersucht. Ich verstand mich selbst nicht mehr, denn ich dachte öfter an Lance als an Dickon. Lance schien sich über den Zwischenfall zu amüsieren, statt sich zu schämen.

Einmal sagte er mir: »Ich bin weder ein Heiliger noch ein Mönch. Elvira und ich brauchen einander derzeit.«

»Man könnte also sagen, dass Mätressen ebenso zu deinem Leben gehören wie Glücksspiele.«

Wahrscheinlich. Und jetzt komme ich dir schrecklich verderbt vor. Aber trotzdem liebenswert, was, Clarissa?«

Dann nahm er mich in die Arme, drückte mich an sich und küsste mich.

Ich machte mich atemlos von ihm los und tat, als ob ich zornig wäre. In Wirklichkeit zitterte ich vor Erregung.

Danach stellte ich fest, dass das Leben sehr eintönig war, wenn er sich nicht in meiner Nähe aufhielt. Ich dachte darüber nach. Lance war infolge seiner Mätressen und seiner Spielleidenschaft keineswegs der ideale Gatte. Und wie konnte ich seine Frau werden, wenn ich jemand anderen liebte, der für mich verloren war?

Ich erzählte Lance sehr viel über Dickon, hob seine Unschuld, seine Tapferkeit, seine Lauterkeit hervor.

»Er muss auf Jahre hinaus in Übersee bleiben«, bemerkte Lance. »Nur wenige kehren zurück; willst du dein Leben als alte Jungfer verbringen und auf etwas warten, das vielleicht nie eintritt? Die Menschen ändern sich im Lauf der Jahre. Selbst wenn dein Dickon zurückkommt, ist er bestimmt nicht mehr der reine, edle Junge, der dich verließ. Und hast du dir schon überlegt, meine süße Clarissa, wie sich die Jahre auf dich auswirken werden? Ergreife das, was sich dir jetzt bietet. Bedenke doch, was jeder von uns beiden für den anderen tun kann. Du kannst mich von meinen Lastern fernhalten; ich kann dich dazu bringen, dass du einen unerfüllbaren Traum vergisst.«

Ich ließ mir das, was er sagte, immer wieder durch den Kopf gehen. Unsere Beziehung änderte sich. Wenn wir einander trafen, umarmte er mich und küsste mich leidenschaftlich. Manchmal glaubte ich, er lache mich aus, weil ich so ahnungslos war, dass ich eine Mätresse für etwas Schreckliches hielt.

»Wenn ich mich dazu entschließen könnte, dich zu heiraten, sagte ich, »müsstest du deiner derzeitigen Mätresse den Laufpass geben.«

»Abgemacht.«

»Du müsstest ein treuer Ehemann sein.«

»Das verspreche ich.«

Dann hob er mich hoch und küsste mich und als Damaris ins Zimmer trat, verkündete er strahlend: »Es ist endlich soweit. Clarissa hat sich bereit erklärt, mich zu heiraten.«

Ich sagte mir, dass ich aufhören musste, an Dickon zu denken. Das Zusammentreffen mit ihm war nur ein unbedeutender Zwischenfall in meinem Leben gewesen. Ich hatte jetzt Lance, meinen künftigen Ehemann, der freundlich, welterfahren, zärtlich war, das Leben so nahm, wie es kam, es genoss, nie zuließ, dass es ihn bedrückte. So wollte ich auch leben. Er war ein Spieler, der mit dem Leben spielte. Er ging Risiken ein und wenn er verlor, zuckte er die Schultern und war davon überzeugt, dass er beim nächsten Mal ganz gewiss gewinnen würde.

Ich erfuhr, dass er das einzige Kind seiner Eltern gewesen war. Sein Vater war gestorben, als er noch klein war, und seine Mutter war ihm einige Jahre später ins Grab gefolgt. Lance hatte Güter an der Grenze zwischen Kent und Sussex geerbt und wenn er kein so extravagantes Leben geführt und zu viel Geld an den Spieltischen verloren hätte, wäre er ein wohlhabender Mann gewesen. Natürlich war meine Familie an seiner finanziellen Lage interessiert. Ich weiß jetzt, dass meine Großmutter Priscilla in der Angst lebte, jemand könne mich meines Geldes wegen heiraten, denn ich war eine reiche Erbin.

Meine Mutter hatte ein Vermögen geerbt und da ich ihre

nächste Verwandte war, fiel es jetzt mir zu. Leigh, der sich in diesen Dingen auskannte, hatte es verwaltet, und das Vermögen war während des Aufenthaltes meiner Mutter in Frankreich und bis zu meiner Rückkehr ständig gewachsen. Ich konnte über das Geld verfügen, sobald ich achtzehn Jahre alt war oder heiratete.

Dazu kam die Erbschaft nach meinem Vater, die Lord Hessenfield als Oberhaupt der Familie zu gleichen Teilen zwischen Aimée und mir aufgeteilt hatte. Er hatte verfügt, dass uns beiden das Geld erst an meinem achtzehnten Geburtstag ausgehändigt werden sollte, was merkwürdig war, denn er hatte Aimée anerkannt und ließ sie jetzt dennoch auf ihren Anteil warten. Wenn eine von uns starb, beerbte sie die überlebende Schwester.

Ich dachte aber nur selten an das Geld. Meine Familie war davon überzeugt, dass es nicht der Grund war, warum Lance mich heiratete. Er verfügte selbst über ausreichende Mittel.

Somit stand ich jetzt nicht nur an der Schwelle zur Ehe, sondern war auch im Begriff, selbst eine vermögende Frau zu werden. Manchmal war ich sehr glücklich – bis mir Dickon wieder einfiel.

Der große Tag war angebrochen. Ich lag im Bett und hörte, wie das Haus langsam erwachte. Mein Brautkleid hing im Schrank; Lance und Onkel Carl hatten in Eversleigh Court übernachtet; Jeremy sollte bei der Zeremonie meinen Vater vertreten, denn Priscilla hatte sich eine Hochzeit nach altem Brauch gewünscht, wie sie sie aus der Vergangenheit kannte.

Während ich so vor mich hin grübelte, ging die Tür auf und eine zarte Gestalt huschte herein. Es war Sabrina – beinahe vier Jahre alt, ein lebhaftes, bezauberndes kleines Mädchen. Sie kletterte zu mir ins Bett und schmiegte sich an mich.

»Heute heiratest du«, flüsterte sie.

Ich hielt sie fest umschlungen, denn ich hatte Sabrina immer sehr gern gehabt. Sie war außergewöhnlich hübsch; angeblich ähnelte sie meiner Mutter Carlotta, die eine der Schönheiten der Familie gewesen war. Außerdem war sie sich ihres Reizes bewusst und setzte ihn unbedenklich ein, um zu erreichen, was sie wollte. Sie schoss immer im Haus herum; soeben war sie noch in der Küche, stand auf einem Stuhl, sah zu, wie Pasteten und Kuchen gebacken wurden, steckte naschhaft den Finger in den Teig, wenn niemand hinsah, und im nächsten Augenblick rannte sie zu den Ställen und überredete den Reitknecht dazu, sie in der Koppel auf dem jüngst gekauften Pony herumzuführen. Sie spielte mit den Schubkarren der Gärtner, versteckte sich auf der Galerie, erschreckte das Stubenmädchen Gwen, das an Gespenster glaubte, hatte immer den unwiderstehlichen Drang, genau das zu tun, was man ihr verboten hatte – so war Sabrina.

Aber sie besaß wirklich Charme und sie hatte sehr bald entdeckt, dass ihr bezauberndes Lächeln in Verbindung mit einem schuldbewussten Augenaufschlag ihr aus den meisten Schwierigkeiten half.

Jetzt plapperte sie über Hochzeiten. Es war meine Hochzeit, nicht wahr? Wann würde denn ihre sein? Sie würde heute ein rosa Seidenkleid tragen, Nanny Curlew nähte noch daran. Sie würde Blumen im Haar haben und neben mir stehen. Also war es eigentlich auch *ihre* Hochzeit.

Sie schlang mir die Arme um den Hals, sodass ihr Gesicht sich dicht vor dem meinen befand.

»Du gehst von hier fort«, stellte sie fest.

»Ich werde oft hierher zurückkommen.«

»Aber es ist nicht mehr dein Zuhause. Du ziehst ja in Onkel Lances Haus.«

»Na ja, er wird ja auch mein Mann sein.«

Sie zog ein Schmollmündchen. »Bleib hier«, flüsterte sie.

Sie schlang die Arme fester um mich und bettelte: »Bleib hier bei Sabrina.«

»Die Frauen leben immer bei ihren Männern.«

»Dann soll Lance hierher ziehen.«

»Wir werden oft hierher kommen, du wirst schon sehen.«

Sie schüttelte den Kopf; das war nicht das Gleiche. »Ich will nicht, dass du heiratest.«

»Alle anderen wollen es.«

»Sabrina will es nicht.« Sie sah mich herausfordernd an, als wäre dies der triftigste Grund, um die ganze Sache abzublasen.

»Wenn du älter bist, kannst du zu uns kommen«, meinte ich.

»Morgen?«, fragte sie strahlend.

»Das ist ein bisschen früh.«

»Aber dann bin ich schon älter.«

»Nur um einen Tag. Du musst schon länger warten.«

»Zwei Tage? Drei Tage?«

»Vielleicht Monate. Geh zum Schrank, mach die Tür auf und du wirst mein Brautkleid sehen.«

Sie sprang aus dem Bett. »Oooooh!«, sagte sie und streichelte die seidenen Falten.

»Lass die Finger davon«, warnte ich sie.

Sie drehte sich um und sah mich an. »Warum?«, fragte sie. Sabrina verlangte für alles eine Erklärung.

»Sie sind vielleicht schmutzig.«

Sie musterte ihre Finger und dann mich, lächelte sanft und berührte absichtlich das Kleid. Das war typisch für Sabrina. »Rühr es nicht an«, hieß für sie: »Ich muss es um jeden Preis berühren.«

»Nicht schmutzig«, stellte sie beruhigend fest. Dann stürzte sie sich auf meine Schuhe, die aus weißer Seide waren und silberne Schnallen und Absätze hatten. Sie nahm einen in die Hand, lächelte mich an und strich über den weißen Stoff. Ihre Augen glänzten boshaft, denn sie nahm wahrscheinlich an, dass sie die Schuhe ebenso wenig berühren durfte wie das Kleid.

Es klopfte und Nanny Curlew kam herein.

»Ich wusste, dass ich dich hier finden würde, Miss«, sagte sie. »Ich bitte um Entschuldigung, Miss Clarissa, aber das Kind ist nicht zu bändigen.«

»Es ist ein ganz besonderer Morgen, Nanny«, meinte ich. »Die allgemeine Aufregung hat auch sie angesteckt.«

»Es ist eigentlich meine Hochzeit«, verkündete Sabrina.

»Du kommst sofort mit«, erklärte Nanny Curlew entschieden. »Miss Clarissa hat jetzt an andere Dinge zu denken als an dich.«

Sabrina sah erstaunt aus. »An was für Dinge« fragte sie, als wäre es unbegreiflich, dass etwas wichtiger sein konnte als ihre eigene, kleine Person.

Aber Nanny nahm sie fest bei der Hand, lächelte mir entschuldigend zu und zog das Kind mit sich fort. Sabrina schenkte mir noch rasch ihr bezauberndes Lächeln, ehe sie verschwand.

Der nächste Besucher war Jeanne, die tatendurstig an mein Bett trat.

»Ah, du bist also wach? Es ist so viel zu tun. Ich habe ein Tablett für dich zurechtgemacht, das wird dir gut tun.«

»Ich kann keinen Bissen hinunterbringen, Jeanne.«

»Es gehört sich nicht, dass du so etwas sagst, Mylady. Du musst essen, oder willst du deinem Ehemann ohnmächtig vor die Füße fallen? Ach, ist das ein herrlicher Tag. Ich bin so glücklich, Sir Lance ist ein guter Mann. Er ist ein bezaubernder Mann.« Sie schloss die Augen und schickte dem imaginären Lance eine Kusshand. »Ich sage zu mir: ›Das ist der Richtige für meine kleine *bébé,* das ist der Ehemann für Clarissa. Er ist so schön ... die Brokatjacke ... er ist angezogen wie ein Franzose.«

»Das ist wirklich das höchste Lob aus deinem Mund, Jeanne. Ich frage mich nur, ob Lance es würdigen kann.«

»Komm jetzt baden, dann essen und dann die Frisur. Ich werde dich heute schönmachen.«

»So schön wie Lance?« fragte ich.

»Ich sage dir, niemand wird so schön sein wie Mylady. Das ist ihr Tag, sie wird die schönste aller Bräute sein.«

»Dank Jeannes geschickten Händen.«

»Ja, ja«, murmelte sie.

Jeanne und ich hatten uns im Lauf der Jahre aneinander angeschlossen. Sie bedauerte immer, dass sie mich nicht bei meinem Besuch im Norden begleitet hatte. Außerdem mochte sie Sabrina. »Das Kind hat echten Charme«, stellte sie oft fest. »Aber sie ist auch schlimm, man muss auf sie aufpassen. Du warst nicht so, als du klein warst.«

»Mir fehlte eben der Charme.«

»Das ist Unsinn. Du hast ebenso viel Charme, aber du warst ein braves kleines Mädchen. Vielleicht hast du auch mehr an die anderen gedacht, so wie die Ladies Priscilla und Arabella. Nicht wie deine Mutter und dein Vater, die dachten zuerst an sich selbst, wie die kleine Sabrina.«

»Sie ist ja noch ein Kind.«

»Ich kenne mich mit Kindern aus. Wie sie mit drei Jahren sind, sind sie auch mit dreißig.«

»Meine liebe, weise Jeanne.«

»So weise, dass ich dich jetzt aus dem Bett werfe. Wir haben genügend Zeit zur Verfügung, dürfen sie aber trotzdem nicht verschwenden.«

Ich überließ mich ganz ihren Händen, saß ruhig vor dem Spiegel, während sie mich bediente, mein Haar bürstete und es um meinen Kopf schlang, sodass es voll zur Geltung kam. Mit dieser Frisur lieferte sie wirklich ein Meisterstück.

Im Spiegel bemerkte ich, wie aufmerksam sie mich betrachtete und wie stolz sie auf mich war. Liebe Jeanne!

»Ich muss dir für so vieles danken«, sagte ich gerührt.

»Wie kann ich dir nur zeigen, dass ich alles würdige, was du für mich getan hast?«

Sie fuhr mir mit der Hand leicht über die Schulter. »Man kann diese Dinge nicht messen. Du hast mein Leben verändert, du hast mich hierher geholt, damit ich deine Zofe sein kann. Das wollte ich immer sein. Wir können das, was wir tun, nicht nach seinem Wert berechnen.«

»Natürlich nicht, Jeanne.«

»Ich werde bei dir bleiben und mehr will ich nicht. Wir werden dieses Haus verlassen ... du wirst zu deinem Mann ziehen und ich werde dich begleiten. Darüber bin ich sehr froh. Ich möchte nicht ohne dich hier bleiben. Und du lässt mich nicht zurück und Sir Lance sagt: ›Wie ich höre, kommen Sie zu uns, Jeanne, das ist gut, sehr gut.‹ Das hat er gesagt und dabei so freundlich gelächelt. Er ist ein schöner *gentilhomme.*«

»Ich freue mich, dass du mit meiner Wahl einverstanden bist, Jeanne.«

»Er ist der Mann, den ich für dich ausgesucht hätte. Hör auf, an diesen Dickon zu denken. Er ist ein Junge und weit weg. Er wäre nicht der Richtige für dich gewesen.«

»Woher willst du das wissen?«

»Mein Gefühl sagt es mir. Er bleibt vierzehn Jahre, weg, dieser Junge. Vierzehn. Jahre! *Mon Dieu!* Er wird in diesem fremden Land eine Frau finden, wahrscheinlich eine Schwarze. Nein, Sir Lance ist der richtige Mann für dich.«

»Du setzt dich wirklich für ihn ein, das muss man sagen.«

Sie nickte lächelnd.

»Macht es dir nichts aus, Enderby zu verlassen?«, fragte ich.

Sie schwieg ein paar Minuten, hielt die Bürste regungslos über meinen Haaren und starrte sie an. Dann antwortete sie beinahe heftig: »Ich bin glücklich, denn ich gehe mit dir und das ist gut. Enderby ist kein gutes Haus.«

»Kein gutes Haus! Was meinst du damit?«

»Schatten ... Flüstern ... Geräusche in der Nacht. Es gehen Gespenster um, von Leuten, die längst gestorben sind und keine Ruhe finden.«

»Aber, Jeanne, das glaubst du doch selbst nicht. Was ist aus deinem sachlichen französischen Realismus geworden?«

»Es ist ein Haus, in dem das Glück nicht lang zu Gast ist. Vielleicht für kurze Zeit, aber dann verschwindet es. Ich bin froh, dass wir es verlassen, denn ich hätte es nie ertragen, dich allein ziehen zu lassen. Deshalb bin ich glücklich, weil ich das sein darf, was ich immer sein wollte, eine Kammerzofe. Ich erinnere mich an deine Mutter, die so schön war; Claudine war ihre Kammerzofe. Claudine nahm sich immer sehr wichtig, sie hielt sich für etwas Besseres. Und ich wäre so gern an ihrer Stelle gewesen ... Haare kämmen, etwas Rouge auflegen, schwarze Schönheitspflästerchen aufkleben ... davon träumte ich immer. Germaine war eifersüchtig auf Claudine, weil sie auch Kammerzofe sein wollte. Und jetzt habe ich es erreicht und darf bei dir und deinem schönen Mann bleiben. Wir werden nach London ziehen, in diese großartige Stadt.«

»Gelegentlich werden wir auch auf dem Land leben.«

»Auch das wird schön sein.«

»Und wir werden auf Besuch nach Enderby kommen.«

»Auf Besuch, das ist nicht dasselbe, als wenn wir ständig hier leben.«

»Du sprichst, als entgingen wir einem Fluch.«

»Vielleicht«, meinte Jeanne mit einem Achselzucken.

Dann fielen ihr meine Hände auf. »Du wirst diesen Ring doch nicht bei deiner Hochzeit tragen?«

Ich spielte mit dem Ring, der jetzt auf meinen Mittelfinger passte. Seit Lord Hessenfield ihn mir geschenkt hatte, war ich gewachsen.

»Es ist mein Bezoar-Ring, ein ganz besonderer Ring.«

»Er passt aber nicht zu deinem Kleid.«

»Das macht nichts, ich werde ihn trotzdem tragen. Sieh ihn nicht so an, Jeanne, er ist sehr kostbar. Königin Elisabeth schenkte ihn einem meiner Vorfahren und er verfügt über eine besondere Eigenschaft. Er ist ein Mittel gegen Gift.«

»Was willst du damit sagen?«

»Wenn mir jemand ein Getränk mit Arsen – oder einem anderen Gift – gibt, würde dieser Ring das Gift aufsaugen. Er wirkt wie ein Schwamm.«

Jeanne gab einen ärgerlichen Laut von sich. »Eine sehr unwahrscheinliche Geschichte«, meinte sie, ergriff aber meine Hände und musterte den Ring. »Königin Elisabeth, sagst du? Hat er ihr gehört?«

»Ja, und dadurch ist er so wertvoll. Auf der Innenseite sind ihre Initialen eingraviert.«

»Schön, in diesem Fall darfst du ihn tragen.«

»Danke, Jeanne.«

Ich war jetzt beinahe fertig. Bald würde ich in die Kirche gehen und Lance heiraten. Ich war aufgeregt und hatte Angst. Am liebsten hätte ich vergessen, wie ich damals Elvira vor dem Spiegel in Lances Schlafzimmer gefunden hatte; sie hatte so sorglos, so natürlich gewirkt. Ich musste noch so viel lernen. Ich konnte nicht anders, ich entschlüpfte Jeannes Aufsicht und warf einen Blick in das Brautzimmer, in dem ich heute nacht mit Lance schlafen würde. Es war der Raum, der einst mit rotem Samt ausgeschlagen gewesen war, und den Damaris geändert hatte, als sie in Enderby einzog. Jetzt waren die Tapeten aus weißgoldenem Damast und das Zimmer war für die Hochzeit mit blauen und grünen Bändern geschmückt worden. Zwei Dienstmädchen banden Rosmarinzweige an die Bettpfosten.

Sie kicherten bei der Arbeit, verstummten aber, als sie mich erblickten.

»Es sieht sehr hübsch aus«, sagte ich und bemühte mich,

beiläufig zu klingen. Aus irgendeinem unerfindlichen Grund hatte ich dieses Zimmer nie gemocht. Vielleicht deshalb, weil ich als Kind Damaris sehr nahe gestanden war und instinktiv gefühlt hatte, dass auch sie es nicht mochte. Sie betrat es sehr selten, aber es war das größte und schönste Schlafzimmer im ganzen Haus und es war nur natürlich, dass es bei dieser Gelegenheit verwendet wurde.

»Es ist ein großer Tag, Miss Clarissa«, sagte eines der Mädchen.

Ich stimmte ihr zu.

Als ich in mein Zimmer zurückkehrte, suchte Jeanne in allen Winkeln einen meiner Schuhe.

»Ich weiß nicht mehr, wo ich noch nachsehen soll«, meinte sie. »Ich bin sicher, dass beide hier waren. Wo mag er nur sein; du kannst doch nicht mit nur einem Schuh zu deiner Hochzeit kommen.«

Ich beteiligte mich an der erfolglosen Suche, als Damaris eintrat.

»Du siehst wunderschön aus, mein Liebling«, sagte sie. »Ach, Clarissa, ich freue mich so für dich.«

Die liebe Damaris. Ich wusste, dass sie an den Tag dachte, als sie mich im Keller gefunden hatte. Sie küsste zuerst mich und dann Jeanne.

»O Madame«, protestierte Jeanne, »bitte heute keine Tränen. Sie verderben die Augen.«

Wir lachten und Jeanne hatte glücklich eine rührselige Szene verhindert.

»Aber wo ist dieser Schuh?«, fuhr sie fort. »Wo kann er nur hingekommen sein?«

»Wir müssen ihn doch finden«, meinte ich. »Heute Morgen kam Sabrina in mein Zimmer und bewunderte mein Kleid. Zu diesem Zeitpunkt waren beide Schuhe noch da.«

»Ach«, rief Jeanne, »jetzt fällt mir etwas ein. Einen Augenblick, bitte.«

Sie lief hinaus und kam bald zurück; mit einer Hand hielt sie Sabrina fest, in der anderen hatte sie den Schuh.

»Dieses schlimme Kind hatte ihn«, verkündete Jeanne.

»Aber Sabrina!«, schimpfte Damaris.

»Ich wollte nur, dass Clarissa nicht heiraten kann«, erklärte Sabrina.

»Du hast uns sehr geärgert und solltest eine Tracht Prügel bekommen«, stellte Jeanne fest.

Sabrina verzog weinerlich das Gesicht. »Ich habe es nur getan, damit Clarissa nicht fortgehen und mich allein lassen kann.«

Damaris kniete nieder und legte die Arme um das Kind. »Liebling, Clarissa wird sehr glücklich sein, das möchtest du doch, nicht wahr?«

Sabrina nickte. »Aber ich will auch glücklich sein.«

Damaris war gerührt, aber ich war nicht so sicher, ob nicht die boshafte Ader in Sabrina ebenso an dem Diebstahl des Schuhs schuld war wie der Wunsch, meine Hochzeit zu verhindern. Die Hauptsache jedenfalls war, dass der Schuh wieder da, meine Toilette jetzt komplett und ich somit bereit war zu heiraten.

Lance wartete mit der Familie aus Eversleigh Court in der Kirche. Urgroßvater Carleton versuchte, seinen Stolz zu verbergen, was ihm aber nicht ganz gelang. Leigh war mit Benjie und Anita gekommen. Ich nahm an, dass alle an Harriet und George dachten, was nur natürlich war. Arabella und Priscilla schwankten zwischen Entzücken und Rührung, wie alle Frauen bei einer Hochzeit.

Wir wurden getraut und als wir die Kirche verließen, versuchte ich, meine Bedenken zu unterdrücken und mich selbst davon zu überzeugen, dass ich richtig gehandelt hatte. Es wäre unsinnig gewesen, weiterhin von einem Jungen zu träumen, der in die Kolonie Virginia deportiert worden war und den ich erst wieder sehen konnte, wenn wir beide wesentlich älter waren. Im Lauf der Jahre konnte so viel geschehen, und selbst wenn wir einander einmal in ferner Zukunft wiedersahen, war es kaum wahrscheinlich, dass wir noch dieselben Menschen waren, die einander unter so romantischen Umständen kennen gelernt hatten und so tragisch getrennt worden waren.

Die Feier fand in Enderby statt. Die Hochzeitsgäste hatten nach altem Brauch einen Rosmarinzweig angesteckt und als alle am Tisch saßen, ging die große Punschschüssel im Kreis herum, sodass jeder auf das Wohl von Braut und Bräutigam trinken konnte. Jeder der Gäste tauchte seinen Rosmarinzweig in den Punsch und wünschte uns dadurch eheliches Glück.

Lance drückte mir fest die Hand und ich wurde ruhiger; ich hatte das Richtige getan. Innerlich dachte ich sehnsüchtig: »Lebe wohl, Dickon, lebe wohl für immer.«

Es wurden Toasts ausgebracht, Reden gehalten und sehr viel geredet und gelacht. Dann begaben wir uns in die Halle, die als Ballsaal eingerichtet war, und auf der Galerie spielten uns Musikanten zum Tanz auf.

In dieser Nacht gingen keine Gespenster um.

Um Mitternacht zogen Lance und ich uns in das Schlafzimmer mit dem Brokatbettzeug und den Rosmarinzweigen zurück und die Augenblicke, vor denen ich mich fürchtete, waren da. Ich hatte schreckliche Angst; ich war unaufgeklärt und unberührt. Zwar hatte ich eine ungefähre Vorstellung von der Beziehung zwischen Mann und Frau, denn ich hatte Diener in peinlichen Situationen überrascht, hatte kichern gehört, gesehen, wie sie sich in dunklen Ecken knutschten, hatte einmal im Wald ein Paar ertappt, das unter einem Baum ineinander verschmolzen war und sich stöhnend bewegte. Ich wusste, dass eines der Küchenmädchen, wie die Köchin sich ausdrückte, »für jeden zu haben war«, und schließlich ein Kind bekommen hatte. Natürlich hatte ich von einer idyllischen Beziehung mit Dickon geträumt und als wir in der Behelfsgalerie nebeneinander lagen, hatten wir beide bedauert, dass wir nicht allein waren. Wahrscheinlich wussten wir, dass unsere Gefühle uns andernfalls unwiderstehlich zur körperlichen Vereinigung gedrängt hätten. Wäre das eingetreten, hätte uns diese Tatsache unlösbar miteinander verbunden und ich würde jetzt nicht mit Lance im Brautzimmer stehen.

Aber es war anders gekommen und deshalb saß ich vor dem Spiegel und bürstete mein Haar immer wieder, weil ich Angst hatte aufzuhören.

Lance hatte den Rock ausgezogen und stand mit nacktem Oberkörper hinter mir. Wider Willen sah ich im Geist die andere Szene vor mir; Lance im gleichen Aufzug, aber eine andere Frau vor dem Spiegel. Sie war entspannt gewesen und hatte gelächelt – traumverloren wie eine zufriedene Katze. Ich war so ganz anders – unwissend und unzulänglich vorbereitet.

Lance lächelte mir im Spiegel zu. Er streifte mir das Kleid über die Schultern, sodass mein Oberkörper nackt war. Dann küsste er meine Lippen, meinen Hals und meine Brüste.

Ich drehte mich um und klammerte mich an ihn.

»Hab keine Angst, Clarissa«, sagte er. »Es passt nicht zu dir, Angst zu haben. Außerdem gibt es nichts, wovor du dich fürchten müsstest.«

Er zog mich in die Höhe und mein Kleid glitt zu Boden. Ohne Kleidung fühlte ich mich schutzlos, aber Lance lachte leise, hob mich hoch und trug mich ins Bett.

Meine Hochzeitsnacht hatte also begonnen. Ich war verwirrt, denn ich fühlte, dass ich in ein neues Leben getreten war, in dem Lance mein Führer und Lehrer war. Er war sanft und mitfühlend, verstand meine Unwissenheit und wusste offenbar, dass ich an die Szene mit Elvira in seinem Schlafzimmer dachte. Er war entschlossen, unsere Beziehung auch für mich zu einem Vergnügen zu machen, nahm aber gleichzeitig auf meine Unberührtheit Rücksicht und wusste, dass ich erst allmählich zur Leidenschaft geführt werden musste.

Als er schließlich einschlief, blieb ich wach und dachte an all die jungen Bräute, die ihre Hochzeitsnacht in diesem Zimmer verbracht hatten und jetzt tot waren; mir war, als weilten ihre Geister immer noch in dem Raum. Ich glaubte, im Rascheln der Vorhänge und dem Rauschen des Windes in den Bäumen ihre Stimmen zu hören. Dann dachte ich: Ach Dickon, warum bist nicht du es gewesen; wir hätten damit unsere Liebe für immer besiegelt.

Die Vorhänge waren zurückgezogen, der Vollmond schien durch die Fenster ins Zimmer und die Äste der Bäume warfen unruhige Schatten auf die Wände. Lance lag auf dem Rücken, sodass ich sein Gesicht im Mondlicht deutlich erkennen konnte – die schön gemeißelten Gesichtszüge mit den fein modellierten Knochen, die kühne Nase, die hohe Stirn und das dichte, wellige Haar. Während ich ihn so betrachtete, fiel ein Schatten auf sein Gesicht und es schien sich zu verändern ... er sah jetzt aus wie ein alter Mann. In dreißig Jahren wird er vielleicht so ausschauen, dachte ich; er wirkte dadurch so verwundbar – und plötzlich wusste ich, wie teuer er mir war.

Der Schatten verschwand; Lance war wieder jung und schön.

Ich muss ihn lieben, befahl ich mir, ich muss aufhören, an Dickon zu denken. Selbst wenn er zurückkommt, werden wir einander nichts mehr zu sagen haben. Lance ist mein Mann, das darf ich nicht vergessen.

So lag ich in dem großen Himmelbett schlaflos neben meinem Mann.

Ich war jetzt Lady Clavering und die folgenden Tage waren voll neuer Erfahrungen. Lance war immer der zärtliche, überlegene Liebhaber und sein tadelloses Benehmen ließ ihn im Schlafzimmer genauso wenig im Stich wie anderswo. Er vertrieb meine Ängste und lehrte mich die Kunst der Liebe ebenso wie er mich seinerzeit, als wir von York hierher ritten, die Kunst des Lebens gelehrt hatte. Ich war davon überzeugt, dass unser gemeinsames Leben immer angenehm verlaufen würde. Wir waren einander sehr nahe gekommen und ich sagte mir immer wieder, dass ich ihn liebte. Jedenfalls war ich stolz auf ihn; er war charmant, gelassen und von untadeligem Betragen.

Jeannes Begeisterung wuchs täglich. Obwohl sie unverheiratet war, wusste sie über die Beziehung zwischen den Geschlechtern gut Bescheid; ihrer Meinung nach bildeten wir ein ideales Paar.

Alle Menschen in unserer Umgebung waren zufrieden.

Das galt besonders für meine Großmutter Priscilla. Sie fand, ich solle die Tagebücher der Familie lesen und selbst von nun an eines führen.

»Du wirst daraus erfahren, wie deine Mutter war«, meinte sie. »Sie war von Anfang an ein unbeherrschtes Mädchen, außerdem war sie viel zu schön. Du bist ganz anders als sie; du hattest eine schwere Jugend und das hat dich geprägt. Aber seit Damaris dich nach Hause geholt hat, bist du glücklich.«

»Damaris hat so viel für mich getan, wofür ich ihr immer dankbar sein werde.«

»Auch du hast sehr viel für sie getan, meine Liebe.«

An dem Tag, als Lance und ich nach London übersiedeln wollten, erhielt ich einen Brief von Aimée. In den vergangenen drei Jahren hatte sie immer nur zu Weihnachten geschrieben.

Ich wusste, dass man nach der Flucht des Prätendenten, als die Jakobiten gefangen gesetzt und vor Gericht gestellt wurden, Hessenfield Castle genau unter die Lupe genommen hatte. Lord Hessenfield war verhört worden; eine Zeit lang war sein Schicksal ungewiss gewesen, aber dann hatte man ihn – zweifellos wegen seiner Behinderung – in Frieden gelassen.

»Meine liebe Schwester« (schrieb Aimée), im Castle hat sich alles geändert, denn unser lieber Onkel ist gestorben. Du kannst dir vorstellen, was für eine Umstellung sich daraus ergeben hat, und jetzt haben wir einen neuen Lord. Seither bin ich hier nicht mehr gern gesehen. Es ist der Sohn eines jüngeren Bruders von Lord Hessenfield. Du weißt sicherlich, dass alle Brüder von Lord Hessenfield hingerichtet wurden, deshalb sind Titel und Besitz an diesen Neffen gefallen.

Leider ist die Lage so, dass ich nicht hier bleiben kann. Mein ganzes Leben ist aus der Bahn geraten, denn ich kann auch nicht nach Frankreich zurückkehren. Meine Mutter würde mich sicherlich nicht bei sich aufnehmen wollen; sie hat sich in ihrer neuen Familie, zu der auch Stiefkinder gehören, eingelebt. Außerdem könnte ich mich dort bestimmt nicht wohl fühlen. Ich danke Gott – und unserem Vater – dafür, dass ich über genügend Geldmittel verfüge. Aber ich fühle mich ohne Familie und Freunde verlassen und allein. Ich denke oft an meine kleine Schwester ... die einzige Verwandte, die ich in England habe. Darf ich zu dir kommen, liebe Clarissa, und bei dir bleiben, wenigstens so lange, bis ich weiß, was ich tun soll?«

Jeanne kam herein, während ich den Brief las.

»Was ist geschehen, *chérie?*«, fragte sie. »Du siehst ein wenig *distraite* aus.«

»Ich habe einen Brief von meiner Schwester bekommen.«

Jeanne runzelte die Stirn. »Und?«, murmelte sie

»Sie möchte zu mir kommen und eine Zeit lang bleiben.«

»Aber du bist frisch verheiratet und willst mit deinem Mann allein sein.«

»Sie ist meine Halbschwester, Jeanne.«

»Warum will sie gerade jetzt kommen?«

»Oben im Norden hat sich viel verändert. Mein Onkel ist

gestorben und ein Neffe hat Titel und Schloss geerbt. Offensichtlich hat er Aimée zu verstehen gegeben, dass sie auf dem Schloss nicht erwünscht ist. In unserem Londoner Haus und auf dem Land haben wir sehr viel Platz. Es ist ganz selbstverständlich, dass sie kommt – und ich nehme an, dass sie bald heiraten wird, wenn sie in London lebt. Dort oben hat sie kaum Gelegenheit gehabt, jemanden kennen zu lernen ; die Männer dachten nur an eines ... wie sie Jakob wieder auf den Thron setzen könnten.«

Jeanne schnalzte mit der Zunge. »Wie kann man nur seine Zeit mit dummen Verschwörungen verschwenden, wenn man heiraten und süße kleine Kinder bekommen kann.«

Ich lachte. »Ich werde mit Lance darüber sprechen, um zu sehen, wie er dazu steht.«

Ich wusste im Voraus, was er sagen würde. »Natürlich muss deine Schwester kommen.«

Also schrieb ich ihr und teilte ihr mit, dass sie uns jederzeit willkommen wäre.

Etwa eine Woche nach unserer Hochzeit reisten Lance und ich nach London. Die Stadt bezauberte mich. Vor allem begeisterte mich Lances Stadthaus mit den großen Fenstern, durch die das Licht ungehindert hereinfiel, und den geräumigen, sparsam möblierten Zimmern. Nach Enderby wirkte es luftig und gastfreundlich – ein glückliches Haus.

Mein Entzücken über alles, was ich sah, war eine Quelle der Freude für Lance, und er widmete sich ausschließlich mir. Er wollte mir London zeigen, diese Stadt der Gegensätze, die ich mir nicht einmal in meinen kühnsten Träumen so vorgestellt hatte, denn ich hatte mich immer nur kurze Zeit hier aufgehalten. Das Nebeneinander von Reichtum und Glanz einerseits und Armut und Verwahrlosung anderseits setzte mich immer wieder in Erstaunen. Jedem Bettler, den ich sah, wollte ich ein Almosen geben und wenn mir ein Blumenmädchen über den Weg lief, kaufte ich ihr den ganzen Korb ab. Blumenverkäuferinnen riefen immer bittersüße Erinnerungen in mir wach.

Wir gingen oft ins Theater. Es gab eines in der Drury Lane, dann eines in der Portugal Street, das das Neue Theater hieß, und schließlich das Theater- und Operngebäude auf dem Haymarket. Lance liebte Opern und war fest entschlossen, mir den Zauber dieser Kunstgattung nahe zu bringen. Für mich waren diese Tage ungeheuer aufregend, weil sie mir ständig neue Erfahrungen bescherten.

Im Theater nahmen wir in den für die Adligen reservierten Reihen Platz und ich fand die Zuseher oft unterhaltsamer als das Stück. Nach dem ersten Akt ging einer der Theaterbediensteten herum und kassierte das Geld für die Plätze, was für einen Teil der Zuschauer das Signal war, sich zu entfernen. Sie gaben zwar vor, dass ihnen das Stück nicht gefiel, in Wirklichkeit wollten sie aber einfach kein Eintrittsgeld bezahlen. Lance erzählte mir, dass es viele Leute gab, die immer nur zum ersten Akt kamen und dann in die Kaffeehäuser gingen, wo sie über die Theaterstücke sprachen, sich als Kenner aufspielten und als Förderer des Theaters bezeichneten.

Im obersten Rang saßen die Lakaien, die ihre Herren und Herrinnen in das Theater begleiteten, und Freiplätze hatten. Merkwürdigerweise waren sie es, die oft am lautesten schrien, um ihre Zustimmung oder – häufiger – ihr Missfallen auszudrücken.

»Obwohl sie ihre Plätze nicht bezahlt haben«, meinte Lance, »halten sie sich für berechtigt, das Stück herunterzumachen. Was wieder einmal beweist, dass die Menschen alles, was man ihnen schenkt, als ihr verbrieftes Recht betrachten. Ich wundere mich nur, dass sie nicht den Preis für den Platz zurückverlangen, den sie gar nicht bezahlt haben.«

Lance interessierte sich für Menschen, aber seine Einstellung ihnen gegenüber war unbeschwert und oft zynisch. Er war immer bestrebt, hinter die Fassade zu sehen, und sein Urteil traf meist ins Schwarze. Wenn ich Mitleid für einen armen Bettler auf der Straße zeigte, erklärte er mir, dass der leidvolle Gesichtsausdruck nur Theater war.

»Ich kannte einmal einen Mann«, erzählte er mir, »der eine bekannte Erscheinung im Londoner Nachtleben war. Er ging, ohne nachzudenken, Wetten über tausend Pfund ein und lebte in einer Luxuswohnung im elegantesten Viertel der Stadt. Dann sah ich ihn einmal in einer Verkleidung, in der ich ihn kaum erkannte. Er stellte sich eleganten Damen in den Weg, die aus ihren Häusern traten, und erzählte ihnen eine so Mitleid erregende Geschichte, dass beinahe jede in die Börse griff und dem glaubwürdig wirkenden Gauner etwas gab. Daraufhin beschloss ich, mir einen Spaß mit ihm zu machen. Ich tat, als würde ich ihn nicht erkennen und gab ihm fünf Pfund unter der Bedingung, dass er sie mir dreifach zurückerstatten müsse, sollte er einmal dazu in der Lage sein. »Möge Gott Sie segnen, Sir«, sagte er. Er hatte sich die richtige Ausdrucksweise angeeignet und obwohl er sonst sehr gepflegt sprach, fiel es ihm offenbar nicht schwer, den Gossenjargon nachzuahmen. »Das werde ich gern tun, edler Herr, ich vergesse nie jemanden, der einem armen Bettler in der Not geholfen hat.« Lance lachte, als er daran dachte. »Vierzehn Tage später traf ich ihn im Thatched Kaffeehaus in der St. James's Street. Ich rief ihm zu: ›Hallo, Sie alter Schurke, Sie schulden mir fünfzehn Pfund.‹ Zuerst erschrak er, als ich ihm aber erklärte, dass ich ihn in seiner Verkleidung als zerlumpter Bettler erkannt hatte, wollte er sich schief lachen. Er bezahlte mir die fünfzehn Pfund und ließ mich schwören, niemandem von seiner Eskapade zu erzählen.«

»Ich bin sicher, dass es sich um einen Einzelfall gehandelt hat.«

»Vielleicht. Aber woher willst du wissen, wie viele Lebemänner sich hinter diesen Lumpen verbergen? Wie viele vornehme Damen den Vorübergehenden ihre rührende Lebensgeschichte erzählen? Wenn ich einen Bettler sehe, muss ich immer an ihn denken; er war mir eine gute Lehre.«

»Ich entnehme daraus, dass er nicht sehr viel Glück im Spiel gehabt hat, wenn er zu solchen Methoden greifen musste. Ach ja, ich entnehme daraus, dass die Spielleidenschaft eine sehr unvernünftige Art ist, sein Geld loszuwerden.«

»Touché. Wenn ich gewusst hätte, dass die Geschichte dich auf dieses Thema bringt, hätte ich sie dir nicht erzählt. Aber er hatte eigentlich immer Glück am Spieltisch. Wahrscheinlich bettelte er nur aus Übermut.«

Ich muss zugeben, dass ich mir nach diesem Gespräch die Bettler genauer ansah und sie weniger großzügig bedachte.

Ich hatte eine Schneiderin, die ins Haus kam und mir eine vollkommen neue Garderobe anfertigte. Die Kleider, die ich in Enderby getragen hatte, passten kaum für das gesellschaftliche Leben von London. Wie ich bald feststellte, kam die neueste Mode immer aus Frankreich – eine Tatsache, über die Jeanne entzückt war. Ein Modell, das in Versailles getragen wurde, besaß sozusagen ein Adelsprädikat. Meine Schneiderin brachte große Puppen mit, die ihr ihre Partnerin aus Paris sandte, und diese Puppen waren bis ins letzte Detail nach der neuesten Mode gekleidet. Das Oberteil lag eng an, die Ärmel reichten bis zu den Ellbogen und hatten kunstvolle Rüschen.

Brusttücher und große Kragen waren sehr beliebt, man trug Reifröcke, die durch ihre Weite die schlanke Taille betonten. Es gab eine neue, *sacque* genannte Art von Kleidern, und obwohl das Oberteil sehr knapp saß, war der Rock hinten weit geschnitten, was ich für sehr kleidsam hielt. Die Kleider waren aus Seide und Satin, Brokat und Samt. »Das Material ist von größter Wichtigkeit«, erklärte die Schneiderin Alison so ernst, als spräche sie über den Vertrag von Utrecht.

Das alles war sehr aufregend und amüsant, genau wie die Schönheitsmittel. Ich musste wie jede elegante Dame gepuderte Haare und Schönheitspflästerchen tragen. Genauso schnell, wie Jeanne gelernt hatte, mich zu frisieren, lernte sie jetzt die Kunst des Schminkens.

»Ich werde doch keinen von diesen eingebildeten Friseuren an dein Haar lassen, Mylady«, stellte sie entschieden fest.

Ich war nur zu gern bereit, mich den geschickten Händen von Jeanne und Alison anzuvertrauen.

Lance erklärte ich: »Es wird nicht lange dauern, dann bin ich genauso elegant wie du.«

Etwa einen Monat, nachdem ich Aimées ersten Brief erhalten hatte, folgte ihm ein weiterer.

»Meine liebe Schwester,

mir ist etwas Wunderbares widerfahren – ich werde heiraten. Gerade als ich glaubte, ganz einsam und verlassen zu sein – ein paar Tage nach meinem letzten Brief an dich –, lernte ich Ralph kennen. Er lebt in der Nähe von Hessenfield Castle in einem schönen alten Haus. Ist es nicht merkwürdig, dass wir einander nicht schon früher trafen? Er ging nicht viel in Gesellschaft – ehe er mich kannte. Wir schätzten einander, sahen einander immer wieder und dann sagte er zu meiner Überraschung: ›Heirate mich!‹ Natürlich war ich zuerst verblüfft, aber dann sagte ich ja. Er ist ein bisschen älter als ich … um dreißig Jahre, um die Wahrheit zu sagen. Aber das stört mich überhaupt nicht, ich bin so glücklich. Liebe, kleine Schwester, du musst uns unbedingt besuchen. Du wirst es doch tun, nicht wahr? Ich bin jetzt die Herrin in einem schönen Haus und bin glücklich, weil mich jemand haben wollte.

In Hessenfield war es anders und sogar der liebe Onkel Paul war mir gegenüber immer etwas zurückhaltend. Er war ein sehr konventioneller Mann und wahrscheinlich störte ihn der Umstand, dass wir unehelich geboren sind. Aber wie konnte es bei dem Temperament unseres Vaters anders sein!

Ich danke dir für deine herzliche Einladung, die mich sehr glücklich gemacht hat. Wir werden einander eines Tages wiedersehen ...«

Ich schrieb ihr, dass ich mich aufrichtig über das Glück freute, das sie bei Ralph gefunden hatte. Ich sah sie vor mir – die Herrin eines großen Hauses, mit einem ältlichen Ehemann, der sie anbetete.

Die Sommertage vergingen wie im Flug und ich war so jung und unerfahren, dass ich glaubte, es würde immer so bleiben.

Ich hätte mir keinen besseren Lebensgefährten als Lance wünschen können. Er fühlte sich in London vollkommen zu Hause – viel mehr als auf dem Land, wie mir klar wurde. Er liebte die Kaffeehausatmosphäre und wir suchten oft Cafés auf; dann legten wir einfachere Kleidung an, um nicht aufzufallen. Das Calf's Head, das Apollo, das October, das Mughouse ... ich kannte sie alle. Wir hörten den klugen, geistreichen Gesprächen zu, an denen sich Lance oft beteiligte.

»Das Kaffeehaus ist die beste Einführung, die es in London je gegeben hat«, sagte er oft.

Nach dem Theater pflegten wir in einem der Restaurants – die in der ganzen Stadt wie die Pilze aus dem Boden schossen – zu soupieren. Zu den exklusivsten gehörten Pontac oder Locket, aber manchmal gingen wir auch in weniger elegante – aus Lust am Abenteuer, wie Lance meinte. Wir aßen dann zum Beispiel im Salutation in der Newgate Street oder im Mitre in der Fleet Street.

Die Tage und Nächte brachten immer neue Erfahrungen

und ich stellte fest, dass die Ehe eine der wunderbarsten davon war. Ich konnte jetzt Lances Leidenschaft erwidern, was ihn entzückte. Ich war kein schüchternes, widerstrebendes Mädchen mehr und obwohl man mich nicht als welterfahren bezeichnen konnte, wurde ich allmählich eine erwachsene, temperamentvolle Frau.

Obwohl die Straßen bei Nacht gefährlich waren und Taschendiebe – und schlimmeres Gelichter – im Dunkeln lauerten, fühlte ich mich bei Lance immer geborgen. Außerdem erwartete uns stets die Kutsche mit dem kräftigen Kutscher und dem Lakai.

»Gott sei Dank haben sie uns von den Mohocks befreit«, stellte Lance fest. »Das war ein wirklich skandalöser Klub, dessen Mitglieder nur auf Übeltaten aus waren. Niemand war vor ihnen sicher. Sie durchbohrten Sänften mit ihren Degen und einmal rollten sie Frauen in Fässern den Snow Hill hinunter. Der Klub wurde schon vor einigen Jahren aufgelöst, aber die Leute sprechen immer noch von ihm. Obwohl die Straßen auch jetzt noch nicht vollkommen sicher sind, ist es viel besser geworden, seit diesen Männern das Handwerk gelegt wurde.«

Wir wurden oft eingeladen, weil Lance viele Freunde in der Londoner Gesellschaft besaß. Wir besuchten gemeinsam elegant möblierte Häuser und gaben selbst Partys, die mir keine Schwierigkeiten bereiteten, weil wir über gut geschultes Personal verfügten; meine Aufgabe bestand ausschließlich darin, dass Lance mit mir Ehre einlegte.

Ich wurde von der Londoner Gesellschaft gut aufgenommen, weil ich zu der Eversleigh-Familie gehörte und weil Lance überall gern gesehen war. Wir ließen uns nicht bei Hof einführen, obwohl Lance annahm, dass es uns nicht erspart bleiben würde.

»Der Hof ist zur Zeit unglaublich langweilig«, erklärte er mir. »Die deutschen Sitten finden hier überhaupt keinen Anklang. Der König ist langsam und schwerfällig, es gibt keine Königin, nur die gierigen Mätressen, die meiner Meinung nach Reichtum erwerben, indem sie Ämter verkaufen. Man kritisiert Georg, weil er die arme Sophie Dorothea verstoßen hat – angeblich soll sie jetzt wie eine Gefangene leben –, nur weil er sie verdächtigte, ein Verhältnis mit Graf Königsmarck zu haben. Falls es zutrifft, trat sie damit nur in die Fußstapfen ihres Gemahls.«

Das Londoner Leben nahm mich ganz in Anspruch und ich war deshalb ein wenig enttäuscht, als Lance mir mitteilte, dass wir uns für einige Zeit auf seinen Besitz auf dem Land begeben müssten.

Clavering Hall war seit zweihundert Jahren der Wohnsitz der Familie und ich hielt mich wieder einmal in einem Haus auf, das mich lebhaft an Eversleigh oder Enderby erinnerte. Nach den geräumigen, behaglichen Zimmern in dem modernen Haus in der Albemarle Street wirkte der Landsitz auf mich etwas bedrückend. Wie in allen diesen Häusern fühlte man in ihm den Hauch der Vergangenheit, als wären die Geister seiner früheren Bewohner noch gegenwärtig und mit ihnen ihre Freuden und Leiden – vor allem ihre Leiden.

Aber kein Haus, in dem Lance wohnte, konnte wirklich düster sein. Die Vorhänge, Teppiche und noch vieles andere wirkten elegant; nur die Schränke, Himmelbetten und großen Esstische stammten aus einer vergangenen Zeit. Die Halle war natürlich der Mittelpunkt des Hauses; von ihr gingen der Ost- und der Westflügel aus; zwei schön geschwungene Treppen, deren Geländer mit prächtigen Endpfosten versehen waren, führten in den ersten Stock. Die Holzarbeiten waren meisterlich ausgeführt, die Türen reich geschnitzt und die wirklich schönen Kamineinfassungen waren mit biblischen Szenen verziert. An den Wänden hingen große, in leuchtenden Farben gehaltene Wandteppiche. Es war ein elegantes, schönes Haus, auf das Lance mit Recht stolz war.

Der Besitz war groß und seine Leitung erforderte viel Arbeit, aber Lance beschäftigte mehrere Leute, die unter der Aufsicht eines tüchtigen Verwalters nach dem Rechten sahen. Diese Regelung sagte Lance zu, denn er wollte sich nie allzu lange mit einer Sache beschäftigen, wie ich schon oft festgestellt hatte. Während der ersten Tage befasste er sich begeistert mit dem Besitz, aber einige Wochen später hatte die Begeisterung schon merklich nachgelassen.

Wir hatten oft das Haus voller Gäste aus der Nachbarschaft; sie kamen zum Abendessen und, wie ich zu meinem Kummer entdeckte, um nachher noch Karten zu spielen. Eines Abends hatte ich mich nach dem Essen nämlich mit den Damen in den Salon zurückgezogen. Als wir nach einer Weile zu den Herren zurückkehrten, waren sie gerade im Begriff, sich an die Spieltische zu setzen.

Ich sah die Erregung in Lances Augen und mir wurde bewusst, dass er ein anderer Mensch war, wenn ihn die Spielleidenschaft packte. Vorher hatte er mir bei gesellschaftlichen Anlässen immer zärtlich zur Seite gestanden. Er hatte sich immer um mich gekümmert, als ich seine Freunde kennen lernte, was mir sehr recht war. Er beschrieb mir die Leute, mit denen wir zusammenkamen, genau und mit amüsanten Details, erzählte mir von ihren Vorlieben und Abneigungen, warnte mich vor ihren Schwächen und machte es mir dadurch leicht, mich überall beliebt zu machen. Seine liebevolle Fürsorge war mir immer bewusst gewesen und ich war ihm dafür dankbar. Aber jetzt hatte er mich vergessen. Zum ersten Mal lag das Leuchten in seinen Augen, das ich später noch so oft sehen sollte.

Das Spiel begann. Wer nicht daran teilnehmen wollte, musste sehen, wo er blieb; zu meiner Überraschung beteiligten sich auch etliche Frauen daran und ich bemerkte, dass sie mit der gleichen fieberhaften Verbissenheit spielten wie die Männer.

Als die Gäste, die nicht Karten spielen wollten, gegangen waren, zog ich mich in das Schlafzimmer zurück. Lance blieb am Spieltisch sitzen und ich wartete auf ihn. Es war nach drei Uhr, als er endlich heraufkam. Er trat ans Bett und schaute auf mich hinunter.

»Noch wach?«, fragte er. »Du solltest längst schlafen.«

»Du auch.«

Er beugte sich zu mir und küsste mich. »Ein erfolgreicher Abend, ich habe zweihundert Pfund gewonnen.«

»Du hättest sie genauso gut verlieren können.«

»Was für ein düsterer Gedanke. Ich gewinne zweihundert und du sprichst von Verlusten. Macht nichts, sobald wir wieder in London sind, kaufe ich dir ein neues Kleid.«

»Ich habe genügend Kleider.«

»Ach, komm, komm, eine Frau kann immer noch ein Kleid brauchen. Du klingst ein bisschen verärgert, Liebste, vielleicht weil ich dich so lange allein gelassen habe?«

»Mir wäre es lieber, wenn du nicht so leidenschaftlich Karten spieltest.«

»Es ist lieb von dir, dir solche Sorgen um mich zu machen.«

»Eines Tages …«, begann ich.

»Man soll sich nie den Kopf über das Morgen zerbrechen«, unterbrach er mich. »Dieser Grundsatz ist sehr vernünftig und ich befolge ihn. Du solltest ihn auch beherzigen, Clarissa. Und jetzt Schluss damit, ich bin sofort bei dir.«

Ich wartete voller Unruhe auf ihn. Er schlüpfte in das Bett und nahm mich in die Arme.

»Ich will dir die Sorgenfalten wegküssen. Denk daran, ich bin der Mann, den du liebst, ich habe unzählige Fehler, aber du liebst mich dennoch.«

Er war in dieser Nacht so leidenschaftlich, dass ich vergaß, wie lange er mich allein gelassen hatte. Eine Stimme in meinem Herzen sagte mir, dass ich mich damit abfinden musste, aber im Augenblick zog ich vor, sie zu überhören.

VIII

Die Seifenblase

Das Weihnachtsfest kam heran und Lance und ich fuhren nach Enderby. Jeanne begleitete uns natürlich und es war wunderbar, sich wieder im Kreis der Familie aufzuhalten.

Damaris freute sich sehr über das Wiedersehen und ich war gerührt, weil sie mich so ernsthaft musterte, um sich davon zu überzeugen, dass ich in meiner Ehe glücklich war. Jeremy begrüßte uns zurückhaltender, aber es war nicht zu übersehen, dass er sich über unser Kommen freute. Sabrina kam auf mich zugerannt und umarmte meine Knie.

»Du bist nach Hause gekommen«, rief sie, »Clarissa ist nach Hause gekommen. Wirst du jetzt für immer hier bleiben? Ich muss dir mein neues Pony zeigen. Es heißt Zigeuner, weil Großvater Leigh es von Zigeunern gekauft hat. Es kann meilenweit galoppieren und wird nie müde wie andere Ponys. Komm, sieh es dir an.«

»Nicht jetzt, mein Liebling«, widersprach Damaris. »Das hat später Zeit.«

»Nein, jetzt … *bitte.*«

»Ich möchte mich zuerst waschen und umziehen, Sabrina«, sagte ich.

Sabrina hatte sich nicht verändert; alles, was sie betraf, war so wichtig, dass nichts anderes daneben Platz hatte.

Sie lief mit uns in unser Zimmer. Es war das Gleiche, in dem wir in unserer Hochzeitsnacht geschlafen hatten; jetzt, nachdem ich Damaris' Geschichte gelesen hatte, verstand ich erst, welche Erinnerungen für sie mit diesem Raum verknüpft waren. Durch die Lektüre war ich Damaris viel näher gekommen, weil ich jetzt wusste, wie sehr sie gelitten und dass sie erst durch Jeremy und mich das wahre Glück gefunden hatte. Uns beide vereinte ein ganz besonderes Band. Das würde ich nie vergessen und obwohl ich mich nicht mehr in ihrer Obhut befand und mein eigenes Leben führte, stand ich ihr genauso nahe wie früher.

»Kann ich hier bei dir bleiben, Clarissa?«, fragte Sabrina. »Das Zimmer ist viel hübscher als meines.« Sie schmiegte die Wange an die damastenen Bettvorhänge und sah mich bittend an.

Lance sagte: »Du kannst nicht bei Clarissa schlafen, weil ich hier bin.«

»Warum denn?«

»Weil hier mein Platz ist.«

»Du kannst mein Bett haben.«

»Das ist sehr freundlich von dir, aber ich will lieber dieses Bett hier haben.«

Jetzt schmiegte sich Sabrina an ihn. »Es ist ein sehr angenehmes Bett und Nanny Curlew kommt eigens, um dich zuzudecken.«

»Auf dieses Vergnügen werde ich verzichten müssen.«

Sie runzelte die Stirn, war aber nicht wirklich böse. Sie mochte ihn und warf ihm nur eines vor: dass er mich ihr weggenommen hatte.

Er hob sie hoch und sie strampelte protestierend. Dann stellte er sie in den Korridor und schloss die Tür hinter ihr. Ich hörte, wie sie lachend den Korridor hinunterlief.

»Sie wird im Leben ihren Willen durchsetzen«, meinte Lance. »Und sie hat einen sehr ausgeprägten Willen.«

»Sie ist ein liebenswertes Geschöpf.«

»Aber sie wird von allen zu sehr verwöhnt – ausgenommen von der ehrenwerten Nanny Curlew.«

Dann drückte er mich innig an sich; genau wie ich, dachte auch er an unsere erste gemeinsame Nacht, die wir in diesem Zimmer verbracht hatten.

Es war ein schönes Weihnachtsfest. Wir besuchten alle Verwandten, aber die Feier fand traditionsgemäß in Eversleigh Court statt. Die Räume waren mit Stechpalmen und Efeu geschmückt, wir hatten ein Weihnachtsscheit, sangen Weihnachtslieder, gingen zur Christmette, küssten einander unter den Mistelzweigen, aßen Pasteten in Form von Särgen, die die Krippe von Bethlehem darstellen sollten. Sabrina liebte es, am zweiten Weihnachtsfeiertag Weihnachtspäckchen zu verteilen. An diesem Tag erschien jeder, der der Familie einen Dienst erwiesen hatte, um sein so genanntes »Päckchen« in Empfang zu nehmen – das in Wirklichkeit ein Geldgeschenk war. Urgroßvater Carleton murrte und stellte fest, dass eigentlich er es war, der den Händlern einen Dienst erwies, indem er ihnen Waren abkaufte, und dass es ihm schleierhaft war, warum er seine Diener belohnen sollte. Eigentlich sollten sie ihm ein Weihnachtspäckchen schenken.

»Unsinn«, erklärte Arabella. »Du weißt genau, dass du diesen Brauch nie abschaffen kannst.«

»Der arme Urgroßvater«, mischte sich Sabrina ein. »Niemand gibt ihm ein Weihnachtspäckchen.«

Kurz darauf tauchte sie mit einem glänzenden neuen Penny auf und drückte ihn Carleton in die Hand; der alte Mann, der eigentlich sehr sentimental war, erklärte, es wäre das schönste Weihnachtspäckchen, das er je bekommen habe. Er würde den Penny immer bei sich tragen und man solle ihn mit ihm in den Sarg legen.

Das interessierte Sabrina sehr und passte nicht ganz zu ihrer großzügigen Geste, denn es war nicht zu übersehen, dass sie es nicht mehr erwarten konnte, bis der Penny in Urgroßvaters Sarg gelegt wurde.

»Hör auf zu murren, Carleton«, befahl Arabella. »Wenn

ich nicht auf dich aufpasse, bist du ein richtiger Spielverderber.«

In Eversleigh Court änderte sich scheinbar nie etwas. Ein: Weihnachtsfest verlief wie das andere; aber natürlich änderte sich doch alles unmerklich. Sabrina war jetzt fünf Jahre alt; Urgroßvater Carleton kam schneller außer Atem, wenn er im Garten spazieren ging; Arabellas Haare waren beinahe weiß; in Priscillas Haar tauchten weiße Strähnen auf; ich war seit ein paar Monaten eine verheiratete Frau. Ja, die Zeit verging.

Als wir nach London zurückkehrten, wurde Lance von dem allgemeinen Taumel erfasst, der in der Stadt herrschte. Er kam eines Tages ganz aufgeregt nach Hause.

Es war ein kalter Januartag, am Spätnachmittag. Der Nordwind wehte und es schneite. Ich hatte mich im Salon zum Kamin gesetzt, als Lance ins Zimmer stürzte.

Er warf den schweren Mantel ab, trat zu mir, hob mich hoch und lachte zu mir hinauf.

»Wir werden reich sein ... reicher, als du dir je erträumt hast. Bei Gott, das ist die größte Chance, die ich je hatte.«

Mich überlief ein kalter Schauder, denn ich stand Lances Spielleidenschaft sehr kritisch gegenüber. Das wusste er und meist verschwieg er mir deshalb auch seine Betätigung auf diesem Gebiet. Gelegentlich erzählte er mir von einem fantastischen Gewinn, aber ich fragte mich jedes Mal, wie viel er vorher verloren hatte.

»Lass mich los, Lance«, befahl ich, »und wenn es sich um ein neues Glücksspiel handelt ...«

»Es ist das größte Glücksspiel, das es je gegeben hat.«

»O nein, Lance.« Er hatte mich auf die Füße gestellt; ich schob ihn von mir und sah ihm ins Gesicht.

»O ja, Clarissa.« Seine Augen leuchteten. »Hör mich zuerst an, bevor du mich verurteilst. Es handelt sich weder um Pferderennen noch um Roulette ... man könnte es als Regierungsspekulation bezeichnen.«

»Ich bin immer misstrauisch, wenn jemand versucht, durch Glücksspiele zu Geld zu kommen.«

»Das ist etwas anderes, warte doch, bis du alles gehört hast. Ich habe mich gründlich informiert und weiß genau, wie es vor sich geht. Wenn ich es dir erst einmal erklärt habe, wirst du einsehen, dass es vollkommen sicher ist. Die Südsee-Gesellschaft, eine große Handelsgesellschaft, hat dem Unterhaus vorgeschlagen, die unkündbaren Rentenpapiere aufzukaufen, die unter den Regierungen von Wilhelm, Maria und Anna ausgegeben wurden, und die gesamten öffentlichen Gelder zu einem einzigen Anleihekapital zu verschmelzen, sodass diese Gesellschaft der einzige öffentliche Gläubiger wird. Kannst du mir folgen?«

»Nein.«

»Das macht nichts, du wirst gleich begreifen. Die Bank von England hat sich in die Verhandlungen eingeschaltet und die beiden begannen, einander zu überbieten. Jetzt wurde das Angebot der Südsee-Gesellschaft angenommen; sie wollen einen Betrag von siebeneinhalb Millionen aufbringen, um die Papiere anzukaufen. Die Leibrentner der Regierung beeilen sich, ihre Papiere gegen Aktien der Südsee-Gesellschaft einzutauschen – zwei Drittel von ihnen haben es schon geschafft. Offensichtlich wird die Gesellschaft ungeheure Dividenden ausschütten; es ist also eine Möglichkeit, innerhalb kürzester Zeit reich zu werden. Wir müssen uns sofort an der Sache beteiligen, Clarissa.«

»Werden nicht Hunderte Menschen so denken?«

»Natürlich, weil es so eindeutig ist. Jeder wird versuchen, rasch reich zu werden, und wir dürfen diese Gelegenheit nicht versäumen. Die Fünfzig-Pfund-Aktien notieren schon bei hundert Pfund.«

»Das ist mir unverständlich. Wieso können sie so viel wert sein?«

»Wegen der Aussichten, Liebste. Angeblich wird die Dividende fünfzig Prozent betragen. Es kommt darauf an, dass man billig kauft und teuer verkauft.«

»Aber auf diese Idee werden auch andere kommen.«

»Man muss eben wissen, wann man kaufen und wann man verkaufen soll.«

»Und woher willst du das wissen?«

Er schloss mich in die Arme und zog mich an sich. »Meine vorsichtige Clarissa, vertraue deinem alten Lancelot.«

Ich schwieg, weil mich seine risikoreichen Unternehmungen verwirrten.

»Aber was ist, wenn die Entwicklung nicht so verläuft, wie du annimmst?«

»Liebste, glaubst du wirklich, ich weiß nicht, wann der richtige Augenblick zum Verkaufen gekommen ist?«

»Ich möchte mit solchen Geschäften eigentlich nichts zu tun haben.«

»Was – du willst dein Leben lang so weitermachen?«

»Es ist ein sehr angenehmes Leben.«

»Und rings um uns werden die Leute Vermögen scheffeln.«

»Selbst wenn es einigen glückt, werden andere ihr ganzes Vermögen verlieren.«

»Überlass das mir, Liebste.«

»Lance, willst du wirklich groß in diese Südsee-Gesellschaft einsteigen?«

»Es hat nur dann Sinn, wenn man groß einsteigt. Ich habe geglaubt, Clarissa, dass du dich daran beteiligen wirst.«

»Ich?«

»Warum nicht? Du bist eine wohlhabende Frau.«

»Ich bin keine Spielerin und ich bin mit dem zufrieden, was ich habe. Außerdem könnte ich gar nicht an meine Aktien und meinen Besitz heran, weil Leigh sie für mich verwaltet.«

»Das stimmt. Aber du hast noch das Geld, das dir dein Vater hinterlassen hat.«

»O nein, das würde ich nie anrühren.«

Er zuckte die Schultern und lachte mich aus, aber er sprach nicht mehr darüber. Bald darauf ging er aus und ich sah ihn an diesem Tag nicht mehr.

Am Abend speisten wir allein und während der Mahlzeit wirkte er zerstreut.

Ich sagte: »Ich glaube, du denkst noch immer an das Vermögen, das du mit dieser Südseesache machen kannst.«

»Du wirst überwältigt sein, Clarissa.«

»Ich hoffe, dass du nicht zu viel investiert hast.«

»Genug, damit ich reich, sehr reich werde.«

Ich zuckte die Schultern. »Wir besitzen genügend Geld, wir können uns innerhalb vernünftiger Grenzen alles leisten, was wir wollen. Ich begreife nicht, warum wir so verzweifelt nach mehr streben sollten.«

»Warte nur, Clarissa, du wirst genauso außer dir sein wie ich, wenn du erfährst, wie groß unser Vermögen sein wird.«

Als wir im Bett lagen, merkte ich, dass er unruhig war. Er konnte nicht einschlafen und mir ging es ebenso.

Plötzlich tastete er nach meiner Hand und ergriff sie.

»Du bist noch wach, Clarissa?«

»Ja. O Lance, ich mag diese Geschichte nicht. Ich habe ein ungutes Gefühl ...«

»Du hältst es für ein Glücksspiel und das ist es nicht. Es ist eine todsichere Sache.«

»Ich verstehe es einfach nicht. Warum sollte etwas, das man heute kauft, morgen plötzlich mehr wert sein? Sein Wert hat sich ja nicht verändert, oder?«

»Sein Wert hat sich verändert, weil so viele Leute es haben wollen.«

»Sie wollen es, weil auch sie glauben, dass es sie über Nacht reich machen wird.«

»Das wird auch der Fall sein.«

»Aber es können doch nicht alle so reich werden?«

»O, mit der Zeit wird sich der Wert der Papiere einpendeln. Deshalb ist es klug, jetzt zu kaufen. Das große Geschäft besteht jedoch in den Dividenden, die die Aktien ausschütten werden. Fünfzig Prozent! Stell dir das vor!«

»Ich verstehe es nicht und ich glaube es nicht.«

»Du Ungläubige.« Er zog mich an sich und begann mich zu liebkosen. Er sagte mir, wie sehr er mich liebe, wie sehr ich sein Leben verändert habe; wie er mich seit unserer gemeinsamen Reise nach York geliebt hatte; wie eifersüchtig er auf den armen Dickon gewesen war und wie glücklich er war, weil er sein Leben mit mir verbringen würde.

Lance konnte immer die Leidenschaft in mir erwecken. Er war gleichzeitig zärtlich, liebevoll und leidenschaftlich. Ich war glücklich und das sagte ich ihm und ich wollte ihn mein Leben lang glücklich machen.

Wie immer in solchen Augenblicken bat ich Dickon im Geist um Verzeihung. Unser Beisammensein war für mich immer noch etwas Besonderes, aber im Lauf der Zeit wurde es immer mehr zu einem Traum, zu etwas Unwirklichem.

Dann flüsterte Lance mir zu: »Clarissa, mein Liebling, ich konnte dich nicht von dieser großartigen Chance ausschließen. Du musst daran beteiligt sein, ich wollte, dass du ...«

Mein Herz schlug schneller. »Was?«

»Ich habe für dich gekauft. Du musst dich daran beteiligen, niemand, der die Möglichkeit dazu hat, sollte sich ausschließen.«

»Was sagst du da?«

»Ich habe veranlasst, dass fünftausend Pfund aus deiner Hessenfield-Erbschaft in die Südsee-Gesellschaft investiert werden.«

»Was hast du getan?« Ich wollte mich von ihm lösen, aber er hielt mich fest und begann, mein Gesicht und meinen Hals zu küssen.

»Ich habe mit Grendall darüber gesprochen.« Grendall war der Anwalt, der die Hessenfield-Erbschaft verwaltete. »Er verlangte deine Zustimmung, begnügte sich jedoch mit meinem Wort, da ich dein Mann bin. Ich musste es für dich tun, Clarissa.«

»Fünftausend Pfund«, stammelte ich. »O Lance, wie konntest du nur!«

»Ich konnte nicht anders. Hätte ich zusehen sollen, wie alle ein Vermögen machen, und nur meine kleine Clarissa leer ausgeht?«

Einige Augenblicke lang war ich sprachlos. Es war die Hälfte des Geldes, das mir mein Vater hinterlassen hatte. Ich war wütend – vor allem weil ich seine Spielleidenschaft hasste, die ihm mehr bedeuten musste als ich, denn sonst hätte er mich nicht vergessen können, wenn ihn das Fieber packte. Und zweitens, weil er gewagt hatte, einfach über meinen Besitz zu verfügen, ohne mich zu fragen.

Er versuchte, mich zu beruhigen, zog meinen zitternden Körper zärtlich an sich. Ich riss mich los und setzte mich auf.

»Wie konntest du es wagen!«, rief ich. »Du kannst der Spielleidenschaft nicht widerstehen. Wenn du in Zukunft unbedingt Geld verspielen willst, dann beschränke dich auf deines.«

»Clarissa, mein Liebling, du bist wirklich böse, nicht wahr? Warte nur, bis du siehst, wie viel du dabei gewinnst.«

»Ich habe nicht die Absicht, mein Vermögen zu verzetteln, und du hast nicht das Recht, mich so zu behandeln, als gehörten ich und mein Besitz dir.«

»Ich liebe dich, ich wollte nur das Beste für dich.«

Ich sprang aus dem Bett, weil ich ihm entgehen wollte. Ich wollte nicht beruhigt und liebkost werden, bis meine Leidenschaft erwachte, sodass ich ihm vergab und die ganze Sache vergaß. Es war wichtig, dass er meine Beweggründe verstand; er musste begreifen, wie sehr mich seine Handlungsweise empörte.

Er hatte sich auf den Ellbogen aufgestützt und sah mich mit der Nachsicht an, die ich so gut an ihm kannte. Er weigerte sich zuzugeben, dass ich ihn zu Recht verurteilte, er versuchte, die Angelegenheit als unwichtig abzutun. Für mich war sie jedoch sehr wichtig.

»Glaub nur nicht, dass du mich mit ein paar zärtlichen Worten versöhnen kannst«, sagte ich.

»Komm wieder ins Bett, damit wir vernünftig miteinander reden können. Du wirst dich erkälten, wenn du so herumstehst.«

»Ich komme nicht ins Bett zurück, ich will nachdenken. Ich will allein sein.«

Damit marschierte ich zum Toilettezimmer, das so groß war, dass eine Couch in ihm Platz hatte.

»Du willst doch nicht dort drinnen schlafen?«

»Ich habe dir gesagt, dass ich allein sein will.«

»Auf der Couch ist es sehr kalt und scheußlich unbequem.«

Ich hörte nicht auf ihn, sondern ging ins Toilettezimmer. Ich zitterte, aber nicht vor Kälte.

Beinahe sofort stand er neben mir und legte die Arme um mich. »Wenn du darauf bestehst, allein zu schlafen, bleibt mir eine einzige Möglichkeit ... das heißt, zwei. Entweder muss ich dir das Bett überlassen und mich mit der Couch begnügen, oder meine Rechte als Ehemann geltend machen und dich ins Bett zurücktragen. Wofür entscheidest du dich, Clarissa? Bitte wähle die zweite Möglichkeit, denn ich stelle mir die Nacht auf der Couch sehr unangenehm vor.«

Er begann zu lachen und trotz meines Ärgers stimmte ich ein. Es war typisch für ihn, dass er eine ernste Situation ins Lächerliche verkehren konnte. Er hob mich hoch und trug mich ins Bett. Ich musste an unsere Hochzeitsnacht denken, als er mich auch so getragen hatte. Damals hatte ich vor Angst gezittert; diesmal war es Wut.

Als wir wieder im Bett lagen, nahm er mich in die Arme: Ich wusste, dass er versuchte, in mir Verlangen zu wecken; der Liebesakt würde alles wieder in Ordnung bringen. Auf diesem Standpunkt stand er immer, auch wenn er nach einer Nacht am Spieltisch nach Hause kam. Aber diesmal ließ ich mich nicht so leicht herumkriegen.

»Schenk dir deine Überredungskunst, Lance«, sagte ich.

»Schön, ich verspreche dir, dass ich dich nicht überreden werde. Aber du musst mir sagen, dass du nicht mehr böse auf mich bist.«

»Doch, ich bin sehr böse. Ich will darüber nachdenken.«

Damit rückte ich von ihm weg an den Rand des Bettes.

»Gute Nacht«, sagte ich entschieden.

Er seufzte. »Gute Nacht, Liebste. Morgen sieht alles ganz anders aus.«

Ich antwortete nicht und er respektierte meinen Wunsch, in Ruhe gelassen zu werden.

Ich überlegte, was ich tun sollte. Dass er gewagt hatte, mein Geld anzugreifen, ärgerte mich. Mit dem Vermögen meiner Mutter konnte er das zum Glück nicht tun, denn da musste er sich an Leigh wenden, und ich war davon überzeugt, dass Leigh nie auf so etwas eingehen würde.

Ich wusste, dass viele Ehemänner über das Geld ihrer Frauen verfügen. Lance hatte immer getan, als wäre mein Geld unwichtig, und hatte sich nie dafür interessiert – jedenfalls hatte ich das angenommen. Dennoch hatte er gewagt, zu Grendall zu gehen und in meinem Namen Aktien der Südsee-Gesellschaft zu kaufen.

Ich tat, als schliefe ich, aber in Wirklichkeit dachte ich darüber nach, was ich unternehmen sollte. Es war das erste Mal, dass ich wirklich böse auf Lance war. Natürlich hatte ich mich geärgert, wenn er stundenlang am Spieltisch saß und mich allein ließ, denn es verletzte meinen Stolz; aber ich hatte jedes Mal meinen Ärger vergessen, wenn er heimgekommen war und mich auf seine unnachahmliche Art bezaubert hatte. Nur war es diesmal etwas anderes.

Ich fragte mich, ob er mich vielleicht doch wegen meines Geldes geheiratet hatte. Er hatte Elvira Vernon sicherlich gern gehabt, aber sie dennoch nicht zur Frau genommen. Warum nicht? Wahrscheinlich weil sie kein Vermögen besaß. – Nein, das war nicht fair ihm gegenüber. Er hatte mir erklärt, was ihn mit Elvira verband, und ich war heute nicht mehr so einfältig wie damals. Ich wusste, dass Männer Liebesaffären hatten, bevor sie heirateten; und ich hatte wenigstens keinen Grund, anzunehmen, dass Lance mir untreu war – jedenfalls bis jetzt nicht.

Schließlich schlief ich ein und wachte so spät auf, dass er schon fort war.

Ich hatte einen Entschluss gefasst; ich wollte ihm zeigen, dass ich eine eigenständige Persönlichkeit war und dass niemand das Recht hatte, sich in meine Angelegenheiten zu mischen – nicht einmal der charmanteste aller Ehemänner.

Ich ließ mich in einer Sänfte zu Grendalls Büro in Cornhill bringen, wo man mich sofort zu Mr. Grendall führte.

Er begrüßte mich herzlich und ich erklärte ihm, warum ich gekommen war. Infolge eines Missverständnisses hatte mein Mann angenommen, dass ich ebenfalls Geld in die Südsee-Gesellschaft investieren wolle. Das war jedoch keineswegs der Fall und ich wollte den Auftrag widerrufen.

Mr. Grendall sah mich verzweifelt an. »Aber, Lady Clavering, die Aktien wurden bereits gekauft. Bei solchen Transaktionen muss man immer sehr rasch handeln und wir haben die Papiere vor zwei Tagen erstanden.«

Vor zwei Tagen! Er hatte es mir also nicht sofort erzählt. Mein Zorn regte sich wieder.

»Dann möchte ich, dass sie unverzüglich verkauft werden«, sagte ich. »Sie sehen so erstaunt aus. Ist es vielleicht nicht möglich?

»Keineswegs, die Leute reißen sich um diese Aktien. Aber, Lady Clavering, sie sind eine ausgezeichnete Anlage.«

»Das weiß ich und ich weiß auch, dass sie sehr schöne Dividenden abwerfen werden. Aber ich bin nicht daran interessiert und möchte die Aktien sofort verkaufen.«

»Ganz gleich, wie sie notieren?«

»Ganz gleich, wie sie notieren«, wiederholte ich.

»Wir werden Ihren Auftrag selbstverständlich ausführen. Ich werde Sie über den erzielten Preis unterrichten, sobald wir die Transaktion durchgeführt haben.«

»Danke, Mr. Grendall. Und in Zukunft wäre ich Ihnen verbunden, wenn Sie solche Aufträge nur von mir persönlich entgegennehmen. Sir Lance und ich wünschen beide diese Regelung.«

»Ich verstehe, Lady Clavering.«

Er begleitete mich zur Sänfte.

Als ich nach Hause kam, wartete Lance schon auf mich.

»Clarissa, ich habe mir Sorgen gemacht. Wo warst du?«

»In Cornhill; ich habe Mr. Grendall aufgesucht.«

»Ah!« Er lächelte.

»Ich habe ihm befohlen, die Aktien zu verkaufen, die du mit meinem Geld gekauft hast.«

»Verkaufen! Die Papiere steigen doch ständig!«

»Ich habe ihn beauftragt zu verkaufen und ihm erklärt, dass in Zukunft alle derartigen Transaktionen ausschließlich von mir veranlasst werden.«

Wahrscheinlich wäre jeder andere Mann auf mich wütend gewesen. Nicht so Lance. Er sah mich einen Augenblick erstaunt an, dann lachte er. In seinem Blick lag tatsächlich so etwas wie Anerkennung.

»Clarissa, meine großartige Clarissa. Du hast mir vergeben, nicht wahr?«

Da ich ihm nicht widerstehen konnte, gab ich zu, dass ich ihm verziehen hatte.

»Es war anmaßend von mir, unrecht, unvernünftig. Aber glaub mir, ich dachte nur an die Freude, die ich dir damit machen konnte, dass du noch reicher wirst.«

»Ich bin mit dem zufrieden, was ich besitze.«

»Das achte Weltwunder: eine zufriedene Frau!«

»O Lance, bitte, gib doch die Glücksspiele auf. Was hat das denn für einen Sinn? Wir haben genügend Geld. Warum gehst du Risiken ein, nur um noch mehr Geld zu haben?«

»Es ist nicht eigentlich das Geld, sondern der Spaß, die Erregung. Das wirst du nie verstehen. Aber, geliebte Clarissa, du hast mir eine Lehre erteilt. Ich verspreche dir, dass ich nie wieder so unvernünftig sein werde. Hauptsache, du hast mir meine Sünden vergeben – das hast du doch?«

»Natürlich, denn ich weiß, dass du nur das Beste für mich wolltest.«

Wir waren wieder ein Herz und eine Seele.

Am nächsten Tag erschien ein Bote von Mr. Grendall. Er hatte meine Aktien verkauft. Sie waren um hundert Pfund das Stück gekauft und um tausend Pfund das Stück verkauft worden, sodass aus meinen fünftausend Pfund fünfzigtausend geworden waren.

Ich war über Nacht zu einer sehr reichen Frau geworden.

Die darauf folgenden Wochen werde ich nie vergessen. Die Spannung und Erregung in London stiegen genau wie die Aktien. Lance sagte nie »Siehst du«, aber er wies gelegentlich darauf hin, wie reich ich jetzt wäre, wenn ich die Wertpapiere nicht verkauft hätte.

Er hatte alles Geld, das er flüssig machen konnte, in Aktien investiert; manchmal war er nahe daran zu verkaufen, konnte sich dann aber doch nie dazu entschließen. Er glaubte immer, dass die Papiere noch weiter steigen würden.

Das Südseewunder war das allgemeine Gesprächsthema. Sir Robert Walpole verurteilte die Spekulation von Anfang an und warnte die Leute davor, zu viel zu investieren. Es stellte sich jedoch heraus, dass er selbst Aktien gekauft hatte – nur hatte er sie, genau wie ich, mit Gewinn wieder verkauft. Auch der Prinz von Wales hatte an den Aktien verdient. Das ganze Land war in Hochstimmung und jeder, der ein paar Pfund zusammenkratzen konnte, rief nach Anteilen.

»Stell dir nur vor, wie viel du heute für die Aktien bezahlen müsstest, die du um hundert Pfund das Stück gekauft hast«, hielt mir Lance vor.

»Ich muss es mir nicht vorstellen, weil ich nicht die Absicht habe, noch welche zu kaufen.«

»Du verzichtest auf ein Vermögen.«

»Im Gegenteil, ich habe ein Vermögen gemacht.«

»Aber Clarissa, überlege doch nur, um wie viel reicher du wärst, wenn du alle Aktien behalten hättest.«

»Nur auf dem Papier. Und so habe ich Bargeld gewonnen.«

»Dank meiner Lasterhaftigkeit, wie du zuerst behauptet hast.«

Ich gab zu, dass er hiermit recht hatte. »Aber«, erklärte ich entschieden, »mein Geld bleibt, wo es ist.«

»Ist das endgültig?«, fragte Lance bittend. Er hatte kein Geld mehr, das er anlegen konnte, und wollte um jeden Preis weiterspekulieren.

»Endgültig.«

Er ging mit mir in Kaffeehäuser, in denen nur über das Wunder der Südsee-Gesellschaft gesprochen wurde. Die Leute überlegten sich, wie sie das neu erworbene Vermögen anlegen würden. Sogar die Verkäufer von Lebkuchen und Wasserkresse sprachen über die Zeit, da alle reich sein würden.

Das Spekulationsfieber hielt den ganzen Sommer über an

und die ganze Zeit weigerte ich mich, mich mitreißen zu lassen.

Und dann verging der Traum so schnell, wie er gekommen war. Der August war heiß; wir sollten längst auf dem Land sein, aber Lance konnte sich nicht von London trennen. Er studierte die Kurse und berechnete, wie reich ihn seine Anteile an der Südsee-Gesellschaft gemacht hatten.

Dann kam er eines Tages in das Wohnzimmer, wo ich ein Buch las, und sah mich verzweifelt an.

Ich fragte ihn, was geschehen war.

Er warf sich auf einen Stuhl. »Die Aktien sind auf achthundertfünfzig gefallen.«

»Achthundertfünfzig«, wiederholte ich. Ich hatte mich nicht für die Börsenkurse interessiert und mich geweigert, mit ihm darüber zu sprechen, wusste aber noch sehr gut, dass ich bei tausend verkauft hatte.

»Ich kann es nicht verstehen«, fuhr Lance fort. »Es ist innerhalb eines Tages passiert. Wahrscheinlich wegen der Scheingesellschaften, die aus dem Boden schießen und den Ruf der Südsee-Gesellschaft untergraben. Bei einigen hat sich herausgestellt, dass es Schwindelgesellschaften sind, und die Leute sind in Panik geraten. Es wird vorübergehen.«

Aber es ging nicht vorüber. Am nächsten Tag waren die Aktien auf achthundertzwanzig gesunken und zwei Tage später auf siebenhundert.

Auf den Straßen hatte die Stimmung umgeschlagen. In den Kaffeehäusern saßen die Menschen mit düsteren Gesichtern herum, die Straßenhändler sahen besorgt aus und die Geschäftsleute unterhielten sich leise.

»Es wird vorübergehen«, wiederholte Lance. »Es ist nur eine kurze Baisse, dann werden die Aktien höher klettern als zuvor. Die Leute beginnen zu verkaufen. Wenn die Papiere steigen, werden sie wesentlich mehr bezahlen müssen, um sie wiederzubekommen.«

Mitte September waren die Aktien auf hundertfünfzig gefallen. Ich war darüber erstaunt, dass die gleichen Papiere, die ich um tausend verkauft hatte, jetzt so billig waren, und schauderte bei dem Gedanken daran, wie schnell Vermögen gewonnen und auch wieder verloren werden konnte.

Lances Stimmung wurde immer bedrückter. Ende September fielen die Aktien unter hundert. Ich erinnere mich genau an den Tag, denn ich hatte Lance noch nie so niedergeschlagen erlebt.

Als er aus der Stadt nach Hause kam, lief ich ihm bestürzt entgegen.

»Was ist geschehen, Lance?«, rief ich.

»Frank Welling hat Selbstmord begangen.«

Ich wusste, wer Frank Welling war. Er war der erste von Lances Freunden gewesen, den ich nach unserer Heirat kennen gelernt hatte ein wohlhabender Mann mit Landbesitz und einem prächtigen Stadthaus in der St. James's Street. Er spielte genauso gern wie Lance und sie besuchten oft gemeinsam Spielklubs.

»Er hat sich erschossen«, sagte Lance. »Er hat alles verloren.«

»Wie schrecklich für seine Familie.«

»Ich fürchte, er wird nicht der Einzige bleiben.«

Leidenschaftlicher Zorn überkam mich. Warum konnten sie der Spielleidenschaft nicht widerstehen? Sie wussten, welches Risiko sie eingingen. Wie konnten sie nur so tollkühn sein?

Ich dachte an Frank Wellings Frau; sie hatten drei Kinder. Diese Tragödie hatte ihr Leben zerstört, das bis jetzt so angenehm verlaufen war, und nur, weil Frank der Verlockung nicht widerstehen konnte, schnell ein Vermögen zu erwerben.

Aber Frank Welling war nur ein Fall von vielen. Die aufgeregten Menschen, die sich in den Kaffeehäusern gedrängt hatten, versammelten sich jetzt in ihnen, um über die Katastrophe zu reden, die über sie hereingebrochen war. Sie nannten das Ganze »Die Südsee-Seifenblase«.

Nur wenige hatten bei dieser Spekulation profitiert – Leute wie Robert Walpole und der Prinz von Wales, die das Unheil vorhergesehen hatten, und meinesgleichen, die nichts aufs Spiel setzen wollten.

Ich hatte Angst um Lance, weil er sicherlich große Verluste erlitten hatte. Das traf auch zu, aber zum Glück war der Landbesitz nicht angegriffen worden. Ich hatte befürchtet, dass er Geld auf ihn aufnehmen würde, und wahrscheinlich hatte er auch mit diesem Gedanken gespielt, dann aber rechtzeitig gemerkt, wie sich die Angelegenheit entwickelte. Auch das Stadthaus war nicht belastet, aber sein Barvermögen war auf einen Bruchteil zusammengeschmolzen.

Einige Tage lang war er sehr verzagt; aber dann besserte sich seine Stimmung. Wahrscheinlich redete er sich ein, dass er seine Verluste bald wieder wettmachen würde. Schon nach kurzer Zeit behauptete er, das alles gehöre eben zum Spiel. Er hatte diesmal verloren und würde beim nächsten Mal gewinnen.

»Ein großer Einsatz und ein großer Verlust«, rief ich ihm ins Gedächtnis.

Das gab er zu. »Du, meine liebe Clarissa, warst diesmal die Vernünftige.«

»Wenn es vernünftig ist, seinen Besitz nicht um eines ungewissen Gewinns willen aufs Spiel zu setzen, dann bin ich wirklich vernünftig.«

»Und streng«, meinte er und küsste mich auf die Nasenspitze.

»O Lance, ich möchte so sehr, dass du dieser Spielleidenschaft widerstehst. Ich möchte ...«

»Du möchtest, dass ich anders bin.«

»Nur in dieser einen Beziehung.«

Er sah mich nachdenklich an. »Es tut nicht gut, wenn man versucht, die Menschen zu ändern, Clarissa, das habe ich schon sehr früh gelernt. Du musst mich nehmen, wie ich bin ... und, geliebte Clarissa, lass dich in deiner Haltung mir gegenüber nicht durch meine Torheiten beeinflussen.«

»Wahrscheinlich habe auch ich Fehler.«

»Anbetungswürdige Fehler.«

Dann drückte er mich an sich und flüsterte: »Wenigstens ist einer von uns heil aus dieser traurigen Angelegenheit ausgestiegen – du, meine kluge Clarissa.«

IX

Tragödie auf dem Eis

Die Nachwirkungen der Südsee-Seifenblase waren noch lange zu spüren. Es gab viele ruinierte Existenzen und Selbstmorde. Die Stimmung in der Stadt war gedrückt und in den Zeitungen tauchten Karikaturen auf. Ich erinnere mich an eine, auf der Fortunas Wagen von Füchsen gezogen wurde, die die Gesichter der Agenten der Gesellschaft trugen; als Kutscher fungierte der Wahnsinn und über dem Ganzen schwebte der Teufel, der lachend Seifenblasen gegen den Himmel blies.

Niemand redete mehr davon, schnell reich zu werden, im Gegenteil, jeder versuchte verzweifelt, nicht in Armut zu verfallen.

Als Lance seine Verluste überblicken konnte, stellte er fest, dass er einen Teil seines Landbesitzes verkaufen musste, um den Rest weiter bewirtschaften zu können. Ich hätte ihm Geld anbieten können, aber ich tat es nicht. Wahrscheinlich machte ich damals gerade eine erzieherische Periode durch, denn ich war entschlossen, es ihm eine Lehre sein zu lassen. Er musste begreifen, dass die dauernden Glücksspiele Wahnsinn waren.

Dann fuhren wir aufs Land. Es war eine Erlösung, die Stadt zu verlassen; aber auch auf dem Land gab es Leute, die vor dem Ruin standen. Anscheinend konnte man nirgends den Folgen der Katastrophe der Südsee-Seifenblase entgehen.

Lance zeigte sogar einen Anflug von Reue. Er hatte die

Londoner Spielklubs geraume Zeit nicht mehr besucht und auch auf dem Land fanden nicht mehr jene Gesellschaften statt, bei denen die Leute bestrebt waren, sich so rasch wie möglich an die Spieltische zu setzen.

Die Menschen waren nicht in der richtigen Stimmung – und hatten auch nicht mehr die Mittel dazu.

Lance hatte ein Vermögen verloren, aber seine gute Laune hatte nicht darunter gelitten und er betrachtete dieses Vorkommnis bald nur noch als Pech im Spiel. »Es hätte auch anders kommen können«, meinte er. »Stell dir nur vor, ich hätte kurz vor der Baisse verkauft, was ja möglich gewesen wäre. Dann wäre ich jetzt ein reicher Mann.«

»Du hast ja nicht verkauft«, erinnerte ich ihn verzweifelt.

»Nein, aber ich hätte es tun können.«

Damit wusste ich, dass er nichts daraus gelernt hatte.

Ende Oktober traf ein Brief von Aimée ein, der diesmal einen echten Hilferuf darstellte.

»Liebe Schwester!

Ich schreibe dir in der Hoffnung, dass du mir infolge unserer engen Verwandtschaft helfen wirst. Ich befinde mich in einer schrecklichen Lage. Mein Mann ist gestorben – die Aufregung über die Seifenblase ist schuld daran. Wir waren beide groß in die Spekulation eingestiegen und du kannst dir vorstellen, wie das Ergebnis jetzt aussieht. Wir verloren beinahe alles; ich muss das, was mir geblieben ist, verkaufen und versuchen, einen möglichst großen Erlös dafür zu erzielen. Wer hätte geglaubt, dass es soweit kommen würde, wir waren alle unserer Sache so sicher. Es war ein fürchterlicher Schock. Ich weiß, dass ich nicht die Einzige bin, die sich in dieser Lage befindet, aber ich weiß überhaupt nicht, was ich tun soll. Ich könnte natürlich nach Frankreich zurückkehren, und vielleicht werde ich mich auch dafür entscheiden. Aber ich bin nicht sicher, damit richtig zu handeln, vor allem ... es hat keinen Sinn, die Tatsachen zu verschweigen. Ich bin schwanger, Clarissa. Wir freuten uns so sehr darauf, ein Kind zu bekommen. Der arme Ralph, er war so glücklich ... und jetzt ist er tot. Als er erfuhr, dass wir beinahe alles verloren hatten, erlitt er einen Herzanfall. Ich bin umso verzweifelter, als ich auch das von unserem Vater geerbte Geld in dieses Abenteuer investiert hatte.

Ich weiß nicht, wie es weitergehen soll. Ich würde ja Arbeit annehmen, aber das wird mit einem Kind kaum möglich sein.

Würdest du, geliebte Schwester, so gut sein, mich – wie du mir einmal angeboten hast – bei dir aufzunehmen, bis meine Angelegenheiten geregelt sind? Ich verspreche dir, dass ich dir nicht zur Last fallen und dass ich im Haushalt helfen werde. Du verstehst sicherlich, dass ich dich nicht darum bitten würde, wenn meine Lage nicht aussichtslos wäre.

Falls du einverstanden bist, würde ich in etwa drei Monaten zu dir kommen. So lange werde ich brauchen, um hier Ordnung zu schaffen und zu retten, was noch zu retten ist. Wenn du mich nicht abweist, machst du mich so glücklich, wie es unter diesen Umständen überhaupt möglich ist.

Wenn ich die Reise im Januar antrete, sind es noch drei Monate bis zur Entbindung, also sollte ich durch die Schwangerschaft noch nicht allzu sehr behindert sein. Ich erwarte sehnlichst deine Antwort, aber ich werde sofort mit den Vorbereitungen beginnen, denn ich kenne dich, meine liebe Schwester, und bin sicher, dass du mich in meiner Not nicht im Stich lassen wirst.

Deine dich liebende Schwester
Aimée«

Ich zeigte Lance den Brief und er sagte prompt: »Das arme Mädchen, sie muss sich fürchterliche Sorgen machen. Schreib ihr sofort und teile ihr mit, dass sie jederzeit kommen kann.«

Ich schickte den Brief unverzüglich ab und fragte mich, wie sich Aimées Anwesenheit auf unseren Haushalt auswirken würde.

Diesmal verbrachten wir Weihnachten in Enderby. Damaris war der Ansicht, dass die Urgroßeltern zu alt waren, um den Anstrengungen der Feiern gewachsen zu sein. Priscilla stimmte ihr zu und so übersiedelten sie nach Enderby.

Auch hier hielten wir an den guten alten Traditionen fest und die Tage vergingen wie im Flug. Am sechsten Januar kehrten wir nach London zurück. Aimée sollte Ende des Monats eintreffen.

Sie reiste über York und sollte von dort mit der Postkutsche nach London fahren. Wir wollten sie bei der Endstation der Kutsche erwarten und in die Albemarle Street bringen. Dort sollte sie bis zur Geburt des Kindes bleiben.

Wir warteten im Gasthaus, als die Kutsche eintraf – ein schweres Fahrzeug, mit Leder bespannt und mit großen Nägeln beschlagen; vor den Fenstern hingen Ledervorhänge; das Dach war abgerundet und oberhalb des Kutschkastens war eine Sitzbank angebracht.

Der bewaffnete Begleiter stieg zuerst ab, wobei ihn die Donnerbüchse störte, die er als Schutz gegen Wegelagerer mitführte; er besaß auch noch ein Horn, das er in den Dörfern oder Städten blies, durch die die Kutsche fuhr. Dann kam der Postillion, der auf dem ersten der drei Pferde ritt. Er trug einen grünen, goldverschnürten Mantel und einen Zweispitz.

Endlich tauchten auch die Reisenden auf, unter ihnen Aimée. Sie stach unter den übrigen hervor, denn nicht einmal eine lange, beschwerliche Reise über schlechte, schlammige Straßen konnte ihrer angeborenen Eleganz etwas anhaben. Sie trug einen marineblauen Wollmantel über einem Kleid aus demselben Material und einen Hut nach der neuesten Mode, einen blauen, rot eingefassten Dreispitz. Ihre Kleidung war betont einfach, aber wirklich geschmackvoll. Ich konnte nie herausfinden, ob die Wirkung, die sie hervorrief, auf dem Schnitt ihrer Kleider oder auf ihrer Haltung beruhte. Später erfuhr ich, dass sie sich ihre Sachen selbst nähte, denn sie hatte als junges Mädchen in Paris bei einer *couturière* gearbeitet.

Sie umarmte mich zärtlich und dankbar, behandelte Lance mit zurückhaltendem Respekt und bedankte sich auch bei ihm. Sie hatte ihren Akzent nicht verloren und ich bemerkte, dass Lance und sie einander auf den ersten Blick mochten.

Wir legten die kurze Strecke zur Albemarle Street in der Kutsche zurück; während der Fahrt erzählte Aimée von den Umständen, die ihr den Aufenthalt im Norden unmöglich gemacht hatten, und von ihren Verlusten durch die Aktien der Südsee-Gesellschaft.

»Du siehst einen Leidensgefährten vor dir«, meinte ich.

»Auch du, Clarissa?«, fragte sie erschrocken.

Ich schüttelte den Kopf. »Der arme Lance. Ich habe, ohne es eigentlich zu wollen, gut dabei abgeschnitten.«

Dann erzählte ich ihr alles.

Sie beugte sich zu mir und drückte mir die Hand. »Das freut mich für dich. Wie paradox, dass diese Südsee-Affäre sich für dich so einträglich ausgewirkt hat, obwohl du dich nie dafür interessiert hast.«

»Eben weil ich mich nicht dafür interessierte, stieg ich mit Gewinn aus.«

»Wie ungerecht! Und wir«, sie warf Lance einen Blick zu, »bemühten uns so sehr, diese von Gott gesandte Gelegenheit zu ergreifen und hatten davon nur Schaden.«

»Das Schicksal der meisten Spieler«, meinte ich.

»Wie du siehst«, mischte sich Lance ein, »bin ich ein hoffnungsloser Spieler, was Clarissa zutiefst bedauert.«

»Mein Mann war auch so ... und die Folgen sind katastrophal. Die Südsee-Seifenblase ist daran schuld, dass ich mich jetzt in einer solchen Notlage befinde.«

»Vergessen wir die Seifenblase«, schlug ich vor. »Wir haben viel Platz in unserem Haus, nicht wahr, Lance, und du kannst so lange bleiben, wie es dir gefällt. Ich freue mich ja schon so auf dein Kind – möchtest du lieber einen Jungen oder ein Mädchen? Wir müssen jetzt eine Hebamme engagieren, denn unserer Ansicht nach ist es am besten, wenn wir bis nach der Entbindung in London bleiben.«

Aimée sah mich aus tränenumflorten Augen an. »Du gibst mir das Gefühl, wirklich willkommen zu sein.«

Aimées Anwesenheit führte zu verschiedenen Veränderungen im Haushalt. Wir stellten eine Hebamme an, die uns von einem Freund Lances empfohlen wurde, und die ebenfalls in unser Haus übersiedelte. Bevor Aimée zu dick wurde, kauften wir gemeinsam Babysachen ein; wir suchten alle Kurzwarenhändler in Cheapside, Ludgate Hill und Gracechurch Street auf und wühlten in Bändern und Spitzen, denn ich wollte für meinen Neffen oder meine Nichte nur das Allerbeste.

Obwohl Jeanne gut mit Nadel und Faden umgehen konnte, stellten wir auch eine Weißnäherin ein, sodass die letzten drei Monate vor der Geburt mit reger Geschäftigkeit ausgefüllt waren.

Ich hatte geglaubt, dass Jeanne und Aimée sich gut vertragen würden, weil sie Französinnen waren und sich in ihrer Muttersprache unterhalten konnten. Obwohl ich recht gut Französisch sprach und jetzt auch noch Aimée hatte, um mich in dieser Sprache zu üben, war es bei den beiden natürlich ganz anders. Und dennoch herrschte von Anfang an eine gewisse Feindseligkeit zwischen ihnen.

»Jeanne neigt dazu, unverschämt zu sein«, beschwerte sich Aimée mehrmals bei mir.

»Das ist unmöglich«, widersprach ich. »Sie ist schon so lange bei mir und ist unter so ungewöhnlichen Umständen hierher gekommen und sie war mir immer eine treue Freundin, die mir geholfen hat. Sie ist bestimmt nicht unverschämt ... zwischen ihr und mir besteht nur ein ganz besonderes Vertrauensverhältnis.«

Jeanne drückte es anders aus. »Es wird schön sein, ein süßes kleines Kind im Haus zu haben. Aber Aimée ist hier nicht die Hausherrin, o nein, das bist du, Mylady Clarissa, und ich werde dafür sorgen, dass es so bleibt.«

»Aimée will mir sicherlich nicht diese Stellung streitig machen.«

»Stille Wasser sind tief«, mehr war aus Jeanne nicht herauszubringen.

Aimée und ich plauderten stundenlang miteinander und allmählich erfuhr ich mehr über ihre Vergangenheit. Anscheinend war ihre Mutter sehr herrschsüchtig gewesen und Aimée musste ihr widerspruchslos gehorchen. Sie beschrieb den Bücherladen am linken Seineufer und erzählte, wie schwer ihre Mutter gearbeitet hatte, um ihr eine gute Erziehung zuteil werden zu lassen. Sie sprach über die Straßen von Paris, erwähnte, dass sie oft am Ufer der Seine gesessen und zugesehen hatte, wie die Schiffe den Strom entlangfuhren. Wie schon einmal, rief sie mir die Atmosphäre der Straßen von Paris ins Gedächtnis, ich sah wieder die lebhaft gestikulierenden Menschen, die Händler, die in den Kutschen vorüberfahrenden vornehmen Damen und den ewigen Schlamm vor mir.

Anfang April setzten bei Aimée die Wehen ein und nach ein paar Stunden war das Kind auf der Welt.

Es war ein Sohn. Sofort nach der Entbindung ging ich in ihr Zimmer, um das rote, verrunzelte Geschöpf zu betrachten; es war ein kräftiges Kind mit kräftigen Lungen, die es auch kräftig betätigte.

Aimée war bald wieder auf den Beinen und es machte

uns beiden großen Spaß, einen Namen auszusuchen. Schließlich einigten wir uns auf Jean-Louis. Unser Haushalt umfasste nun zwei zusätzliche Mitglieder.

Es ist erstaunlich, wie rasch ein Baby die Gewohnheiten seiner Umgebung verändern kann. Das ganze Haus widmete sich Jean-Louis; wo er auftauchte, stand er sofort im Mittelpunkt der Aufmerksamkeit. Als er den ersten Zahn bekam, litten wir alle mit ihm und ich schickte einen Boten nach Eversleigh, um die Familie von diesem denkwürdigen Ereignis zu benachrichtigen.

Wir rissen uns darum, ihn in den Armen zu halten und wenn er uns anlächelte, strahlten wir verzückt. Nicht einmal die männlichen Mitglieder unseres Hauses konnten Jean-Louis' Charme widerstehen. Sogar der Kutscher Jeffers, der seit fünfzig Jahren in Lances Familie diente – er hatte mit acht als Stalljunge angefangen – und ein mürrischer Junggeselle war, versuchte vergeblich, ein Lächeln zu unterdrücken, wenn er den Kleinen sah.

Sobald der Sommer kam, fuhren wir nach Clavering Hall, denn Jean-Louis sollte die gute Landluft genießen. Er wurde dort genauso verwöhnt wie in London, blieb aber dabei ein eher ernstes Kind.

»Das kommt daher, dass er einen alten Vater hatte«, behauptete Jeanne.

Sie beobachtete Aimée misstrauisch und ich fragte mich, ob sie vielleicht auf meine Schwester eifersüchtig war, weil sie mich als ihr Eigentum betrachtete. Jeanne war ein Mensch, der jemanden brauchte, um den er sich kümmern konnte. Sie hatte für ihre Mutter und ihre Großmutter gesorgt und jetzt hatte sie mich in ihre Obhut genommen. Sie war der geborene Organisator und neigte dazu, die Zügel in die Hand zu nehmen, wenn man ihr die Möglichkeit dazu ließ, aber sie meinte es immer nur gut mit mir. Lance sagte von ihr: »Jeanne ist zum Dienen geboren.«

Wahrscheinlich war es ganz natürlich, dass sie Aimée nicht mochte, die sich in unseren Haushalt gedrängt hatte und ihn mithilfe des kleinen Jean-Louis zu beherrschen schien.

Jeanne behauptete immer wieder, dass Aimée sich aufführte, als wäre sie die Herrin des Hauses.

»Ach, Jeanne«, meinte ich, »du siehst Probleme, wo es keine gibt.«

»Sei nicht so sicher – sie ist eine Französin.«

Ich lachte. »Genau wie du.«

»Deshalb kann ich es ja so gut beurteilen.«

Dabei griff sie nach ihrem Hals – sie tat das oft, und ich hatte mich zuerst darüber gewundert, bis ich entdeckte, dass sie unter dem Kleid ein Medaillon an einer Goldkette trug. Sie hatte es mir einmal gezeigt; der heilige Johannes der Täufer war auf ihm eingraviert. Sie nannte das Medaillon ihren Jean-Baptiste; man hatte es ihr umgehängt, als sie noch ein Säugling war. Sie legte es nie ab; es war für sie ein Talisman, der sie vor Unglück beschützte.

Wir hatten sowohl in London wie in Clavering Hall Bedienstete, aber Jeanne als meine Zofe begleitete mich natürlich überallhin. Nach den Verlusten bei der Südsee-Seifenblase hatte Lance überlegt, ob er das Personal entlassen sollte, und sich deshalb große Sorgen gemacht. Schließlich beschloss er, lieber einen Teil des Grundbesitzes und einige Pferde zu verkaufen. Das war typisch für ihn. Er liebte seine Pferde und hing an dem Land, das sich seit Generationen im Besitz seiner Familie befand, aber das Wohlergehen seiner Untergebenen ging vor. Eine Zeit lang war er deshalb bedrückt, aber diese Stimmung hielt – wie immer bei Lance – nicht länger als eine Woche an.

Wir brauchten eine Nurse für Jean-Louis und ich war entschlossen, sie aus meiner eigenen Tasche zu entlohnen. Ich erklärte Lance: »Aimée ist meine Schwester und ich bin dir sehr dankbar dafür, dass du sie hier aufgenommen hast, aber ich bestehe darauf, wenigstens die Nurse zu bezahlen.«

Er war damit einverstanden und Nanny Curlew, Sabrinas Kinderfrau, empfahl uns ihre Kusine, die wir gern einstellten. So kam Nanny Goswell in unser Haus und nahm Jean-Louis in ihre Obhut.

Die Tage vergingen, aber wir hatten keine Sehnsucht nach London. Wenn das Kind etwas größer war, wollten wir mit ihm nach Eversleigh reisen. Ich schrieb Damaris oft und erzählte ihr von meinem Leben. Dann fiel mir auf, dass meine Briefe beinahe nur noch von Jean-Louis handelten.

In einem ihrer Antwortbriefe meinte Damaris: »Es wird Zeit, dass du selbst ein Kind bekommst.«

Ich wusste es auch und sehnte mich danach genau wie Lance.

Aimée und ich ritten in diesem Sommer oft gemeinsam aus. Sie hatte erst in Hessenfield reiten gelernt und war deshalb nicht so geübt wie ich, denn seit meiner Rückkehr nach England hatte ich sehr oft im Sattel gesessen.

Dank unserer langen Gespräche begann ich, sie besser kennen zu lernen .

Sie hatte bestimmt darunter gelitten, dass sie unerwünscht war, denn ihre Geburt hatte ihren Eltern keine Freude bereitet. In Hessenfields Leben gab es unzählige Frauen, von denen ihm einige vielleicht etwas näher standen. Ich zweifelte nicht daran, dass meine Mutter – die unvergleichliche Carlotta, um deren Schönheit sich in der Familie Legenden rankten – die wichtigste Frau in seinem Leben gewesen war, denn er hatte seinem Bruder gesagt, dass er sie heiraten würde, wenn sie ungebunden wäre. Aimées Mutter stand ihm offensichtlich nicht so nahe, denn wenn er gewollt hätte, hätte er sie ohne weiteres heiraten können. Dennoch war er ein guter Vater gewesen und hatte versucht, für Aimée zu sorgen.

Aimées Leben war von Unsicherheit bestimmt gewesen und deshalb sehnte sie sich so sehr danach, irgendwo zu Hause zu sein, Sicherheit für sich und ihr Kind zu finden.

Als wir an einem schönen Sommertag in einem Feld Rast machten, bevor wir nach Clavering zurückkehrten, gab sie das auch mehr oder weniger zu.

»Ich habe Ralph Ransome zum Teil deshalb geheiratet, weil ich ein Zuhause wollte und jemanden, der zu mir gehört. Ich habe ihn nie wirklich geliebt, aber er war sehr gut zu mir. Er war Witwer und hatte einen Sohn und eine Tochter, die verheiratet sind und in den Midlands leben. Da ich das Erbteil meines Vaters besaß, war ich nicht mittellos, aber diese Heirat war für mich eine einmalige Gelegenheit. Ralph war Eigentümer eines schönen Hauses, dessen Herrin ich wurde. Erst nach unserer Heirat erfuhr ich, dass er schwer verschuldet war und große Sorgen hatte. Dann bot sich ihm die Chance mit dieser Südsee-Gesellschaft und er riskierte beinahe sein ganzes Geld, um ein Vermögen zu erwerben, das seine Schwierigkeiten ein- für allemal aus der Welt schaffen würde. Wir hätten glücklich sein können …« Sie sah mich eindringlich an. »Kein romantisches Glück, so wie bei dir und Lance, aber ein angenehmes Dasein … das Richtige für ein Mädchen, das kein leichtes Leben gehabt hat.«

Sie riss einen Grashalm ab und steckte ihn zwischen die weißen, ebenmäßigen Zähne.

»Du hast Glück gehabt, *ma sœur*«, fuhr sie fort. »Du bist reich, hast einen gut aussehenden Mann und gehörst zu den wenigen, die von der platzenden Seifenblase nicht betroffen wurden.«

»Und du hast Jean-Louis«, rief ich ihr ins Gedächtnis.

»Der süße Kleine, ja, das stimmt, ich habe mein Kind. Aber es gehört genauso dir und der ganzen Familie.«

»Wir alle lieben ihn, aber du bleibst seine Mutter, Aimée.«

Sie strich mir über die Hand. »Ja, und dank deiner Güte hat sein Leben gut begonnen. Aber ich kann nicht ewig hier bleiben, ich muss mir überlegen, was ich unternehmen werde. Was tut eine Frau in meiner Lage, wenn sie kein Geld hat, um sich und ihr Kind zu erhalten? Vielleicht sollte ich Kinder, die diese Sprache gar nicht lernen wollen, in Französisch unterrichten? Oder Kammerzofe in einem vornehmen Haushalt werden?«

»Unsinn«, widersprach ich. »Das ist dein Zuhause und du bleibst hier.«

»Ich kann nicht mein Leben lang von deiner Güte abhängig sein.«

»Du bleibst bei uns, weil du bei deiner Familie zu Hause bist. Hast du vergessen, dass wir Schwestern sind?«

»Halbschwestern. Nein, ich muss Pläne für die Zukunft machen.«

»Vielleicht wirst du jemanden kennen lernen, den du heiraten kannst. Wir werden öfter Gäste einladen. Lance kennt hier auf dem Land so viele Leute.«

»Der Heiratsmarkt?«, fragte sie, und in ihren Augen lag ein Ausdruck, den ich nicht ganz deuten konnte. Es gab überhaupt vieles an Aimée, das ich nicht verstand.

»Du drückst es sehr direkt aus. Aber die Leute lernen einander dabei kennen und lieben.«

Sie sah mich lächelnd an, und ich dachte: Ich werde heute Abend mit Lance darüber sprechen. Wir müssen öfter Gäste einladen, wir können es uns ja leisten, und ich muss einen Ehemann für Aimée finden.

Wir standen auf, streckten uns und gingen zu den Pferden. Auf dem Heimweg waren wir beide schweigsam.

Am Abend sprach ich mit Lance über Aimée.

»Das arme Mädchen ist unglücklich wegen ihrer Lage und das verstehe ich. Sie hatte von unserem Vater Geld geerbt, es aber auch bei dieser unglückseligen Seifenblase verloren. Sie ist stolz und es stört sie, dass sie von uns abhängig ist. Wenn wir öfter hier am Land Gesellschaften geben, könnten wir vielleicht einen Mann für sie finden.«

»Dann lass uns das tun, geliebte Kupplerin.«

Ein paar Tage später erzählte ich Jeanne, während sie meine Haare bürstete, dass wir öfters Partys geben wollten.

»Wird es dir Spaß machen?«, fragte sie.

»Um die Wahrheit zu sagen, Jeanne, ich habe es selbst vorgeschlagen.«

»Sie werden wieder Karten spielen. Willst du das?«

»Natürlich nicht. Aber ich finde, meine Schwester sollte Leute kennen lernen.«

»Damit sie einen Mann einfängt?«

»Das habe ich nicht gesagt, Jeanne.«

»Nein, aber du sagst nicht immer, was du denkst.«

»Und wenn es so wäre, wäre es doch eine gute Idee, oder?«

»Eine sehr gute Idee. Madame Aimée ist nicht die Frau, für die du sie hältst.«

»Was meinst du jetzt schon wieder?«, fragte ich leicht gereizt. Jeannes ständige Andeutungen über Aimée ärgerten mich allmählich.

»Wir dürfen sie nicht aus den Augen lassen. Sie versteht sich auf Männer. Und ein Mann ist und bleibt ein Mann ... auch der beste von ihnen.«

Ich wusste, dass sie auf Lance anspielte, für den sie übertriebene Bewunderung hegte – weil er so gut aussah, weil er sich elegant kleidete, weil er sich so vornehm benahm.

»Manchmal erzählst du blühenden Unsinn, Jeanne.«

Sie riss heftig an einer Strähne, sodass ich protestierend aufschrie.

»Du wirst schon sehen«, prophezeite sie düster.

Ich bedauerte sehr bald, dass ich diese Partys vorgeschlagen hatte, denn damit begann ein fröhliches Treiben, und die gesellschaftlichen Zusammenkünfte endeten meist an den Spieltischen.

Lance, den die kürzliche Katastrophe ziemlich ernüchtert hatte, wurde genauso heftig von der Spielleidenschaft erfasst wie zuvor. Auch Aimée konnte sich dem Reiz des Spiels nicht entziehen. Lance behauptete, dass sie beim Pharao sehr gut war, und sie spielten manchmal bis in die frühen Morgenstunden hinein. Ich zog mich meist schon vorher zurück, was aber niemanden störte. Sobald die Tische aufgestellt waren, vergaßen die Spieler alles andere um sich.

Lance hatte eine Glückssträhne und war natürlich davon überzeugt, dass er mit der Zeit alle seine Verluste wettmachen würde. Seiner Meinung nach war das Glück wechselhaft: Heute war man noch unten, morgen wieder ganz oben.

Natürlich war ich wieder beunruhigt, aber ich wollte keine ewig nörgelnde Frau sein, und außerdem hatte ich längst begriffen, dass Lance immer ein Spieler bleiben würde, ganz gleich was ich sagte oder tat.

Um Aimée machte ich mir beinahe noch mehr Sorgen als um Lance, denn er wusste immerhin, was er tat. Ich machte ihm Vorwürfe, weil er Aimée zum Spielen verleitete.

»Woher soll sie denn das Geld nehmen?«, fragte ich ihn. »Du kennst doch ihre finanziellen Verhältnisse.«

»Gönn ihr doch das Gefühl der Spannung«, meinte er. »Das arme Kind hat eine schwere Zeit hinter sich. Es macht ihr wirklich Spaß und sie ist eine gute Spielerin; außerdem hat sie Glück. Es gibt tatsächlich Leute, die beinahe immer gewinnen.«

»Aber wie kann sie es sich leisten ...«

»Mach dir deshalb keine Sorgen. Ich habe ihr Geld geliehen; wenn sie gewinnt, zahlt sie es mir zurück, und wenn sie verliert, vergessen wir die Schuld.«

»O Lance!«

Er nahm mich in die Arme und küsste mich lachend. »Lass dem Mädchen das Vergnügen«, bat er.

»Es ist nicht das Richtige für sie.«

»Nicht alle können so sein wie du, Liebste.«

Ich schwieg, denn ich merkte, dass ich im Begriff war, eine pedantische Spielverderberin zu werden.

Einige Tage danach wurde ich zufällig Zeuge einer kleinen Auseinandersetzung zwischen Jeanne und Aimée. Bis dahin hatte zwischen ihnen stumme, aber unübersehbare Feindschaft geherrscht.

Ich war unterwegs zu Aimées Zimmer, als ich ihre streitenden Stimmen hörte. Wider Willen blieb ich stehen und lauschte; sie sprachen schnell und gereizt auf Französisch.

»Nimm dich in Acht«, sagte Aimée gerade. »Du bist hier nicht in der Rue de la Morant.«

»Woher wissen Sie, dass ich jemals in der Rue de la Morant gelebt habe?«

»Ich weiß, dass du mit deiner Mutter und deiner Großmutter dort gewohnt hast. Ich weiß, dass nur die Ärmsten der Armen dort unterkriechen.«

»Wir konnten uns nichts anderes leisten. Aber woher wissen Sie es?«

»Du hast es einmal erwähnt.«

»Das stimmt nicht, ich habe niemals darüber gesprochen, niemals.«

»Schweig, und sprich nicht in diesem Ton mit Höhergestellten.«

»Sie ... Sie ...«, schrie Jeanne empört. »Nehmen Sie sich nur in Acht. Wenn Sie meiner Lady Clarissa jemals etwas antun, bringe ich Sie um.«

Ich wollte nichts mehr hören, sondern drehte mich um und lief davon.

Die zunehmende Feindschaft zwischen Jeanne und Aimée gefiel mir ebenso wenig wie die Glücksspiele, die wieder einmal im Mittelpunkt unseres Lebens standen.

Die gespannte Stimmung hielt an, der Sommer und der Herbst gingen rasch vorbei und dann stand plötzlich Weihnachten vor der Tür. Wie gewöhnlich hatten wir die Absicht, nach Enderby zu fahren; am Morgen des zwanzigsten Dezember machten wir uns auf den Weg.

Die Reise war nicht ganz ungefährlich, denn es war zeitig kalt geworden, und alles deutete auf einen strengen Winter hin.

Wir brauchten drei Tage, um nach Enderby zu gelangen, und Damaris hatte angesichts des schlechten Straßenzustands schon große Ängste ausgestanden. Aimée und Jean-Louis begleiteten uns natürlich und die ganze Familie begrüßte den Kleinen begeistert und bewunderte ihn – nur Sabrina schloss sich davon aus. Jean-Louis lenkte die allgemeine Aufmerksamkeit zu sehr von ihr ab.

Sie freute sich jedoch darüber, mich wiederzusehen und ihre leidenschaftliche Begrüßung rührte mich.

»Es wird schneien und frieren«, erklärte sie mir, »und wir werden alle auf dem Teich Eis laufen. Ich habe neue Schlittschuhe, die mir mein Papa gekauft hat, aber ich bekomme sie erst zu Weihnachten.«

Da ich längere Zeit von Enderby fortgewesen war, erkannte ich jetzt, wieso die Leute meinten, dass es einen unheimlichen Eindruck machte. Ob es auf die Tragödien zurückzuführen war, die sich vor langer Zeit in dem Haus abgespielt hatten, oder darauf dass die Fenster zu klein waren und zu wenig Licht einließen und die alten Bäume zu nahe am Haus standen, sodass die Zimmer noch düsterer wirkten, weiß ich nicht. Aber noch bevor sich die Tragödie ereignete, hatte ich das Gefühl eines drohenden Unheils.

Als wir ankamen, brannten in allen Kaminen Feuer, und Damaris hatte die übliche Weihnachtsdekoration aufgehängt, konnte aber damit nicht die düstere Stimmung vertreiben.

Sabrina bestand darauf, dass ich ihr viel Zeit widmete,

denn sie hing an mir und betrachtete mich als eine Art ältere Schwester. Das war nur natürlich, da Damaris bei mir die Mutterstelle vertreten hatte. Sabrina zeigte mir stolz ihre Geschenke; den Ehrenplatz nahmen die Schlittschuhe ein, dann kam ein Pelzmuff, den sie von ihrer Mutter bekommen hatte, und dann mein Geschenk – ein Sattel für ihr Pony, denn ich hatte erfahren, dass sie sich einen wünschte. Sie strahlte vor Glück, lief immer wieder zum Fenster, um zu sehen, ob es noch schneite, und fragte Jeremy hundertmal am Tag, ob der Teich schon fest genug gefroren war, damit man auf ihm Eis laufen konnte.

Sie mochte Aimée nicht, wahrscheinlich deshalb, weil sie Jean-Louis' Mutter war. Den Kleinen bezeichnete sie nur als »das dumme Baby«.

»Auch du warst einmal ein Baby«, machte ich sie aufmerksam.

»Aber ich bin sehr schnell gewachsen«, antwortete sie verächtlich.

»Das wird er auch tun.«

»Schön, aber *jetzt* ist er ein dummes Baby.«

Damaris machte ihr deswegen immer wieder Vorhaltungen. »Du bist zu ungeduldig, Sabrina. Bedenke, dass es außer dir auch noch andere Menschen auf der Welt gibt.«

»Das weiß ich.«

»Du musst auf sie Rücksicht nehmen.«

»Alle nehmen auf das Baby mehr Rücksicht als …«

»Natürlich, weil es noch so klein ist. Aber sie nehmen auch auf andere Leute Rücksicht.«

»Es hat aufgehört zu schneien. Papa sagt, dass es frieren wird und dass wir vielleicht morgen …«

Wie ein Wirbelwind war sie draußen, um Jeremy nach der Temperatur zu fragen.

»Sabrina macht mir Sorgen«, vertraute mir Damaris an. »Sie ist so impulsiv und selbstsüchtig.«

»Alle Kinder sind so.«

»Bei Sabrina ist es stärker ausgeprägt. Es ist merkwürdig, dass ausgerechnet Jeremys und mein Kind so ist. Sie erinnert mich an deine Mutter und ich kann nur hoffen, dass sie einmal glücklich wird. Ich glaube nämlich nicht, dass deine Mutter trotz ihrer blendenden Eigenschaften jemals glücklich war. Manchmal zittere ich um Sabrina.«

»Du machst dir zu viel Sorgen. Mit Sabrina ist alles in Ordnung; sie ist ein normales, gesundes, unternehmungslustiges Kind.«

»Du hast sie gern, nicht wahr, Clarissa?«

»Natürlich, sie ist wie eine kleine Schwester für mich.«

»Aber du hast eine neue Schwester.« Sie sah mich besorgt an. »Du verträgst dich doch mit Aimée, oder?«

»Natürlich.«

»Ich muss oft daran denken, dass es viel besser gewesen wäre, wenn deine Mutter bei Benjie geblieben wäre. Er war schließlich und endlich ihr Mann ... und er ist ein so guter Mensch. Er ist jetzt wenigstens wieder glücklich, aber wenn deine Mutter bei ihm geblieben wäre, könnte sie heute noch am Leben sein.«

»Es hat keinen Sinn, über alle ›Wenn‹ und ›Aber‹ nachzudenken. Es ist anders gekommen, und wir müssen uns damit abfinden.«

»Du würdest immer für Sabrina sorgen, nicht wahr?«

»Natürlich würde ich das tun. Aber sie lebt ja hier bei dir, und du bist diejenige, die sie betreut.«

»Ja, außer ...« Plötzlich lächelte sie. »Ich muss dir etwas gestehen, Clarissa. Ich erwarte ein zweites Kind.«

»Wie schön für dich; du musst sehr glücklich sein.«

»Ja, natürlich. Sabrina ist ein so lebhaftes Kind, und ich freue mich, dass sie nicht allein bleibt. Auch Jeremy ist glücklich; wir wünschen uns beide einen Sohn.«

»Du wirst sehen, wenn das Kind erst einmal auf der Welt ist, wird es dir gleich sein, ob es ein Junge oder ein Mädchen ist.«

»Es wäre ja so schön, Clarissa, wenn du ...«

»Ja, ich weiß, und ich werde sicherlich auch einmal ein Kind bekommen.«

»Ich hoffe es für dich. Für mich ist es eine sehr große Freude, obwohl ...«

Ich sah sie fragend an, und sie fuhr fort: »Hoffentlich geht alles gut. Manchmal ...«

»Selbstverständlich wird es gut gehen, du bist doch jetzt gesund und kräftig.«

»Ja, aber manchmal ...«

Ich tat ihre düstere Stimmung mit einem Achselzucken ab. Es war nur ganz natürlich, dass die neuerliche Schwangerschaft ihr Sorgen bereitete. Außerdem hatte Jeremy sie mit seiner Schwarzseherei angesteckt.

Am Dreikönigstag war der Teich fest gefroren und zu Sabrinas Entzücken gingen wir Eis laufen. Jeremy, Lance und ich wagten uns mit dem Kind auf das Eis, die anderen sahen vom Ufer aus zu. Sabrina kreischte vor Vergnügen; sie sah in dem roten Mantel und der roten Haube bildhübsch aus, presste den Pelzmuff an sich und glitt mit ihrem Vater über den Teich. Ihre Wangen waren genauso rot wie ihre Kleidung und ihre Augen blitzten; ein lang gehegter Wunsch war ihr in Erfüllung gegangen.

Als es dunkel wurde und wir nach Hause gingen, war sie enttäuscht.

»Morgen ist der Teich auch noch gefroren«, meinte ihr Vater, und sie rief: »Wenn es nur schon morgen wäre.«

Am nächsten Tag stand sie in aller Herrgottsfrühe auf und quälte uns, wieder mit ihr zum Teich zu gehen.

Am dritten Tag hatte das unbeständige englische Wetter umgeschlagen und es war wärmer.

»Wenn es so weitergeht«, erklärte Jeremy, »wird es früher tauen, als ich gedacht habe.«

Sabrina war verzweifelt, aber ihr Vater blieb hart. »Wir gehen erst wieder Eis laufen, wenn das Eis sicher trägt.«

Er ging am Morgen zum Teich und berichtete uns dann, dass das Eis Sprünge zeigte. »Damit ist es mit dem Eis laufen vorläufig vorbei, bis das Wetter wieder umschlägt.«

»Aber es ist doch noch Eis auf dem Teich«, protestierte Sabrina.

»Es wird auch noch längere Zeit bleiben, aber man kann nicht mehr darauf Eis laufen.«

»Doch, das kann man«, widersprach Sabrina rebellisch.

»Du darfst erst wieder auf das Eis, wenn ich es dir sage«, befahl Jeremy.

Sabrina zog trotzig ein Schmollmündchen.

»Liebling, wenn dein Vater findet, dass das Eis nicht mehr trägt, dann stimmt es«, griff Damaris ein. »Du musst also warten, bis es wieder friert.«

Sabrina war still ... zu still. Das hätte uns warnen müssen.

Am Nachmittag wollte ich ihr vorschlagen, mit mir auszureiten. Sie ritt gern und freute sich immer, wenn ich sie begleitete. Man musste allerdings auf sie aufpassen, weil sie viel zu wagemutig war. Wie die meisten Kinder kannte sie keine Angst und kam nie auf die Idee, dass etwas schief gehen konnte.

Ich konnte sie nicht finden. Nanny Goswell, die mit uns nach Enderby gekommen war, um Jean-Louis zu betreuen, sagte, dass sie gesehen habe, wie Sabrina aus dem Haus lief. Ich fragte Damaris nach Sabrina und als sie hörte, dass ich das Kind nicht finden konnte, wurde sie unruhig. Ich verließ sie, um das Haus zu durchsuchen.

Es wäre besser gewesen, wenn ich bei ihr geblieben wäre.

Ich stieg zu den Dachkammern hinauf, denn Sabrina erforschte sie gern. Zufällig blickte ich zum Fenster hinaus und sah, dass Damaris querfeldein lief. Sie hatte nicht einmal einen Mantel an – sie wird erfrieren, dachte ich noch. Dann erschrak ich, weil mir plötzlich etwas einfiel. Ich sah

Sabrina vor mir, die so merkwürdig still gewesen war und sichtlich über etwas nachdachte – und ich begriff.

Ich vergaß ebenfalls Mantel und Handschuhe und lief so rasch ich konnte zum Teich hinunter.

Mit einem Blick erkannte ich, was geschehen war. Sabrina war trotz des Verbots Eis laufen gegangen. In der weißen Fläche klaffte ein Loch, aus dem Sabrinas Kopf mit der roten Haube ragte. Damaris lag der Länge nach auf dem Eis und hielt sie fest.

Einen Augenblick lang überwältigte mich die Panik und ich wusste nicht, was ich tun sollte. Wenn ich versuchte, die beiden zu retten, gab das Eis vielleicht unter meinem Gewicht nach. Es war ohnehin ein Wunder, dass es Damaris noch trug.

Ich lief zum Haus zurück und rief nach Lance und Jeremy. Zum Glück war Jeremy im Garten und hörte mich. Atemlos erklärte ich, was geschehen war, und dann erschien Lance.

Zu dritt rannten wir zum Teich zurück.

Es war beinahe eine Katastrophe; diese fürchterlichen Augenblicke haben sich mir für immer eingeprägt. Jeremy war so verzweifelt, dass er überhaupt nichts unternahm, und es war Lance, der ruhig und überlegt das Richtige tat. Er handelte beinahe lässig, als wäre es etwas Alltägliches, Menschen aus einer solchen Situation zu retten. Jeremy war durch sein lahmes Bein behindert, aber Lance holte Sabrina mit überraschender Geschicklichkeit und Sicherheit aus dem Wasser und reichte sie mir, während Jeremy Damaris vorsichtig von dem dünnen Eis zurückzog.

Sabrinas Gesicht war weiß und sie war eiskalt; es war so ungewohnt, sie so reglos und ruhig zu sehen. Smith, der erfahren hatte, was geschehen war, kam zum Teich gelaufen, nahm mir den triefend nassen Körper aus den Armen und rannte mit ihm ins Haus. Ich wandte mich Damaris zu. Sie war halb ohnmächtig und Lance nahm sie auf die Arme und trug sie zurück.

Im Haus wurden schon Wärmpfannen und heiße Ziegel zurechtgemacht und Decken bereitgelegt.

Nanny Curlew und ich zogen Sabrina die nassen Kleider vom Leib, hüllten sie in ein warmes Handtuch und rieben sie trocken. Dann wickelten wir sie in eine Decke und legten sie in das vorgewärmte Bett. Ihre Zähne klapperten und ich war darüber erleichtert, denn es war schrecklich gewesen, sie so still daliegen zu sehen:

Sie schlug die Augen auf und sah mich an.

»Clarissa ...«, flüsterte sie.

Ich beugte mich zu ihr hinunter und küsste sie. »Du bist jetzt in Sicherheit, mein Liebling, du liegst in deinem warmen Bett.«

»Ich hatte solche Angst. Es krachte ... und ich war im Wasser. Oh, war das kalt!«

»Du wirst mir später davon erzählen.« Ich streichelte ihr Gesicht. »Du bist zu Hause und alles ist in Ordnung.«

»Bleib bei mir«, murmelte sie.

Ich blieb also an ihrem Bett sitzen und sie hielt meine Hand fest.

»Es wird keine Folgen für sie haben«, meinte Nanny Curlew. »Vielleicht eine Verkühlung, aber nicht mehr.«

Ich betrachtete das reizende Gesichtchen, das jetzt ganz anders aussah – blass und ruhig; die Wimpern wirkten auf der bleichen Haut noch dunkler. Ich war so froh, weil Lance sie gerettet hatte, und dankte Gott dafür, dass dieses Abenteuer nicht tragisch ausgegangen war.

Es stellte sich jedoch heraus, dass ich zu früh gejubelt hatte.

Damaris war schwer krank.

Die Kälte hatte sie so geschwächt, dass am nächsten Tag feststand, dass sie eine Fehlgeburt haben würde und in Lebensgefahr schwebte. Als junges Mädchen hatte sie unter rheumatischem Fieber gelitten und war damals nicht fähig gewesen, das Krankenlager zu verlassen. Aber dann war ein Wunder geschehen; sie hatte Jeremy kennen gelernt und die beinahe übermenschliche Aufgabe gelöst, mich zu retten. Das hatte ihr solchen seelischen Auftrieb gegeben, dass sie ein beinahe normales Leben führen konnte, auch wenn sie nie sehr kräftig war. Sabrinas Geburt war eine schwere Belastung für sie gewesen, aber sie hatte auch das überstanden und wollte noch ein Kind. Ihre Konstitution war jedoch nicht so kräftig, dass sie sich ungestraft der nassen, eisigen Kälte aussetzen konnte.

Es kam zur Fehlgeburt und in den darauf folgenden Tagen warteten wir angstvoll auf die Berichte des Arztes. Ich hatte das Gefühl, dass das Haus beinahe über mich triumphierte, das Haus der Schatten, der Drohung, in dem das Böse jenen auflauerte, die wagten, hier zu leben.

Merkwürdig ... denn als es mein Heim gewesen war, hatte ich es nie so empfunden.

Sabrina erholte sich rasch. Bereits am zweiten Tag saß sie im Bett und aß mit großem Appetit. Nanny Curlew hatte angeordnet, dass sie im Bett bleiben müsse, und weil sie wusste, dass ihr Ungehorsam an allem Schuld trug, was geschehen war, war sie ausnahmsweise folgsam.

Doch das wahre Wesen Sabrinas lauerte nur auf eine Gelegenheit hervorzubrechen – bis Jeremy zu ihr kam. Ich war dabei – und erlebte es mit; aber ich verstand erst nachher, dass es für Sabrina ein schwer wiegendes Ereignis gewesen war.

Jeremy mochte sein Kind, aber er liebte Damaris über alles in der Welt. Damaris hatte ihn der Verzweiflung entrissen. Ich hatte ihre Geschichte gelesen und wusste daher, was sie für ihn getan hatte. Er war mürrisch und unglücklich gewesen, hatte sich von den Menschen zurückgezogen, sich von dem Leben abgewandt und geglaubt, dass ihm nie etwas Gutes widerfahren konnte. Dann trat

Damaris in sein Dasein; auch sie war körperlich behindert und zeigte ihm, dass das Leben dennoch lebenswert war. Er hatte sie begleitet, als sie nach Paris fuhr, um mich zu suchen, und ich war den beiden umso mehr verbunden, als ich ebenfalls eine Rolle in ihrer Liebesbeziehung spielte. Bei diesem Abenteuer hatte Jeremy begriffen, wie mutig und selbstlos Damaris war, und daraufhin hatten sie gemeinsam ein neues Leben aufgebaut.

Jeremy war in gewissem Sinn noch immer ein Menschenfeind und würde diese düstere Seite seines Wesens nie ganz unterdrücken können. Er erwartete nie erfreuliche Ereignisse, sondern immer nur Schicksalsschläge, und war davon überzeugt, dass er vom Pech verfolgt war. Er war in allem das genaue Gegenteil des allezeit optimistischen Lance.

Im Augenblick befand er sich in einem Zustand tiefster Depression. Natürlich trauerte er um das Kind, das Damaris verloren hatte, aber vor allem hatte er Angst um sie selbst. Es war sehr wahrscheinlich, dass sie infolge der Unterkühlung einen Rückfall in die alte Krankheit erleiden würde, an der sie schon in ihrer Jugend gelitten hatte. Sie war sehr krank und da ich Jeremy kannte, wusste ich, dass er sie im Geist bereits im Grab liegen sah und sich so einsam und verlassen fühlte wie in der Zeit, bevor er sie kennen gelernt hatte.

Sein Gesicht sah blass aus, und seine dunklen Augen glühten. Ich hatte ihn noch nie in so einem Zustand gesehen; Sabrina setzte sich auf und starrte ihn an.

Sie hatte sich ihrem Vater gegenüber immer ein bisschen unsicher gefühlt – vielleicht erlag er ihrem Charme nicht so leicht wie alle anderen. Und jetzt wusste sie natürlich, dass sie durch ihren Ungehorsam uns allen Kummer bereitet hatte; dabei wusste sie noch gar nicht, wie groß dieser Kummer in Wirklichkeit war.

Er blieb am Fußende des Bettes stehen und sah sie beinahe verächtlich an, als wolle er eine möglichst große Entfernung zwischen sie und sich legen.

Sie starrte ihn aus weit aufgerissenen Augen an und ihre Lippen zitterten. Einen Augenblick lang sprach er nicht und Sabrina, die Stille nie ertragen konnte, rief: »Papa … ich … es tut mir leid …«

»Leid«, wiederholte er mit einem Blick, als hasse er sie. »Du bist ein böses Mädchen. Weißt du, was du deiner Mutter angetan hast? Sie hat das Kind verloren, auf das sie sich so freute. Und sie ist jetzt krank, sehr krank. Ich habe dir gesagt, dass der Teich gefährlich ist und dass du nicht dorthin gehen sollst. Ich habe dir verboten …«

»Ich wusste nicht …«, begann Sabrina.

»Du wusstest, dass du etwas Verbotenes tatest. Du gingst Eis laufen, obwohl du nicht die Erlaubnis dazu hattest, und deine Mutter setzte ihr Leben aufs Spiel, um das deine zu retten. Vielleicht hast du sie dadurch getötet.«

Ich rief unwillkürlich: »O nein … nein … *bitte* …«

Er sah mich nicht an, sondern drehte sich um und verließ den Raum.

Sabrina starrte ihm nach, dann wandte sie sich mir zu und warf sich mir an den Hals. Schluchzen erschütterte ihren Körper; sie konnte überhaupt nicht mehr aufhören zu weinen. Ich strich ihr über das Haar und versuchte, sie zu trösten, aber Sabrina war untröstlich. Zum ersten Mal in ihrem Leben stand sie einer Situation gegenüber, aus der sie ihr Charme nicht retten konnte.

Es war eine traurige Zeit. Unsere Besorgnis um Damaris wuchs, denn zu der Fehlgeburt kam noch, dass sie wirklich schwer krank war. Nicht nur Jeremy in seinem abgrundtiefen Pessimismus nahm an, dass sie vielleicht nie mehr gesund werden würde.

Priscilla und Arabella kamen jeden Tag von Enderby herüber, obwohl niemand von uns etwas tun konnte.

Ich machte mir auch um Sabrina Sorgen, denn sie hatte sich sehr verändert. Sie hatte ihre Fröhlichkeit vollkommen verloren und war schweigsam, beinahe unfreundlich. Nanny Curlew sagte: »Sie ist genauso schlimm wie früher, nur auf eine andere Art. Sie ist das schwierigste Kind, das mir je untergekommen ist. Sie ärgert auch den kleinen Jean-Louis; wahrscheinlich ist sie eifersüchtig auf ihn.«

Ich saß oft bei Damaris, weil meine Anwesenheit sie zu beruhigen schien. »Sie hat dich sehr gern«, erklärte Priscilla, »du bedeutest ihr sehr viel.«

Einmal nahm ich Sabrina mit. Sie wollte mich zwar nicht begleiten, aber ich überredete sie dazu.

Damaris lächelte ihre Tochter an und hielt ihr die Hand hin. Sabrina schrak zurück, aber ich flüsterte ihr zu: »Komm, nimm die Hand. Sag deiner Mutter, wie sehr du sie lieb hast.«

Sabrina ergriff die Hand und sah ihre Mutter herausfordernd an.

»Gott segne dich, mein Liebling«, sagte Damaris, und Sabrinas Gesicht wurde weich. Ich glaube, sie war nahe daran, in Tränen auszubrechen.

Sie brauchte jetzt so viel Liebe wie nie zuvor, dachte ich. Jeremy hatte sie schwer verletzt – das war nicht richtig an ihr gehandelt: Sie war ja noch ein Kind. Sie hatte sich gedankenlos und eigensinnig verhalten, aber das war alles. Sabrina brauchte jetzt Damaris' Liebe, aber Damaris war krank, und deshalb musste ich mich ihrer besonders annehmen.

Natürlich war es an der Zeit für uns, Enderby zu verlassen. Ich wusste, dass Lance Verschiedenes auf seinem Gut erledigen musste und dass er sich nach London sehnte. Auch Aimée war unruhig, denn wie die Dinge jetzt lagen, konnte sich in Enderby niemand wohl fühlen.

Ich sprach mit Lance darüber. Er gab zu, dass er in die Stadt zurückwollte, aber ich erklärte, dass ich mich nicht entschließen konnte, Enderby zu verlassen, solange ich nicht wusste, wie es mit Damaris weiterging. Auch um Sabrina machte ich mir Sorgen. Wie immer verstand Lance sofort meine Beweggründe.

»Es ist nur so, dass wir nicht alle hier bleiben können«, wandte er ein. »Wir sind einfach zu viele Personen. Außerdem fallen wir dem Haushalt zur Last.«

Ich sah ein, dass Lance sich langweilen musste. Wir hatten ja ursprünglich nur über die Weihnachtszeit bleiben wollen. Hier gab es keine Kartenspiele, solche Unterhaltungen waren in Eversleigh nicht gern gesehen. Das ruhige, gleichmäßige Landleben musste Lance mit der Zeit auf die Nerven gehen.

Wir kamen überein, dass Lance nach London zurückkehren würde; Aimée, Jean-Louis und Nanny Goswell sollten ihn begleiten. Ich wollte in Enderby bleiben, bis ich sicher wusste, dass Damaris wieder gesund werden würde.

Jeanne schüttelte den Kopf, als sie von diesem Entschluss hörte. Es ist nicht gut, fand sie, wenn Mann und Frau getrennt leben.

»Getrennt leben!«, widersprach ich. »Wir leben doch nicht getrennt. Dieser Zustand hält ja nur solange an, bis Tante Damaris wieder gesund ist.«

»Und inzwischen fährt er fort … mit Madame Aimée? Das gefällt mir gar nicht.«

»Ach, Jeanne, gib dich nicht so melodramatisch.«

»Sie spielen miteinander Karten. So ein schöner Mann, und eine Frau wie sie. Sie ist …«

»Ja, ich weiß. Sie ist Französin, und du bist auch eine, deshalb weißt du Bescheid. Das wolltest du ja sagen, nicht wahr?«

»Vielleicht wirst du einmal nicht mehr darüber lachen«, trumpfte Jeanne viel sagend auf.

X

Der Blick in den Spiegel

Damaris genas, aber nicht vollständig. Sie fühlte sich sehr schwach; dennoch waren wir alle überglücklich, als es ihr allmählich besser ging.

Jeremy benahm sich Sabrina gegenüber noch immer kühl und man merkte, dass das Kind mit etwas nicht fertig wurde.

Endlich konnte ich mit Damaris über dieses Problem sprechen und das bedeutete für mich eine große Erleichterung.

»Die arme Sabrina«, sagte ich, »leidet sehr darunter. Du wirst sicherlich verstehen, dass sie das alles schwer getroffen hat. Sie weiß, dass sie an allem Schuld trägt ... an der Fehlgeburt, deiner Krankheit, den Sorgen. Du wirst bestimmt Verständnis für sie aufbringen.«

Natürlich verstand sie ihr Kind und dankte mir mit Tränen in den Augen für alles, was ich für Sabrina getan hatte. Ich wies ihren Dank zurück, denn das Entscheidende hatte Damaris selbst geleistet ... sie hatte Sabrina das Leben gerettet.

Ich pflegte Sabrina mitzunehmen, wenn ich ihre Mutter besuchte. Zuerst wollte sie nicht mitkommen und sah Damaris beinahe mit Abscheu an; der Grund dafür war, dass sie wusste, dass Damaris wegen ihres Ungehorsams im Bett liegen musste. Aber nach einiger Zeit siegten Damaris' Sanftmut und Liebe und Sabrina verlor ihre Scheu. Sie saß auf dem Bett und ich erzählte Geschichten oder wir spielten »Ich schaue mit meinem kleinen Auge«. Dieses Spiel ging so: Die anderen mussten den Gegenstand erraten, den ich ansah, und der, der ihn erriet, durfte sich als nächster einen Gegenstand aussuchen. Bald hatten wir Sabrina so weit, dass sie lachend auf dem Bett herumtobte. Diese fröhliche Stimmung hielt nicht lange an, aber es tat gut, dass die alte Sabrina wenigstens gelegentlich zum Vorschein kam.

Dann stellte ich fest, dass es für mich an der Zeit war abzureisen. Ich erklärte es Damaris, die mich sehr gut verstand und sich bemühte, kräftiger und gesünder zu wirken, als sie tatsächlich war.

»Du darfst Lance nicht länger allein lassen.« Dann griff sie nach meiner Hand. »Oh, Clarissa, du hast mir immer so viel Glück gebracht.«

»Umgekehrt stimmt es eher. Ich frage mich oft, was aus mir geworden wäre, wenn du mich nicht aus Frankreich hierher geholt hättest.«

»Denk nicht mehr daran. Clarissa, ich glaube, du verstehst Sabrina am besten von uns allen, und sie liebt dich abgöttisch.«

»Sie ist ein entzückendes und sehr hübsches Kind.«

»Ja, deshalb habe ich ja Angst um sie. Deine Mutter war so wie sie; sie strahlte ebenfalls eine unglaubliche Anziehung aus. Diese Eigenschaft taucht immer wieder bei einzelnen Mitgliedern unserer Familie auf, und ich bin nicht sicher, ob sie immer zum Vorteil gereicht; manchmal kann sie auch ein erheblicher Nachteil sein. Ich mache mir Sabrinas wegen Sorgen, Clarissa.«

»Sie wird im Laufe der Jahre vernünftig werden.«

»In letzter Zeit benahm sie sich so merkwürdig.«

»Nur deshalb, weil sie sich die Schuld an dem Unglück gibt und weil auch Jeremy sie deshalb tadelt.«

»Ich habe mit Jeremy darüber gesprochen. Er kann nicht anders handeln, er macht sich zu viel Sorgen um mich.«

»Du musst erst einmal gesund werden, Tante Damaris. Jeremy und Sabrina brauchen dich beide.«

Einen Augenblick schwieg sie gerührt, dann sagte sie: »Clarissa, willst du mir etwas versprechen? Du hast es schon einmal getan, aber ich möchte ganz sichergehen.«

»Natürlich verspreche ich es dir. Es geht um Sabrina, nicht wahr?«

»Nur für den Fall, dass ich nicht mehr gesund werde.«

»Du darfst auch nicht einen Augenblick lang so etwas denken.«

»Ich versuche es ja, Clarissa. Aber nehmen wir einmal an, dass mir etwas zustößt, dass ich sterbe. Versprich mir, dass du dich Sabrinas annehmen wirst.«

»Sie gehört hierher; hier ist sie zu Hause.«

»Jeremy hat in seinem Leben schon sehr viel Leid erfahren, ich wage gar nicht daran zu denken, was er tun würde, falls ich sterbe.«

»Ich verstehe.«

»Versprich mir also, dass du dich Sabrinas annehmen wirst. Sie liebt dich von Herzen, wahrscheinlich mehr als irgendeinen anderen Menschen. Sorge für sie – um meinetwillen, Clarissa.«

Ich ergriff ihre Hand und küsste sie, denn wenn ich sie angesehen hätte, hätte ich geweint.

»Ich verspreche es dir.«

Einige Tage danach verließ ich unter dem heftigen Protest und den lauten Vorwürfen Sabrinas das düstere Enderby, um nach London zu fahren.

In London verlief unser Leben in den gewohnten Bahnen. Wir hatten oft Gäste und Lance war ausgezeichneter Stimmung, weil er im Kartenspiel und bei den Pferderennen eine Glückssträhne hatte. Er war ein zärtlicher Ehemann und ein leidenschaftlicher Liebhaber und zeigte mir auf hunderterlei Arten, wie sehr er sich freute, mich wieder bei sich zu haben. Seine Stimmung färbte auf mich ab; außerdem ging es Damaris besser, sie konnte sich Sabrina mehr widmen, und wenn ich nicht mehr dazwischen stand, würde das Verhältnis zwischen Mutter und Tochter so innig werden wie zuvor. Und ich war dort, wo ich hingehörte: bei meinem Mann.

Aimée fügte sich in den Haushalt ein, als wäre sie wirklich hier zu Hause. Ich war froh darüber, obwohl Jeanne noch immer misstrauisch war. Aimée erzählte mir, dass sie und Lance gemeinsam eingeladen worden waren und dass sie in meiner Abwesenheit die Hausfrau gespielt hatte, wenn Lance Gäste empfing. Sie hatten eine sehr anregende Zeit verbracht.

»Habt ihr gespielt?«, fragte ich.

Lance lachte laut auf.

»Sei nicht so streng, Clarissa. Ich habe ein paar sehr einträgliche Abende hinter mir. Und du hast auch ganz schöne Erfolge gehabt, Aimée, nicht wahr?«

Aimée stimmte in sein Lachen ein. Ich empfand leises Misstrauen, schob es dann aber energisch beiseite. Wenn nicht Jeannes Andeutungen gewesen wären, wäre ich nie auf die Idee gekommen, argwöhnisch zu sein.

Jean-Louis lief schon eifrig im Kinderzimmer herum und plapperte dabei fröhlich vor sich hin. Nanny Goswell behauptete, dass er ein aufgewecktes Kind sei; jedenfalls war er hübsch.

»Der kleine Lauser«, meinte Nanny Goswell zärtlich. »Ihm fehlt nur eines: ein zweites Kind, damit er nicht so allein ist.«

Ich seufzte. Sie wusste ja nicht, wie sehr ich mich danach sehnte, ein eigenes Kind zu bekommen.

Wir verbrachten den Sommer abwechselnd auf dem Land und in London, aber sowohl hier wie dort kam es immer wieder zu Spielabenden. Lance versicherte mir, dass er bald seinen gesamten Verlust bei den Südseegesellschafts-Aktien hereingebracht haben würde.

Ich war nicht ganz davon überzeugt, denn er erzählte mir nur von seinen Gewinnen, verlor aber sicherlich auch erhebliche Beträge.

In jenen Tagen dachte ich mir oft, wie glücklich ich sein könnte, wenn Lance nicht vom Spielteufel besessen wäre. Wenn ihn die Spielleidenschaft überkam, vergaß er alles um sich, auch mich, als wäre er von einem Dämon besessen. Er konnte der Versuchung nie widerstehen. Ich hatte erlebt, dass er ohne zu überlegen fünf oder sogar zwanzig Pfund auf zwei Regentropfen gewettet hatte, die über die Fensterscheibe hinunterliefen. Man hätte annehmen sollen, dass ihm das Fiasko mit den Südsee-Aktien eine Lehre gewesen war, aber das war nicht der Fall.

Seine finanzielle Lage verursachte mir oft Kopfzerbrechen, denn ich war davon überzeugt, dass er Schulden hatte. Einmal fand ich die Mahnung seines Schneiders für eine längst überfällige Rechnung, und als ich ihm deshalb Vorwürfe machte, wandte er ein: »Aber Liebling, kein Mensch zahlt die Rechnungen seines Schneiders früher als nach fünf Jahren.«

»Das ist aber nicht in Ordnung. Vielleicht braucht der arme Mann das Geld.«

»Dieser Mann ist alles andere als arm, er arbeitet für den Hof. Er muss ein Vermögen besitzen – in Schuldscheinen.«

»Davon hat er nicht viel, wenn sie nie eingelöst werden.«

»Alles zu seiner Zeit.«

»Nun, du hast ja gewonnen, also wäre jetzt die richtige Zeit.«

»Das ist logisch, meine Liebe, absolut logisch. Überlass es nur mir.«

Zwanglos, charmant, unbeeindruckt, galant, ein hoffnungsloser Fall. Er war ein Mann, der noch angesichts seines Untergangs lächeln würde. Ich war ganz anders als er – vielleicht hätten wir nie heiraten sollen.

Aimée hingegen war in dieser Beziehung Lance ähnlich.

Ich sah, wie das Kartenspiel sie immer mehr in seinen Bann zog; sie konnte es kaum erwarten, sich an den Spieltisch zu setzen. Gelegentlich fragte ich mich, ob Lance sie immer noch finanziell unterstützte. Auch Jeanne beobachtete sie oft kopfschüttelnd.

»Aimée hat unglaubliches Glück«, erzählte mir Lance. »Ich kenne nur wenige, die besser spielen als sie.«

Daher nahm ich an, dass es wenigstens Aimée gut ging.

Dann kam ich ihr durch einen Zufall auf die Schliche. Wenn wir Gäste zum Abendessen hatten, wanderten sie, sobald die Tafel aufgehoben war, zu den Spieltischen, und ich zog mich regelmäßig in mein Schlafzimmer zurück. Lance versuchte einige Male, mich zum Bleiben zu überreden, aber er bestand nicht darauf – vielleicht fand er, dass ein Spieler in der Familie genügte.

Dann kam ein Abend im Frühherbst. Das Essen war ein Erfolg gewesen, die Gäste hatten sich gut unterhalten. Lance war ein höflicher, geistreicher Gastgeber, aber diese Leute waren durchwegs Spieler und warteten alle nur darauf, endlich jenem Vergnügen nachzugehen, dessentwegen sie hergekommen waren: einander das Geld abzunehmen. Ich kannte die meisten sehr gut, denn Lance und ich pflegten mit ihnen einen lebhaften gesellschaftlichen Verkehr. Gelegentlich begleitete ich Lance, aber ich fürchtete diese Abende, die ich für gewöhnlich bei langweiligen Gesprächen mit Nichtspielern verbrachte. Wir warteten darauf, dass die Kartenspieler endlich Schluss machten, was meist erst in den frühen Morgenstunden der Fall war. Ich erfand oft Ausreden, um nicht mitgehen zu müssen, und Lance zeigte sich tolerant und verständnisvoll und half mir sogar gelegentlich, neue Ausreden zu erfinden. Er selbst ließ sich jedoch durch nichts von diesen Spielabenden abhalten.

Aimée wurde oft eingeladen, denn sie war in Lances Kreis sehr beliebt. »Sie ist, weiß Gott, keine Spielverderberin«, hörte ich oft. »Sie hat keine Angst davor, auch einmal ein Risiko einzugehen.« Nein, dachte ich, natürlich hat sie keine Angst, solange Lance ihr das erforderliche Geld zur Verfügung stellt und sie es nur dann zurückzahlen muss, wenn sie gewinnt.

Aber vielleicht hatte sie sein Geld nicht mehr nötig, denn sie war wegen ihres Glücks geradezu berüchtigt. Ich fragte jedenfalls weder ihn noch sie danach.

An diesem Abend trug sie ein entzückendes Kleid, das sie sich selbst genäht hatte. Es war nicht teuer gewesen; ich hatte sie begleitet, als sie den Stoff in der Leadenhall Street kaufte. Er war hellrot; das Unterkleid war cremefarben und sie hatte es in der Farbe des Kleides bestickt.

Sie sah bezaubernd aus; das bis zur schlanken Taille eng anliegende Kleid bauschte sich über den Hüften und war vorn aufgeschlagen, sodass man das bestickte Unterkleid sehen konnte.

Ich begleitete meine Gäste zu den drei Spieltischen, an denen jeweils vier Personen Platz nahmen. Aimée saß neben einem ältlichen Baron, der ihr Tischherr gewesen war und in sie verliebt zu sein schien. Außerdem saß ein Ehepaar mittleren Alters an ihrem Tisch. Lances Freunde gehörten allen Altersstufen an; das sie verbindende Element war ihre Spielleidenschaft.

Lance legte mir den Arm um die Schultern und küsste mich leicht auf den Nacken.

»Zieh dich ruhig zurück, wenn du gerne möchtest, Liebste.«

Ich nickte, denn ich hatte es ohnehin vorgehabt.

Aber ich blieb noch eine Weile stehen und beobachtete die Spieler und den gespannten Ausdruck auf ihren Gesichtern. Aimée unterschied sich darin nicht von den anderen und ich fühlte mich ihr gegenüber ein bisschen schuldbewusst. Lance hat sie zum Spielen verleitet, dachte ich.

Der Kamin in diesem Raum besaß eine Marmoreinfassung, über der ein großer Spiegel hing. Auf der Einfassung stand eine Schale mit Chrysanthemen, die ich selbst am Vormittag dorthin gestellt hatte. Jemand musste im Vorübergehen daran gestreift haben, denn ein paar Blumen hingen über den Rand der Schale hinab. Ich ging hinüber und schob die Blüten zurecht, während ich zuhörte, wie die Spieler ihre Ansagen machten. Mich fröstelte, denn es deprimierte mich, dass etliche von ihnen den Raum wesentlich ärmer verlassen würden, als sie ihn betreten hatten.

Im Spiegel erblickte ich Aimée – und traute meinen Augen nicht. Ihre Hand glitt in eine verdeckte Tasche in ihrem Unterkleid. Als sie sie hineinsteckte, war die Hand leer gewesen; als sie sie herauszog, hielt sie eine Karte in ihr, die sie geschickt unter ihre übrigen Karten mischte.

Mir wurde übel, denn es war plötzlich so heiß im Zimmer – oder bildete ich mir das nur ein? Ich wollte den Raum verlassen, aber ich stand wie angewurzelt da und starrte Aimée im Spiegel an.

Sie nahm soeben lächelnd die Glückwünsche ihrer Spielpartner entgegen, denn sie hatte wieder einmal gewonnen.

Ich hielt es nicht mehr aus, verabschiedete mich und ging in mein Schlafzimmer. Dort setzte ich mich hin und hielt mit meinem Spiegelbild Zwiesprache.

Es muss ein Irrtum sein, versuchte ich mir einzureden, aber es gelang mir nicht. Ich hatte es zu genau gesehen. Immer wieder erlebte ich den entscheidenden Augenblick, wie sie die Karte aus dem Unterkleid hervorzog, wie sie lächelte, sich vorbeugte, den Ellbogen aufstützte und die Karte unter die anderen mischte.

Sie war wegen ihres Glücks im Spiel berüchtigt! Natürlich, sie musste ja Glück haben, denn sie war eine Falschspielerin.

Damit hatte sie die ärgste Sünde begangen, die es beim Kartenspielen gibt. Was geschah mit Leuten, die man dabei erwischte? Sie wurden aus den Klubs ausgeschlossen und von ihren Bekannten gemieden. Beschuldigungen wegen dieses Vergehens hatten schon zu zahlreichen Duellen geführt.

Was sollte ich unternehmen? Eines stand fest: Ich konnte nicht zulassen, dass Aimée in meinem Haus falsch spielte. Sollte ich es Lance erzählen? Er würde darüber entsetzt sein, und es würde ihn schwer treffen. Wohin sollte sie aber gehen, falls er sie deshalb aus dem Haus wies? Und was wurde dann aus Jean-Louis?

Ich war ganz aufgewühlt und sehr unglücklich.

Endlich entkleidete ich mich und ging zu Bett. Schlaflos wälzte ich mich hin und her und wartete darauf, dass die Gäste sich verabschiedeten und dass Lance heraufkam. Ich wusste noch immer nicht, was ich machen sollte.

Am nächsten Tag wartete ich, bis das Haus am Nachmittag ruhig war und ging dann zu Aimées Zimmer.

Als ich eintrat, begrüßte sie mich mit einem freundlichen Lächeln. »Ich muss mit dir sprechen«, sagte ich ruhig.

»Das ist lieb von dir.«

Ich schüttelte den Kopf. »Du hast am Spieltisch großen Erfolg.«

»Für eine Anfängerin bin ich wirklich nicht schlecht.«

»Du musst einen beträchtlichen Betrag gewonnen haben.«

»Ach, halb so wild. Gerade so viel, dass ich Lance meine Schulden zurückzahlen und einen Teil meiner Verluste bei der Seifenblase wettmachen kann.«

»Dank deiner Methode musst du ja Erfolg haben.«

Sie blickte mich erstaunt an.

»Gestern abend sah ich, wie du beim Spiel geschwindelt hast.«

Sie wurde leichenblass, sprang auf und funkelte mich wütend an.

»Was redest du da! Du warst ja gar nicht dabei.«

»Doch, zu Beginn; ich beobachtete dich im Spiegel.«

»Du hast geträumt.«

»Nein, ganz im Gegenteil, ich habe es deutlich gesehen. Du hattest eine hohe Karte in deinem Unterkleid versteckt und nahmst sie heraus, nachdem die Karten ausgeteilt waren.«

»Das ist nicht wahr!«

»Ich sage dir, dass ich es gesehen habe.«

»Im Spiegel! Das ist einfach unmöglich! Du fantasierst!«

»Ich habe gesehen, dass du falsch spieltest.«

»Unsinn.«

»Es ist kein Unsinn, das weißt du genau. Lance wäre entsetzt.«

»Hast du ihm etwas von dieser ungeheuerlichen Anschuldigung gesagt?«

»Noch nicht.«

»Heißt das, dass du es tun wirst?«

Ich zögerte und als ich sah, dass ihre Augen hoffnungsvoll aufleuchteten, wusste ich zweifelsfrei, dass sie schuldig war.

»Ich weiß noch nicht, was ich unternehmen werde. Wie konntest du nur so etwas tun, Aimée!«

»Dein Wort steht gegen das meine.«

»Glaubst du, dass Lance eher dir glauben würde als seiner Frau?«

»Nein, er wird dir glauben, und dann ...« Sie starrte blicklos vor sich hin.

»Warum hast du es getan?«

»Ich habe es nicht getan.«

»Bitte lüge mich nicht an. Ich habe es gesehen und mich entsetzlich aufgeregt.«

Plötzlich verzog sich ihr Gesicht und sie begann zu weinen. Das rührte mich zutiefst. Ich hatte sie immer für hart und selbstsicher gehalten. Als sie jetzt so verzweifelt war, empfand ich Mitleid mit ihr.

»Warum, Aimée?«

Sie zog ein Taschentuch heraus und tupfte sich damit die Augen ab. »Ich nehme an, dass ich jetzt dein Haus verlassen muss. Du wirst es Lance erzählen und er wird mich fortschicken. Er wird nie dulden, dass eine Falschspielerin in seinem Haus wohnt. Ich wollte es ja nur eine Zeit lang praktizieren, bis ich wieder etwas Geld beisammen habe. Du hast keine Ahnung, wie es ist, wenn man auf die Mildtätigkeit anderer angewiesen ist. Ich wollte etwas für Jean-Louis und mich ersparen, damit wir unabhängig sind. Ich möchte ...«

»Das ist aber nicht der richtige Weg.«

»Ich weiß. Ich sah aber eine Möglichkeit, zu Geld zu kommen, und ergriff sie. Ich lege Geld beiseite, Clarissa, für Jean-Louis und mich.«

»Du nimmst Geld, das dir nicht zusteht.«

»Sie sind alle reich und können es sich leisten.«

»Das ist noch lange keine Entschuldigung für dich.«

»Ich weiß, dass es unrecht ist, aber ich bin ein schwacher Mensch. Ich habe mir die Folgen selbst zuzuschreiben. Erzähl es Lance lieber gleich und ich beginne inzwischen Pläne zu entwerfen ... obwohl ich keine Ahnung habe, wohin ich gehen soll.«

Ich beobachtete sie. Die Verzweiflung in ihrem Gesicht war unübersehbar. Natürlich hatte sie sich über ihre Gewinne gefreut und in ihnen ein Mittel gesehen, durch das sie von mir unabhängig werden konnte. Sie blickte mich flehend an.

»Es war hier so wunderbar. Du bist so freundlich zu mir gewesen ... du und Lance. Aber ich sehe ein, dass ich nicht bleiben kann. Du wirst es ja Lance erzählen, nicht wahr?«

»Er wird dir verbieten, jemals wieder eine Karte anzurühren.«

»Das weiß ich. Und er wird mich unter einem Vorwand wegschicken.«

»Aimée, wenn ich dir verspreche, dass ich es ihm nicht erzähle, versprichst du mir dann auch, dass du nie wieder falsch spielen wirst?«

Sie ergriff meine Hände und drückte sie heftig.

»Ich verspreche es dir von ganzem Herzen.«

Als ich ihr Zimmer verließ, war ich seelisch erschöpft, aber ich fand, dass ich richtig gehandelt hatte.

Aimées Glück im Spiel hatte schlagartig aufgehört.

»So ist es eben«, meinte Lance. »Man hat eine fantastische Glückssträhne und dann ist es plötzlich aus und vorbei. Aber auch das ändert sich wieder.«

»Das glaube ich nicht«, meinte Aimée traurig.

Ich war beruhigt, denn sie spielte offensichtlich nicht mehr falsch.

Ich dachte oft über sie nach und fand Entschuldigungen für sie. Sie war auf gut Glück aus Frankreich herübergekommen in der Hoffnung, dass sie die Familie ihres Vaters finden und ein neues Leben beginnen würde. Bis dahin war ihr Dasein prekär gewesen und die Sicherheit, die sie in Hessenfield fand, hatte ihr Ruhe gegeben. Ich nahm an, dass sie auch nur um der Sicherheit willen geheiratet hatte – sie hatte es jedenfalls ziemlich deutlich zu verstehen gegeben – und dann hatte sie diese Sicherheit wieder verloren, als die Seifenblase geplatzt und ihr Mann gestorben war.

Sie nahm weiterhin an den Spielabenden teil, spielte aber jetzt wesentlich vorsichtiger. Gelegentlich strahlte sie über einen Erfolg, aber noch öfter war sie bedrückt. Ich erklärte ihr, dass es viel besser für sie wäre, wenn sie vollkommen damit aufhören würde, aber Lance hatte sie offensichtlich mit seiner Spielleidenschaft angesteckt.

Es war zu spät; sie kam nicht mehr davon los.

XI

Sabrina

Die Monate gingen rasch dahin. Im Herbst besuchte ich Enderby. Es war ein trauriger Aufenthalt, denn Damaris' Gesundheitszustand hatte sich offensichtlich verschlechtert. Sie verließ das Bett nur noch selten und auch dann musste Jeremy sie auf das Sofa in den Salon hinuntertragen. In seinen Augen lag Verzweiflung. Es war rührend, wie zärtlich und liebevoll er sich Damaris gegenüber verhielt, aber es war auch nicht zu übersehen, dass er immer noch Sabrina die ganze Schuld anlastete.

Sie klammerte sich an mich, als ich eintraf, aber es war eine neue Sabrina, die ihre sorglose Fröhlichkeit verloren hatte. Sie war unfreundlich und ungehorsam.

»Sie macht mir sehr zu schaffen«, beklagte sich Nanny Curlew, die als Einzige mit Sabrina fertig wurde. Mir wurde klar, dass die Tragödie auf dem Eis noch lange nicht vorbei war.

Zuerst war Sabrina begeistert, weil ich gekommen war, und verlangte, dass ich immer bei ihr bleiben solle. Als ich ihr erklärte, dass ich nach einiger Zeit wieder heimfahren würde, weil Enderby nicht mehr mein Zuhause war, trotzte sie und mied mich ein paar Tage lang.

Mit Damaris war ich viel beisammen, weil sie mich immerzu um sich haben wollte. Sie war sehr mager geworden und hatte infolge der ständigen Schmerzen dunkle Ringe unter den Augen.

Sie sprach nie darüber, aber sie war wieder so bewegungsunfähig wie in ihrer Jugend, in der Zeit, bevor sie alle Kräfte zusammengenommen hatte, um sich meiner und Jeremys anzunehmen. Ich wusste, dass sie versuchte, ihre Behinderung zu meistern, denn die Beziehung zwischen Sabrina und ihrem Vater bereitete ihr Kummer. Sie hielt beide für Kinder, die ihrer Fürsorge und Anleitung bedurften, aber sie war zu krank, zu sehr von Schmerzen geplagt, zu müde, um ihre Schwäche besiegen zu können.

Wir unterhielten uns weder über den Unfall auf dem Eis noch über die Zukunft. Aber es bereitete ihr großes Vergnügen, über die Vergangenheit und über die Reise nach Paris zu sprechen. Wir riefen uns den Augenblick wieder ins Gedächtnis, als Jeanne mit einem Korb Veilchen in den Keller trat und Damaris mitbrachte.

Gelegentlich kam auch Jeremy ins Zimmer und setzte sich schweigend zu uns. Für ihn war sie das Teuerste auf der Welt, denn sie hatte ihn aus dem Sumpf der Verzweiflung gerettet und ihm bewiesen, dass es auch für ihn noch ein Glück gab.

Priscilla machte sich ihretwegen große Sorgen. »Es geht abwärts mit ihr. Früher überwand sie solche Anfälle rasch, aber damals war sie auch jünger. Die letzte Fehlgeburt hat sie anscheinend ihre ganze Kraft gekostet, sodass sie gegen die Krankheit nicht mehr ankämpfen kann.«

»Sie ist sehr tapfer«, wandte ich ein. »Schon um Jeremys und Sabrinas willen wird sie alles tun, um am Leben zu bleiben.«

»Ja, aber Jeremy kann dem Kind nicht verzeihen. Jedes Mal wenn er sie ansieht, denkt er daran, dass sie an dem Unglück schuld ist. Und sie liest seine Gedanken in seinen Augen.«

»Die arme Sabrina.«

»Sie ist ein widerspenstiges Kind, genau wie Carlotta. Früher konntest du auf sie Einfluss nehmen, Clarissa, aber jetzt scheint sie dir ablehnend gegenüberzustehen.«

»Man muss ihr begreiflich machen, dass es nicht ihre Schuld war.«

»Aber es *war* ihre Schuld, das sieht sogar sie ein. Wenn sie nicht ungehorsam gewesen wäre, wäre Damaris nichts zugestoßen.«

»Sie ist doch noch ein Kind. Es ist bestimmt nicht gut, wenn man ihr immer wieder ihre Schuld vorhält.«

Priscilla zuckte hilflos die Schultern. »Dazu kommt, dass es meinem Vater auch nicht gut geht; ich frage mich, ob er den Winter überstehen wird. Und wenn ihm etwas zustößt, wird es Arabella sehr schwer treffen. Vielleicht ist es besser, meine Liebe, wenn ihr zu Weihnachten nicht hierher kommt. In Eversleigh macht es ihnen zu viel Arbeit und in Enderby geht es wegen Damaris' Krankheit schon überhaupt nicht. Ich werde meine Hilfe auf die beiden Häuser aufteilen müssen.«

»Wenn du meinst, komme ich erst im Frühjahr wieder. Dann wird alles anders sein.«

Ich wusste damals nicht, wie prophetisch meine Worte waren.

Wir verbrachten Weihnachten in Clavering auf die gewohnte Art, nur dass hier während der Festtage eine Menge Kartenpartien eingeschoben wurden.

Am Weihnachtsmorgen fand ich unter meinen Geschenken ein langes Etui aus dunkelgrünem Samt; als ich es öffnete, funkelte mir eine Halskette aus Diamanten und Smaragden entgegen.

Lance beobachtete mich, als ich sie herausnahm.

»Lance!«, rief ich. »Du!«

»Wer sonst? Sag mir bloß nicht, dass du gewöhnt bist, auch von anderen Herren solche Geschenke entgegenzunehmen.«

»Sie ist herrlich.« Ich konnte nicht anders, ich musste an die unbezahlte Schneiderrechnung denken, die Lance so unwichtig schien.

»Leg sie um«, befahl er.

Ich gehorchte und sah mich in dem Spiegel – ich war eine andere Frau.

»Lass dich ansehen. Ja, ich wusste es. Sie bringt deine grünen Augen erst richtig zur Geltung.«

»Aber Lance, sie muss schrecklich teuer sein.«

»Für dich ist nur das Beste gut genug, mein Liebling.«

»Du solltest nicht ...« Am liebsten hätte ich ihm erklärt, dass mich ein etwas weniger kostspieliges Geschenk mehr gefreut hätte, aber ich schluckte es noch rechtzeitig hinunter.

»Ein bisschen Glück im Spiel.«

»Du solltest deine Gewinne beiseite legen, um deine Verluste auszugleichen.«

»Verluste! Sprich nicht davon, ich mag dieses Wort gar nicht hören.«

»Dadurch kannst du es aber nicht aus der Welt schaffen ...« Ich unterbrach mich, denn ich ertappte mich dabei, dass ich ihm schon wieder eine Gardinenpredigt hielt. Anscheinend wurde ich infolge meines Kummers über seine Spielleidenschaft allmählich zu einer Xanthippe. Deshalb fuhr ich fort: »Lance, die Kette ist einmalig. Du machst mir mit diesem Geschenk unglaubliche Freude.«

An diesem Abend legte ich das Halsband an. Es passte wunderbar zu meinem weißen Brokatkleid.

Jeanne betastete es beinahe liebevoll, als sie mir beim Ankleiden half. »Es ist das schönste Halsband, das ich je gesehen habe. Sir Lance weiß, was elegant ist. Man könnte glauben, dass ...«

»... er Franzose ist. Ich bin froh darüber, dass du mit meinem Mann zufrieden bist, Jeanne.«

»Mir gefällt nur nicht, dass er anderen auch so gut gefällt.«

Sie spielte auf Aimée an. Würde sie denn nie ihre Abneigung gegen meine Halbschwester überwinden? »Ihr hat er eine schöne Brosche geschenkt.« Sie schürzte missbilligend die Lippen, weil Lance Aimée ein so kostbares Geschenk gemacht hatte.

»Es ist Weihnachten, Jeanne, die Zeit, in der man großzügig ist.«

Jeanne brummte noch immer wegen der Brosche, während sie den Bezoar-Ring aus der Schatulle nahm und ihn mir reichte. Seit sie wusste, dass er einmal einer Königin gehört hatte, behandelte sie ihn mit großer Ehrerbietung.

An diesem Abend konnte sie allerdings den Blick nicht von dem Halsband wenden.

»Es ist einmalig. Stell dir nur vor, was es wert ist. Man könnte dafür einen Blumenladen in der Rue St.-Honoré kaufen.«

»Einen Blumenladen!«

»Ich meine, falls du es jemals verkaufen würdest. Für das Geld könntest du ein Blumengeschäft in Paris kaufen.«

»O Jeanne, jetzt habe ich das Gefühl, mit einem Blumenladen um den Hals herumzugehen.«

Einige Zeit später sollte ich mich an dieses Gespräch erinnern.

Weihnachten ohne meine Familie kam mir reichlich merkwürdig vor, und ich war froh, als es vorbei war. Erstens fanden für meinen Geschmack viel zu viele Kartenpartien statt, und zweitens musste ich immerzu an Enderby, Damaris und Sabrina denken.

Es war ein strenger Winter. Wir blieben in London, um den ärgsten Unbilden des Wetters zu entgehen, aber selbst dort waren an manchen Tagen die hart gefrorenen Schneehaufen so hoch, dass wir nicht ausgehen konnten.

Ende Februar setzte endlich Tauwetter ein, und Anfang März erhielt ich einen Brief von Priscilla.

»Ich wollte nicht, dass du bei diesem Wetter eine Reise unternimmst (schrieb sie), aber ich glaube, du solltest so bald wie möglich herunterkommen. Damaris geht es sehr schlecht, anscheinend hat der Rheumatismus ihr Herz angegriffen. Sie sehnt sich nach dir, aber sie wollte dir nicht schreiben, weil sie dir die beschwerliche Reise nicht zumuten wollte.«

Ich zeigte Lance den Brief. Er hatte überhaupt keine Lust, London zu verlassen, denn wir hatten mehrere Einladungen zu Abendgesellschaften angenommen, auf die er sich freute. Außerdem musste er zwischendurch nach Clavering fahren. Anderseits passte es ihm natürlich nicht, wenn ich die Reise allein unternahm.

Ich sagte: »Mach dir keine Sorgen um mich. Ich muss fahren, denn Priscillas Brief klingt wirklich Besorgnis erregend. Aber ich werde die Reitknechte mitnehmen.«

»Nein, ich begleite dich selbstverständlich«, widersprach er.

Natürlich freute ich mich darüber, dann musste ich wieder daran denken, was mich in Enderby erwartete. Offensichtlich ging es Damaris sehr schlecht und falls sie starb – worauf ich nach diesem Brief beinahe gefasst war –, musste ich mich Sabrinas annehmen. Mit diesen Schwierigkeiten konnte ich leichter fertig werden, wenn ich allein war. Wenn Lance dabei war, hielt sich Sabrina bestimmt von mir fern. In ihrem eifersüchtigen kleinen Herzen hegte sie irgendeinen absurden Groll gegen ihn, wahrscheinlich weil er mich ihr weggenommen hatte.

Deshalb erklärte ich Lance: »Ich weiß nicht, welche Verhältnisse ich in Enderby antreffen werde, aber es wird bestimmt nichts Erfreuliches sein. Sabrina ist jetzt ein Kind, das sich sehr unglücklich fühlt, und ich glaube, wenn ich allein bin, kann ich besser mit ihr fertig werden.«

Er gab sofort nach – wahrscheinlich war er sogar erleichtert. Von Krankheit und Tod hörte er nie gern, denn vor so unangenehmen Dingen schloss er lieber die Augen. »Wie du willst. Aber wenn du es dir anders überlegst, musst du es nur sagen, und ich reise mit dir.«

»Das weiß ich und ich bin dir dafür dankbar.«

Jeanne bestand darauf, mitzukommen, denn sie war davon überzeugt, dass ich sie brauchen würde. Ich war froh, sie als Reisegesellschaft zu haben. »Und was ist mit Sir Lance?«, erkundigte sie sich. »Bleibt er hier?«

»Ja, ich halte es für besser.«

Sie schüttelte den Kopf. »Er sollte dich begleiten. Du solltest ihn nicht allein lassen ...«

Sie sprach nicht weiter, und ich forderte sie nicht dazu auf.

Am letzten Märztag machte ich mich also auf den Weg nach Enderby.

Obwohl ich gewusst hatte, dass Damaris schwer krank war, traf mich die Situation, die ich dort vorfand, wie ein Schlag.

Ich kam in ein Trauerhaus, denn Damaris war kurz vor meinem Eintreffen gestorben. Der erste Anfall von rheumatischem Fieber in ihrer Jugend hatte ihr Herz geschwächt und der Rückfall war für sie zu viel gewesen.

Als ich das Haus betrat, hatte ich das Gefühl, dass erst jetzt eine angemessene Stimmung in ihm herrschte, weil Trauer zu ihm passte. Glück, Fröhlichkeit, Vergnügen vertrugen sich nicht mit Enderby. Das Haus war wieder zum Leben erwacht und hatte sich den Menschen gegenüber durchgesetzt – bös, unheilvoll, von den Tragödien der Vergangenheit erfüllt.

Der Sarg stand in einem kleinen Raum im ersten Stock. Die Vorhänge waren vor die Fenster gezogen, sodass es im Zimmer dunkel war. Damaris sah im Kerzenlicht jung und schön aus; die Spuren, die die Schmerzen in ihrem Gesicht hinterlassen hatten, waren verschwunden. Sie trug eine weiße Haube aus feinen Brüsseler Spitzen und auch das weiße Leinenhemd, in dem sie aufgebahrt war, war mit Spitzen besetzt. Sie sah so friedlich aus, den Stürmen des Lebens entrückt. Damaris hatte die Ruhe gefunden;

was würde aber aus den Menschen werden, die sie zurückgelassen hatte?

Jeremy war in tiefe Verzweiflung versunken. Er sah aus wie ein Gespenst und Smith erzählte mir, dass er weder aß noch schlief. Er schien es nicht fassen zu können, dass sie fort war.

»Mir geht es beinahe genauso«, meinte Smith. »Als sie kam, hat sich hier alles verändert. Sie war ein Engel ... ein wahrer Engel. Und jetzt ist sie zu den Engeln gegangen, falls Sie an so etwas glauben. Es wäre besser gewesen, wenn Gott sie hier gelassen hätte. Die Engel können ohne sie auskommen, aber Mr. Jeremy nicht. Jetzt, da sie fort ist, wird alles wieder so werden, wie es war. Ich weiß nicht, was ich sagen soll, Miss Clarissa. Die Kleine ist auch noch da – was soll denn aus ihr werden?«

»Mir wird schon etwas einfallen, Smith, machen Sie sich nur keine Sorgen.«

Sabrina war mir nicht wie sonst immer entgegengelaufen, um mich zu begrüßen. Ich fragte Nanny Curlew, wo sie war.

»Im Augenblick kommt niemand mit dem Kind zurecht«, erklärte sie mir. »Sie hat sich in sich selbst zurückgezogen und will niemanden an sich heranlassen.«

Ich fand sie schließlich in einer Dachkammer, wo sie unter einem alten Tisch saß und tat, als würde sie lesen.

»Hallo, Sabrina«, sagte ich. »Wusstest du, dass ich hierher komme?«

»Ja.« Aber sie sah nicht mich, sondern das Buch an.

Ich kroch unter den Tisch, setzte mich neben sie und legte ihr den Arm um die Schultern.

»Ich dachte, du würdest dich freuen, mich wieder zu sehen. Freust du dich nicht?«

»Es ist mir gleich.«

Ich wollte wieder hinauskriechen, aber sie hielt mich mit einer Bewegung zurück. »Sie ist tot.«

Ich rückte näher zu ihr.

»Ja«, antwortete ich.

»Jetzt habe ich keine Mutter mehr.«

»Du hast uns alle, Sabrina. Deine Großeltern, deine Urgroßeltern und mich.«

»Sie alle glauben, dass ich sie getötet habe.«

»Das tun sie nicht.«

»Sie sagen es nicht, aber sie denken es. Und ich habe es ja auch getan, nicht wahr? Es geschah nur, weil sie mich aus dem Teich zog.«

»Das war ein Unfall, Sabrina.«

»Ich war an diesem Unfall schuld und Papa hasst mich.«

»Papa hasst dich keineswegs.«

»Warum sagst du das, wenn du weißt, dass das Gegenteil stimmt? Warum lügen die Menschen immerzu? Wir sollten doch die Wahrheit sagen.«

»Natürlich sollten wir das und wir tun es auch. Dein Vater hasst dich nicht.«

»Du lügst, aber das brauchst du nicht. Es macht mir nichts aus, dass er mich hasst, denn ich hasse ihn auch.«

Ich legte ihr wieder den Arm um die Schultern und zog sie an mich. Dabei wiederholte ich immerzu: »Sabrina, meine liebe, kleine Sabrina.«

Plötzlich klammerte sie sich an mich. Ich dachte, dass sie jetzt weinen würde und dass ihr die Tränen gut tun würden. Aber sie weinte nicht, sie sagte nur leise: »Bleib hier, Clarissa.«

Ich strich ihr über das Haar. »Ich werde dich nicht im Stich lassen, Sabrina.«

Danach wich sie mir nicht mehr aus und ich war froh über diesen Fortschritt.

Ich ging zum Dower House hinüber, wo Priscilla mich schmerzgebeugt begrüßte. Damaris war ihre Lieblingstochter gewesen. Wahrscheinlich hatte sie meine exotische, temperamentvolle Mutter nie so recht verstanden.

Damaris war dagegen ruhig, liebevoll und häuslich gewesen, eine Tochter, wie sie sich jede Frau wünscht – freundlich, großzügig, selbstlos. Die liebe, zärtliche, einfache Damaris war nicht mehr; sie war von uns gegangen und wir trauerten um sie, denn unser Leben war ohne sie ärmer.

Auch in Eversleigh war die Stimmung trostlos. Carleton musste das Bett hüten und Arabella machte sich schwere Sorgen um seine Gesundheit. Damaris' Tod war ein Schlag, den sie kaum überwinden konnten.

Anfang April, eine Woche nach ihrem Tod, wurde Damaris neben der Kirche auf dem Friedhof begraben, in dem Generationen von Eversleighs die letzte Ruhestätte gefunden hatten.

Ich werde nie den traurigen Klang der Glocke vergessen, als die Leichenträger den Sarg in die Kirche brachten. Ich hielt Sabrinas Hand fest; sie war sehr ruhig und ihre Augen wirkten in dem blassen Gesicht riesig.

Als wir um das Grab standen und hörten, wie die Erdschollen auf den Sarg polterten, drängte sich das Kind an mich, und ich legte ihm den Arm um die Schultern, um es zu trösten. Sie wandte sich vom offenen Grab ab und vergrub das Gesicht in meinem Rock.

Ich wagte nicht, Jeremy anzusehen, der wie ein Schlafwandler wirkte. Smith stand neben ihm und ich war froh darüber, dass er da war. Er hatte sich in der Vergangenheit Jeremys angenommen und er würde es sicherlich auch in Zukunft tun.

Nach dem Begräbnis kehrten wir ins Haus zurück, wo ein Imbiss für uns vorbereitet war – Schinken, Roastbeef, kleine Pasteten und Glühwein. Wir saßen in der großen Halle und sprachen bedrückt über Damaris. Bei Begräbnissen ist es üblich, die Leistungen und Tugenden des Verstorbenen zu preisen – aber in Damaris' Fall handelte es sich bestimmt nicht nur um leere Worte.

Wir alle würden sie sehr vermissen und ich würde das Haus nie mehr als mein Heim betrachten können. Nur ihre Anwesenheit hatte seine düstere Grundstimmung vertrieben.

Jeanne hatte von Enderby behauptet, es wäre kein glückliches Haus, und jetzt waren die bösen Geister wieder in ihm eingezogen.

Dann waren die Gäste gegangen und es wurde still im Haus. Jeremy schloss sich mit seinem Kummer in dem Zimmer ein, das er mit Damaris geteilt hatte.

Ich fragte Sabrina, ob sie mit mir im Garten spazieren gehen wolle, und sie war damit einverstanden. Zuerst schwieg sie, dann begann sie, von dem Begräbnis zu sprechen.

»Meine Mama liegt jetzt in dem großen Sarg in dem tiefen Loch«, sagte sie. »Es ist ein schöner Sarg aus glänzendem Holz mit einer Menge Gold darauf.«

»Messing.«

»Gold ist schöner als Messing. Aber man kann Gold nicht begraben, nicht wahr, es ist zu teuer. Die Grabsteine sehen wie alte Frauen und Männer aus, die in graue Mäntel gehüllt sind.«

»Da hast du recht.«

»Wenn es Nacht wird, verwandeln sich die Steine in Menschen.«

»Wer hat dir das erzählt?«

»Ich habe gehört, wie sie darüber gesprochen haben.«

Sie meinte die Diener. Selbstverständlich tratschten sie und waren davon überzeugt, dass auf Enderby Gespenster umgingen.

»Und«, fuhr Sabrina fort, »in der Nacht gehen die Gräber auf und die Toten kommen aus den Särgen heraus.«

»Das ist Unsinn.«

»Sie tanzen auf den Gräbern und wenn jemand dorthin geht, während sie tanzen, fangen sie ihn ein und lassen ihn nicht mehr fort. Sie nehmen sein Herz und alles und behalten es für sich. Dann sind sie wieder lebendig und der andere ist tot.«

»Wo, um Himmels willen, hast du einen so schrecklichen Unsinn gehört?«

»Das sage ich nicht.«

»Du hast ihn selbst erfunden.«

»Vielleicht.«

Ich wollte von etwas anderem reden.

»Sabrina, findest du nicht, dass wir beide uns gut vertragen? Es wäre doch schön, wenn wir beisammen blieben.«

»Ja, es wäre schön, wenn ...«

»Wenn was?«

»Nur wenn.«

Damals glaubte ich, dass die alte Sabrina wieder zum Vorschein kam, und ich sagte mir: Sie wird schon damit fertig werden; sie ist ja noch ein Kind.

Ich blieb drei Wochen in Enderby, aber die Atmosphäre war die ganze Zeit genauso bedrückend wie am ersten Tag. Jeremy vergrub sich in seinem Kummer. Er gehörte zu den Menschen, die ihr Herz an einen einzigen Menschen hängen, und Damaris war für ihn dieser Mensch gewesen. Seine Frau war der Mittelpunkt seines Lebens gewesen und seine Liebe zu ihr war so groß, dass nichts daneben bestehen konnte. Natürlich hätte er seine Kinder gern gehabt, aber sie wären immer an zweiter Stelle hinter Damaris gekommen. Er hatte sich brennend einen Sohn gewünscht und die Fehlgeburt war eine bittere Enttäuschung für ihn gewesen, aber das war nichts im Vergleich zum Tod von Damaris. Mit ihr war sein Lebenswille erloschen und er war nicht fähig, sich auf die geänderten Umstände einzustellen. Er bemühte sich auch gar nicht und weil Sabrinas eigensinnige, gedankenlose Handlungsweise zu der Tragödie geführt hatte, musste er jedes

Mal, wenn er sie sah, an das Unglück denken. Sabrina wusste genau, dass es für sie am besten war, wenn sie ihm aus dem Weg ging, und so hatte das arme Kind, das die heiß geliebte Mutter verloren hatte, nur Nanny Curlew und mich, an die es sich wenden konnte.

Ich hätte schon längst nach London zurückkehren sollen, aber ich wollte Sabrina nicht in diesem Zustand allein lassen. Also gab ich immer noch einen Tag zu, verbrachte so viel Zeit wie möglich mit ihr und wurde manchmal durch ein kurzes Wiederaufleben der alten, fröhlichen Sabrina belohnt.

Dann kam die Nacht, in der sie verschwand.

Nanny Curlew stürzte verzweifelt zu mir ins Zimmer und berichtete in heller Aufregung:

»Ich brachte sie auf ihr Zimmer, hörte ihr zu, während sie das Abendgebet sprach, steckte sie ins Bett und versprach ihr, dass Sie noch vorbeikommen und ihr eine Geschichte erzählen würden.«

»Ich sah auch zu ihr hinein, aber sie schien schläfrig – zu sein, also deckte ich sie warm zu und gab ihr nur einen Gutenachtkuss.«

»Dieser kleine Racker. Sie muss aufgestanden sein und sich fortgeschlichen haben.«

»Weshalb denn?«

»Das kann man bei ihr nie wissen. Aber sie führt sicherlich irgendetwas im Schild.«

»Wir müssen sie finden, Nanny, und sie wieder ins Bett bringen. Wahrscheinlich ist sie in einer der Dachkammern, dort versteckt sie sich gern.«

»Ich gehe sofort hinauf, Miss Clarissa.«

»Ich komme mit.«

Aber sie war nicht in der Dachkammer und wir fanden sie auch in keinem anderen Zimmer, als wir das Haus durchsuchten. Die Dienerschaft hatte sie nicht gesehen. Nanny Curlew und ich sahen einander besorgt an.

»Sie muss wirklich das Haus verlassen haben«, meinte ich. »Warum … und wohin ist sie gegangen?«

»In letzter Zeit hat sie sich recht merkwürdig aufgeführt. Sie trauert um ihre Mutter und hat Angst vor ihrem Vater; außerdem behauptet sie immer wieder, dass sie ihn hasst.«

»Die arme, kleine Sabrina. Beeilen wir uns, Nanny.«

Diesmal durchsuchten wir ihr Zimmer. Ihre Pantoffel und ihr Morgenrock fehlten, aber die übrigen Kleidungsstücke waren da.

»Sie kann nicht weit sein«, stellte ich fest. »Aber wo, um Himmels willen, sollen wir sie suchen?«

Ich überlegte, was ihre Lieblingsaufenthaltsorte waren. Der Stall, natürlich. Nanny und ich gingen in den Stall, fanden aber keine Spur von ihr. Ihr Pony stand friedlich in seiner Box und das war eine große Erleichterung. Die Vorstellung, dass sie auf dem Pony in die Nacht hinausgeritten wäre, war entsetzlich.

Als wir den Stall verließen, lief uns Damon entgegen. Er war eigentlich Jeremys Hund und schlich die ganze Zeit traurig herum, als begriffe er, welche Tragödie sich im Haus abgespielt hatte. Dennoch leistete er Sabrina sehr oft Gesellschaft.

Ich rief ihn. »Damon, Damon, wo ist Sabrina?«

Er bellte kurz und sah mich aufmerksam an.

»Such sie, Damon, bitte, finde Sabrina.«

Damon wedelte, sah uns an und winselte. Dann drehte er sich um und ging auf das Haus zu.

Wir folgten ihm enttäuscht, denn wir wussten ja, dass Sabrina sich nicht im Haus befand.

Als wir einige Schritte gegangen waren, bog Smith um die Ecke.

»He, Damon«, rief er, »ich habe dich gesucht, Junge.«

Dann sah er uns.

»O Smith«, rief ich, »wir können Sabrina nicht finden.«

»Sie hat sich also aus ihrem Zimmer geschlichen?«

»Ja. Wir haben das ganze Haus durchsucht, aber dort ist sie nicht. Sie muss es verlassen haben, aber wir haben keine Ahnung, wohin sie gegangen sein könnte. Können Sie uns helfen?«

Smith und Sabrina standen einander besonders nah, so wie ich ihm einst nahe gestanden hatte. Er hatte wenig Geduld mit Erwachsenen, aber sehr viel Geduld mit Kindern. Sowohl ich als Sabrina hatten das erkannt.

»Die arme Kleine«, meinte er, »es ist eine schwere Zeit für sie. Mistress Damaris ist von uns gegangen und Master Jeremy …«

»Nanny und ich machen uns Sorgen, Smith. Wo könnte sie sein?«

»Damon wird uns zu ihr führen, er wird bestimmt herausbekommen, wo sie hingelaufen ist. Komm, Junge, führ uns zu Sabrina. Du bist doch so klug.«

Damon stellte die Ohren auf und schnüffelte; dann trottete er vom Haus fort. Nach ein paar Metern blieb er stehen und sah sich nach uns um.

»Er will, dass wir ihm folgen«, sagte Smith.

Ich rief: »Brav, Damon, führ uns zu Sabrina, Damon.«

Er lief zur Kirche hinüber und blieb vor dem Friedhofstor stehen. Smith stieß das Tor auf und wir gingen alle auf den Friedhof.

Sabrina lag auf dem Grab ihrer Mutter und hatte die Arme über die Erde gebreitet.

»Sabrina«, rief ich, »o Sabrina.«

Sie bewegte sich nicht und einen Augenblick lang packte mich schreckliche Angst. Ich lief zu ihr hin, kniete neben ihr nieder und drehte ihren Körper zu mir herum. Sie war totenblass und hatte die Augen weit aufgerissen.

»Clarissa«, sagte sie und umschlang mich. Ich hielt sie fest; sie zitterte.

»Niemand ist gekommen«, sagte sie. »Die Gräber öffnen sich nicht. Ich wartete … aber nichts geschah.«

»Wir müssen sie sofort von hier weg und ins Bett bringen«, sagte ich, »sie zittert ja vor Kälte.«

Smith hob Sabrina hoch

»Du bist also aus dem Bett gestiegen, mein Fräulein«, begann Nanny Curlew.

Ich legte ihr die Hand auf den Arm. »Schelten Sie sie jetzt nicht«, flüsterte ich ihr zu.

Sabrina griff nach meiner Hand und ich drückte ihr einen Kuss auf die Wange. Nanny Curlew sagte: »Gleich liegst du wieder warm und sicher im Bett.«

Damon sprang bellend an mir hoch.

»Bist ein braver Hund, Damon«, lobte ich ihn. »Damon hat uns zu dir geführt, Sabrina. Sehen wir jetzt zu, dass wir nach Hause kommen. Und von nun an werde ich mich um dich kümmern.«

»Immer?«, fragte Sabrina.

»Immer«, bestätigte ich entschlossen.

Smith legte sie in ihr Bett. Sie zitterte noch immer, und Nanny Curlew wärmte Suppe für sie, während ich sie in Decken wickelte.

Sie bettelte: »Bleib bei mir, Clarissa.« Also legte ich mich neben sie und schloss sie in meine Arme.

Ich hoffte, dass sie bald einschlafen würde, aber das war nicht der Fall. Sie trank die Brühe, drückte sich an mich und klammerte sich an meiner Hand fest, als hätte sie Angst, dass ich sonst davonlaufen würde.

»Clarissa«, sagte sie.

»Versuch zu schlafen, mein Liebling. Du kannst mir morgen alles erzählen.«

Eine Weile war sie still, dann nannte sie wieder meinen Namen.

»Was ist denn?«, fragte ich sanft.

»Sie kommen nicht heraus.«

»Wer?«

»Die Toten aus den Gräbern.«

»Nein, denn sie haben Frieden gefunden. Sie wollen nichts mehr mit der Welt zu tun haben, deshalb kommen sie auch nicht zurück.«

»Meine Mama möchte sicherlich zurückkommen, meinetwegen.«

»Sie würde wollen, dass du hier glücklich bist.«

»Ich möchte zu ihr. Ich habe mir gedacht, dass einer von ihnen herauskommen, mein Herz nehmen und mich tot machen wird, sodass ich zu Mama ins Grab kommen kann.«

»Oh, Sabrina, das geht ja nicht. Du bist dazu auf der Welt, damit du dein Leben lebst und glücklich wirst.«

»Ich kann nie glücklich sein, weil ich sie getötet habe.«

»Das ist reiner Unsinn.«

»Aber ich habe es doch getan. Ich bin Eis laufen gewesen und sie kam und rettete mich und ich tötete sie.«

»Nein, das stimmt ganz und gar nicht. Sie war krank, lange bevor du geboren wurdest. Die Krankheit kam eben wieder.«

»Aber das wäre nicht geschehen, wenn ihr auf dem Eis nicht so kalt gewesen wäre.«

»Hör zu, Sabrina, wir werden das alles vergessen. Es ist vorbei und auch deine Mutter würde sicherlich wollen, dass du nicht mehr daran denkst.«

»Mein Papa vergisst es aber nicht.«

»So etwas kommt manchmal vor, da kann man nichts machen. Aber wenn etwas vorbei ist, kann man nichts mehr tun, deshalb ist es am besten, man denkt nicht mehr daran. Du wirst es vergessen, Sabrina, und ich werde dir dabei helfen.«

»Aber ...«

»Hör zu. Du gingst Eis laufen, obwohl man es dir verboten hatte. Du brachst ein und deine Mutter rettete dich. Daraufhin wurde sie krank, aber nach einer Weile ging es ihr besser. Leider wurde sie danach wieder krank.«

»Es ging ihr dazwischen gut?«

»Natürlich«, log ich. »Sie war schon einmal krank gewesen und die Krankheit kam wieder.«

»Mein Papa ...«

»Er liebte deine Mutter von ganzem Herzen. Er leidet unter dem Verlust und wenn Menschen leiden, dann neigen sie dazu, andere Menschen dafür verantwortlich zu machen. Das ist nicht recht, aber so sind die Menschen nun einmal. Sei also freundlich zu ihm und hör auf, dir Vorwürfe zu machen.«

»Du sagst so beruhigende Dinge, Clarissa.«

»Ich sage nur, was wahr ist.«

Getröstet schwieg sie und nach einer Weile schlief sie ein. Ich löste meine Hand sanft aus der ihren und verließ das Zimmer.

Am nächsten Tag sprach ich mit Jeremy. Er hatte sich zunächst geweigert, mit mir zu reden, denn er sprach mit niemandem. Aber ich ließ nicht locker.

Sein abgezehrtes Aussehen erschütterte mich, aber noch mehr traf mich der bittere Zug um seinen Mund. Smith hatte gesagt: »Er befindet sich wieder in dem Zustand, Miss Clarissa, in dem er vor der Reise nach Frankreich war.«

Damals war er ein bitterer, zorniger Mensch gewesen, der mit dem Schicksal haderte und ein Einsiedlerdasein führte. Würde er wirklich wieder so werden?

»Jeremy«, sagte ich, »es tut mir leid, dass ich dich störe, aber ich muss mit dir über Sabrina sprechen.«

Er runzelte die Stirn, als wäre ihm schon die Nennung ihres Namens unangenehm.

»Wir dürfen nicht vergessen, wie klein sie ist«, fuhr ich fort. »Sie ist erst sieben Jahre alt.«

Er nickte ein bisschen ungeduldig, denn ich sagte ihm nichts Neues.

»Kinder sind sehr leicht zu beeindrucken und diese Tragödie hat sie schwer getroffen.«

»Das will ich sehr hoffen. Sie muss begreifen, wozu ihre Verderbtheit geführt hat.«

»Jeremy, es war die gedankenlose Handlungsweise eines Kindes.«

»Ich hatte ihr gesagt, dass es gefährlich ist Eis zu laufen, und ihr verboten, zum Teich zu gehen.«

»Begreifst du denn nicht, dass Kinder gerade die Gefahr reizt?«

»Und Damaris folgte ihr und opferte ihr Leben für das Kind.«

»So spielte es sich nicht ab, Jeremy.«

»Ich finde, dass es sich ganz genauso abspielte.«

Mir wurde klar, dass es hoffnungslos war, ihn zu meiner Ansicht zu bekehren, also kam ich direkt auf mein Anliegen zu sprechen.

»Ich möchte Sabrina mitnehmen.«

Seine Reaktion überraschte mich, denn angesichts seiner Einstellung zu Sabrina hatte ich angenommen, dass er keinen Augenblick zögern würde, sie gehen zu lassen.

»Sie ist hier zu Hause«, stellte er fest.

»Aber ein kurzer Aufenthalt bei Lance und mir ...«

»Wo man sie zweifellos verwöhnen wird, sodass sie sich wie eine Heldin vorkommt.«

»Meiner Meinung nach braucht sie gerade jetzt liebevolle Fürsorge.«

»Sie braucht nur eines: Sie muss begreifen, was sie angerichtet hat. Ihr muss bewusst gemacht werden, dass ihr Ungehorsam ihre Mutter das Leben gekostet hat.«

»O nein, Jeremy. Sie ist ohnehin zutiefst schuldbewusst. Vergangene Nacht ging sie zum Grab ihrer Mutter, weil sie die kindliche Vorstellung hatte, dass sie ihrer Mutter nachfolgen könne. Begreifst du denn nicht, wie sehr sie leidet? Sie muss wieder ein normales Kind werden und deshalb braucht sie Liebe und Geborgenheit. Damaris hätte das verstanden.«

Die Erwähnung dieses Namens schien ihn zu erschüttern. Er ballte die Fäuste und wandte sich ab. Als er sprach, klang seine Stimme erstickt.

»Damaris ist wegen des leichtfertigen Ungehorsams dieses Kindes ums Leben gekommen. Sabrina braucht Zucht und Ordnung, sie ist durch und durch egoistisch. Deshalb wird sie in ihrem Vaterhaus bleiben. Danke für dein Angebot, Clarissa, du hast es sicherlich gut gemeint. Aber Sabrina neigt zur Bosheit und diese schlechte Eigenschaft muss bekämpft werden. Wenn sie nicht unter strenger Aufsicht steht, wird sie es einmal schwer im Leben haben. Sie bleibt hier, denn ich will, dass sie das Entsetzliche ihres Tuns voll begreift.«

»Jeremy, du warst immer freundlich zu mir. Du warst mir wie ein Vater. Ich werde nie vergessen, wie du und Damaris ...«

Aber damit rief ich nur von neuem seine schmerzlichen Gefühle wach und mit ihnen wuchs auch seine Verbitterung.

Er antwortete bestimmt: »Sabrina bleibt hier. Nanny Curlew sorgt für sie, und außerdem ist Enderby ihr Zuhause.«

»Wenigstens für einen kurzen Besuch.«

»Vielleicht später, wenn sie Reue zeigt.«

»Aber begreifst du denn nicht, dass das Schuldgefühl bei ihr zu einer fixen Idee wird? Das ist schlecht für sie, sie ist ja noch so klein.«

»Ich habe mich entschieden.«

Aus den Erfahrungen der Vergangenheit wusste ich, dass Jeremys Entscheidung endgültig war, wenn er in diesem Ton sprach.

Sabrinas Gesicht verfolgte mich noch lange Zeit, nachdem ich abgereist war.

»Du wirst mich bald besuchen«, hatte ich sie beim Abschied getröstet, aber sie sah mich nur vorwurfsvoll an. Sie war offensichtlich böse auf mich, weil ich sie im Stich ließ, und ich fragte mich sorgenvoll, wie es ihr in diesem düsteren Haus ergehen würde. Meiner Überzeugung nach war es sehr schlecht für sie, dass sie dort blieb, aber ich konnte den Zustand nicht ändern, ich konnte mich nur auf Smith und Nanny Curlew verlassen, mit denen ich vor der Abreise ein ernstes Wort sprach.

Bei meiner Ankunft in London befand ich mich in sehr gedrückter Stimmung. Lance begrüßte mich strahlend und freute sich sehr, mich wieder bei sich zu haben. Er erzählte mir sofort, dass er Glück im Spiel gehabt hatte und um etliche tausend Pfund reicher war. Diese Neuigkeit war für mich keineswegs erfreulich, denn sie bedeutete, dass er um hohe Einsätze spielte und nicht daran dachte, dass seine Glückssträhne nicht ewig anhalten konnte.

Aimée begrüßte mich herzlich und ich freute mich auch, den kleinen Jean-Louis wieder zu sehen. Trotz der immer latenten Angst, die mir Lances Spielleidenschaft verursachte, hätte ich glücklich sein können – wenn Sabrina bei mir gewesen wäre.

Lance bemerkte, dass mich etwas bedrückte, und es dauerte nicht lange, bis er mich zum Reden brachte.

»Es wäre eine große Erleichterung für mich gewesen, wenn ich sie hätte mitnehmen können. Ich bin sicher, dass sie wieder ein normales Kind wird, wenn sie erst einmal eine Weile hier gelebt hat.«

»Du bist eine kleine Zauberin«, meinte er leichthin und ich war enttäuscht, weil nicht zu übersehen war, dass er sich Sabrinas wegen nicht ernstliche Sorgen machte. Er würde immer freundlich sein; er würde nichts dagegen haben, dass ich sie an Kindes statt annahm, falls sich mir einmal die Möglichkeit dazu bot; sie würde bei uns ein Zuhause haben und als vollgültiges Mitglied der Familie behandelt werden; aber gleichzeitig war es ihm vollkommen gleichgültig, was aus ihr wurde. Er hatte eine natürliche Sorglosigkeit an sich, die alles betraf, was ihn berührte ... ausgenommen Glücksspiele.

Andererseits war diese Eigenschaft positiv, denn sie befähigte ihn, mit Schwierigkeiten leichter fertig zu werden. Wenn ich bedachte, dass ihn die Südsee-Seifenblase beinahe ruiniert hatte, war ich über seine Reaktion erstaunt. Ich hatte erst später erfahren, dass er nur knapp dem Bankrott entgangen war. Er hatte überall Schulden, lebte aber weiterhin in luxuriösem Stil. So war Lance eben.

Vielleicht war Sabrina daran schuld, dass ich meine Ehe nicht mehr als vollkommen empfand. Zuerst wollte ich es mir nicht eingestehen, denn ich hatte den liebenswürdigsten, nachsichtigsten Ehemann aller Zeiten, und ich hatte gar nicht begriffen, wie oberflächlich unser Leben verlief. Jetzt erst erkannte ich, dass wir uns nie mit ernsten Dingen befassten, aber ich dachte nicht weiter darüber nach, weil ich mir den Kopf über Sabrinas Schicksal zerbrach.

Jeden Tag dachte ich an sie und ärgerte mich über mich selbst, weil ich weder Smith noch Nanny Curlew gebeten hatte, mir zu schreiben und zu berichten, was sich alles ereignete. Allerdings wäre vermutlich keiner von beiden ein sehr guter Briefschreiber gewesen. Ich hätte natürlich auch Priscilla darum bitten können, aber um diese Zeit hatte sie alle Hände voll zu tun, weil ihre Eltern kränkelten.

Eigentlich konnte ich nur mit Jeanne über Sabrina sprechen, denn Jeanne verstand mich.

»Die arme Kleine«, meinte sie. »Es ist unverantwortlich von Jeremy, ihr einzureden, dass sie eine Mörderin ist. Diese Männer haben überhaupt keinen Verstand; wenn du mich fragst, Monsieur Jeremy ist dem Kind kein guter Vater. Man müsste sie ihm wahrhaftig wegnehmen.«

»O Jeanne, ich hätte sie so gern mitgenommen.«

»Sie wird im Hass aufwachsen. Sie wird ... wie sagt man noch? *une dent* für die Welt hegen.«

»Groll, ja, da hast du wahrscheinlich recht, Jeanne, und ich mache mir ihretwegen schreckliche Sorgen.«

Wenn Jeanne aufgeregt war, gebrauchte sie mehr französische Wörter, und daher erkannte ich, dass auch sie sich Sabrinas wegen Gedanken machte.

»Manche Menschen haben kein leichtes Leben und anderen glückt wieder alles. Madame Aimée hat sich sehr gut zu helfen gewusst. Sie weiß, wie man sich in ein gemachtes Nest setzt. Sie ist klug wie eine *serpent*.«

»Ich habe sie nie gemocht« ... das war die übliche Abschlussbemerkung zum Thema Aimée. Aber ich konnte wenigstens mit Jeanne sprechen.

»Ich wüsste gar nicht, was ich ohne dich anfangen würde, Jeanne«, bemerkte ich eines Tages.

»Mach dir nur deshalb keine Sorgen, mich könnten zehn wilde Pferde nicht von dir reißen.«

Ich wartete ungeduldig auf Briefe aus Eversleigh. Priscilla schrieb gelegentlich, aber ihre Briefe befassten sich vor allem mit Carleton und Arabella. Sie verbrachte die meiste Zeit in Eversleigh Court und hatte die Absicht, ihren Bruder Carl kommen zu lassen. Jeremy sah sie nur selten. »Er ist so traurig, dass er es vermeidet, mit anderen zusammenzukommen.«

Dadurch wurde meine Besorgnis um Sabrina natürlich nicht geringer.

Ich hatte mich gerade zu dem Entschluss durchgerungen, wieder nach Enderby zu fahren, als ein Brief von Priscilla eintraf, der einen schweren Schlag für mich bedeutete.

»Meine liebe Clarissa,

hier hat sich eine entsetzliche Tragödie abgespielt ...«

Die Buchstaben verschwammen mir vor den Augen und einige Augenblicke lang konnte ich nicht weiterlesen, weil ich Angst hatte, dass Sabrina etwas zugestoßen war.

Aber es handelte sich nicht um Sabrina ... obwohl es tief greifende Auswirkungen auf sie haben musste.

»Wir halten es für einen Unfall. Man fand seine Kleidung am Strand. Er hatte Smith gesagt, dass er schwimmen gehen wolle. Sein Pferd war in der Nähe angepflockt. Er war zum Meer geritten und seither hat ihn niemand mehr gesehen. Enderby ist wirklich vom Unglück verfolgt. Der arme Jeremy, für ihn war ein Leben ohne Damaris wertlos. Ich habe nie jemanden gekannt, der einem anderen Menschen so zugetan und so ergeben gewesen wäre. Wir fürchten, dass er ertrunken ist, denn das ist die einzig mögliche Erklärung für diesen tragischen Unfall.

Es wäre eine große Erleichterung für uns, wenn du herkämst. In Enderby ist so viel zu erledigen und ich habe in Eversleigh so viel zu tun, dass ich mich nicht auch noch mit Enderby befassen kann. Ich möchte mit dir über alles sprechen, Clarissa ...«

Mit dem Brief in der Hand blieb ich einige Minuten regungslos sitzen, denn ich konnte es mir deutlich vorstellen. Der arme, verzweifelte Jeremy, der zum Meer hinunterritt und bewusst so weit hinausschwamm, dass er nicht mehr zurückkam.

Hatte es sich so abgespielt, oder war es ein Unfall gewesen ...?

Wer konnte das entscheiden? Vielleicht wollte Jeremy nicht, dass wir Bescheid wussten, vielleicht wollte er sein Geheimnis mit ins Grab nehmen.

Als ich Lance den Brief vorlas, zeigte er sehr viel Mitgefühl, aber ich fragte mich trotzdem, ob er nicht vielleicht dabei an die Kartenpartie des vergangenen Abends dachte.

Ich, sagte: »Ich muss sofort hinunterfahren, Lance. Der Brief ist ein Hilfeschrei, sie brauchen mich.«

»Natürlich musst du fahren, Liebste, und ich werde dich begleiten.«

Selbstverständlich hatte er keine Lust, nach Enderby zu fahren. Er hasste das düstere Haus, das so gar nicht zu seinem Wesen passte. Aber es war die Pflicht eines guten Ehemannes, seine Frau bei solchen Gelegenheiten zu begleiten, und deshalb würde er gute Miene zum bösen Spiel machen.

Ich wollte jedoch kein solches Opfer von ihm annehmen und ihn eigentlich überhaupt nicht mithaben. Die Angelegenheit war für mich ungeheuer wichtig und ich wollte nicht, dass sich jemand anderer einmischte. Als ich darauf bestand, allein zu fahren, war er sichtlich erleichtert, obwohl er Sorge um meine Sicherheit äußerte.

Aimée versprach mir, sich um den Haushalt zu kümmern, solange ich abwesend war.

»Und ob sie das tun wird«, lautete Jeannes Kommentar. »Am liebsten wäre sie selbst hier Hausfrau; du wirst noch an meine Worte denken.«

Also machte ich mich in Begleitung der lieben, treuen Jeanne auf den Weg.

Smith begrüßte mich traurig und bedrückt.

»Hier hat sich alles verändert, Miss Clarissa. Ach, entschuldigen Sie, ich muss ja jetzt Mylady sagen.«

»Die Anrede Miss Clarissa ist in Ordnung, Smith, dann ist es so, wie es früher war.«

»Sie haben die Leiche heraufgebracht, Miss, die Flut hat sie angespült. Einer der Fischer fand ihn gestern früh.«

»Ich bin froh, dass er heimgekehrt ist.«

»Ja. Das Begräbnis findet Ende der Woche statt.«

»Zwei Begräbnisse innerhalb so kurzer Zeit. Und Sabrina ...?«

»Das ist schwer zu sagen. Sie werden ja selbst sehen.«

»Wo ist sie?«

Er zuckte die Schultern. »Verschwunden. Seit es geschah, verschwindet sie oft für einen ganzen Tag. Sie macht die arme Nancy Curlew noch ganz wahnsinnig.«

»Weiß sie, dass ich komme?«

»O ja, wir haben es ihr gesagt.«

»Hat sie sich gefreut?«

»Sie hat nicht darauf reagiert, Miss Clarissa.«

Ich verstand. Sie hatte erraten, dass ich irgendwann im Laufe des Tages eintreffen würde, und hatte beschlossen, zu verschwinden, um mir zu zeigen, dass ihr meine Ankunft gleichgültig war.

Das Gespräch mit Smith hatte in der Halle stattgefunden und ich blickte jetzt zur Galerie hinauf. Die von Gespenstern heimgesuchte Halle, in der sich immer wieder Tragödien abgespielt hatten. Vielleicht würden sie das Haus jetzt verkaufen, da Jeremy und Damaris tot waren.

Während ich noch so hinaufsah, bemerkte ich eine Bewegung auf der Galerie. Ein Gefühl sagte mir, dass Sabrina sich dort oben befand und mich beobachtete.

»Ich werde jetzt auf mein Zimmer gehen.«

»Wir haben alles für Sie hergerichtet.«

Ich ging an der Galerie vorbei, ohne hinzusehen, und betrat mein Zimmer. Vor mir lagen schwere Entscheidungen; diesmal musste ich Sabrina dazu bringen, mit mir nach London zu fahren.

Die Tür zu meinem Zimmer ging langsam auf.

»Komm nur herein, Sabrina«, sagte ich, ohne mich umzusehen.

Sie trat herein. »Woher wusstest du?«

»Eine Vermutung. Du wolltest sofort nach meiner Ankunft mit mir sprechen. Du hättest in die Halle hinunterkommen sollen, das wäre vernünftiger gewesen, als dich auf der Galerie zu verstecken.«

»Woher weißt du, dass ich da oben war?«

»Ich habe dich gesehen.«

»Ich hatte mich versteckt.«

»Du bewegtest dich.«

Plötzlich lachte sie und in diesem Augenblick war sie wieder die alte, übermütige Sabrina.

Ich drehte mich um und breitete die Arme aus. Sie zögerte einen Augenblick, dann warf sie sich mir an die Brust.

»Ach, Sabrina, meine liebe Sabrina, ich bin so froh, dich wiederzuhaben.«

»Aber du hast ihn lieber.«

»Wen?«

»Onkel Lance natürlich.«

»Er ist mein Mann. Verheiratete Leute müssen miteinander leben, das weißt du ja. Ich wollte dich nach London mitnehmen, aber dein Vater verbot es.«

»Er ist tot und darüber bin ich froh.«

»Still, Sabrina.«

»Warum still? Soll man nicht die Wahrheit sagen?«

»Das schon, aber du sollst niemanden hassen.«

»Aber ich hasse ihn und es wäre eine Lüge, wenn ich etwas anderes sage. Er ist in demselben Zimmer aufgebahrt, in dem Mama lag. Ich war drin und streckte ihm die Zunge heraus.«

»Aber Sabrina!«

»Warum siehst du mich so an und sagst ›Sabrina‹? Mir gefällt es, eine Waise zu sein.«

Sie war trotzig und sehr unglücklich.

»Jetzt, da ich da bin, wird alles anders werden, Sabrina.«

»Warum?«

»Weil wir jetzt zu zweit sind.«

»Es macht mir gar nichts aus, allein zu sein.«

Jeremy hatte Sabrina großen seelischen Schaden zugefügt. Ich sehnte mich danach, dass sie wieder das sorglose, wenn auch eigenwillige Kind wurde, das vor dem Unglück auf dem Eis so zärtlich gewesen war. Gleichzeitig war ich davon überzeugt, dass ich ihr helfen konnte.

Smith erwähnte, dass es eine sehr stille Beerdigung sein würde. Die meisten Leute hielten Jeremys Tod für keinen Zufall, aber es bestand immerhin die Möglichkeit, dass er beim Schwimmen einen Schwächeanfall erlitten hatte. Ich versuchte jedenfalls, an diese Version zu glauben, denn Jeremy hatte es offensichtlich darauf angelegt, diesen Eindruck zu erwecken.

Er wurde neben Damaris zur Ruhe gebettet. Sabrina stand während des Gottesdienstes und am Grab neben mir und erlaubte mir, ihre Hand zu halten. Anscheinend mochte sie es sogar. Gelegentlich hatte ich das Gefühl, dass sie im nächsten Augenblick ihre starre Haltung aufgeben und sich an mich klammern würde.

Nach dem Begräbnis erklärte ich Leigh und Priscilla, dass ich Sabrina mitnehmen wollte. Sie hatten nichts dagegen, denn keiner von beiden hatte Lust, für ein Kind zu sorgen, und schon gar nicht für ein Kind wie Sabrina. Der Kummer über Damaris' Tod lastete schwer auf Priscilla und dazu kam noch, dass ihre Eltern bettlägerig waren und dass ihr Ende herannahte.

»Ich möchte mit ihr auf einige Zeit verreisen«, sagte Leigh, »aber sie will ihre Eltern nicht allein lassen. Vielleicht später ...«

Später fragte mich Priscilla: »Glaubst du, dass du Sabrinas Erziehung übernehmen kannst, Clarissa? Du lädst dir damit eine schwere Verantwortung auf und es wird nicht einfach sein.«

»Das weiß ich. Aber ich habe Verständnis für sie und kann sie richtig behandeln. Ich möchte, dass sie alles vergisst, was geschehen ist, dass sie aufhört, darüber zu grübeln.«

Leigh nickte. »In einiger Zeit wird sie über Geld verfügen: Jeremy vermachte alles, mit Ausnahme eines Legats für Smith, Damaris, also erbt jetzt Sabrina. Meiner Meinung nach sollte Enderby verkauft werden.«

»Ja«, stimmte ich zu.

»Glaubst du, Lance wird damit einverstanden sein, dass du Sabrina zu euch nimmst?«

»Ganz bestimmt.«

»Er ist ein guter Ehemann und das freut mich für dich, Clarissa. Damaris sagte immer wieder, sie sei so froh darüber, dass deine Ehe sich glücklich gestaltet. Kannst du dich daran erinnern, dass du einmal für einen jungen Mann geschwärmt hast, der verbannt wurde?«

»Ach ja, aber das ist schon so lange her.«

Ich wollte nicht an Dickon denken. In letzter Zeit war er mir öfter in den Sinn gekommen und ich hatte mich dabei ertappt, dass ich mir vorzustellen versuchte, wie das Leben in Virginia war.

Als ich Sabrina sagte, dass sie von nun an bei mir leben würde, erwiderte sie gleichgültig: »Wirklich?«

»Wenn du nicht willst, so musst du es sagen.«

»Ich werde es mir überlegen.«

Ich war überrascht und ein bisschen verletzt, weil ich gedacht hatte, dass sie sich darüber freuen würde – es war ja ihr Wunsch. Aber Jeremy hatte sie so tief getroffen, dass es eine Erleichterung für sie bedeutete, wenn sie jetzt jemand anderen verletzen konnte – auch wenn sie ihn in Wirklichkeit liebte.

»Du musst dich aber schnell entscheiden«, erklärte ich. »Wir müssen Reisevorbereitungen treffen und ich möchte bald wieder zu Hause sein.«

Sie zuckte nur die Schultern.

»Na schön«, sagte ich. »Hier kannst du nicht bleiben, also musst du zu deiner Großmutter ziehen.«

»Dann komme ich mit dir«, erklärte sie unfreundlich.

Ich sprach auch mit Smith, der sich bemühte, tapfer und ausgeglichen zu sein. »Jeremy hätte es nie geschafft, ohne sie weiterzuleben«, meinte er. »Deshalb ist es so am besten, wie es gekommen ist. Auch für die Kleine. Wenn Sie sie mitnehmen, wird sie wieder so werden, wie sie früher einmal war.«

Er wollte in ein kleines Haus am Meer ziehen und Damon mitnehmen. »Er kann dann dort am Strand herumlaufen und ich werde mich auch wohl fühlen, denn ich liebe das Meer.«

Also saß Sabrina neben mir in der Kutsche, als ich Eversleigh verließ.

XII

Ein merkwürdiges Verschwinden

Das folgende Jahr verlief seltsam und voller Spannungen, denn Sabrina schien mein Leben zu beherrschen. Gelegentlich zeigte sie sich widerspenstig und anscheinend war es ihr unmöglich, ihre schlimmen Erlebnisse zu vergessen – die Erinnerung daran saß sehr tief. Sie litt unter Albträumen und weinte oft im Schlaf. Ich hatte sie neben dem Zimmer untergebracht, in dem Lance und ich schliefen, und wie eine Mutter bei einem neugeborenen Kind hörte auch ich das leiseste Geräusch.

Wenn sie weinte, schlüpfte ich aus dem Bett und ging zu ihr. Sie hatte immer die gleichen Albträume: Sie lief auf einem Teich eis oder sie versank in einem Grab, weil sie ihr Leben einem der Toten gegeben hatte, die aus den Gräbern stiegen.

Dann drückte ich sie an mich und flüsterte ihr tröstende Worte zu. Wenn sie sich an mich klammerte, wusste ich, wie sehr sie von mir abhängig und wie notwendig es für sie war, dass ich ihr beistand, die Vergangenheit zu vergessen.

Nanny Curlew hatte uns begleitet. Sie verstand es gut, mit Sabrina umzugehen, war freundlich und doch entschieden und war froh gewesen, ihre Kusine Nanny Goswell wiederzusehen. Jean-Louis, der sich zu einem reizenden Kind entwickelte, war Nanny Goswells besondere Freude. Er war freundlich, gutmütig, lebhaft und intelligent. Nanny Goswell nannte ihn »mein kleiner Mann.«

Die beiden Nannys saßen oft beisammen, die eine strickte, die andere machte Netzarbeiten, und sie unterhielten sich über Sabrina und »meinen kleinen Mann.«

Jeannes Hinweis war nicht notwendig, denn auch ich bemerkte, dass Lance und Aimée sich gut vertrugen. Sie waren beide leidenschaftliche Spieler und meine Abneigung gegen Glücksspiele führte dazu, dass ich an dem, was meinem Mann im Leben am wichtigsten war, keinen Anteil hatte. Manchmal fragte ich mich, ob ich nicht wenigstens versuchen sollte, Interesse zu heucheln, aber mir wurde immer sehr rasch klar, wie sinnlos das wäre. Ich wusste über Lances finanzielle Lage nicht Bescheid; er sprach nie mit mir darüber und wenn ich mich danach erkundigte, wich er der Antwort höflich aus. Ich konnte mir nicht vorstellen, dass er seine finanziellen Schwierigkeiten erfolgreich überwunden hatte, und selbst wenn es ihm gelungen war, konnte der Erfolg nicht von Dauer sein. Ich war durchaus bereit, ihm hilfreich zur Seite zu stehen, aber dazu musste ich erst recht mein eigenes Vermögen beisammenhalten.

Dickon kam mir immer öfter in den Sinn und wahrscheinlich machte ich mir im Laufe der Zeit ein stark idealisiertes Bild von ihm. Gelegentlich stellte ich mir vor, was geschehen wäre, wenn man ihn nicht verbannt hätte. Vielleicht hätten wir geheiratet – ich sah nostalgisch ein Leben in Glück und Zufriedenheit vor mir.

Aber diese Überlegungen waren sinnlos; um mich herum geschah so vieles, dass ich anderes zu tun hatte, als mich in unerfüllbaren Träumen zu verlieren und mir vorzustellen, was gewesen wäre, wenn …

Im Herbst verschied mein Urgroßvater friedlich in seinem Bett und Arabella folgte ihm zwei Monate später nach. Lance, Sabrina und ich waren bei den Begräbnissen anwesend.

»In letzter Zeit hat es in dieser Familie zu viele Begräbnisse gegeben«, meinte Priscilla traurig.

Sie war ruhig und beherrscht und Leigh erzählte uns, dass er Reisevorbereitungen träfe. Er wollte mit ihr eine Art Grand Tour durch Europa unternehmen, damit sie Abstand von der düsteren Vergangenheit gewann.

Wenn sie zurückkehrten, wollten sie in Eversleigh Court wohnen und Enderby verkaufen.

»Damit haben wir dann alles verändert«, schloss Leigh.

Sabrina und ich besuchten Smith in seinem Häuschen. Es ging ihm gut, und Damon leistete ihm getreulich Gesellschaft.

»Der arme Kerl, meinte Smith, »wird auch schon alt, genau wie ich.«

Er hatte sich einen jungen Hund zugelegt. »Als Ersatz, wenn Damon einmal nicht mehr ist. Ich würde es ohne Hund nicht aushalten ...«

Sabrina spielte gern mit dem jungen Hund und wirkte nach langer Zeit endlich wieder fröhlich wie ein normales Kind.

»Sie haben einen wirklich guten Einfluss auf die Kleine, stellte Smith fest. »Es war vom Herrn nicht richtig, sie so zu behandeln. Ich habe es ihm oft vorgeworfen, denn von mir ließ er es sich gefallen. Aber er hörte nicht auf mich. Er war so verstört wie ein Tier, das in eine Falle geraten ist. Er konnte nicht anders handeln.«

In den darauf folgenden Monaten brachte mich Sabrina manchmal an den Rand der Verzweiflung. Gelegentlich schien sie es darauf angelegt zu haben, uns Schwierigkeiten zu bereiten, obwohl wir alle sehr viel Geduld mit ihr hatten. Nanny Curlew war an sie gewöhnt, aber Nanny Goswell war kritischer und verglich sie oft mit ihrem »braven kleinen Mann, der, wie sie behauptete, trotz seines zarten Alters mehr Rücksicht auf die Gefühle anderer nahm als Madame Sabrina. Es half nichts, dass Nanny

Curlew ihrer Kusine immer wieder erklärte, durch welch unglücklichen Zufall Sabrina in diese seelische Verfassung geschlittert war.

Aimée kam nur gelegentlich ins Kinderzimmer und war anscheinend sehr zufrieden damit, dass sich Nanny Goswell um ihren Sohn kümmerte. Bis zu dem Zwischenfall mit den Karten befasste sie sich überhaupt nicht mit Sabrina. Diese besaß ein Einklebebuch, das ihr sehr viel Spaß machte und mit dem sie sich beschäftigte. Wir überlegten oft gemeinsam, wo wir die Bilder, die sie sammelte, einkleben wollten. Wir verbrachten viele besinnliche Stunden damit, die passenden Farben und Motive zusammenzustellen. Sie sammelte alle Drucke, die wir finden konnten, außerdem alte Lieder und Balladen und Ausschnitte aus den Zeitungen und saß geduldig mit dem Kleistertopf vor dem offenen Buch.

Dann gaben wir wieder eine Gesellschaft, eine von denen, die mich nicht sehr glücklich machten, denn es sollte natürlich gespielt werden, und zwar um hohe Einsätze. Bei solchen Gewohnheiten wirkte Lance immer ein bisschen geistesabwesend. Er war reizend zu mir, aber es war nicht zu übersehen, dass seine Gedanken woanders waren.

Während wir uns ankleideten, meinte ich: »Ich mache mir wegen Aimée ein bisschen Sorgen.«

Bildete ich es mir nur ein oder war seine Aufmerksamkeit plötzlich erwacht.

»Weshalb?«, fragte er rasch. »Sie wirkt vollkommen zufrieden und ausgeglichen.«

»Spielt sie um hohe Einsätze?«

Er lachte. »Also geht es wieder einmal um das Kartenspiel? Nun, ich würde eher sagen, um mäßige Einsätze.«

»Gewinnt sie?«

»Sie hat Glück im Spiel. Aber natürlich nicht immer.«

»Hat sie dir den Betrag zurückgezahlt, den du ihr als Startkapital geliehen hattest?«

»O ja, sogar sehr bald. Am Anfang hatte sie außergewöhnliches Glück.«

Ja, dachte ich, und sah wieder ihre Hand vor mir, die eine Karte aus dem Unterrock holte.

Er lachte. »Sie bildet sich ein, sie muss so viel gewinnen, dass sie mit Jean-Louis in ein eigenes Haus ziehen kann. Ich habe ihr erklärt, dass sie hier ein Zuhause hat, solange sie will. Deiner Halbschwester gegenüber konnte ich mich nicht anders verhalten.«

»Danke, Lance. Du bist sehr gut zu mir . . . und zu Aimée.

Er trat zu mir und küsste mich. Ich sah sein Bild im Spiegel, elegant, vornehm, wie jemand, der auf der Bühne eine Rolle spielt. Man konnte sich darauf verlassen, dass er sich immer so benahm, wie es sich gehörte.

»Ich bin davon überzeugt, dass du alles tun würdest, um mich glücklich zu machen, Lance.«

»Ich bin jederzeit bereit, den Beweis dafür anzutreten.«

»Nur eines würdest du nie tun: mir zuliebe das Kartenspielen aufgeben.«

»Leoparden können ihre Flecken nie verlieren, Liebste, und Spieler können nicht aufhören zu spielen.«

»Das habe ich mir gedacht.«

»Ich weiß, dass es dich immer gestört hat, aber ich könnte es wirklich nicht aufgeben, selbst wenn ich es wollte. Es ist wie ein Verhängnis, das seit meiner Geburt auf mir liegt. Mit acht Jahren wettete ich mit Stalljungen auf Käfer, die über den Boden krochen. Der Spieltrieb ist angeboren und willensmäßig nicht zu beeinflussen. Ich würde ihn für dich unterdrücken, wenn ich es könnte, aber ich kann es nicht. Ich wäre nicht mehr ich selbst.«

»Ich verstehe, Lance.«

»Und du vergibst mir?« Er nahm mein Kinn in die Hand und lächelte mich an.

»Wenn du mir vergibst, dass ich ein Ekel bin und immer wieder darauf zu sprechen komme.«

»Ich weiß, dass du es nur aus Sorge um mein Wohlergehen tust und dafür bin ich dir dankbar.«

Er sah so gut aus und wirkte dabei so zerknirscht, dass ich mich meiner Unzufriedenheit, meines Verdachtes und meiner heimlichen Sehnsucht nach Dickon schämte.

Das Abendessen verlief unter angeregtem Geplauder wie üblich und sofort nachher begaben sich die Spieler ins Kartenzimmer. Ich begleitete sie wie gewöhnlich, um mich davon zu überzeugen, dass alles in Ordnung war, bevor ich zu Bett ging. Die Karten lagen auf den Tischen und die Gäste nahmen Platz.

Jemand stieß einen erstaunten Schrei aus und ich drehte mich um. Lance hielt ein Spiel Karten in der Hand und versuchte, sie voneinander zu trennen. Von einem der anderen Tische rief jemand: »Sie sind zusammengeklebt.«

Es herrschte allgemeine Verblüffung. Alle Mitglieder des Haushaltes wussten, dass die Karten in einer Kommodenschublade in diesem Raum aufbewahrt wurden.

Ich begriff sofort.

»Was zum Teufel ...«, sagte Lance gerade. Trotz seiner Selbstbeherrschung war nicht zu übersehen, dass er wütend war. »Was für ein Unfug soll das sein?«

»Ist es bei allen Päckchen so?«, fragte ich.

»Anscheinend.«

»Unsere sind ebenfalls zusammengeklebt«, warf ein Gast ein.

»Auch unsere«, bestätigte jemand von einem anderen Tisch.

Lance rief in einem Ton, den ich bei ihm noch nie gehört hatte, einem Diener zu: »Bring neue Karten.«

Zum Glück hatten wir genügend Kartenspiele im Haus; der Diener brachte sie und die Gäste begannen zu spielen.

Als ich den Raum verließ, sah ich etwas Weißes die Treppe hinaufhuschen. Ich ging zu Sabrinas Zimmer. Sie lag im Bett und hatte die Decke über den Kopf gezogen. Ich trat zu ihr und schlug die Decke zurück. Sie hatte die Augen fest geschlossen und tat, als ob sie schliefe.

»Es hat keinen Sinn, Sabrina, ich weiß, dass du wach bist. Ich sah dich auf der Treppe.«

Sie schlug die Augen auf, sah mich an und unterdrückte nur mit Mühe einen Lachanfall.

»So komisch war das gar nicht«, meinte ich.

»Doch«, antwortete sie herausfordernd.

»Sie waren sehr böse.«

»*Er* auch?«

»Ja.«

Sie sah zufrieden aus.

»Warum, Sabrina?«

Sie lächelte nur.

»Du darfst andere Menschen nicht ärgern.«

»Das wollte ich auch nicht. Ich tat es nur, weil du nicht willst, dass sie Karten spielen, und wenn die Karten zusammengeklebt sind, können sie nichts damit anfangen. Was wird *er* jetzt tun?«

»Er wird mit dir darüber sprechen.«

Sie lachte wieder: »Ich mache mir aber nichts aus ihm.«

»Du sollst aber.«

»Warum?«

»Weil du in seinem Haus lebst und er dich mag.«

»Er mag mich nicht, er mag überhaupt niemanden, er mag nur die Karten.«

Ich setzte mich nachdenklich auf den Bettrand und fragten mich, ob es mir je gelingen würde, sie zu ändern. Plötzlich schlüpfte sie unter der Decke heraus und setzte sich mir auf den Schoß.

»Du bist doch nicht böse auf mich, Clarissa? Sag, dass du es nicht bist. Ich tat es für dich, weil du die Karten verabscheust.«

»Ach, Sabrina, es wäre mir lieber, wenn du es nicht getan hättest.«

»Er ist zornig«, sagte sie und vergrub das Gesicht in meinem Haar. »Vielleicht schickt er mich fort. Komm mit mir, Clarissa, laufen wir davon, so weit wir können.«

»Er wird dich nie fortschicken, sondern dir verzeihen.«

»Das will ich nicht.«

»Sabrina, bitte ...«

»Erzähl mir eine Geschichte.«

Nach kurzem Zögern erzählte ich ihr eine Geschichte mit einem überaus effektvollen moralischen Schluss.

Ich blieb an ihrem Bett sitzen, bis sie einschlief, dann schlich ich mich auf Zehenspitzen hinaus. Als Lance heraufkam, war es schon spät. Seinem Gesichtsausdruck konnte ich nicht entnehmen, ob er Glück gehabt hatte, denn obwohl er sich über einen hohen Gewinn freute, ließ er sich durch Verluste nie die Laune verderben.

Da er den Zwischenfall mit den Karten mit keinem Wort erwähnte, kam ich darauf zu sprechen. Er begann zu lachen.

»Ich nehme an, dass die kleine Hexe Sabrina uns wieder einmal einen ihrer Streiche gespielt hat«, sagte er. Damit war die Angelegenheit für ihn erledigt.

In diesem Augenblick liebte ich ihn sehr. Er war nicht nachtragend und sein Zorn über den Streich war vollkommen verflogen – er hatte die ganze Geschichte vergessen.

Am nächsten Morgen kam Sabrina nach dem Frühstück herunter, um ihre Reitstunde zu nehmen; sie sah im braunen Reitdress und dem dazu passenden Zweispitz entzückend aus. Sie wirkte triumphierend und aggressiv und erwartete sichtlich, für den Streich vom vergangenen Abend bestraft zu werden.

Als sie auftauchte, stand Lance gerade in der Halle. Ich sah, wie sich ihr Gesichtsausdruck veränderte. Ein bisschen Angst hatte sie doch, das erkannte ich an ihrem betont forschen Auftreten.

Lance begrüßte sie: »Guten Morgen, Sabrina. Fertig für die Reitstunde?«

»Ja.«

»Schinde dein Schlachtross nicht zu sehr.«

Das war zu ihrer Verblüffung alles. Er hatte über den Vorfall mit den Karten kein Wort verloren, wahrscheinlich dachte er überhaupt nicht mehr daran. Sabrina war zu überrascht, um ihre Enttäuschung zu verbergen. Dabei ging mir auf, dass man mit ihren Ausbrüchen am besten fertig wurde, indem man sie einfach nicht zur Kenntnis nahm.

Als sie vom Ausritt zurückkehrte, war sie immer noch nachdenklich. Ich folgte ihr ins Kinderzimmer, wo Aimée gerade Jean-Louis einen ihrer seltenen Besuche abstattete. Nanny Goswell lobte die Fortschritte des kleinen Mannes; Nanny Curlew flickte ein Kleid, das Sabrina zerrissen hatte, und Jeanne räumte frisch gebügelte Wäsche in die Schrankfächer.

Aimée sah Sabrina voller Abscheu an und sagte: »Ah, da bist du ja, ich sprach gerade von dir. Du bist ein schlimmes Kind, man sollte dich ordentlich verprügeln.«

Sabrinas Augen funkelten. Sie hasste Aimée und freute sich nach Lances enttäuschender Reaktion sichtlich auf eine Auseinandersetzung.

»Das würdest du nicht wagen«, widersprach sie.

»Wirklich? Ich würde dich schlagen, bis du um Gnade winselst. Und dann würde ich dich ins Bett schicken und dich nicht so bald wieder herauslassen. Du bist böse und schlimm und versuchst nur, Unheil zu stiften. Warum hast du die Karten überhaupt zusammengeklebt? Um die Leute zu ärgern? Alle halten dich für das ungehorsamste Kind, das sie kennen.«

Eigentlich wollte ich eingreifen, aber ich beherrschte

mich, denn ich hielt es für richtig, dass Sabrina einmal erfuhr, wie andere ihre Eskapaden beurteilten.

»Ich wäre am liebsten sofort zu dir hinaufgelaufen, damit du die Strafe bekommst, die du verdienst«, fuhr Aimée fort. »Du bist ein undankbares kleines Biest. Man hat dir hier ein Heim geboten ...«

Hier unterbrach ich sie, weil ich nicht wollte, dass Sabrinas wunder Punkt berührt wurde. »Es tut Sabrina sehr leid und sie wird es nicht mehr tun.«

»Vielleicht doch«, widersprach Sabrina und sah Aimée direkt in die Augen.

Ich nahm ihr den Hut ab und fuhr ihr durch das Haar.

»Nein, du wirst es bestimmt nicht mehr tun. Zieh dich jetzt um, mein Liebes, wir sollten schon längst bei unserer Lektion sitzen.«

Vorläufig unterrichtete ich Sabrina, weil sie erst später eine Gouvernante bekommen sollte.

Nanny Curlew packte Sabrina am Arm und zog sie ins Schlafzimmer.

»Du wirst mit diesem Kind Schwierigkeiten haben, Clarissa«, meinte Aimée.

»Ich werde schon mit ihr fertig werden.«

»Sie sollte dankbar dafür sein, dass sie hier ein Zuhause gefunden hat.«

»Ich will nicht, dass sie es so sieht, sondern ich möchte, dass sie unser Haus als ihr rechtmäßiges Heim betrachtet, in das sie gehört.«

»Du verziehst sie. Der gestrige Einfall war geradezu bösartig.«

»Sie war nur übermütig.«

Nanny Goswell mischte sich ein. »Nanny Curlew hat als Strafe verfügt, dass sie heute keine eingemachten Stachelbeeren bekommt.«

»Keine eingemachten Stachelbeeren«, murmelte Aimée.

»Das nennt sich Strafe! Damit fordert man sie geradezu auf, es noch einmal zu versuchen.«

Ich wollte nicht mit Aimée streiten, deshalb verließ ich das Zimmer. Jeanne folgte mir.

»Wieso maßt sie sich eigentlich an, darüber zu urteilen, ob es gut ist, dass man Sabrina hier wohnen lässt? Willst du mir das vielleicht erklären? Wie war es denn mit Madame Aimée? Sie würde schön ausschauen, wenn man sie in diesem Haus nicht mit offenen Armen aufgenommen hätte.«

Ich schwieg dazu und tadelte sie nicht, weil sie nur meine eigenen Gedanken laut aussprach.

Später ging ich mit Sabrina im Wald spazieren. Ich dachte darüber nach, wie ich ihr begreiflich machen konnte, dass sie viel glücklicher sein würde, wenn sie die Menschen nicht ärgerte. Ich erwähnte den Streich mit den Karten nicht, denn darüber hatten wir ja bereits alles gesagt, was zu sagen war, aber ich versuchte ihr zu erklären, dass sie mit den Menschen viel besser auskommen würde, wenn sie nett zu ihnen war.

Sie lief fröhlich im Wald herum und pflückte Glockenblumen. Leichter Dunst lag zwischen den Bäumen – es würde bald Sommer sein.

»Wenn das warme Wetter kommt, werden wir unter den Bäumen Picknicks veranstalten. Das wird dir Spaß machen, nicht wahr, Sabrina?«

»O ja.«

Dann kamen wir zur Grube im Tal. Es handelte sich um eine der künstlich angelegten prähistorischen Gruben, die es in Kent und Essex gibt; sie lag etwa eine Dreiviertelmeile vom Haus entfernt. Sabrina war immer von ihr fasziniert gewesen und hatte mir schwören müssen, ihr nicht zu nahe zu kommen. Da sie sich noch an die Folgen ihrer Eskapade auf dem Eis erinnerte, versprach sie es mir. Ich war davon überzeugt, dass sie ihr Wort halten würde. Aber es zog sie immer wieder dorthin; sie blieb in einiger Entfernung von dem Loch stehen und betrachtete es ehrfurchtsvoll.

»Warum haben sie es gemacht?«, wollte sie wissen.

»Das wissen wir nicht, es ist zu lange her. Vielleicht wollten sie sich vor Feinden verstecken, weil damals ständig Krieg war. Oder sie verwendeten es als Aufbewahrungsort für ihre Nahrung.«

»Aber wie kamen sie hinunter?«

»Mit irgendwelchen Hilfsmitteln.«

»Vielleicht einer Jakobsleiter.«

»Vielleicht.«

»Wie tief ist es denn?«

»Angeblich sehr tief. Ich glaube nicht, dass schon jemand hinuntergestiegen ist.«

Dann griff Sabrina, wie jedes Mal wenn sie sich dort aufhielt, nach einem Stein und warf ihn in das Loch. Sie lauschte angespannt. In der Tatsache, dass man kein Geräusch aus dem Loch vernahm, sah sie die Bestätigung dafür, dass die Grube keinen Boden hatte.

»Sie reicht ganz tief hinunter, bis zum Mittelpunkt der Erde.«

»Also sei vorsichtig und versprich mir, nicht zu nahe hinzugehen.«

Sie nickte und hüpfte davon.

Die Wochen gingen friedlich dahin und ich hatte den Eindruck, dass der Zwischenfall mit den Karten Sabrina eine Lehre gewesen war. Die Einzige, die sich darüber geärgert hatte, war Aimée gewesen, und sie war Sabrina zu gleichgültig, als dass sie sie hätte reizen wollen

Sabrina und ich steckten viel zusammen und sie schien allmählich ihre Abneigung gegen Lance aufzugeben; sie begann sogar, ihn gern zu haben. Jean-Louis war allerdings für sie nur ein dummes Kleinkind und Nanny Goswell war ihrer Ansicht nach noch dümmer, weil sie so große Stücke auf ihn hielt. Sie mochte Nanny Curlew, die keiner ihrer Launen nachgab, was Sabrina sehr beeindruckte und ihr Respekt abnötigte.

Zweifellos schloss sie sich immer enger an mich an. Ich unterrichtete sie und sie war eine aufgeweckte, eifrige Schülerin. Sie wollte keine Gouvernante bekommen und bemühte sich, mir zu zeigen, dass ich die beste Lehrerin war, die sie haben konnte.

Sie hatte nur noch gelegentlich einen kleinen Rückfall – wie damals, als sie Jean-Louis in der Speisekammer einsperrte. Sie hatte ihn mit dem Versprechen dorthin gelockt, dass sie ihm Taubenpastete zu kosten geben würde. Als wir ihn alle verzweifelt suchten, erzählte sie uns, was sie getan hatte. Jean-Louis lag friedlich schlafend auf dem Fußboden; er hatte eindeutig zu viel von der Taubenpastete gegessen.

»Er isst doch so gern«, meinte Sabrina unschuldsvoll, »dass ich mir gedacht hatte, es ist das Schönste für ihn, wenn ich ihn in einen Raum voller Lebensmittel sperre.«

»Er hätte sich so vollstopfen können, dass ihm schlecht wird«, meinte Nanny Goswell empört.

»Dann wäre es eine gute Lehre für ihn gewesen«, erklärte Sabrina streng.

»Jemand anderer braucht anscheinend eine gute Lehre notwendiger«, mischte sich Nanny Goswell ein.

Nanny Curlew fand, dass Sabrina eine Strafe verdient hatte, und sie wurde ins Bett gesteckt. Ich ging hinauf, als Schlafenszeit für sie war; sie las ein Buch.

»Ich habe es gern, wenn man mich ins Bett steckt«, erklärte sie lässig.

Ich versuchte ihr zu erklären, wie besorgt wir alle wegen Jean-Louis gewesen waren, und sie schlang mir die Arme um den Hals und sagte, dass sie mir keinen Ärger bereiten wolle – nur Tante Aimée. »Sie soll sich endlich einmal Sorgen machen. Sie nimmt dir mit diesem dummen Kartenspiel Lance weg.«

Zweifellos liebte sie mich; und für mich war sie der Ersatz für das Kind, das ich bis jetzt nicht bekommen hatte.

Das nächste Mal stellte sie wieder bei einer Kartenpartie etwas an. Wir hatten gespeist und unsere Gäste waren gerade im Begriff, in das Spielzimmer zu gehen, als Sabrina auf der Treppe auftauchte. Sie hatte eines meiner elegantesten Kleider an, das um sie schlotterte und hinter ihr herschleifte. Außerdem hatte sie Rouge aufgelegt, das Gesicht dick gepudert und ein Schönheitspflästerchen auf das Kinn geklebt. Und zu allem Überfluss trug sie mein Smaragdhalsband, eine Brosche und den Bezoar-Ring.

»Sabrina!«, rief ich.

»Ich würde gern an der Kartenpartie teilnehmen«, erklärte sie.

Lance lachte schallend. »Komm nur, Sabrina. Was möchtest du denn spielen? Wir haben an Pharao gedacht.«

»Wie Sie meinen«, flötete Sabrina.

»Wo hast du die Sachen her, die du anhast?«, fragte ich.

»Das weißt du ja, sie gehören dir.«

Nanny Curlew tauchte auf der Treppe auf. »Ach, unser Fräulein Übermut«, murmelte sie.

»Bringen Sie Sabrina hinauf«, befahl ich. »Sie wollte mit uns Karten spielen, aber es ist ein bisschen spät für sie.«

»Ich bin aber gar nicht müde«, widersprach Sabrina.

Nanny Curlew packte sie und zog sie fort.

»Was für ein bezauberndes Geschöpf«, murmelte eine der Damen.

»Sie ist Clarissas Kusine«, erklärte Lance, »und sorgt dafür, dass uns nicht langweilig wird. Aber jetzt zum Spiel – wollen wir bei Pharao bleiben?«

Als alle am Spieltisch Platz gefunden hatten, ging ich in das Kinderzimmer. Sabrina, die schon in ihrem Nachthemd steckte, sah bedrückt aus. Wahrscheinlich hatte sie bemerkt, dass ihr kleiner Spaß nicht die gewünschte Wirkung gezeitigt hatte.

Ich wusch ihr die Kosmetika vom Gesicht und musste lachen, als ich daran dachte, wie sie ausgesehen hatte. Sie lachte mit.

»Dir hat es Spaß gemacht, nicht wahr? Sah ich sehr komisch aus?«

»Es war nicht richtig von dir, dass du in diesem Aufzug hinuntergekommen bist ... aber du hast komisch ausgesehen.«

»Lance hat es gefallen.«

Er war anscheinend im Begriff, sie zu erobern, und da er sich nicht eigens um sie bemühte, sprach das für die Wirkung seines Charmes.

Am nächsten Tag platzte ich wieder einmal in eine Szene im Kinderzimmer hinein, bei der Aimée anwesend war. Die Nannies sprachen über den Zwischenfall vom vergangenen Abend.

»Die kleine Hexe stand auf der Treppe«, sagte Nanny Curlew gerade, »herausgeputzt wie ein Pfau. So etwas habe ich noch nie gesehen.«

Sabrina hörte mit leuchtenden Augen zu.

»Nicht nur das«, fügte Jeanne hinzu, »sie hatte Myladys Smaragde und den Ring angelegt. Sie funkelte und glitzerte ...«

»Sie muss sehr komisch ausgesehen haben«, meinte Nanny Goswell.

»Sie sah lächerlich aus«, sagte Aimée. »Dieser Unfug sollte ein für allemal abgestellt werden. Wenn ich etwas zu sagen hätte ...«

Sabrina streckte die Zunge heraus und sah Aimée an.

»Diese vielen Juwelen«, murmelte Jeanne. »Angeblich sind sie einen Haufen Geld wert. Man könnte dafür einen Blumenladen im Herzen von Paris kaufen.«

Aimée unterbrach sie. »Hallo, Clarissa. Wir sprachen von gestern abend.«

»Sabrina hatte Lust, sich zu verkleiden.«

»Wo hatte sie denn den Schmuck her? Du scheinst etwas sorglos mit ihm umzugehen.«

»Für gewöhnlich nicht. Ich wollte ihn gestern abend anlegen, überlegte es mir aber im letzten Augenblick und schloss ihn nicht mehr in meine Schmuckschatulle ein.«

»Auf dem Frisiertisch«, piepste Sabrina. »Ich weiß, wo du ihn hast.«

Aimée zuckte resignierend die Schultern; ich antwortete nicht.

Ich wollte mit Aimée nicht über Sabrina sprechen, deshalb verließ ich das Zimmer. Sie folgte mir und zischte mir noch in der Tür zu: »Man müsste wegen des Kindes etwas unternehmen, sonst wird sie ein Ungeheuer.«

Ich sah zurück, weil ich hoffte, dass Sabrina sie nicht gehört hatte. Anscheinend war das wirklich nicht der Fall, denn sie hörte gerade Jeanne zu, die nach ihrem Jean-Baptiste griff, den sie unter der Bluse trug. Sie murmelte: »Diese schönen Schmuckstücke. Mon Dieu, wie leicht hätte sie eines davon verlieren können. Und sie sind so kostbar, dass man damit einen Blumenladen im Herzen von Paris kaufen könnte.«

Einige Monate waren vergangen; der Sommer war beinahe vorbei. Es war September und die Blätter färbten sich braun, aber die meisten hingen noch an den Bäumen. Es war herrlich, durch den Wald zu gehen, und als ich von einem solchen Spaziergang zurückkehrte, dachte ich mit Bedauern daran, dass wir bald nach London übersiedeln würden, denn Lance wollte unbedingt zu Saisonbeginn in der Stadt sein.

Natürlich gab es auch auf dem Land Kartenpartien, aber in London hatte man viel mehr Möglichkeiten, um hohe Einsätze zu spielen. Er suchte gern Klubs auf, in denen gespielt wurde; und außerdem hatte er in London einen großen Kreis von leichtsinnigen Freunden.

Ich war entschlossen, die letzten warmen Tage auszunützen, in denen ich durch die liebliche Gegend ritt oder wanderte und dabei zusah, wie der Herbst immer mehr Besitz vom Land ergriff – mit Nebel, Früchten und silbernen Spinnennetzen, die plötzlich überall hingen.

Ich ritt oft mit Sabrina aus, weil sie schon eine gute Reiterin war. Sie brauchte keine Longe mehr und an die Stelle des Ponies war eine kleine Stute getreten, die Lance ihr geschenkt hatte. Sie liebte das Tier sehr und schloss auch Lance allmählich in ihr Herz. Die Gleichgültigkeit, mit der er auf ihre Launen reagierte, beeindruckte sie, und außerdem faszinierten sie sein gutes Aussehen und seine elegante Kleidung.

»Er ist mein Vetter«, stellte sie einmal mit Befriedigung fest. »Natürlich kein wirklicher, sondern nur, weil du mit ihm verheiratet bist.«

Wir ritten auch dann aus, wenn wir abends eine Gesellschaft gaben, und an einem solchen Tag ging ich bei der Heimkehr in mein Zimmer, um mich umzuziehen. Für gewöhnlich wartete Jeanne schon auf mich und hatte meine Sachen zurechtgelegt, aber diesmal war sie nicht da und hatte auch nichts vorbereitet.

Ich läutete, worauf ein Dienstmädchen erschien.

»Suchen Sie bitte Jeanne und sagen Sie ihr, dass ich auf sie warte«, befahl ich.

Sie verschwand.

Dass Jeanne nicht da war, kam mir irgendwie merkwürdig vor, denn an solchen Tagen hielt sie sich für unentbehrlich und machte sich in meinem Zimmer zu schaffen, lange bevor es für mich an der Zeit war, mich zurechtzumachen.

Jeanne tauchte noch immer nicht auf. Stattdessen kam das Dienstmädchen atemlos und besorgt zurück.

»Bitte, Mylady, ich kann Jeanne nicht finden. Sie ist anscheinend nicht im Haus.«

Das war noch merkwürdiger. War sie ausgegangen und

hatte vergessen, wie spät es war? Das konnte eine mögliche Erklärung sein, obwohl sie nie sehr weit wegging. Gelegentlich wanderte sie durch den Wald, um Kräuter zu sammeln, denn sie bereitete gern medizinische und kosmetische Mixturen zu und bemerkte oft, dass alles Wertvolle aus der Erde kommt.

Daher erwartete ich jetzt, dass sie im nächsten Augenblick atemlos hereinstürzen würde.

Aber ich irrte mich. Die Minuten vergingen und Jeanne kehrte noch immer nicht zurück.

Ich hatte beschlossen, mein Kleid aus cremefarbenem Brokat anzulegen und stellte mir vor, dass die Smaragde gut dazupassen würden. Ich nahm das Kleid aus dem Schrank und öffnete dann meine Schmuckschatulle. Zu meiner Bestürzung fand ich sie leer. Das Smaragdhalsband, die Brosche und der Bezoar-Ring waren fort.

Ich konnte nicht begreifen, was geschehen war, und war zutiefst beunruhigt.

Ich ging in Jeannes Zimmer, das seltsam leer wirkte. Das Bett war ordentlich gemacht, aber es gab keine Spur von ihr. Ich öffnete den Schrank – er war leer. Nicht einmal ihr gutes schwarzes Kleid, das sie so gern am Abend anlegte, war vorhanden. Ich öffnete die Schubladen der Kommode, die neben dem Fenster stand. Leer!

Jeanne war fort!

Das war unmöglich; es musste eine Erklärung geben. Sie wäre nie auf diese Art verschwunden, sie hätte mir bestimmt vorher Bescheid gesagt. Aber wo war sie?

Ich suchte hastig nach einer schriftlichen Mitteilung, aber, es gab keine. Daraufhin kehrte ich in mein Zimmer zurück und läutete dem Dienstmädchen, das sofort herbeigestürzt kam.

Ich sagte bestimmt: »Alle Dienstboten müssen sofort Jeanne suchen. Ihr Zimmer ist leer und ihre Kleider sind fort.«

Das Dienstmädchen starrte mich mit offenem Mund an.

»Wir müssen sie finden«, fügte ich hinzu.

Aber wir fanden sie nicht. Sie war nicht im Haus, niemand hatte gesehen, dass sie es verlassen hatte, und doch waren alle ihre Habseligkeiten verschwunden.

Ich musste mich anziehen, mich der Gesellschaft widmen, ganz gleich, wie beunruhigt ich war.

Das Brokatkleid wanderte wieder in den Schrank und ich vermied, in die leere Schmuckschatulle zu blicken. Es musste eine Erklärung für das Verschwinden meines Schmucks geben. Natürlich gab es eine solche Erklärung, aber ich weigerte mich, sie zur Kenntnis zu nehmen, obwohl sie mir immer wahrscheinlicher vorkam.

Ich legte ein leuchtend rotes Kleid an, das sehr auffallend war, mir aber ausgezeichnet stand, wie Lance mir oft versichert hatte ... ein Kleid, das keinen Schmuck brauchte.

Ich war verzweifelt, besorgt, entsetzt, denn ich hatte Jeanne gern – mir wurde jetzt erst klar, wie sehr. Noch immer weigerte ich mich, die einzig mögliche Erklärung zu akzeptieren.

Während ich mich anzog, kam Aimée ins Zimmer. Sie zitterte vor Erregung, ihre Augen leuchteten und waren unnatürlich geweitet.

»Wo ist Jeanne?«, fragte sie. »Ich wollte ihr ... Ist sie nicht hier?«

»Ich kann sie nicht finden; vielleicht wurde sie fortgerufen.«

»Fortgerufen! Wer sollte sie rufen und warum sollte sie fortgehen, ohne es dir zu sagen?«

»Ich kann es selbst nicht verstehen, Aimée, und ich bin sehr in Sorge.«

»Verschwunden! Das ist doch nicht möglich. Sie hat sich hier doch wohl gefühlt, warum sollte sie fortgehen?«

Als ich ratlos den Kopf schüttelte, sah mich Aimée scharf an. »Fehlt etwas von deinen Sachen?«, fragte sie.

Ich antwortete ihr nicht, denn ich wollte nichts von dem Schmuck erwähnen. Wahrscheinlich würde mir nichts anderes übrig bleiben, aber vorläufig ging es sie nichts an. Jeanne würde zurückkommen, sagte ich mir immer wieder vor.

»Denn wenn etwas fehlt ...«, fuhr Aimée fort.

»Wovon redest du?«

»Es ist doch logisch, oder? Sie sprach immer von einem Blumenladen in Paris, das war ihr Lebensziel.«

»Du glaubst doch nicht, dass Jeanne ... Oh, das ist unmöglich. Sie ist schon so lange bei mir und hat sich in Paris meiner angenommen.«

»Sie wollte immer schon nach Paris zurückkehren, das weiß ich. Der Blumenladen in Paris, davon träumte sie. Sie wollte immer Besitzerin eines solchen Geschäftes sein.«

»Sie hätte uns nie verlassen, ohne es mir zu sagen. Sie war so glücklich, weil sie hier ein Heim gefunden hatte.«

»Nun, sentimental war sie bestimmt nicht, eher hartgesotten. Auf den Straßen von Paris bleibt einem auch nichts anderes übrig.«

»Sie war nicht hartgesotten; als ich Hilfe brauchte, war sie gut zu mir.«

»Na ja, wer weiß? Vielleicht kommt sie noch zurück. Hat sie irgendwelche Kleider mitgenommen?«

»Alle.«

»O mein Gott. Dann könnte sie wirklich ...«

Lance trat ins Zimmer.

»Was ist denn los?«, fragte er. »Überall wird getuschelt.«

»Jeanne ist verschwunden«, antwortete ich.

»Verschwunden? Wie? Wann?«

»Das möchte ich ja selbst gern wissen ... sie ist fort.«

»Jeanne! Das kann ich nicht glauben.«

»Aber es scheint zu stimmen.«

»Wir sollten wirklich nachsehen, ob etwas fehlt«, sagte Aimée.

»Ich glaube nicht, dass Jeanne jemals etwas nehmen würde, was ihr nicht gehört«, begann ich.

»Du glaubst ja auch nicht, dass sie fortgegangen ist, ohne ein Wort zu sagen«, wandte Aimée ein. »Du solltest einmal nachsehen, was alles fehlt. Am ehesten Schmuck, weil man ihn am leichtesten transportieren kann.«

Aimée ging zu meiner Schmuckschatulle und öffnete sie. Dann starrte sie mich an. »Was hast du in ihr aufbewahrt? Sie ist leer.«

Widerstrebend antwortete ich: »Meine Smaragde und den Bezoar-Ring.«

»Nein!« Die Schmuckschatulle entglitt beinahe ihren Händen, als sie sich Lance zuwandte.

»Du hast sie vielleicht in Gedanken woanders aufgehoben«, meinte sie atemlos.

Ich schüttelte den Kopf.

»O doch, ganz bestimmt hast du das«, rief Lance. Genau wie ich, weigerte er sich, die einzige logische Schlussfolgerung zu, ziehen. Nach kurzem Stillschweigen platzte er heraus. »Mein Gott, du glaubst doch nicht ...«

»Es sieht aber so aus«, stellte Aimée fest. »Anscheinend ist sie mit deinen Smaragden verschwunden, Clarissa. Kaum zu glauben, aber sie hat ja immer von dem Blumenladen in Paris gesprochen.«

»Das ist absurd«, rief ich. »Einfach lächerlich!«

»Meiner Ansicht nach wird alles wieder auftauchen ... Jeanne und die Smaragde«, tröstete mich Lance.

»Das werden sie nicht«, widersprach Aimée. »Ich kenne diesen Typ, Menschen, die aus den Seitengassen von Paris kommen. Hartgesotten und gerissen, immer auf der Suche nach einer günstigen Gelegenheit und rasch im Handeln, wenn sich eine bietet. Ich wäre nicht überrascht, wenn sie sich schon auf dem Schiff nach Frankreich befindet. Sie hat erreicht, was sie wollte – den Blumenladen im Zentrum von Paris.«

Ich schüttelte verzweifelt den Kopf und Lance legte mir den Arm um die Schultern.

An diesem Abend unternahmen wir nichts mehr Jeannes wegen. In meiner Hörweite durfte niemand behaupten, dass Jeanne davongelaufen war, weil ich noch daran dachte, dass sie zurückkommen und alles erklären würde.

Die Gesellschaft fand statt und anschließend begab sich alles an die Spieltische. Ich war so aufgeregt, dass ich mich so rasch wie möglich in mein Zimmer zurückzog.

Als Lance heraufkam, war ich noch wach. Diesmal interessierte mich nicht, ob er gewonnen oder verloren hatte, denn alle meine Gedanken weilten bei Jeanne. Immer wieder sah ich sie vor mir, wie sie oft scharf und bissig gewesen war, damit aber nur versuchte, ihre angeborene Sentimentalität zu verbergen, denn im Grunde genommen war sie gut und freundlich. Sonst hätte sie mich ja auch nicht gerettet, als ich klein und hilflos gewesen.

Und jetzt stellte sich heraus, dass sie eine Diebin war ...

Ich wollte es einfach nicht wahrhaben.

Ich sprach mit Lance über sie, weil ich nicht schlafen konnte; weil er Verständnis für mich hatte, verzichtete er ebenfalls auf seinen Schlaf.

Er versuchte mir sanft beizubringen, dass wir die auf der Hand liegende Erklärung akzeptieren mussten. Jeanne hatte beschlossen, uns zu verlassen. Vielen Menschen fiel es schwer, fern von der Gegend zu leben, in der sie aufgewachsen waren. Vielleicht hatte sie all die Jahre über Sehnsucht nach ihrem heimatlichen Frankreich gehabt. Sie hatte sich nach einem geeigneten Blumenladen gesehnt, den kostbaren Schmuck gesehen und sich ausgerechnet, was er wert war – sie hatte es ja oft genug erwähnt.

»Die Versuchung war zu groß, sie konnte ihr nicht widerstehen.«

Lance zeigte sich sehr verständnisvoll, denn er wusste über unwiderstehliche Versuchungen Bescheid.

Am nächsten Tag schickte er Leute nach Dover und Southampton, die feststellen sollten, ob Jeanne vielleicht versuchte, England zu verlassen. Sie kamen unverrichteter Dinge heim; nirgends hatten sie eine Spur von ihr gefunden.

Als die Wochen vergingen, begann sogar ich an diese Erklärung zu glauben. Jedesmal wenn Jeanne den Schmuck in der Hand gehabt hatte – und das war oft gewesen –, hatte sie in ihm den Blumenladen ihrer Träume gesehen.

Ganz gleich, von welchem Gesichtspunkt aus ich die Angelegenheit betrachtete – Jeanne hatte mich um des Blumenladens willen verlassen.

Aber dann hatte ich sie nie wirklich gekannt, dann konnte sie nicht die Frau sein, für die ich sie gehalten hatte.

Bei dieser Erkenntnis brach mir beinahe das Herz. Was hatte ich von Jeanne gewusst? Was wusste ich überhaupt von irgendwem?

XIII

Entdeckung in einem Schaufenster

Im Lauf der nächsten Wochen wurde mir klar, wie sehr ich an Jeanne gehangen hatte. Sie war in den frühen Jahren meines Lebens eine Art Muttterersatz für mich gewesen und ich konnte sie nicht vergessen. Trotz aller Beweise weigerte sich etwas in mir, die Tatsachen zur Kenntnis zu nehmen. Sie hatte mich schon betreut, als ich kaum dem Kleinkindalter entwachsen war. Als ich in Not geraten war, hatte sie sich meiner angenommen. Und dann war sie nach England gereist, nur um mich zu finden. O nein, ich würde nie glauben, dass Jeanne eine gemeine Diebin war.

Es musste eine andere Erklärung geben.

»Welche?«, fragte Aimée.

Lance zuckte nur die Schultern, denn er wollte sich mit der Sache nicht weiter beschäftigen. Natürlich war der Verlust des Schmucks ein schwerer Schlag, das gab er zu, aber sobald seine Spielgewinne es ihm ermöglichten, würde er mir ein neues Halsband kaufen. Es hatte keinen Sinn, etwas Unwiederbringlichem nachzutrauern, das war sein Lebensprinzip.

Er war bereit, Jeanne zu vergessen, und wünschte ihr beinahe, dass sie ihre Beute nutzbringend verwerten konnte. Er verstand nicht, dass ihre Handlungsweise mich viel tiefer verletzt hatte als der Verlust der Juwelen. Lances Gleichgültigkeit den wesentlichen Dingen des Lebens gegenüber brachte mich zur Verzweiflung – vor allem wenn ich an seine manische Spielleidenschaft dachte.

Etwa drei oder vier Wochen nach Jeannes Verschwinden hielten wir uns wieder in London auf. Die Saison hatte begonnen und obwohl wir uns nicht oft bei Hof sehen ließen, konnten wir ihn doch nicht ganz vermeiden. Der König galt als Bauerntölpel und das wirkte sich auf seine Umgebung aus, weil König und Königin den Ton bei Hof angaben. Dieser König hatte keine Königin – das heißt, er war verheiratet, aber er hatte seine Gemahlin vor Jahren infolge ihres angeblichen Verhältnisses mit Graf Königsmarck davongejagt. An ihrer Stelle regierten seine deutschen Mätressen, die aber wegen ihres Aussehens und ihrer Habgier nicht sehr beliebt waren. Daher hatte niemand große Lust, an einem Hof zu erscheinen, der keineswegs der Mittelpunkt der guten Gesellschaft war. Königin Anna hatte Georg »den deutschen Bauern« genannt, eine sehr treffende Bezeichnung.

Lance erzählte, dass Georg sich mit sehr gewöhnlichen Leuten umgab – die weder über Verstand, noch über Würde oder gute Erziehung verfügten. »Er fühlt sich in ihrer Gesellschaft wohler als in der von englischen Adeligen. Ihm fehlt es an Würde – in seiner Denkweise und in seinem Benehmen.«

Aber Lance gab zu, dass der König in mancher Beziehung gut für das Land war; obwohl er ein erfahrener Soldat war, glaubte er dran, dass der Wohlstand nur im Frieden gedeihen konnte, und bemühte sich daher, ihn zu erhalten.

»Georg ist für das Land besser als der Stuart«, urteilte Lance. »Obwohl ein Stuart wahrscheinlich eher wie ein König aussehen würde. Dennoch, was zählt, sind Taten, und wir werden mit Georg zurechtkommen. Wenigstens sorgen seine Mätressen für Unterhaltung.«

Damit hatte Lance recht. Beide waren ältlich und hässlich, was vielleicht ein Hinweis darauf war, dass der König von Natur aus ein anhänglicher Mann war. Sie verstanden kein Englisch, was natürlich auch nicht zu ihrer Beliebtheit beitrug. Lances Ansicht nach hätten sie eigentlich die Sprache des Landes lernen müssen, das ihnen ein so gutes Leben bot.

Eines Tages erzählte er uns, dass er Mademoiselle Kielmannsegge gesehen hatte, die in ihrer Kutsche zum Palast gefahren war. Während sie vorbeifuhr, riefen ihr die Leute Schmähworte zu, bis sie den Kopf zum Fenster hinausstreckte und in ihrem schauerlichen Englisch fragte: »Warum ihr Leute uns hasst? Wir kommen nur um eure Güter.« Die Menge hatte sich darüber lustig gemacht, und dann rief auch noch jemand: »Ja, und auch um unsere Geldbörsen.« Das Volk war dann der Kutsche lachend und johlend bis zum Palast gefolgt.

Ich grübelte immer noch über Jeannes Verschwinden und versuchte, diese Tatsache mit dem Bild in Einklang zu bringen, das ich mir von ihr gemacht hatte. Es war einfach nicht möglich. Trotz aller Beweise, die gegen sie vorlagen, war ich davon überzeugt, dass ich irgendwann die Wahrheit erfahren würde.

Eines Tages suchten Aimée und ich die Gracechurch Street auf, um Stoff für Kinderkleider zu kaufen. Bei solchen Gelegenheiten begleitete mich Aimée eigentlich nur selten; für gewöhnlich überließ sie es mir, etwas für Jean-Louis auszusuchen. Die beiden Nannies stürzten sich jedesmal eifrig auf die Stoffe und verwandelten sie in entzückende Kleidungsstücke, denn sie waren beide ausgezeichnete Näherinnen. Unterwegs dachte ich traurig daran, wie oft ich gemeinsam mit Jeanne solche Einkäufe gemacht hatte.

Im Zentrum der Stadt sagte Aimée plötzlich: »Clarissa, ich muss dir etwas erzählen.«

Ich wandte mich ihr zu und bemerkte erstaunt, dass sie sehr niedergedrückt aussah. »Ja?«, fragte ich.

Sie zögerte. »Es ... es geht um meine Mutter. Sie ist hier ... in England.«

»Aimée! Das ist ja wunderbar für dich.«

»Ja, natürlich. Sie ist jetzt Witwe, ihr Mann ist vor einiger Zeit gestorben. Und dabei glaubte ich, sie wäre für den Rest ihres Lebens versorgt. Ihr Schicksal ist dem meinen sehr ähnlich, denn als ihr Mann starb, hinterließ er leider beträchtliche Schulden. Meine Mutter ist in solchen Sachen sehr genau, sie findet, dass eine Schuld eine *affaire d'honneur* ist, die um jeden Preis geregelt werden muss.«

»Das ist sehr edel gedacht.«

»Als ihr Mann starb, hatte sie genug Geld, um die Schulden zu bezahlen ... danach blieb nicht viel übrig.«

»Sie ist also sehr arm.«

Aimée zuckte mit einer typisch französischen Bewegung die Schultern. »Sie hat ein bisschen Geld, aber nur sehr wenig. Es schmerzt mich, dass ich ihr nicht so helfen kann, wie ich es gerne möchte. Leider hatte ich bei der Affäre mit der Seifenblase nicht so viel Glück wie du. Wenn es anders gekommen wäre ...«

»Wo wohnt deine Mutter? Befindet sie sich in London?«

»Sie logiert im King's Head in der Nähe der St. Paul's Kathedrale, aber sie kann nicht dort bleiben. Ich weiß nicht, was sie tun wird; sie hatte solche Sehnsucht nach mir, dass sie auf gut Glück hierher kam.«

Ich wusste nicht recht, was ich tun sollte. Mir war bewusst, dass Aimées Mutter die Mätresse meines Vaters gewesen war. Es war schon ein Schock für mich gewesen, als ich erfuhr, dass ich eine Halbschwester hatte, aber ich hatte keine große Lust, die Frau kennen zu lernen , die das gleiche Verhältnis zu meinem Vater gehabt hatte wie meine Mutter.

Ich wandte mich Aimée zu, die mich ängstlich ansah, und drückte ihr die Hand. »Natürlich muss sie zu uns kommen. Sie kann bei uns bleiben, bis sie weiß, was sie tun wird.«

»Ich wollte mit dir darüber sprechen, ohne dass Lance dabei ist.«

»Lance hat bestimmt nichts dagegen, das kann ich dir versichern.«

»Er ist der beste Mann der Welt und manchmal denke ich, dass du die glücklichste Frau bist, Clarissa.«

»Ich weiß, dass ich Glück gehabt habe, denn Lance ist sehr gut zu mir.«

»Er ist so unbekümmert und versucht immer, die anderen glücklich zu machen. Es gibt nicht viele Ehemänner wie ihn, Clarissa.«

»Da hast du sicherlich recht. Wann kommst du mit deiner Mutter zusammen?«

Aimée schluckte. »Also ... ich wusste ja, dass wir heute einkaufen gehen, und erzählte ihr davon. Sie möchte dich kennen lernen und wartet bei dem Kurzwarenladen auf uns. Wenn du sie aus irgendeinem Grund nicht sprechen willst, gebe ich ihr ein Zeichen, und sie verschwindet, ohne dass du sie zu Gesicht bekommst.«

»Dir ist ja klar, dass das eine absurde Vorstellung ist.«

»Eigentlich schon, denn du warst immer sehr gut zu mir.«

»Ich freue mich darauf, mit ihr zusammenzukommen. Du bist sicherlich sehr glücklich, Aimée, weil sie hier ist.«

»Es ist hart, wenn man von seiner Familie getrennt lebt.«

Ich konnte es kaum erwarten, zu dem Laden in der Gracechurch Street zu gelangen. Als wir aus der Kutsche stiegen, kam der Händler heraus, um uns zu helfen, und sagte: »Im Laden wartet eine Dame ... Madame Legrand ... auf Sie.«

Wir traten in das Geschäft und eine mittelgroße Frau mit dichtem rotem Haar stand von dem Stuhl auf, auf dem sie gesessen hatte. Sie trug ein einfaches, aber elegantes hellblaues Kleid mit einem zartrosa Spitzenfichu, das den strengen Schnitt des Kleides milderte. Ihr Hut war sehr groß, ebenfalls blau und mit einer Straußenfeder verziert, die am Rand leicht rosa getönt war. Ihre Kleidung bestach durch den Gegensatz zwischen der strengen Fasson und der weiblichen Note, die ihr Fichu und Feder verliehen.

Sie sah mich beinahe ehrfurchtsvoll an.

»Also Sie sind Clarissa.«

Aimée griff ein. »Meine Mutter hat sich darauf gefreut, dich kennen zu lernen , Clarissa.«

Madame Legrand schlug die Augen nieder und murmelte: »Verzeihen Sie mir, aber ich bin zutiefst gerührt.« Ich bemerkte, dass sie nicht sehr gut Englisch sprach und ihre Sätze mit französischen Worten ergänzte. »Sie sehen ihm ein bisschen ähnlich, genau wie Aimée. Ich habe ihn nie vergessen.«

»Clarissa möchte, dass du zu uns kommst«, sagte Aimée.

In die Augen der Französin traten Tränen. »Oh, das ist so gentil, so freundlich, so gut, ich weiß nicht, ob ich ...«

»Sie müssen bei uns wohnen«, unterbrach ich sie, »und zwar solange Sie sich in England aufhalten. Sie wollen doch sicherlich bei Aimée sein.«

»Ach, bei meiner Kleinen. Ja, die Trennung ist mir schwer gefallen.« Wieder das typisch französische Achselzucken. »Aber was sollten wir tun? Ich musste auf meinen Mann Rücksicht nehmen.«

»Natürlich«, stimmte ich zu, »Sie müssen nach der Trennung von Aimée sehr traurig gewesen sein.«

In ihrem Eifer verfiel sie ins Französische. »Aber für sie war es das Beste. Das Mutterherz, nicht wahr? Eine Mutter darf sich nicht dem Glück in den Weg stellen, das ihr Kind an einem anderen Ort finden kann. Sie darf nicht sagen: ›Nein, sie muss bei mir bleiben.‹ Nein, wenn es für das Kind besser ist, fortzugehen, darf sie ihm keine Hindernisse in den Weg legen.«

Wenn sie ihre Muttersprache benützte, war sie ziemlich geschwätzig, und obwohl mich das, was sie zu erzählen hatte, interessierte, hielt ich es für besser, wenn wir nicht im Laden darüber sprachen.

Ich schlug vor, zuerst unsere Besorgungen zu erledigen und dann in ein Kaffeehaus zu gehen, in dem wir ungestört plaudern konnten, und das taten wir auch.

Madame Legrand, deren Vorname Giselle war, unterhielt sich auf Französisch mit mir, da ihr das leichter fiel.

Ihr Mann war gestorben und das hatte für sie tragische Folgen gehabt. Sie hatte geglaubt, dass er für sie gesorgt hatte, und wollte Aimée und Jean-Louis, ihren kleinen Enkel, zu sich kommen lassen. Sie konnte sich zwar nicht recht vorstellen, dass sie eine *grand-mère* war, aber sie war stolz darauf, einen Enkel zu haben. Sie hatte sich schon ausgemalt, wie sie alle glücklich unter einem Dach leben würden.

»Jede Frau hängt an ihrer Familie, Clarissa ... ich darf Sie doch so nennen? Sie und meine Tochter sind ja Schwestern, aber vielleicht sollte ich lieber nicht darüber sprechen. Ihr Vater ... Ihrer beider Vater ... war ein so bewundernswerter Mann. Wenn man mit ihm beisammen war, galt nur noch sein Wille.«

Wir tranken in der gemütlichen Atmosphäre des Kaffeehauses Schokolade und Madame Legrand redete wie ein Wasserfall.

Sie erzählte von der Vergangenheit und von ihrer Beziehung zu meinem Vater. »Er war so groß, so gut aussehend, ein richtiger Mann. Natürlich war es unrecht und eine Sünde und ich musste in der Kirche so viel Buße tun. Aber ich würde es wieder tun, ganz bestimmt. Es gibt keinen Mann, der ihm gleichkommt.« Sie sprach so lebhaft von ihm, dass ich ihn wieder vor mir sah. Sie rief mir kleine Gewohnheiten ins Gedächtnis, die ich vergessen hatte: Wie er eine Augenbraue in die Höhe zog, wenn man ihm etwas erzählte, was er nicht glaubte; wie er seinen Hut plötzlich abnahm und in die Luft warf; wie er sich ans rechte Ohr griff, wenn er sich auf etwas konzentrierte. Ich erinnerte mich jetzt wieder deutlich an diese Gesten.

»Was für ein Mann, es gibt nicht seinesgleichen«, wiederholte sie. »Aber er war nicht der Mann, dem eine Frau allein genügte. Nur ... nachdem Ihre Mutter nach Frankreich gekommen war, sah ich ihn nur noch selten. Sie war angeblich die schönste Frau von Paris und es war kein Wunder, dass Mylord sie erkoren hatte. Er sprach mit mir oft über Sie, Clarissa. ›Meine anbetungswürdige Tochter‹ pflegte er zu sagen. Oh, er liebte Sie sehr. Er liebte auch Aimée und wäre ihr sicherlich ein guter Vater gewesen, wenn er es fertig gebracht hätte, sich auf eine einzige Frau zu beschränken.«

Ihre Erinnerungen rührten mich zutiefst. Ich befand mich wieder in dem großen *hôtel* in Paris, lag in meinem kleinen Bett und sehnte mich danach, dass meine Mutter in einer ihrer kostbaren Toiletten zu mir hereinkäme. Ihr blendendes Aussehen bezauberte mich, und wenn mein Vater sie begleitete, war mein Glück vollkommen.

Madame Legrand berührte mich sanft am Arm. »Ich sehe, ich habe Sie in die Vergangenheit versetzt.«

Als wir aufbrachen, forderte ich sie auf, zu uns zu kommen. Sie wehrte ab. Nein, nein, es wäre zu *difficile,* ihre prekäre Lage ... aber sie bedauerte nichts. Nein, sie würde nicht zu uns ziehen, sie war schon zufrieden, weil sie ihre Tochter gesprochen hatte. Ach ja, aber sie würde ihren Enkel so gern einmal sehen. Nur ein Blick, damit sie sagen konnte: »Also das ist mein kleiner Enkel, der meine Aimée so glücklich gemacht hat.«

Das war alles, und dann ... adieu.

»Was wollen Sie dann tun?«, fragte ich.

Wieder zuckte sie die Schultern. »Ich werde nach Frankreich zurückfahren und mir Arbeit suchen. Vielleicht kann ich Haushälterin werden. Du weißt ja, Aimée, dass ich eine gute Hausfrau bin. Man muss die Vergangenheit vergessen und sich auf die Zukunft konzentrieren.«

»Du bist erst eingetroffen, Maman«, widersprach Aimée.

»Bleiben Sie wenigstens eine Zeit lang bei uns«, redete ich ihr zu.

»Das kann ich nicht. Sie sind wirklich sehr freundlich, aber wir müssen auch auf Ihren Mann Rücksicht nehmen. Er wird bestimmt etwas dagegen haben, dass ich mich Ihnen aufdränge. Sie sind so gut zu Aimée gewesen und dafür danke ich Ihnen von Herzen: Was mich betrifft ... ich fahre nach Frankreich zurück. Ich werde schon eine Möglichkeit finden, meinen Lebensunterhalt zu verdienen. Ich bin sehr geschickt und eine gute Näherin, nicht wahr, Aimée? Oh, wie gern würde ich die schöne Seide verarbeiten, die Sie für den Kleinen gekauft haben. Aber vergessen wir's lieber.«

»Ich bestehe darauf, dass Sie eine Weile bei uns wohnen«, wiederholte ich. »Sie müssen ja Ihren Enkel kennen lernen. Außerdem wird sich Aimée bestimmt kränken, wenn Sie so bald nach Ihrer Ankunft wieder abreisen.«

Sie blickte zu Boden und schüttelte den Kopf.

Aimée ergriff ihre Hand. »Bitte, Maman.«

Nach kurzem Zögern gab Madame Legrand nach. »Also gut, auf kurze Zeit. Damit ich mich vor der Heimreise etwas ausruhen kann. Ein paar Tage, die ich mit meiner Tochter und meinem Enkel verbringen will.«

»Sie sind willkommen«, erklärte ich.

Aimée meinte eifrig: »Fahren wir gleich zu deinem Gasthaus. Du kannst die Rechnung begleichen und sofort mit uns kommen.«

»O nein, nicht so rasch. Lass mir noch einen Tag Zeit; morgen komme ich dann.«

»Dann wollen wir es dabei belassen. Clarissa, kann ich morgen die Kutsche haben und meine Mutter abholen?«

»Natürlich, und ich werde dich begleiten. Wir werden die Kinder mitnehmen, denn Jean-Louis und Sabrina werden darüber begeistert sein.«

Madame Legrand verdeckte ihr Gesicht mit den Händen.

»Sie sind so gut zu mir«, murmelte sie. »Und ich bin so glücklich.«

Damit war es abgemacht.

Am nächsten Tag zog Aimées Mutter zu uns in die Albemarle Street. Lance begrüßte sie mit seinem gewohnten Charme. »Merkwürdig, wir haben ein Mitglied des Haushaltes verloren und dafür ein anderes gewonnen.«

»Lance«, fragte ich ernst, »hast du etwas dagegen, dass sie hier wohnt?«

»Natürlich nicht.«

»Ich konnte nicht anders, ich musste sie einladen. Schließlich und endlich ist sie die Mutter meiner Schwester.«

»Das sind wirklich komplizierte Verwandtschaftsverhältnisse. Das kommt davon, wenn man eine so außergewöhnliche Persönlichkeit zum Vater hat.«

»Es tut mir leid, dass es so gekommen ist.«

»So geht es aber auf der Welt zu.« Damit küsste er mich leicht auf die Wange.

Madame Legrand erwies sich als Gewinn für den Haushalt. Sie verlieh ihrer Dankbarkeit wortreich Ausdruck, war aber gleichzeitig entschlossen, sich nützlich zu machen. Wie ihre Tochter verstand sie sich wunderbar auf Kleider. Sie nähte sie sich selbst und wirkte auch in dem einfachsten Modell elegant. Sie konnte frisieren, schminken und Kleider so umändern, dass sie der Figur schmeichelten. Sie verstand es, mit den Kindern umzugehen, die beide von ihrem fremdartigen Akzent und ihrer lebhaften Gestik fasziniert waren. Sogar Sabrina war zunächst von ihr beeindruckt.

Sie tat sehr viel für mich, zum Beispiel übernahm sie es, mich zu frisieren, weil sie davon überzeugt war, dass sie mein Haar besser zur Geltung bringen konnte. Aimée hatte ihr erzählt, dass ich eine französische Zofe gehabt hatte, die sich aber schließlich als Diebin entpuppt und mit meinem wertvollen Schmuck das Weite gesucht hatte.

»Ich kann es immer noch nicht glauben«, wandte ich ein. »Ich habe Jeanne so gut gekannt.«

»Aimée hat mir erzählt, dass sie aus den Slums von Paris kam«, gab sie mir zu bedenken.

»Oh, das ist eine lange Geschichte, aber ich verdanke ihr sehr viel. Ich werde nie daran glauben, dass sie aus dem Grund verschwunden ist, den alle annehmen.«

»Ach, die Menschen sind oft merkwürdig. Sie sind einerseits gut, aber andererseits auch wieder schlecht ... und wenn das Böse in einem Menschen steckt, bricht es einmal durch, und dann erkennt man erst sein wahres Wesen.«

Sie änderte meine Kleider. »Ein kleiner Abnäher ... so ... und wir betonen damit die schlanke Taille. Der Ausschnitt etwas tiefer, sodass wir den weißen Hals zur Geltung bringen und gerade noch den Ansatz der Brüste frei lassen. Der Rock müsste weiter sein und sich unterhalb der Taille bauschen. Ich werde ein Kleid für Sie anfertigen, in dem Sie wunderschön aussehen werden. Ja, liebe Clarissa, erlauben Sie mir, Ihnen ein Kleid zu nähen, damit ich Ihnen beweise, wie glücklich ich hier bin.«

Manchmal sprach sie davon, dass sie nach Frankreich zurückkehren müsse, und dann redeten wir ihr zu, noch eine Weile zu bleiben. Ein Monat verging, und sie war immer noch da.

Es war nicht zu übersehen, dass sie gern blieb und dass sie unglücklich gewesen wäre, wenn sie uns hätte verlassen müssen. Sie hing an ihrem Enkel, nahm ihn auf den Schoß und erzählte ihm Geschichten aus Frankreich: wie die Kinder nach einem Regentag Schnecken in Körben sammeln und in die Küche bringen, wo sie mit Knoblauchbutter zubereitet werden; wie die Trauben gelesen werden und die Männer sie in großen Bottichen mit den Füßen stampfen; wie man am Weihnachtsabend Schuhe an den Kamin stellt; dann kommen die Geschenke hinein und die Kinder packen sie am Morgen aus.

Auch Sabrina hörte ihr gern zu und konnte sich ihrem Charme nicht entziehen.

Dann kam der Tag, an dem ich sicher wusste, dass ich schwanger war. Ich war so glücklich, dass ich zum ersten Mal nicht mehr an Jeanne dachte.

Lance war entzückt. Seine Begeisterung darüber war sogar noch größer als die Spielleidenschaft. Endlich ein Kind, was für eine großartige Neuigkeit! Natürlich wünschte er sich einen Sohn und ich fragte mich, ob er Wetten darauf abschließen würde – gewundert hätte es mich keinesfalls. Mir war es gleich, ob es ein Junge oder ein Mädchen wurde, wenn ich nur ein Kind hatte.

Aimée sagte: »Meine Mutter freut sich mit dir, denn sie liebt kleine Kinder sehr. Sie ist nur traurig darüber, dass sie nicht mehr hier sein wird, wenn es zur Welt kommt.«

»Vielleicht können wir sie dazu überreden, so lange zu bleiben.«

»Würdest du das wirklich tun, Clarissa? Das wird eine schwere Aufgabe sein, weil sie das Gefühl hat, sich aufzudrängen.«

»Ach, das ist doch Unsinn, in einem so großen Haushalt. Außerdem tut sie so viel für mich; sie ist nie müssig, und Jeanne ist ohnehin nicht mehr da …«

»Du denkst immer noch an sie, nicht wahr, Clarissa?«

»Ich habe sie immer für eine wahre Freundin gehalten.«

»Dass man sich so in Menschen täuschen kann.«

Schließlich gelang es mir, Aimées Mutter dazu zu überreden, bis zur Geburt des Kindes bei uns zu bleiben.

»Sie werden mir bestimmt eine große Hilfe sein«, erklärte ich ihr, damit sie nicht mehr das Gefühl hatte, sie nütze unsere Gastfreundschaft aus.

»Wenn es irgendetwas gibt, das ich für Sie tun kann, sagen Sie es nur, ich freue mich, wenn ich Ihnen helfen kann.«

Die größte Freude für mich waren die Vorbereitungen für

den neuen Erdenbürger und die Gespräche, die ich mit Lance darüber führte. Sogar seine Spielleidenschaft wurde durch diese Pläne eingedämmt.

»Vielleicht werden wir es doch noch zu einer großen Familie bringen, Clarissa, was meinst du?«

»Ich möchte am liebsten zehn Kinder haben.«

Er lachte. »Fangen wir einmal mit einem an.«

In der ersten Zeit machte ich immerzu Einkäufe. Ich erstand Spitzen, Bänder und weiche Stoffe. Meist fuhr ich mit der Kutsche in das Zentrum der Stadt, stieg aus, sagte dem Kutscher, wo er mich abholen sollte, und erledigte dann meine Besorgungen. Manchmal begleitete mich Aimée oder ihre Mutter und gelegentlich nahm ich auch Sabrina mit. Es machte ihr Spaß, aber ich war immer unruhig, weil ich Angst hatte, dass etwas ihre Aufmerksamkeit erregen und sie mir davonlaufen könnte.

Am liebsten war es mir, wenn niemand mitkam; dann konnte ich gemächlich durch die Straßen schlendern und mich so lange aufhalten, wie ich wollte.

Die Straßenverkäufer hatten es mir angetan – Stände voller Äpfel und Obstkuchen, Männer, die heißes Ingwerbrot oder Wasserkresse oder Türmatten feilboten, Korbflechter, die auf dem Pflaster Stühle reparierten.

Für gewöhnlich hatte jede Innung ihre eigene Straße. Die Fischhändler lebten in Fish Street Hill, die Buchhändler in Little Britain, die Barbiere jedoch überall, denn beinahe alle Leute trugen Perücken, die ständig frisiert und gepudert werden mussten. Es gab auch den so genannten Fliegenden Barbier, der durch die Straßen wanderte und seine Dienste anbot. Er hatte heißes Wasser und ein Rasiermesser bei sich und verrichtete seine Arbeit auf der Straße vor den Augen der Passanten.

Nirgends auf der Welt war das Leben interessanter und abwechslungsreicher – so kam es jedenfalls mir vor, da ich auf dem Land aufgewachsen war.

Wann immer es möglich war, ging ich beim Juwelier vorbei, dessen Auslage mit den auf dem schwarzen Samt funkelnden Edelsteinen mich unwiderstehlich anzog. Vor dem Fenster befand sich ein kräftiges Gitter, und ich fragte mich immer, ob der Juwelier im Giebelzimmer oberhalb seines Ladens wirklich ruhig und fest schlafen konnte.

Und dann entdeckte ich etwas. Ich blieb stehen und starrte ihn an – meinen Bezoar-Ring, der mitten in der Auslage lag.

Es konnte nicht mein Ring sein. Oder? Vielleicht doch? Meiner hatte eine ungewöhnliche Fassung gehabt, denn er war ja schließlich ein königlicher Ring gewesen. Ich hätte schwören können, dass ich ihn wieder erkannte.

Einem Impuls folgend, betrat ich den Laden. Als ich die Tür öffnete, ertönte eine Klingel, die den Juwelier herbeirief.

»Guten Tag, Mylady«, begrüßte er mich.

»Sie haben einen Bezoar-Ring im Schaufenster«, sagte ich.

»Ach ja. Es wundert mich, dass Sie ihn erkannt haben, denn sie sind sehr selten.«

»Ich weiß. Könnte ich ihn sehen?«

»Gern.« Er holte ihn aus der Auslage und reichte ihn mir. Ich suchte die Initialen an der Innenseite – es war der Ring, den mir Lord Hessenfield geschenkt hatte.

»Ich besaß einmal genau den gleichen Ring«, sagte ich.

Er schüttelte den Kopf. »Ich glaube, dieser Ring hier ist einmalig, denn ich habe öfter Bezoar-Ringe gesehen. Früher einmal haben Könige und Königinnen und auch etliche Adelige solche Ringe getragen. Aber der hier ist etwas Besonderes; er hat Königin Elisabeth gehört, die ihn einem Höfling schenkte. Sie sehen an der Innenseite den Buchstaben ›E‹.«

Jetzt war ich meiner Sache sicher. Ich gab ihm den Ring zurück und erkundigte mich nach dem Preis. Ich war erstaunt, wie hoch er war.

»Würden Sie mir sagen, wie er in Ihren Besitz gelangte?«, fragte ich.

»Natürlich. Ich kaufte ihn, wie so viele meiner Stücke. Die meisten sind ja nicht neu und je älter sie sind, desto größer ist ihr Wert. Das trifft auch auf dieses Stück zu, das ich von einer französischen Dame erwarb.«.

Mein Herzschlag setzte einen Augenblick aus. Damit hatte ich offensichtlich den Beweis für Jeannes Schuld.

»Ich habe Grund zu der Annahme, dass dieser Ring einst mir gehörte. Er wurde mir gestohlen«, stellte ich fest.

»Aber, meine liebe Dame, ich handle doch nicht mit Diebsgut.«

»Natürlich nicht wissentlich ... aber wenn jemand hierher kommt und Ihnen etwas verkauft, woher wollen Sie dann wissen, ob es sein Eigentum ist?«

Jetzt wurde er besorgt.

»Es handelte sich um eine elegante Dame; sie bot mir auch schönen Smaragdschmuck an, den ich ebenfalls kaufte.«

»Könnte ich die Smaragde sehen?«

»Ein Halsband und eine Brosche«, murmelte er.

»Ja, das stimmt. Bitte zeigen Sie sie mir.«

»Ich habe sie vor ein paar Wochen verkauft.«

»Beschreiben Sie mir die Frau, die sie Ihnen verkaufte.«

»Es war eine Französin. Sie sagte, sie müsse England verlassen und unbedingt die Postkutsche nach Dover erreichen. Sie musste unerwarteterweise nach Frankreich zurückkehren, und da sie bis zum Verkauf ihrer französischen Güter knapp an Geld war, veräußerte sie einen Teil ihres Schmucks.«

O Jeanne, dachte ich, wie konntest du nur?

Ich wollte nichts mehr hören. Ich bat ihn, den Bezoar-Ring in die Albemarle Street zu liefern, wo er das Geld dafür erhalten würde.

Er sagte es mir zu.

XIV

Gefahr im Wald

Lance hörte sehr interessiert zu, als ich ihm erzählte, wie ich den Bezoar-Ring gefunden hatte, und war ebenfalls der Meinung, die Schilderung des Juweliers beweise, dass Jeanne die Juwelen verkauft hatte und nach Frankreich zurückgekehrt war.

»Es wäre klüger gewesen, wenn sie sie erst in Frankreich verkauft hätte«, meinte Lance, »denn in London lief sie Gefahr, bei der Transaktion erwischt zu werden. Aber wahrscheinlich wollte sie bei der Überfahrt nichts so Kostbares bei sich haben. Obwohl das Geld für einen Dieb eine genauso große Versuchung ist. Ich bin jedenfalls froh, dass du deinen Ring zurückbekommen hast.«

»Auch ich freue mich darüber. Dadurch dass er sich seit Generationen in der Hessenfield-Familie befindet, stellt er für mich einen unersetzlichen Wert dar. Wir wollen ihn natürlich unserem Kind vererben.«

»Es wird noch lange dauern, bis er ihn tragen kann.«

»Sie wird ihn zu gegebener Zeit bekommen.«

Lance lachte. »Wie du willst, Liebste. Ich werde dir dein Mädchen ebenso wenig übelnehmen wie du mir meinen Jungen. Ich wette, wenn es ein Mädchen ist, wird es genauso sein, wie ich es mir vorstelle, und bei einem Jungen wird das Gleiche für dich zutreffen.«

»Diese Wette musst du ja gewinnen«, versicherte ich.

Sabrina wusste nicht recht, ob sie das Kind wollte oder nicht. Gelegentlich sprach sie voller Begeisterung darüber, was sie alles tun würde, sobald es auf der Welt war. Sie wollte es reiten lehren und ihm die Geschichten erzählen, die ich ihr erzählt hatte.

»Es wird noch lange dauern, bis das Baby reiten kann«, machte ich sie aufmerksam.

»Man kann nie zu früh beginnen«, bemerkte Sabrina altklug.

Dann zeigte sie sich zeitweise wieder eifersüchtig. »Du hast dieses Kind jetzt schon lieber als mich, und dabei ist es noch gar nicht da.«

»Ich liebe euch beide.«

»Man kann nicht zwei Menschen genau gleich lieben.«

»Doch, das kann man.«

»Nein. Eines muss man einfach lieber haben, und das ist immer das eigene Kind.«

»Auch du bist mein Kind, Sabrina.«

»Aber ich bin nicht als dein Kind auf die Welt gekommen.«

»Das spielt keine Rolle.«

»Mir wäre es lieber, wenn du kein Kind bekämst. Ich weiß, dass es dumm sein wird – noch dümmer als Jean-Louis.«

»Er ist nicht dumm.«

»Und ich mag auch sie nicht.«

»Wen magst du nicht?«

»Seine Großmutter. Ich mag sie nicht.«

»Ich habe geglaubt, du hörst ihr gerne zu.«

»Nicht mehr. Ich mag sie nicht, weil sie mich nicht mag.«

»Natürlich mag sie dich.«

»Und sie will das neue Kind auch nicht haben.«

»Jetzt sprichst du aber nicht die Wahrheit, Sabrina.«

»Es ist die Wahrheit, ich weiß es.«

»Sie hat das nie gesagt.«

»Sie denkt's. Ich mag sie, Aimée und Jean-Louis nicht.«

»Ach, du magst heute niemanden.«

»Aber Onkel Lance mag Aimée.«

»Natürlich, wir alle mögen sie ja ... außer dir.«

»Nein, er mag sie ... anders.« Sie zog die Schultern hoch und sah mich viel sagend an.

»Wer hat dir das eingeredet?«

»Ich sah sie.«

»Was willst du damit sagen?«

»Ich sah, wie sie miteinander sprachen.«

»Warum sollen sie nicht miteinander sprechen?«

»Ich sah sie, deshalb weiß ich es. Er mag sie, und sie mag ihn ... sehr.«

Es hatte keinen Sinn, auf Sabrina zu hören. Sie erzählte die wildesten Geschichten und wenn sie merkte, dass ich darauf nicht einging, wurden die Geschichten noch toller. Sie wollte unbedingt die Aufmerksamkeit auf sich lenken, weil sie die fixe Idee hatte, dass man sie vernachlässigen würde, sobald das Kind, das ich erwartete, einmal da war.

Ich bemühte mich, besonders liebevoll zu ihr zu sein, und sie reagierte genauso liebevoll darauf, aber ihre Eifersucht nahm dennoch ständig zu.

Nach den ersten beiden Monaten der Schwangerschaft fühlte ich mich sehr schlecht. Aimée beruhigte mich. Bei ihr wäre es genauso gewesen, erklärte sie. Während der ersten Monate war ihr entsetzlich schlecht gewesen, aber es war vorübergegangen. Was für einen Tee hatte doch Jeanne immer gekocht? Sie wollte ihre Mutter danach fragen, die es sicherlich wissen würde. Aimée glaubte sich zu erinnern, dass es sich um ein in Frankreich gern angewendetes Mittel gegen die morgendlichen Übelkeiten handelte.

Madame Legrand war gern bereit, den Tee zu kochen. Sie wusste nicht, ob es derselbe war, den Jeanne gemacht hatte, aber sie besaß ein Rezept, das seit Generationen in ihrer Familie weitervererbt wurde, und wenn sie die richtigen Kräuter finden konnte, würde sie den Tee für mich zubereiten.

Sie fand die Kräuter, machte den Tee und nachher war mir noch schlechter. Er bekam mir überhaupt nicht.

»Das stimmt nicht«, widersprach Aimée. »Oft geht es einem zuerst schlechter, wenn man ihn trinkt, und dann hilft er. Du wirst schon sehen.«

Madame Legrand war enttäuscht, denn sie war davon überzeugt gewesen, dass der Tee mir gut tun würde. Sie bereitete sofort einen anderen zu und nachdem ich ihn getrunken hatte, fühlte ich mich wesentlich besser.

»Ich glaube, jetzt haben wir den richtigen«, meinte Madame Legrand. »Der Erste war zu stark.«

Lance war sehr besorgt um mich. »Du musst dir mehr Ruhe gönnen, Clarissa«, befahl er. »Dir bleibt gar nichts anderes übrig.«

Ich ritt nicht mehr, aber ich ging gern spazieren. Lance fand, wir sollten aufs Land übersiedeln, weil das für mich besser wäre. Ich war damit einverstanden, obwohl ich nur ungern auf meine Spaziergänge durch die belebten Straßen Londons verzichtete.

Wir fuhren also aufs Land und Lance riet mir, bis zur Geburt des Kindes dort zu bleiben. Natürlich würde er nach einiger Zeit nach London zurückkehren müssen, aber zunächst wollte er mir ein paar Wochen Gesellschaft leisten.

Als wir in Clavering Hall angekommen waren, zeigte sich Madame Legrand von dem Haus begeistert.

»Es ist wirklich schön, ein echtes, altes, englisches Landhaus. Am liebsten würde ich für immer hier bleiben.«

»Sie können so lange bleiben, wie Sie wollen«, erklärte Lance großzügig.

»Ihr Mann ist sehr unvorsichtig«, sagte sie mir lächelnd. »Hören Sie nur, was er mir anbietet. Sie können ja nicht wissen, ob ich Ihnen nicht in ein paar Monaten auf die Nerven gehen werde.«

»Ich bin davon überzeugt, Madame Legrand, dass Sie mir nie auf die Nerven gehen könnten, auch wenn Sie sich die größte Mühe geben«, widersprach Lance.

»Ach, Sie sind ein Charmeur«, antwortete sie.

Trotz der Tees, die Madame Legrand für mich zubereitete, ging es mir auf dem Land auch nicht besser. Einmal saß Sabrina bei mir am Bett, wie sie es jetzt oft tat. Sie leistete mir gern Gesellschaft.

»Da siehst du, was für Schwierigkeiten dieses Baby macht«, stellte sie fest. »Seinetwegen musst du im Bett liegen. Meinetwegen musstest du das nie tun.«

»Ach Gott, Sabrina, sei doch nicht so eifersüchtig auf das Ungeborene. Wenn es erst einmal auf der Welt ist, wirst du es genauso lieb haben wie ich.«

»Ich werde es hassen«, erklärte sie vergnügt.

Das Dienstmädchen brachte mir meinen Tee und sobald wir allein waren, nahm Sabrina einen Schluck davon.

»Oh, schmeckt der scheußlich. Warum sind die Dinge, die einem gut tun, immer so scheußlich?«

»Vielleicht bilden wir uns das nur ein.«

Sabrina dachte darüber nach. »Es gibt auch angenehme und schöne Dinge, die einem gut tun. Dein Ring gehört dazu, der, den Jeanne gestohlen hatte. Es ist ein komischer Ring und er gehörte einmal einer Königin.«

»Das stimmt.«

»Oma Priscilla erzählte mir von ihm. Die Könige und Königinnen trugen diese Ringe, weil es Leute gab, die sie vergiften wollten, und wenn man den Ring in ein Getränk taucht, saugt der Ring das Gift auf.«

»Das stimmt ungefähr.«

Sie zog mir den Ring vom Finger und ließ ihn lachend in den Tee fallen.

»Ich bin neugierig, was jetzt passiert.«

»Es wird nichts geschehen, weil im Tee kein Gift ist.«

Sabrinas Augen wurden groß. »Und wenn doch Gift

drin ist? Dann könnten wir sehen, wie der Ring es aufsaugt.«

Sie steckte die Nase in die Tasse. »Ich sehe überhaupt nichts.«

In diesem Augenblick kam Nanny Curlew herein. »Zeit, schlafen zu gehen, Miss Sabrina. Was tust du da?«

»Sie probiert meinen Ring aus, Nanny, meinen Bezoar-Ring.«

»Was ihr nicht alles einfällt!«

»Ich sehe, wie er das Gift aufsaugt«, rief Sabrina.

»Unsinn! Du siehst überhaupt nichts.«

»Doch, doch.«

Ich nahm ihr die Tasse weg. Ring und Flüssigkeit hatten sich nicht im Geringsten verändert. »Jetzt ist der Ring nass, und ich habe überhaupt keine Lust mehr, den Tee zu trinken.«

»Ich lasse Ihnen frischen Tee bringen, Mylady«, meinte Nanny Curlew.

»Ja, bitte.«

Sabrina legte mir die Arme um den Hals. »Lass dich nicht umbringen«, bat sie.

Ich lachte. »Ich habe wirklich nicht die Absicht, Sabrina.«

Nanny Curlew brachte ein Handtuch, rieb den Ring trocken und ich streifte ihn mir wieder auf den Finger. Dann verließ sie mit Sabrina den Raum.

Eine Weile später kam Madame Legrand mit frischem Tee herein.

»Nanny Curlew hat mir erzählt, dass Mademoiselle Sabrina zu viel Fantasie hat. Sie hat mit Ihrem Ring Gift im Tee gesucht.«

»Sabrina liebt dramatische Szenen«, meinte ich lachend.

»Vor allem wenn sie sich dadurch in den Mittelpunkt spielen kann, nicht wahr? Ich weiß, wie Kinder sind.«

Ich hatte bemerkt, dass einer der jungen Männer, die mit Lance Karten spielten, sich für Aimée interessierte. Er war nicht der Erste, aber bei ihm schien das Gefühl tiefer zu gehen. Eddy Moreton war groß, schlaksig, hatte sehr helles Haar, blassblaue Augen, eine Hakennase und ein fliehendes Kinn. Er war ein unverbesserlicher Spieler und ich hatte gehört, dass er in einem Londoner Club in einer Nacht fünfzigtausend Pfund gewonnen und sie binnen weniger Tage wieder verspielt hatte. Er war der zweitgeborene Sohn eines reichen Vaters, hatte aber sein Erbteil am Spieltisch verloren und seine Verwandtschaft beobachtete missbilligend seine Eskapaden. Trotzdem war er ein angenehmer Mensch, immer gut aufgelegt, sorglos und stets zu einem Spielchen zu haben.

Ich sprach mit Aimée über ihn, denn ich war immer der Meinung gewesen, sie solle noch einmal heiraten. Sie war jung und attraktiv und brauchte doch unbedingt jemanden, der bei Jean-Louis die Vaterstelle vertrat.

»Ich mag Eddy«, gab sie zu, »aber er besitzt nur das, was er im Spiel gewinnt. Wenn ich bei der Seifenblase so viel Glück gehabt hätte wie du, müsste ich solche Dinge nicht in Erwägung ziehen. Aber so ... wovon sollen wir leben?«

»Ich nehme an, dass er dich gern hat, und wenn du ihn liebst ...«

»Von Liebe allein kann man nicht leben, Schwesterchen.«

Dennoch war ich davon überzeugt, dass sie Eddy mochte; jedenfalls gab sie sich ihm gegenüber so.

Ich lud ihn zum Dinner ein. Während des Essens kam das Gespräch auf meinen Bezoar-Ring.

Soweit ich mich erinnerte, hatte Madame Legrand davon begonnen und erwähnte in diesem Zusammenhang auch die Borgias. »Damals war es einfach«, meinte Eddy, »jemand loszuwerden. Man lud ihn zum Dinner ein, setzte ihm ein köstliches Gericht vor – vielleicht Neunaugen oder

Spanferkel – und damit war er erledigt. Die Borgias entwickelten den Giftmord zu einer Kunst. Geschmack- und geruchlos, also fasste niemand Verdacht.«

»Deshalb hatten sie ja die Bezoar-Ringe«, warf Madame Legrand ein. »Clarissa besitzt einen. Tragen Sie ihn heute, Clarissa? Ja? Dann sind Sie ja in Sicherheit.«

Wir lachten.

»Wissen Sie überhaupt, was das für ein Stein ist?«, fragte ich. »Er entsteht im Magen bestimmter Tiere und saugt Gift auf. Deshalb besaß Königin Elisabeth einen – wie so viele Monarchen in der Vergangenheit.«

Natürlich interessierten sich daraufhin alle für den Ring und er wurde um den Tisch herumgereicht.

»Clarissas Zofe hatte diesen Ring übrigens gestohlen«, erwähnte Lance. »Clarissa bekam ihn nur durch ein Wunder wieder. Erzähl es ihnen, Clarissa.«

Also erzählte ich, wie ich den Ring in einer Auslage gesehen hatte.

»Die Chance, ihn wiederzubekommen, stand etwa eins zu einer Million«, meinte Eddy ehrfürchtig.

»Wie schade, dass niemand darauf gewettet hat«, sagte ich.

Die Gäste lachten und der Ring landete wieder bei mir.

Wie üblich wurden nachher die Spieltische aufgestellt und nachdem ich mich davon überzeugt hatte, dass alles in Ordnung war, ging ich hinauf. Madame Legrand begleitete mich.

»Sie werden bis in die frühen Morgenstunden spielen«, seufzte sie. »Mir wäre es lieber, wenn Aimée keine so leidenschaftliche Spielerin wäre. Und der liebe Lance spielt auch gern, nicht wahr?«

Ich nickte bekümmert, worauf sie die Schultern zuckte, mich küsste und mir eine gute Nacht wünschte.

Irgendwann kam Lance herauf. Ich wachte halb auf und merkte, dass er zu meinem Toilettentisch ging und dann das Zimmer wieder verließ. Jetzt war ich hellwach, denn ich begriff nicht, was das zu bedeuten hatte.

Kurz danach kam er wieder.

Er wirkte ernst, also nahm ich an, dass er viel verloren hatte, denn kleinere Verluste bedrückten ihn überhaupt nicht.

»Ist alles in Ordnung, Lance?«, fragte ich.

Er schwieg ein paar Augenblicke, deshalb setzte ich mich auf und sah ihn an.

»Mach dir keine Sorgen«, sagte er, »nur ein bisschen Pech. Wahrscheinlich tranken wir beim Abendessen zu viel Wein ... und beim Spielen tranken wir weiter. Wenn man zu viel trinkt, kommt man auf dumme Ideen.«

»War dein Verlust so groß? Sag es mir, was hast du verloren?«

»Ich muss es dir erzählen, denn ich möchte dir erklären, wie es dazu kam. Wir waren alle sehr vergnügt ... wie gesagt, der Wein ... und wir spielten Poker. Die Einsätze waren schon ziemlich hoch, als Eddy feststellte, dass er blank war. Er konnte nicht weiterspielen, denn wenn er verlor, steckte er so tief in Schulden, dass er nie wieder herauskam.«

»Anscheinend ist er aber doch vernünftig geworden.«

»Nein. Weil er kein Geld mehr riskieren wollte, setzte er seine diamantenbesetzte Krawattennadel. Ich gewann sie. Er trug einen Siegelring, auf dem das Familienwappen eingraviert ist, einen schweren, wertvollen Goldring. Er wollte ihn gegen einen Teil meines Besitzes einsetzen, dann sagte er aber plötzlich: »›Der Ring, den wir beim Essen sahen, den möchte ich. Wir spielen um ihn:‹ Ich widersprach. ›Nein, das ist Clarissas Ring.‹ Er rief: ›Was ihr gehört, gehört auch dir, komm schon. Ich will um den Bezoar-Ring spielen.‹ Ich erklärte ihm, dass der Bezoar-Ring unschätzbar ist und sagte: ›Er ist mehr wert als dein Siegelring, Eddy, das weißt du.‹

Darauf antwortete er: ›Schön, ich setze mein Landhaus gegen den Bezoar-Ring.‹ Die anderen waren wegen der ungewöhnlichen Einsätze völlig aus dem Häuschen und drängten uns zu spielen. Jemand rief: ›Eddy ist verrückt. Ein Haus für einen Ring!‹ Aimée saß neben Eddy und stachelte ihn an. Das Mädchen ist wirklich eine Spielernatur.«

»Du setztest also meinen Ring«, stellte ich fest.

»Ja.«

»Und du hast ihn verloren.«

Er schwieg.

»Lance, du willst doch nicht sagen, dass mein Bezoar-Ring jetzt Eddy Moreton gehört!«

Er sah mich reuevoll an. »Ich werde ihn zurückgewinnen.«

Obwohl ich Lance nie böse sein konnte, war ich es an diesem Abend. Ich war immer gegen sein unbedachtes Spiel gewesen, aber dass er um etwas gespielt hatte, das mir gehörte, machte mich rasend. Ich war genauso wütend wie damals, als er um mein Geld Anteile der Südsee-Gesellschaft gekauft hatte, ohne mich zu fragen. Ich hatte genug und das war der Tropfen, der das Fass zum Überlaufen brachte.

»Wie konntest du das wagen!«, rief ich. »Es ist genauso, als hättest du ihn gestohlen. Woher maßt du dir dieses Recht an? Setz deinen Besitz aufs Spiel, wenn du unbedingt willst … aber lass meinen ungeschoren.«

»Ich werde dir einen anderen Ring kaufen, das verspreche ich dir. Ich werde Eddy den Ring wieder abnehmen. Clarissa, es tut mir leid, es war nicht recht von mir. Aber du musst dir vorstellen, wie es da unten zuging. Die Aufregung, die ungewöhnlichen Einsätze. In diesem Augenblick konnte ich nicht widerstehen.«

»Es ist so erbärmlich.«

»O Clarissa«, murmelte er, trat an das Bett und versuchte, mich in die Arme zu nehmen. Ich stieß ihn weg.

»Ich habe genug von deinem ewigen Spielen. Ich habe zwar keine Ahnung, wie es finanziell um dich steht, würde mich aber nicht wundern, wenn du in der Klemme sitzt. Du bist so unvernünftig wie ein Kind, das nicht nein sagen kann, selbst wenn du dir etwas aneignest, das nicht dir gehört. Ich habe nicht vergessen, was du bei der Südsee-Gesellschaft mit meinem Geld angefangen hast.«

»Dann erinnere dich auch daran, welchen Gewinn ich für dich erzielte.«

»Den erzieltest nicht du, sondern ich, weil ich vernünftig genug war, das Spiel zu beenden. Ich habe dir damals verziehen, aber das, was du heute getan hast, ist zu viel. Der Ring war mein persönlicher Besitz.«

»Es schien dir nicht sehr viel auszumachen, als du ihn das erste Mal verlorst.«

»Es machte mir sehr viel aus.«

»Aber nur, weil Jeanne ihn gestohlen hatte.«

»Du bist nicht besser als Jeanne, du hast ihn ebenfalls gestohlen. Ich kann keinen Unterschied zwischen euch erkennen. Sie stahl ihn wenigstens aus einem vernünftigen Grund, aber du wolltest nur deine Spielleidenschaft befriedigen.«

»Clarissa, ich schwöre dir, dass ich ihn wiederbekomme.«

»Ja, setz das Haus dagegen ... alles, was du besitzt. Vielleicht verlierst du das auch noch. Du könntest ja auch mich als Einsatz nehmen. Bitte geh jetzt, ich bin müde und möchte meine Ruhe haben.«

Er versuchte wieder, mich umzustimmen, setzte sich auf den Bettrand, sah mich schmachtend an, entwickelte seinen ganzen Charme, aber ich wollte ihm zeigen, wie tief er mich getroffen hatte. Ich konnte und wollte ihm nicht verzeihen, dass er meinen Bezoar-Ring gestohlen hatte.

Lance hatte immer einen Horror vor Unannehmlichkeiten gehabt und war ihnen soweit wie möglich aus dem

Weg gegangen – und genau das tat er, als er merkte, dass ich diesmal unerbittlich blieb.

Betrübt erhob er sich und öffnete die Tür zum Toilettezimmer, um die Nacht auf dem unbequemen Sofa zu verbringen. Wahrscheinlich hoffte er, dass ich dann ihm gegenüber Gnade vor Recht ergehen lassen würde.

Am nächsten Tag blieb ich im Bett, weil ich mich nicht wohlfühlte. Der Schock der vergangenen Nacht war in meinem Zustand zu viel für mich gewesen, und ich war nicht imstande aufzustehen. Außerdem wollte ich allein sein und über Lance und meine Gefühle ihm gegenüber nachdenken.

Natürlich liebte ich ihn irgendwie, denn er verfügte zweifellos über Charme. Er war immer höflich und freundlich und allgemein beliebt und ich war bei vielen Gelegenheiten stolz darauf gewesen, seine Frau zu sein. Und dennoch hatte ich manchmal den Eindruck, dass ich ihn nicht kannte – vor allem dann, wenn ihn die Spielleidenschaft überfiel. Ich dachte an Elvira. Wie tief waren seine Gefühle für sie gegangen? Er musste sie gern gehabt haben, wenn auch nur oberflächlich. Warum hatte er sie nicht geheiratet? Wahrscheinlich, weil sie keine passende Frau für ihn war, deshalb war er nur eine lockere Verbindung mit ihr eingegangen. Ich war eine passende Frau gewesen. Warum? Weil ich aus einer guten Familie kam oder weil ich über ein genügend großes Vermögen verfügte? War das der Grund gewesen?

Ich dachte wieder einmal an Dickon. Zwischen uns war eine starke Bindung entstanden, obwohl sich alles dagegen verschworen hatte. Unsere Beziehung war jung, unschuldig und schön gewesen, obwohl zwischen unseren Familien ebenso erbitterte Feindschaft herrschte wie zwischen den Montagues und Capulets. Dadurch kam ich natürlich auf das altvertraute Thema: Was wäre geschehen, wenn Dickon nicht verbannt worden wäre?

Sabrina besuchte mich oft, denn wenn ich krank war, wurde sie unruhig. Es war rührend, wie sehr sie an mir hing. Wahrscheinlich gab ich ihr ein Gefühl der Sicherheit, also das, wonach sich Kinder am meisten sehnen.

Sie kletterte auf das Bett und musterte mich genau.

»Du bist krank, und nur wegen diesem dummen Baby.«

»Es kommt oft vor, dass eine Frau sich nicht wohl fühlt, wenn sie ein Kind erwartet.«

»Dann ist es dumm, eines zu bekommen.«

Sie musterte mich noch einmal. »Du siehst auch ein bisschen zornig aus.«

»Ich bin nicht zornig.«

»Du siehst traurig, zornig und krank aus.«

»Du bist jedenfalls von herzerfrischender Offenheit, Sabrina. Trotzdem fehlt mir nichts.«

»Ich will nicht, dass du stirbst.«

»Sterben? Wer behauptet denn, dass ich sterben werde?«

»Niemand sagt es, aber sie denken daran.«

»Was, um Himmels willen, meinst du damit?«

Sie legte mir die Arme um den Hals und schmiegte sich an mich. »Gehen wir von hier fort, nur du und ich ... Wenn du willst, nehmen wir das Baby mit. Ich werde für das Kleine sorgen. Ich möchte, dass nur wir drei beisammen sind. Keine Aimée. Kein Jean-Louis. Keine *sie*.

»Und kein Lance?«

»Ach, der würde jetzt ohnehin lieber bei ihnen bleiben.«

»Was soll das wieder heißen?«

»Weißt du, er mag sie.«

»Wen?«

»Aimée. Er hat sie lieber als dich.«

»Das glaube ich nicht.«

Sie nickte überzeugt.

Eines der Dienstmädchen kam mit einer Tasse Schokolade ins Zimmer. Sie war heiß und duftete köstlich.

Sabrina sah sie misstrauisch an.

Dann fragte sie plötzlich: »Wo ist der Ring?«

»Welcher Ring?«

»Dein Bezoar-Ring.«

»Ich habe ihn nicht mehr.«

»Ist er wieder gestohlen worden?«

»So ungefähr.«

Sie sah mich mit großen Augen an und ich sprach impulsiv weiter: »Lance hat um ihn gespielt und ihn verloren.«

»Er gehört doch dir«, rief sie. »Es war böse von ihm, den Ring zu nehmen.«

Ich schwieg und sie klammerte sich plötzlich an mich.

»O Clarissa, du darfst nicht sterben. Du darfst es einfach nicht.«

»Was redest du da? Du bist wirklich ein merkwürdiges Kind, Sabrina.«

»Ich weiß nicht ... ich weiß nur, dass ich Angst habe.«

Einen Augenblick lang drückte ich sie an mich, dann schlug ich vor: »Wie wäre es mit einem kleinen Ratespiel?«

»Fein«, antwortete sie strahlend.

Während wir spielten, dachte ich darüber nach, was für ein merkwürdiges Kind sie doch war und wie sehr wir beide aneinander hingen. Von ihrer Geburt an war sie für mich mehr als eine Kusine gewesen – ich liebte sie beinahe wie ein eigenes Kind. Nur hatte sie sich jetzt eingeredet, dass Lance, Aimée und ich in eine Intrige eingesponnen waren.

Für mich war es schwer festzustellen, wie viel von meinem Verdacht auf eigenen Beobachtungen beruhte und wie viel davon auf Sabrinas Bemerkungen zurückzuführen war.

Sabrina wollte mich für sich allein haben. Sie war jetzt sogar bereit, das Kind in Kauf zu nehmen, aber sie wollte mit dem Baby und mir allein sein. Sie hatte etwas gegen die anderen, und im Augenblick war sie vor allem gegen Lance eingestellt. In ihm sah sie das Haupthindernis für ihren alleinigen Besitzanspruch auf meine Person und mit der ihr eigenen Entschlossenheit tat sie ihr Möglichstes, um dieses Hindernis zu beseitigen.

Sie war davon überzeugt, dass Aimée und Lance meine Feinde und Madame Legrand ihre Verbündete war. In ihrer Vorstellung standen sie und ich allein diesen Feinden gegenüber. Da Lance mein Mann war, musste eine andere Frau im Spiel sein; Sabrina kannte sich in solchen Dingen aus, weil sie gierig den Klatsch der Dienstboten in sich aufnahm.

Manchmal fragte ich mich, ob die Dienerschaft vielleicht über Lance und Aimée tratschte.

Eddy Moreton bewarb sich immer noch um Aimée. Er besaß ein kleines Haus in der Nähe von Clavering Hall. Das Stammhaus seiner Familie stand in den Midlands, aber es gab nicht die geringste Chance, dass er es jemals erben würde. Aimée ermutigte seine Werbung nicht gerade. Ich hielt meine Schwester für viel zu realistisch, um eine Ehe einzugehen, die ihr keine finanziellen Vorteile brachte.

Sabrina beobachtete sie vorsichtig. Ich fragte mich, ob jemand bemerken würde, wie intensiv sie sich mit den drei »Feinden« beschäftigte, aber gleichzeitig war ich gerührt darüber, wie sehr sie versuchte, mich zu beschützen.

Sabrina beeinflusste mich jetzt stark, denn sie säte den Samen des Misstrauens in mein Herz. Die Einstellung, die sie in mir weckte, war ausschließlich auf ihre Fantasie zurückzuführen, und dennoch war ich nicht sicher, ob sie nicht vielleicht doch in manchen Dingen Recht hatte. Manchmal hatte ich das Gefühl, dass sie einen sechsten Sinn besaß, dann wieder wies ich ihre Andeutungen als kindischen Unsinn von mir. Sie war besitzergreifend und wollte mich für sich allein haben; außerdem schwelgte sie in dramatischen Auftritten. Im Augenblick war sie damit beschäftigt, mich vor einem drohenden Unheil zu bewahren; ob sie es wirklich herannahen fühlte oder ob sie es sich nur aus Eifersucht einredete, konnte ich nicht so recht beurteilen.

Ich dachte oft an den Bezoar-Ring und fragte mich, ob er vielleicht über mehr magische Eigenschaften verfügte, als man ihm zuschrieb. Er hatte mir gezeigt, wie wankelmütig Jeanne war, und dabei hätte ich geschworen, dass ihre Ergebenheit mir gegenüber unerschütterlich und vielleicht das stärkste Gefühl in ihrem Leben war. Dank dem Ring hatte ich auch erkannt, dass Lance in seiner blinden Spielleidenschaft vor nichts haltmachen würde.

Sabrina verbarg immer weniger, dass sie Lance und Aimée beobachtete. Ich war davon überzeugt, dass die beiden es bemerken würden, und sagte es ihr.

Sie antwortete dunkel: »Ich muss sie aber beobachten. Woher soll ich wissen, was sie als Nächstes vorhaben, wenn ich es nicht tue?«

Sie war fest überzeugt, dass Lance und Aimée ein Verhältnis hatten. Im Dorf hatte es ein Drama gegeben: Einer der Landarbeiter war überraschend nach Hause gekommen und hatte seine Frau mit einem anderen Mann, einem seiner Arbeitskollegen, im Bett gefunden. Er hatte ihn erwürgt und war später wegen Mordes gehängt worden: Die Dienstboten sprachen wochenlang über nichts anderes und Sabrina hörte ihnen natürlich interessiert zu.

Eines Tages saß sie wieder bei mir, weil ich mich nicht wohl fühlte und im Bett geblieben war, und sagte plötzlich: »Vielleicht vergiftet man dich.«

»Auf was für Ideen du kommst, Sabrina! Wer sollte mich vergiften?«

»Einige. Sie tun Gift in das Essen anderer Leute.«

»Wer?«

»Leute, die jemanden loswerden wollten. Die Borgias taten es immer.«

»In diesem Haus gibt es aber keine Borgias, Liebes.«

»Nicht nur sie, auch andere tun es. Könige und Königinnen hatten früher Vorkoster, damit sie sicher waren, dass ihr Essen nicht vergiftet war.«

»Wer hat dir das erzählt?«

»Man lernt es in Geschichte. Du musst auch einen Vorkoster haben – ich werde dein Vorkoster sein.«

»Dann würdest du das Gift schlucken, falls welches im Essen wäre.«

»Aber ich würde dich dadurch retten und dazu sind Vorkoster ja da.«

»Das ist lieb von dir, Sabrina, aber ich glaube wirklich nicht, dass ich einen Vorkoster brauche.«

»Du wirst einen bekommen.«

Als mir an diesem Abend das Essen gebracht wurde, bestand sie darauf, bei mir zu sein und alle Speisen zu kosten, bevor ich sie aß. Das machte ihr großen Spaß.

Nachher brachte mir ein Dienstmädchen den Tee und Sabrina beäugte ihn misstrauisch.

»Weißt du noch, wie wir den Ring eintauchten?«, fragte sie.

»Nicht wir, sondern du«, erinnerte ich sie.

Sie sah mich entsetzt an. »Du hast ja den Ring nicht mehr. Vielleicht haben sie ihn dir weggenommen, weil ... weil ...«

»Sabrina, mein Ring wurde verspielt.«

Sie kniff die Augen zusammen. »Das glaube ich nicht. Er wurde gestohlen, weil er das Gift aus deinem Essen entfernte.«

Dann griff sie nach dem Tee, trank einen Schluck und verzog das Gesicht. Ich nahm ihr die Tasse aus der Hand und verschüttete das Getränk dabei auf das Federbett.

Sie sah so erschrocken aus, dass ich lachen musste. »Ach, Sabrina, ich habe dich so lieb.«

Sie legte mir die Arme um den Hals.

»Ich werde dich behalten; wir werden die Mörder fangen und man wird sie hängen wie den armen alten George Carey, den sie aufgehängt haben, weil er den Liebhaber seiner Frau tötete. Ihn hätte ich nicht zum Tod verurteilt, aber ich würde jeden an den Galgen bringen, der dir etwas zuleid tut.«

Dieses zehnjährige Mädchen war halb Kind, halb Frau; manchmal benahm sie sich ausgesprochen kindisch und dann wieder viel weiser, als sie eigentlich sein konnte. Sie interessierte sich leidenschaftlich für alles, was um sie geschah. Sie lauschte schamlos an Türen, beobachtete die Leute und ging ihnen nach – die Rolle als spionierende Beschützerin war so recht nach ihrem Geschmack. Einmal behauptete sie, sie hätte gesehen, wie Lance und Aimée einander küssten, und als ich ihr auf den Zahn fühlte, gab sie zu, dass die beiden nur nahe beisammen gestanden hatten. Wenn sich Ereignisse nicht so abspielten, wie es ihrer Meinung nach hätte sein können, veränderte sie sie in ihren Berichten. Manchmal bildete sie sich ein, dass es wirklich so gewesen war. Sie log nicht eigentlich – ihre Fantasie ging mit ihr durch. Als ich ihr erklärte, sie dürfe nicht behaupten, die beiden hätten einander geküsst, wenn es nicht stimmte, antwortete sie: »Na ja, aber sie hätten einander küssen können, während ich nicht hinsah.« Das war ein typisches Beispiel für ihre Logik. Vor allem war sie aber von der Idee besessen, mein Leben zu retten.

Als sie also am nächsten Tag krank war, war ich nicht sicher, ob die Krankheit nicht vielleicht … Ja also, nicht gerade vorgetäuscht, aber doch durch ihre Fantasie hervorgerufen war; sie wollte wahrscheinlich beweisen, dass sie in Bezug auf den Tee recht gehabt hatte.

Natürlich ging ich sofort in ihr Zimmer. Sie lag sehr still im Bett und blickte zur Decke. Als ich neben dem Bett niederkniete, war ich besorgt; dann bemerkte ich das befriedigte Lächeln, das über ihr Gesicht huschte.

»Sabrina«, flüsterte ich, »du tust nur so.«

»Ich war krank, ich hatte Magenkrämpfe.«

Sie musste irgendwo gehört haben, dass das ein Vergiftungssymptom war.

»Wo?«

Sie zögerte einen Augenblick und legte dann die Hände auf den Magen.

»Bist du sicher, Sabrina, dass du es dir nicht eingebildet hast?«

Sie schüttelte entschieden den Kopf. »Dazu sind Vorkoster ja da«, flüsterte sie. »Vergangenen Abend kostete ich den Tee – ein Schluck genügte.« Sie hob die Hände dramatisch in die Höhe und verdrehte die Augen.

Ich lachte, war aber in Wirklichkeit zutiefst besorgt. »Du erfindest etwas.«

»Ich würde für dich sterben, Clarissa.«

»Nein, das wirst du nicht. Du wirst für mich leben.«

»Von mir aus.« Das klang beinahe enttäuscht.

»Wie wäre es, wenn du dich jetzt anziehst und mit mir einen Spaziergang durch den Wald machst? Sagen wir in einer halben Stunde?«

»Kann ich nicht zuerst frühstücken? Ich bin halb verhungert.«

Ich lachte, beugte mich über sie und küsste sie.

Wir gingen durch den Wald zur Grube.

»Bitte sei vorsichtig, Sabrina«, ermahnte ich sie. »Falls du jemals allein durch den Wald gehst, komm der Grube nicht zu nahe.«

»Schön, ich verspreche es dir. Mir ist die alte Grube jetzt sowieso egal.«

Offensichtlich hielt sie unser häusliches Drama für wesentlich interessanter als die Grube.

Ein paar Tage später saß ich im Garten auf der Holzbank beim Gebüsch, als Sabrina aus dem Haus kam und sich zu mir setzte. Sie sah geheimnisvoll und siegesgewiss aus; sicherlich war etwas geschehen, das sie für wichtig hielt.

»Also?«, fragte ich.

»Ich habe etwas gefunden, was ein wichtiger Hinweis sein könnte.«

»Und zwar?«

»Du wirst sagen, dass das, was ich getan habe, nicht richtig war. Versprich mir, dass du nicht schelten wirst.«

»Wie kann ich das versprechen, solange ich nicht weiß, worum es sich handelt.«

»Ich habe sie beobachtet ...«

»Wen?«

»Du weißt schon, Lance und Aimée. Einmal erwische ich sie, dann wissen wir es ganz genau. Aber was ich heute entdeckt habe, ist noch wichtiger. Ihre Tür war offen, als ich vorbeiging, also schaute ich hinein. Sie saß an ihrem Frisiertischchen und nahm etwas aus einer Schublade. Sie sah es eine Weile an und ich wollte herausbekommen, was es war.«

»Du brauchtest anscheinend sehr lange, um vorbeizugehen. Wieso konntest du überhaupt so viel sehen?«

»Na ja, ich bin eben stehen geblieben, versteckte mich, bis sie das Zimmer verließ, dann huschte ich hinein. Ich hatte gesehen, aus welcher Lade sie den Gegenstand genommen hatte, den sie betrachtete. Du kennst ja die Geheimlade – man muss eine Schublade ganz herausnehmen, dann ist hinter ihr noch eine Lade. Dort hatte sie ihn aufbewahrt, also musste es sich um ein Geheimnis handeln. Ich sah also nach und fand ... rate, was.«

»Sag es mir.«

Sie steckte die Hand in die Tasche, und als sie sie hervorzog, hielt sie den Bezoar-Ring auf der Handfläche.

Ich war so verblüfft, dass ich nach Luft schnappte. Sie beobachtete mich befriedigt.

»Er hat ihn *ihr* gegeben. Er hat ihr *deinen* Ring gegeben.«

»Nein, er hat ihn am Spieltisch verloren.«

»Das hat er dir erzählt.« Sabrinas Stimme klang verächtlich. »Sie wollte ihn besitzen. Sie sagte: ›Bring mir den Bezoar-Ring und ich werde dir gehören.‹ Also schenkte er ihn ihr.«

Ich schüttelte den Kopf, aber natürlich glaubte ich halb und halb, was sie behauptete.

Ich konnte den Blick nicht von dem Ring losreißen und war zutiefst unglücklich, denn ich sah ein, dass Sabrinas wilde Fantasien doch zum Teil auf Tatsachen beruhten.

»Sie nahmen ihn dir weg«, erklärte Sabrina inzwischen, »weil er das Gift aus dem Tee aufsog ...«

Mein Lachen klang nicht sehr überzeugt. Ich wollte sie nicht merken lassen, dass ich besorgt war. Wahrscheinlich glaubte Sabrina ohnehin selbst nicht immer an die Beschuldigungen, die sie äußerte. Für sie war es ein Spiel – sie hatte Schatzsuchen und Versteckspiele immer geliebt.

»Von nun an brauchst du keinen Vorkoster mehr«, stellte sie fest, »denn du hast den Ring.«

Nachdenklich erwiderte ich: »Es ist am besten, wenn du den Ring wieder dorthin legst, wo du ihn gefunden hast.«

Sie sah mich erstaunt an und ich ging auf ihr Spiel ein und sprach weiter: »Es ist besser, wenn sie nicht erfahren, dass wir wissen, wo sich der Ring befindet.«

Sabrina nickte.

Ich sah ihr nach, als sie über den Rasen zum Haus lief.

War es wirklich möglich, fragte ich mich. Liebte er meine Schwester? Es war durchaus vorstellbar, denn sie war attraktiv und teilte seine Spielleidenschaft. Sie ergänzten einander am Spieltisch ideal und wurden oft gemeinsam zu Spielabenden eingeladen. Mich forderte man gar nicht mehr auf mitzukommen, weil die Leute wussten, dass ich mir nichts aus Glücksspielen machte.

Wie oft hatte ich gehört, wie sie sich lachend oder angeregt über den Verlauf einer Kartenpartie unterhielten!

War es wirklich so absurd? War ich absichtlich blind und taub allem gegenüber, was um mich geschah? Musste erst ein scharfsinniges, besitzergreifendes Kind kommen, um mir zu zeigen, wie es um mich stand?

Nach dieser Szene wurde mir bewusst, dass mich etwas bedrohte. Zeitweise redete ich mir allerdings ein, dass dieses Gefühl auf meinen Zustand zurückzuführen war. Frauen haben während der Schwangerschaft die merkwürdigsten Ideen; Sabrina hatte den Verdacht in mir geweckt und ich wurde ihn nun nicht mehr los.

Was wusste ich eigentlich von Lance? Im Grunde genommen war er ein verschwiegener Mensch und das war umso bedenklicher, als er nicht so wirkte. Er schien immer unkompliziert, unbesonnen, sorglos zu sein, war immer freundlich … und ging Schwierigkeiten oder Unannehmlichkeiten sorgfältig aus dem Weg. War er wirklich fähig, sich an einer Intrige zu beteiligen, Pläne zu meiner Beseitigung zu schmieden – denn darauf lief es ja hinaus. Hatte er überhaupt ein Motiv? Er war mir gegenüber immer leidenschaftlich und zärtlich gewesen, mein Geliebter und mein Freund; aber ich hatte auch immer gewusst, dass seine wahre Leidenschaft dem Spiel galt, und diese Tatsache war wie ein Hindernis zwischen uns gestanden. Ich hatte ihm deutlich gezeigt, dass ich Glücksspiele für unsinnig hielt; und dann war die hübsche, elegante Aimée aufgetaucht, die beinahe genauso dem Spiel verfallen war wie er. Dazu kam noch etwas. Ich nahm an, dass er Schulden hatte, die ihm vielleicht allmählich über den Kopf wuchsen. Er musste ständig Gläubiger vertrösten. Wenn ich starb, gehörte mein Vermögen ihm … mit Ausnahme des Heasenfield-Erbes. Aber das würde Aimée zufallen, weil laut den Verfügungen meines Onkels die überlebende Schwester die andere beerbte.

Also hatte er ein Motiv.

Ich hätte gerne gewusst, wie groß Lances Schulden waren, aber er wollte es mir nie gestehen. Wenn ich darauf zu sprechen kam, tat er das Problem mit einem Achselzucken ab, als wären Schulden für einen Gentleman etwas vollkommen Natürliches. Vielleicht befand er sich aber in einer finanziellen Zwangslage, aus der ihn nur mein Tod befreien konnte; dadurch würde er seinen Gläubigern entkommen und gleichzeitig Aimée gewinnen, falls es stimmte, dass er sie liebte. Wie sollte ich mir Gewissheit verschaffen? Er war reizend zu ihr, aber er war zu jedermann reizend; er konnte nicht anders, er musste jedem Menschen vormachen, dass er zutiefst an ihm Anteil nahm. Vielleicht bedeutete mein Tod sogar für ihn, dass er dem Schuldturm entging und Aimée heiraten konnte.

Nein, ich konnte es nicht glauben. Zeitweise hielt ich diese Gedanken für reine Fantasiegebilde, die vollkommen aus der Luft gegriffen waren.

Wenn ich in den Wald gehen konnte, fühlte ich mich wohler. Die Bäume rauschten leise im Wind und die Vögel sangen. Dort fand ich Frieden, und solange ich unter dem grünen Laubdach weilte, war alles selbstverständlich und normal und meine Zweifel schwanden.

Natürlich, redete ich mir ein, hatte Eddy Aimée den Ring geschenkt. Sie hatte ihn immer schon haben wollen und da sie wusste, wie sehr ich an ihm hing, wollte sie mich nicht wissen lassen, dass er sich in ihrem Besitz befand. Wahrscheinlich hätte sie sich dann verpflichtet gefühlt, ihn mir zurückzugeben, und das wäre ihr sehr schwer gefallen.

Und die Vorstellung, dass sie und Lance ein Verhältnis hatten, war einfach lächerlich. Er war mein Mann, der mich zärtlich liebte; ich hatte nie Grund zu der Annahme gehabt, dass er mir in Gedanken oder Taten untreu wäre.

Ich ging also jeden Nachmittag, wenn Sabrina ihre Reitstunde bekam, im Wald spazieren. Sie lernte gerade springen und das war für sie wichtiger, als mich zu begleiten.

Nach einem solchen Spaziergang ruhte ich mich einmal in meinem Zimmer aus, als ich hörte, wie Madame Legrand im Korridor Aimée etwas erzählte.

Ich stand auf und streckte den Kopf zur Tür hinaus.

»Ist etwas geschehen?«, fragte ich.

»Ach Gott«, sagte Madame Legrand sehr schuldbewusst, »jetzt habe ich Sie geweckt, das ist sehr *méchante* von mir. Aber mein Herz klopft so stark, dass ich glaube, es springt mir aus der Brust.«

»Maman hat in der Nähe der Gemeindewiese einen Schock erlebt«, erklärte Aimée. »Dort lagern nämlich Zigeuner, und einer von ihnen trieb sich im Gebüsch herum. Er rief ihr etwas zu, als sie vorüberging ... wahrscheinlich wollte er ihr die Zukunft weissagen.«

»Er sah so böse aus«, warf Madame Legrand ein, »dass ich zu laufen begann.«

»Und er lief ihr nach – bildete sie sich jedenfalls ein«, fuhr Aimée fort. »Arme Maman, ruhe dich ein Weilchen aus; ich bringe dir eine Tasse Tee.«

»Und jetzt haben wir die arme Clarissa auch noch aufgeweckt. Kümmere dich um sie, Aimée, ich gehe inzwischen auf mein Zimmer. Bitte verzeihen Sie uns, Clarissa.«

»Ach, es macht nichts«, versicherte ich ihr, »ich schlief ohnehin nicht. Es tut mir leid, dass Sie so erschrocken sind.«

Ich ging wieder zu Bett und kurz darauf kam Sabrina herein, um mir zu erzählen, wie hoch das Pferd gesprungen war und dass Job, ihr Reitlehrer, behauptet hätte, er habe noch nie eine so gute Schülerin gehabt.

Sie war so stolz auf ihre Leistung, dass alles andere daneben verblasste; es interessierte sie nicht einmal, dass ein Zigeuner Madame Legrand erschreckt hatte.

Einige Tage später ging ich wieder im Wald spazieren. Mein Lieblingsplatz war eine kleine Lichtung, an deren Rand eine alte Eiche stand, unter die ich mich oft setzte.

Von diesem Platz aus konnte ich gerade noch durch die Bäume die Grube erblicken. Während ich friedlich dort saß, überlegte ich mir, wozu die Grube wohl in prähistorischen Zeiten gedient hatte, oder ich beobachtete die Bewegungen meines Kindes. Ich sehnte mich so sehr danach, es endlich in den Armen zu halten.

An diesem Nachmittag hatte ich ein merkwürdiges Gefühl. Ich fragte mich nachher, ob es vielleicht eine Vorahnung gewesen war; aber von dem Augenblick an, als ich den Wald betreten hatte, hatte ich eine Art Unbehagen empfunden. Ich kannte dieses Gefühl aus Enderby, es war, als beobachte mich jemand oder als braue sich eine Gefahr zusammen. In Enderby hatten die Diener behauptet, es wäre der Geist, der im Haus spukte, aber im Wald gab es doch keine Geister.

Als ich die Lichtung erreichte, verging das Unbehagen. Ich saß friedlich unter der Eiche und dachte an mein Kind. Nächstes Jahr um diese Zeit wirst du bei mir sein, mein Kleines, sagte ich ihm. Wenn doch die Wartezeit schon vorüber wäre.

Und dann war das Gefühl wieder da und jetzt wusste ich, dass ich nicht allein war.

Ich sah mich schnell um und glaubte, einen dunklen Schatten zwischen den Baumstämmen verschwinden zu sehen.

Ich blieb ruhig sitzen und durchforschte den Wald mit den Blicken, konnte aber nichts entdecken.

Natürlich hatte ich es mir nur eingebildet; ich lehnte mich wieder zurück. Aber da war es wieder ... Schritte, die unheimliche Gewissheit, dass mich etwas Böses bedrohte.

Ich wollte nach Hause zurück, aber dazu musste ich den Wald durchqueren, und plötzlich fürchtete ich mich vor dem, was vielleicht zwischen den Bäumen auf mich lauerte. Nur – es gab keine andere Möglichkeit und es war unsinnig, dass ich vor dem vertrauten Weg Angst hatte.

Da ich schon etwas schwerfällig war, brauchte ich eine Weile, um aufzustehen und während ich mich hochrappelte, bewegte sich etwas hinter mir. Ich wollte mich umdrehen, aber in diesem Augenblick erhielt ich einen Schlag auf den Hinterkopf. Wahrscheinlich wurde ich kurz ohnmächtig, denn als ich wieder zu mir kam, wurde mir bewusst, dass man mich über den Boden schleifte. Ich roch die Erde, das Gras streifte meine Hände und in mir erwachte das Entsetzen.

Jemand zog mich zur Grube.

Ich konnte meinen Angreifer nicht erkennen. Es war eine Gestalt in einem dunklen Umhang mit Kapuze; ich war nicht einmal sicher, ob es sich um einen Mann oder eine Frau handelte. Ich lag auf dem Bauch und in meinem Kopf pochte es; mir wurde klar, dass ich nicht mehr lang zu leben hatte.

Sabrina, o Sabrina, dachte ich, du hattest doch Recht.

Plötzlich rief eine Stimme: »Clarissa! Clarissa!

Mein Angreifer ließ mich los und die Zeit schien stillzustehen. Die Stimme gehörte Sabrina; wahrscheinlich träumte ich. Es waren meine letzten bewussten Augenblicke vor dem Tod und es war bezeichnend, dass ich an Sabrina dachte.

Dann folgte Stille. Was war geschehen? Ich befand mich immer noch auf ebenem Grund, durch die Blätter fielen Sonnenstrahlen und ich lag im Gras.

Ich versuchte aufzustehen und hörte wieder Sabrinas Stimme. »Clarissa, Clarissa, hat man dir etwas getan?«

Dann kniete sie neben mir; durch den Schleier, der sich über meine Augen legte, konnte ich ihr besorgtes Gesicht nur verschwommen erkennen.

»Clarissa, meine liebe, liebe Clarissa. Geht es dir gut? Du bist doch nicht tot, nicht wahr?«

»Sabrina.«

»Ja, ich suchte dich. Buttermilch war heute schlecht

aufgelegt und wollte nicht springen. Job meinte, wir sollten ihn lieber in Ruhe lassen. Deshalb ging ich dir nach, um mit dir zu sprechen. Dann hörte ich dich rufen und sah ...«

»Was sahst du?« Ich kämpfte mit aller Kraft dagegen an, wieder in Ohnmacht zu fallen. »Sabrina, was hast du gesehen?«

»Jemand zog dich über den Boden.«

»Wer war es? Wer?«

Mir kam vor, dass sie endlos zögerte, bevor sie antwortete. O Gott, betete ich, gib, dass es nicht Lance war.

»Ich weiß es nicht, er war verkleidet. Ein weiter Mantel und eine Kapuze, die das Gesicht verdeckte.«

»Oh, Sabrina, ganz gleich, wer es war, er wollte mich töten. Ich fühlte es schon, als ich heute in den Wald kam, etwas Böses lauerte darin.«

»Du musst ins Haus zurück. Kannst du gehen?«

»Ich glaube schon.«

»Eigentlich sollte man dich tragen, aber ich kann nicht fortgehen und dich allein lassen, es könnte wiederkommen.«

Ich hatte mich aufgesetzt und mich an sie gelehnt und sie legte mir den Arm schützend um die Schultern.

»Ach, Sabrina, es war entsetzlich.«

»Es war ein Mordversuch. Wenn ich nicht gekommen wäre, hätte man dich getötet.«

»Du hast mir das Leben gerettet, davon bin ich überzeugt. Er wollte mich in die Grube werfen.« Sabrina schauderte.

»Ich wusste, dass ich dich retten würde, ich wusste es.«

Einen Augenblick lang klammerten wir uns aneinander. Dann sagte ich: »Wir müssen zurückgehen. Wenn er wiederkommt ...«

»Dann bringe ich ihn um.«

»Hilf mir beim Aufstehen.«

Sie stützte mich. Mich schwindelte, ich tastete am Hinterkopf eine große Beule und hatte Angst, wieder das Bewusstsein zu verlieren.

Dann dachte ich erschreckt an das Baby. In diesem Augenblick bewegte es sich und ich frohlockte, denn es hatte bei dem Angriff offensichtlich keinen Schaden davongetragen.

Sabrina legte den Arm um mich und obwohl sie nur ein zehnjähriges Mädchen war, fühlte ich mich bei ihr sicher und geborgen. Schwankend machten wir ein paar Schritte.

»Es ist ja nicht weit«, tröstete mich Sabrina. »Wirst du es schaffen, Clarissa?«

Ich war fest dazu entschlossen.

Als wir in Sichtweite des Hauses gelangten, erblickte ich Lance, der zum Stall ging. Er sah uns, blieb stehen und starrte uns an.

»Clarissa, Sabrina, was ist geschehen?«, rief er. Er lief uns entgegen, und als ich ihm ins freundliche, besorgte Gesicht sah, schämte ich mich, weil ich auch nur einen Augenblick lang hatte annehmen können, dass er mir etwas Böses wünschen oder gar zufügen würde.

»Man hat mich im Wald überfallen.«

»Mein Gott! Ist dir etwas geschehen?«

»Ich bin reichlich erschüttert und habe eine Beule auf dem Kopf. Sabrina hat mir das Leben gerettet.«

Sabrina strahlte, nickte und lächelte. Dann erklärte sie aufgeregt: »Etwas zwang mich, in den Wald zu gehen und Clarissa zu retten. Ich kam gerade noch zurecht. Ich sah den Mann ... oder was immer es war ... er trug eine Kutte wie ein Mönch und Clarissa lag auf dem Boden. Er schleppte sie zur Grube.«

»Was erzählst du da?«, fragte Lance.

»Es stimmt«, bestätigte ich. »Jemand überfiel mich, aber er wollte mich nicht berauben. Er schleifte mich über den Boden, auf die Grube zu.«

»Das klingt verrückt. Aber du musst jetzt ins Bett.« Er hob mich hoch und die Zärtlichkeit in seinem Blick berührte mich tief.

Als wir die Halle betraten, kam Madame Legrand gerade die Treppe herunter. Sie sah mich, blieb stehen und murmelte: *»Mon Dieu.«*

Lance sagte: »Clarissa ist im Wald überfallen worden. Wir müssen sie zu Bett bringen.«

Er trug mich die Treppe hinauf; Sabrina und Madame Legrand blieben ihm auf den Fersen.

»Überfallen, sagen Sie? Wer hat Sie überfallen? Ist mit dem Kind alles in Ordnung, mit dem kleinen *bébé?«*

»Ich glaube, dass weder Clarissa noch dem Kind etwas zugestoßen ist«, sagte Lance. »Ich werde den Wald durchsuchen lassen, vielleicht finden wir eine Spur von dem Übeltäter. Außerdem müssen wir die Nachbarn warnen.« Wir hatten das Schlafzimmer erreicht und er ließ mich sanft auf das Bett gleiten. »Ich werde vorsichtshalber den Arzt holen lassen.«

»Ich werde sie pflegen«, machte sich Madame Legrand erbötig. »Ich werde dafür sorgen, dass sie wieder gesund wird.«

»*Ich* bleibe bei ihr«, stellte Sabrina fest.

»Nein, nein«, murmelte Madame Legrand, »sie braucht Ruhe.«

Sabrina wiederholte eigensinnig: »Ich bleibe bei ihr.«

Ich musste über meine kleine Beschützerin lächeln. »Mir wäre es am liebsten, wenn Sabrina bei mir bliebe.«

Madame Legrand wollte protestieren, aber Lance schlug sich auf meine Seite: »Wenn du es so haben willst, Clarissa ...«

Sabrina lächelte selbstgefällig.

Inzwischen war auch Nanny Curlew hereingekommen, die erfahren hatte, was vorgefallen war. Es überraschte mich immer wieder, wie schnell sich solche Dinge herumsprachen. Sie fand, dass ich dringend eine Tasse heißen, süßen Tee brauchte; es gab nichts Besseres, um die Nachwirkungen eines Schocks zu überwinden. Sie wollte ihn mir sofort zubereiten.

Lance verließ das Zimmer, um einen Diener zum Arzt zu schicken, dann kam er zurück und setzte sich an das Bett. Auf der anderen Seite hielt Sabrina Wache. Als Nanny Curlew den Tee brachte, griff Sabrina nach der Tasse und kostete ihn.

»Er ist nicht für dich bestimmt, mein Fräulein«, protestierte Nanny Curlew.

»Ich weiß, aber ich bin der Vorkoster.«

Sabrinas Anwesenheit beruhigte mich und ich war glücklich, sie bei mir zu haben. Sie war für mich wichtiger als Lance und das war bezeichnend. Wenn ich Lance ansah, der neben meinem Bett saß und mich besorgt und zärtlich musterte, konnte ich ihn unmöglich verdächtigen, und dennoch … ganz hatte ich meine Zweifel und Ängste nicht überwunden. Deshalb wandte ich mich Sabrina zu; sie war die Einzige, deren Treue ich vollkommen sicher sein konnte.

Als der Doktor eintraf, untersuchte er mich genau. Ich hatte eine große Beule auf dem Kopf und meine Arme und Beine waren zerschunden. Zum Glück schien dem Kind bei dem Abenteuer nichts zugestoßen zu sein. Aber der Schock war für mich sicherlich ärger gewesen, als ich glaubte, und deshalb musste ich einige Tage im Bett bleiben und kräftige Nahrung zu mir nehmen. Wenn ich mich daran hielt, würde ich in einer Woche wieder auf den Beinen sein.

Die Neuigkeit machte die Runde. Madame Legrand war von einem Zigeuner verfolgt worden und jetzt hatte man mich im Wald überfallen. Am nächsten Tag stürzte Aimée atemlos ins Haus. Sie war im Wald von einer Gestalt in einem dunklen Umhang gejagt worden; das Gesicht konnte sie nicht erkennen, weil es durch die Kapuze verdeckt war. Sie hatte es gerade noch geschafft, den Waldrand zu erreichen, bevor der Verfolger sie einholte. Als sie auf freies Gelände kam, verschwand er.

»Es muss ein Verrückter sein, der sich durch Mantel und Kapuze unkenntlich macht«, erklärte Lance. »Ich werde den Wald durchsuchen lassen, wir müssen ihn fangen.«

Anscheinend erfuhr der Angreifer von diesen Maßnahmen, denn er tauchte nicht wieder auf.

Meine Genesung machte rasche Fortschritte. Sabrina hielt sich ständig bei mir auf und allmählich stellte sich heraus, dass die Ereignisse sich günstig auf sie ausgewirkt hatten. Sie hatte nie verwunden, dass ihr Ungehorsam am Tod ihrer Mutter schuld gewesen war. Jetzt hatte sie mir das Leben gerettet, und dadurch ihre Verfehlung gutgemacht. Sie hatte jemanden das Leben gekostet und jemand anderem das Leben gerettet, die Rechnung ging auf.

Es machte mir Spaß, sie um mich zu haben und zu beobachten, wie ernst sie ihr Amt als Vorkosterin nahm. Sie sprach ganz unbefangen von dem Kind und bewunderte sogar die Babysachen, die schon bereitlagen.

Ich bemerkte, dass ich bei meinem Abenteuer eine Granatbrosche verloren hatte. Sie war nicht sehr wertvoll, aber ich hing an ihr, weil Damaris sie mir vor langer Zeit geschenkt hatte.

Ich erzählte Sabrina davon. »Die Schließe war schon schwach; sie muss aufgegangen sein, als ich über den Boden gezogen wurde.«

»Ich werde sie finden«, versprach Sabrina, die davon überzeugt war, dass sie alles schaffte, was sie sich vornahm.

»Lass es lieber bleiben und geh nicht allein in den Wald.«

Sabrina nickte schweigend.

Zwei Tage später, als ich gerade mein Nachmittagsschläfchen hielt, stürzte sie ins Zimmer.

Es war nicht zu übersehen, dass sie aufgeregt war. Ihre Hände waren schmutzig und ihre Kleider sahen aus, als wäre sie am Boden herumgekrochen.

»Rate, was ich gefunden habe, Clarissa!«

»Meine Brosche?«

Sie schüttelte den Kopf und antwortete langsam: »Schau, das habe ich in der Nähe der Grube gefunden – Jeannes Jean-Baptiste.«

Ich starrte das kleine Medaillon mit der Goldkette an, an dem noch Erdkrumen klebten, und sah wieder Jeanne vor mir, als sie es mir zeigte. Ihr kostbarer Jean-Baptiste, den man ihr sofort nach der Geburt umgehängt hatte und der sie bis zu ihrem Tod nicht verlassen würde.

Mir wurde schlecht. Sabrina hatte das Medaillon in der Nähe der Grube gefunden. War es möglich, dass Jeanne vom gleichen Mörder überfallen worden war wie ich, und dass niemand in der Nähe gewesen war, um sie zu retten?

Aber nein. Ihre Kleider und mein Schmuck waren ebenfalls verschwunden und ich hatte nur den Bezoar-Ring wiedergefunden.

Die ganze Sache wurde immer rätselhafter und meine Gedanken überstürzten sich.

Lance beschloss, die Grube untersuchen zu lassen. Soweit er wusste, war noch nie jemand in sie hinuntergestiegen, aber das war kein Grund, warum nicht jemand der erste sein sollte.

Alle auf dem Besitz beschäftigten Männer begleiteten ihn. Am Rand der Grube wurden kräftige Pfähle eingeschlagen und eine Strickleiter an ihnen befestigt. Mehrere Männer erklärten sich bereit, hinunterzusteigen.

Es war ein heißer Nachmittag Anfang Juli, und alles, was Beine hatte, hatte sich im Wald versammelt. Lance hatte mir verboten, mitzukommen; außerdem hatte der Doktor angeordnet, dass ich jeden Tag nach dem Essen ruhen sollte. Obwohl Sabrina gern mitgegangen wäre, blieb sie getreulich an meinem Bett sitzen.

Endlich kam Lance wieder. Er war blass und ungewöhnlich ernst.

»Die arme Jeanne, wir haben ihr Unrecht getan. Sie ist zwar kaum noch kenntlich, aber ihr Kleid ist recht gut erhalten, und auch ihre alte Stofftasche – die, mit der sie aus Frankreich kam, weißt du noch?«

Ich verbarg das Gesicht in den Händen, damit Lance und Sabrina meine Tränen nicht sahen.

Jeanne, liebe, gute, zu Unrecht beschuldigte Jeanne, wie hatten wir je annehmen können, dass sie eine Diebin war? Wir hätten sie besser kennen müssen.

»Es ist ein Rätsel«, sagte Lance. »Wieso verschwand gleichzeitig der Schmuck?«

Inzwischen war Aimée ins Zimmer getreten und ich erzählte ihr, dass man Jeannes Leiche gefunden hatte.

»In der Grube!« Aimée konnte es nicht fassen.

Lance nickte.

»Es muss ein Zigeuner … oder ein Dieb gewesen sein.«

Lance schwieg.

Ich sagte: »Aber wie erklärst du dir den abhanden gekommenen Schmuck? Wo gibt es einen Zusammenhang mit dem Überfall auf Jeanne?«

»Das müssen wir herausbekommen«, meinte Lance.

»Aber wie?«, fragte Aimée.

»Nun, jemand hat dem Londoner Juwelier den Schmuck verkauft.«

»Ach ja, ich verstehe«, sagte Aimée langsam.

»Wir werden der Sache schon auf den Grund gehen«, versprach Lance. »Jetzt ist wenigstens die arme Jeanne reingewaschen. Das arme Mädchen … ein so schrecklicher Tod, und wir hielten sie für eine Diebin.« Dann riss er sich zusammen. »Ich fahre sofort nach London und suche den Juwelier auf.«

Im Dorf und in den Dienerzimmern wurde von nichts anderem als von Jeannes Schicksal gesprochen. Die meisten behaupteten, sie hätten immer gewusst, dass Jeanne ein ehrlicher Mensch war und dass ihr Verschwinden nicht mit rechten Dingen zuging – natürlich stimmte das nicht, denn die meisten hatten seinerzeit triumphierend gemeint, da sähe man wieder, wie diese Ausländer wären.

Ein paar Tage danach kam Lance aus London zurück. Es war ein stürmischer, regnerischer Tag und die Fahrt war sehr anstrengend gewesen. Er hatte mit dem Juwelier gesprochen. Der Mann hatte, genau wie beim ersten Mal, erzählt, dass eine Französin, die dringend Geld brauchte, ihm den Schmuck verkauft hatte. Die Frage, ob er sie wieder erkennen würde, hatte er entschieden bejaht.

Am nächsten Tag waren Madame Legrand und Aimée verschwunden.

»Es war eigentlich von dem Augenblick an vollkommen klar«, meinte Lance, »als wir Jeannes Leiche fanden. Eine Französin, die den Schmuck verkaufte, konnte beinahe niemand anderer sein als Madame Legrand oder Aimée.«

»Ja«, gab ich zu, »aber wie hängt das mit Jeannes Tod zusammen?«

Lance hatte auch dafür eine Erklärung. Als Jeanne verschwand, kamen die beiden wahrscheinlich auf die Idee, dass sie den Schmuck stehlen konnten – dann würde man annehmen, dass Jeanne die Diebin war. Das trat auch prompt ein.

»Jetzt sind sie auf der Flucht«, meinte Lance. »Ich bin davon überzeugt, dass sie versuchen werden, nach Frankreich überzusetzen. Ich werde mein Möglichstes tun, um sie vorher abzufangen, weil ich gern ihre Erklärungen hören möchte. Wahrscheinlich sind sie unterwegs nach Dover, das kostet sie aber Zeit. Und wie sollen sie dorthin gelangen? Alle Pferde stehen im Stall – außerdem kann

Madame Legrand nicht reiten. Ich nehme an, dass sie eines unserer kleinen Boote stehlen und versuchen werden, mit ihm die Küste bis nach Dover entlangzusegeln, wo sie an Bord eines Schiffes gehen können, das nach Frankreich fährt. Ich reite zur Küste und sehe einmal, was ich dort erfahre.«

Sabrina und ich warteten den ganzen Tag. Spät am Abend kam Lance zurück; er hatte Aimée bei sich. Sie wirkte mehr tot als lebendig und wusste nicht, was mit ihr geschah, als wäre sie in Trance. Wir brachten sie zu Bett und ließen den Arzt kommen.

Während wir auf den Arzt warteten, berichtete Lance. In ihrer Verzweiflung hatten sie sich eines der Boote angeeignet und versucht, die Küste entlangzusegeln, genau wie er angenommen hatte. Es herrschte hoher Wellengang, ihr Boot war äußerst gebrechlich, und sie wurden immer wieder ans Ufer zurückgetrieben. Als Lance sie endlich fand, hatte die Strömung sie allerdings auf das Meer hinausgetragen.

Er beobachtete sie und überlegte, wie er sie erreichen konnte, als ihr Boot kenterte, und beide Frauen über Bord gingen.

Madame Legrand versank in den Wellen, aber Lance und dem Reitknecht, der ihn begleitete, gelang es, Aimée zu retten. Sie war bewusstlos, aber als Lance sie künstlich beatmete, kam sie wieder zu sich. Er hielt es für das Beste, sie nach Hause zu bringen, und da waren sie nun.

Aimée erholte sich rasch. Sie hatte einen schweren Schock erlitten und hatte Angst, aber anscheinend war es eine Erleichterung für sie, dass sie endlich die Wahrheit sagen konnte. Sie vertraute sich uns auf Gnade oder Ungnade an.

Sie war verderbt, sie war eine Betrügerin und Lügnerin, aber sie bat uns um Verzeihung und flehte uns an, ihr noch eine Chance zu geben. Sie wollte nach Frankreich zurückkehren und versuchen, sich ihren Lebensunterhalt als Schneiderin zu verdienen; es wäre am besten gewesen, wenn sie das von Anfang an getan und Frankreich nie verlassen hätte.

Aimée tat mir leid, denn von dem Mädchen, das ich in Hessenfield Castle und dann in meinem Haus erlebt hatte, war nicht mehr viel vorhanden. Sie fürchtete sich vor der Zukunft, gab sich beinahe unterwürfig und konnte das Entsetzen, das der Schiffbruch in ihr ausgelöst hatte, nicht abschütteln.

Merkwürdigerweise fürchtete sie sich vor Lance und wandte sich mehr an mich, als wäre ich der einzige Mensch, der sie vor dem Untergang retten konnte.

Als sie uns alles erzählt hatte, kamen Lance und ich überein, ihr gegenüber nicht zu hart vorzugehen, denn sie war immer unter dem Einfluss der starken Persönlichkeit ihrer Mutter gestanden. Alle ihre Taten waren darauf zurückzuführen, dass sie ihrer Mutter immer widerspruchslos gehorchte und gar nicht auf die Idee kam, selbstständig zu handeln.

Die Wahrheit, wie Aimée sie uns erzählte – und ich glaube nicht, dass sie jetzt noch log, denn das hätte ja keinen Sinn mehr gehabt –, sah wie folgt aus:

Giselle Legrand war in Wirklichkeit Germaine Blanc, die als Dienerin bei meinen Eltern im *hôtel* gelebt hatte. Germaine hatte eine uneheliche Tochter, Aimée, deren Vater ein Lakai aus einem anderen *hôtel* war. Dadurch dass Germaine in unserem Haus wohnte, bekam sie meinen Vater oft zu Gesicht; daher kannte sie seine Gewohnheiten genau und konnte detaillierte Berichte aus seinem Leben geben. Als er und meine Mutter beinahe gleichzeitig an der Pest starben, wie allgemein angenommen wurde, ergriff Germaine die Gelegenheit beim Schopf und stahl die Uhr und den Ring meines Vaters. Bei dieser Gelegenheit fand sie auch den Brief und nahm ihn an sich. Mein Vater hatte erkannt, dass er an einer tödlichen Krankheit litt, und seinem Bruder über meine Mutter und mich einen Brief geschrieben. Da er aber unsere Namen nicht erwähnte – er hatte seinem Bruder ja schon früher unseretwegen geschrieben –, konnte Germaine behaupten, dass sie diesen Brief von meinem Vater erhalten hatte und dass er sie und ihr Kind betraf.

Aimée wuchs heran und als der Krieg vorbei war und man wieder nach England reisen konnte, sandte Germaine sie zu Lord Hessenfield. Es war allgemein bekannt, dass mein Vater ein Frauenheld gewesen war; Carlotta, meine Mutter, war nur eine unter zahlreichen anderen gewesen. Germaine konnte also ohne weiteres ebenfalls seine Mätresse gewesen sein, denn wer wusste schon, dass sie in Hessenfields Haus als Dienerin beschäftigt gewesen war? Sie war schlau und sah gut aus und war die Geliebte eines Buchhändlers am linken Seineufer geworden. Als der Hessenfield-Haushalt aufgelöst wurde, zog sie zu ihm. Sie hatte genügend Zeit, um ihren Plan in allen Einzelheiten zu entwerfen und die Zukunft ihrer Tochter zu planen. Wenn Aimée es schaffte, konnte Germaine vielleicht auch zu ihr ziehen – was sie ja dann auch tat. Aimée sollte sich Lord Hessenfield gegenüber als Tochter seines Bruders ausgeben, die gemäß dem Brief erbberechtigt war.

»Ich wollte es nicht tun«, versicherte Aimée immer wieder. »Aber ich hatte Angst vor meiner Mutter ... mein ganzes Leben lang. Also fuhr ich herüber, alles klappte großartig ... und das neue Leben gefiel mir. Der Gegensatz zu meinem bescheidenen Dasein in Paris war zu groß. Allmählich glaubte ich selbst daran, dass es wahr war ... ich war deine Halbschwester, Clarissa. Alles passte so schön zusammen und es hätte ja wirklich so sein können. Ihr wart so freundlich zu mir ... du und Lance. Ich hätte glücklich sein und vergessen können, dass es ein Schwindel war, wenn sie nicht hergekommen wäre.«

Sie schauderte und versteckte bei dieser Stelle ihres Geständnisses das Gesicht in den Händen. »Jeanne kannte meine Mutter«, fuhr sie so leise fort, dass wir sie kaum verstanden, »und wusste sofort, wer da vor ihr stand. Meine Mutter kam zu mir in das Haus und stand im Garten plötzlich Jeanne gegenüber, die sie ansah und fragte: ›Du bist ja Germaine Blanc ... was machst du denn hier?‹ Meine Mutter wusste nichts von Jeanne; ich hatte vergessen, ihr darüber zu schreiben. Sie machte mir später deshalb schwere Vorwürfe. Aber damals im Garten drehte sie sich um und lief in den Wald. Dann wurde sie langsamer, so dass Jeanne sie einholen konnte.«

Ich war entsetzt, denn es war nicht schwer zu erraten, was jetzt folgen würde.

»Jeanne fragte: ›Was suchst du hier, Germaine?‹ In diesem Augenblick schlug meine Mutter sie nieder. Ich weiß nicht, ob Jeanne schon tot war, als sie sie in die Grube stieß. Aber damit war für sie der Fall erledigt. Ich war entsetzt und erschrocken, wirklich. Ich wusste natürlich, dass Jeanne unser ganzes Kartenhaus zum Einsturz bringen würde, aber ich wollte nicht ihren Tod. Ich hätte es nie tun können, das müsst ihr mir glauben. Ich war dabei, aber ich half ihr nicht. Ich bin keine Mörderin.«

»Ich glaube dir«, sagte ich.

»Meine Mutter kam sofort auf die Idee, das Ganze so zu drehen, dass man Jeanne verdächtigen musste, mit Wertgegenständen das Weite gesucht zu haben. Ich zeigte ihr, wo sich Jeannes Kleider und der Schmuck befanden. Aber ich konnte nicht anders, Clarissa, ich musste ihr gehorchen.«

»Und dann verkaufte deine Mutter den Schmuck einem Londoner Juwelier«, stellte Lance fest. »Das war ein Fehler.«

»Ja, das wusste sie, aber sie brauchte das Geld.«

»Und dann wollte sie mich töten«, ergänzte ich.

»Sie schmiedete Pläne, weil sie auf dem Standpunkt

stand, dass sie sich das, was sie im Leben erreichen wollte, erkämpfen musste. Dabei hatte keiner ihrer Pläne jemals Erfolg. Sie wollte Lady Hessenfields Zofe werden und als sie auf dem besten Weg dazu war, starb Lady Hessenfield. Dann wollte der Buchhändler sie heiraten ... und starb ebenfalls. Wahrscheinlich kam sie damals auf die Idee, die sie hier verwirklichen wollte.«

»Und warum wollte sie mich töten ... mich Jeanne in die Grube nachfolgen lassen?«

»Damit ich das Geld erhielt, das du von Lord Hessenfield geerbt hattest. Außerdem wollte sie mich verheiraten ...« Aimée wurde rot.

Großer Gott, dachte ich. Sie wollte Lance dazu bringen, dass er Aimée heiratet. Sabrinas Verdacht war also nicht unbegründet gewesen.

Aimée fuhr schnell fort: »Sie meinte, dass es mir nicht schwer fallen würde, mir einen reichen Mann zu angeln, wenn ich erst einmal im Besitz deines Vermögens war.« Dann brach sie zusammen und weinte jämmerlich. »Was soll jetzt aus mir werden? Schickt mich nach Frankreich zurück, bitte, ich werde dort Arbeit suchen.«

Lance und ich sprachen dann allein über Aimée.

»Sie stahl den Schmuck, weil ihre Mutter sie dazu anstiftete«, sagte Lance. »Aus dem gleichen Grund gab sie sich auch als deine Halbschwester aus. Von sich aus hätte sie alle diese Dinge nie getan.«

»Und dennoch betrog sie beim Kartenspiel, ich sah es. Ich weiß, dass sie dringend Geld brauchte ... aber das ist keine Entschuldigung dafür. Außerdem hat sie meinen Bezoar-Ring.«

Lance sah mich erschreckt an. »Den muss ihr Eddy gegeben haben.«

»Es ist die einzige Erklärung. Sabrina entdeckte ihn. Du weißt ja, dass sie sich als mein Schutzengel oder mein Wachhund fühlt.«

»Gott segne das Kind.«

»Lance, ich bin beinahe froh darüber, dass alles so gekommen ist. Sabrina hat mir das Leben gerettet, das steht zweifelsfrei fest. Und so ein Erlebnis hat sie gebraucht, um den unglückseligen Zwischenfall auf dem Eis zu vergessen.«

Lance umschloss mein Gesicht mit beiden Händen. »Der Preis für diese Lehre hätte sehr hoch sein können.« Plötzlich verließ ihn seine Selbstbeherrschung, er riss mich an sich und einen Augenblick lang erkannte ich, welche Angst er um mich ausgestanden hatte. Ich war tief beschämt, weil ich an ihm gezweifelt hatte.

»Was soll jetzt mit Aimée geschehen?«, fragte ich ihn.

»Das musst du entscheiden. Eigentlich sollte man das arme Kind nicht wegen Mordes anklagen. Vielleicht wegen Beihilfe, aber auch da gäbe es mildernde Umstände. Ich glaube, dass Aimée jetzt, da sie nicht mehr unter dem Einfluss ihrer Mutter steht, auf dem rechten Weg bleiben wird. Das Hessenfield-Geld gehört jetzt dir ... falls noch etwas davon da ist. Wir können sie nach Frankreich zurückschicken und ihr dort einen Schneiderladen einrichten. Vielleicht wäre das überhaupt das Beste für sie. Was den Diebstahl betrifft, müssten wir eine Klage gegen sie einbringen, aber ich bin davon überzeugt, dass das nicht nach deinem Sinn wäre.«

Damit hatte er natürlich recht.

Ich erzählte Aimée von diesem Gespräch, und sie war uns sehr dankbar.

»Alles wäre anders gekommen«, meinte sie, »wenn mein Mann am Leben geblieben wäre. Ich hätte weiterhin im Norden gelebt und Jeanne hätte meine Mutter nie gesehen.«

»Leider war das nicht der Fall. Du bist aber im Grunde ein so anständiger Mensch, dass du dich bei all dem Lug und Trug bestimmt nicht wohl fühltest.«

»Anständig?« Sie lachte schmerzlich. »Du hast mich

beim Falschspiel erwischt und dann kam die Sache mit dem Bezoar-Ring.«

»Ja, was war eigentlich mit diesem Ring?«

»Meine Mutter wollte, dass du ihn verlierst, weil sie dich mit ihren Tees langsam vergiftete. Sie hasste Sabrina, weil sie so misstrauisch war. ›Woher weiß das Kind das alles?‹ fragte sie immer wieder. ›Kann sie hellsehen?‹ Sie war davon überzeugt, dass der Ring über magische Eigenschaften verfügt und sie wollte dich dieses Schutzes berauben, deshalb kam sie auf die Idee, ihn Eddy in die Hände zu spielen. Ich bin ein schlechter Mensch, Clarissa, ich bin es nicht wert, dass du so gut zu mir bist. Ich half Eddy, den Ring zu gewinnen.«

»Du willst sagen ...«

»Ja, du hast mich ja schon einmal dabei ertappt. Dank meiner Beihilfe gewann er den Ring, denn ich sorgte dafür, dass er die richtige Karte bekam.« Dann brachte sie mir den Ring und ich war so glücklich, weil ich mein Hessenfield-Erbe wieder anstecken konnte.

Das Problem Aimée löste sich auf überraschende Weise – Eddy bat sie um ihre Hand. Sie erzählte ihm alles, aber er glaubte ihr ihre Reue und war davon überzeugt, dass sie an seiner Seite ein ordentliches Leben führen würde. Er liebte sie wirklich sehr.

Da sie beide fanden, es wäre besser, wenn sie die Gegend verließen, verkaufte er sein Haus und erstand um das Geld einen Bauernhof in den Midlands. Er hatte sich vorgenommen, nicht mehr zu spielen und gemeinsam mit Aimée ein neues Leben aufzubauen.

Damit stellte sich aber die Frage, was aus Jean-Louis werden sollte. Er war in unserem Kinderzimmer aufgewachsen und liebte Nanny Goswell innig. Wohin gehörte er?

Aimée war nie ein mütterlicher Typ gewesen und wollte eigentlich einen Schlussstrich unter ihre Vergangenheit ziehen. Jean-Louis war unglücklich, als er erfuhr, dass er uns verlassen und mit seiner Mutter und ihrem Mann fortziehen sollte. Er lief hinter Nanny Goswell her wie ein Hündchen und ließ sie nicht aus den Augen. Nachts weinte er und hatte schlimme Träume. Am Morgen wollte er nicht aufstehen und klammerte sich am Bettpfosten fest. Einmal versteckte er sich in einer Dachkammer, und wir suchten ihn stundenlang.

Schließlich beschlossen wir, ihn bei uns zu behalten … Jedenfalls vorläufig. Aimée war sichtlich erleichtert und Jean-Louis außer sich vor Freude.

Also blieb Jean-Louis bei uns, als Eddy und Aimée wegzogen.

Trotz aller Aufregungen kam mein Kind pünktlich zur Welt. Es war ein kräftiges, gesundes Mädchen und es war der glücklichste Augenblick meines Lebens, als ich sie in den Armen hielt. Wir nannten sie Zipporah und es dauerte nicht lang, bis sich der ganze Haushalt nur noch um sie drehte. Zum Glück war sie ein sehr friedliches Kind, das nur sehr selten weinte. Als sie etwas größer war, lächelte sie jeden strahlend an, den sie erblickte, und eroberte sich damit alle Herzen im Sturm. Lance betete sie an und es war nicht zu übersehen, wie sehr sie an ihm hing. Jean-Louis stand stundenlang an ihrer Wiege und bewunderte sie mit großen Augen. Weil es ihr Spaß machte, rasselte er immer wieder mit einer Schachtel, in der sich Bohnen befanden, oder tat kleine, farbige Ringe in ein Säckchen und holte sie wieder heraus, als gäbe es für ihn keine schönere Beschäftigung auf der Welt.

Vielleicht widmete er sich ihr so intensiv, weil er das Bedürfnis hatte, vollkommen in unseren Haushalt aufgenommen zu werden. Jedenfalls amüsierte seine Anhänglichkeit an Zipporah alle … nur sie nicht. Sie hielt sie für selbstverständlich.

XV

Die Staubperlen-Stola

Die Zeit verging, meine Tochter war schon zehn Jahre alt – ein liebenswertes Kind, das uns allen viel Freude bereitete. Leider war sie unser einziges Kind geblieben, aber Lance schien das nichts auszumachen. Er hing sehr an seiner Tochter und sie sah ihm sehr ähnlich; sie war groß, hatte blonde Haare und leuchtend blaue Augen. Aber das Bezauberndste an ihr war ihr Lächeln.

Ich war im Lauf der Zeit auch ruhiger geworden. Ich war glücklich – es war nicht das leidenschaftliche Glück, das ich bei Dickon empfunden hatte, aber ich war inzwischen zu der Erkenntnis gelangt, dass mein Gefühl damals so intensiv gewesen war, weil ich so jung war und weil ich mich zum ersten Mal verliebt hatte. Lance war mir immer ein guter, freundlicher und zärtlicher Mann gewesen. Trotzdem war er mir nie so nahe gestanden wie Dickon, obwohl ich mit letzterem nur wenige Tage zusammen verbracht hatte. An Lance hatte mich immer seine Spielleidenschaft gestört, die wie ein Schatten über unserer Ehe lag. Doch war diese Unzufriedenheit mit meiner Ehe nur ein vages Gefühl. Wenn ich ernsthaft darüber nachdachte, tadelte ich mich, weil ich das Unmögliche wollte, wie die meisten Menschen, während es um so viel vernünftiger wäre, das zu genießen, was man besitzt.

Lance befand sich oft in finanziellen Schwierigkeiten; das heißt, er balancierte ständig am Rand des Abgrunds. Kaum machte er einen größeren Gewinn, setzte er ihn schon wieder aufs Spiel. Er gab nie zu, dass er über seine Verhältnisse spielte, und es wäre sinnlos gewesen, ihn zu fragen, wie es ihm ergangen war; die Antwort hätte immer »wunderbar« gelautet. Ich war aus diesem Teil seines Lebens ausgesperrt, der ihm wichtiger war als alles andere auf der Welt.

Natürlich hatten wir auch noch Sabrina, die jetzt eine schöne junge Frau war und meiner Mutter Carlotta sehr ähnlich sah. Sie war entschlossen, eigensinnig, lebhaft und abenteuerlustig – lauter Eigenschaften, die Carlotta ebenfalls besessen hatte; aber Sabrina war außerdem bestrebt, den Schwachen zu helfen.

Wahrscheinlich hatte es damit begonnen, dass sie sich meiner annahm, und die Bindung zwischen uns war im Lauf der Jahre noch stärker geworden. Sie kümmerte sich um mich und beschützte mich vor allen Widrigkeiten des Lebens.

Ich hatte Lance und Jean-Louis gern und liebte Zipporah, wie nur eine Mutter ihr Kind lieben kann, aber das Gefühl, das ich für Sabrina empfand, war so stark, dass sich nichts damit vergleichen ließ. Sie wusste es und deshalb fühlte sie sich geborgen; die Eifersucht, die sie als Kind so oft gezeigt hatte, war verschwunden, sie war ein heiterer, zuversichtlicher Mensch geworden.

In diesen zehn Jahren war das Glück bei uns eingekehrt. Es war, als hätten wir uns alle aufeinander eingestellt. Nanny Curlew blieb bei uns, auch als Sabrina schon erwachsen war und keine Nurse mehr benötigte. Aber sie betreute gemeinsam mit Nanny Goswell Zipporah und außerdem machten sich beide Nannys im Haushalt so nützlich, dass ich mir nicht vorstellen konnte, was ich ohne sie anfangen würde.

Wir wohnten abwechselnd in Clavering Hall und der Albemarle Street und besuchten gelegentlich Eversleigh, das sich sehr verändert hatte. Priscilla und Leigh lebten in Eversleigh Court, Onkel Carl versah in der Armee Dienst, Enderby war verkauft worden, das Dower House stand leer. Alles war so ganz anders als in meiner Jugendzeit, die auch schon lange vorbei war, denn ich war jetzt über dreißig.

Ich hatte immer angenommen, dass Sabrina früh heiraten würde, und es erstaunte mich eigentlich, dass sie jetzt, mit neunzehn, noch nicht einmal verlobt war. Sie war sehr attraktiv und es hatte mehrere junge Männer gegeben, die sie heiraten wollten, darunter einige, die sehr gute Partien waren. Sabrina ließ sich ihre Bewunderung und ihre Aufmerksamkeiten gern gefallen, nahm aber keinen ihrer Anträge an.

Kurz nach Sabrinas neunzehntem Geburtstag schenkte mir Lance die Stola. Es war ein sehr schönes, mit Spitzen eingefasstes und mit tausend kleinen Staubperlen besetztes Stück; da sie silbergrau war, passte sie zu allen meinen Kleidern und ich trug sie gern, wenn wir auf Partys gingen. Sie war überaus elegant und gleichzeitig auffallend und erregte überall Bewunderung.

Bei diesen gesellschaftlichen Anlässen trafen wir öfter mit einem Mann zusammen, den ich vom ersten Augenblick an nicht mochte. Er war groß und kräftig, hatte ein rotes Gesicht und war offensichtlich ein Genießer; er aß herzhaft, trank viel und war angeblich ein Schürzenjäger. Er hieß Sir Ralph Lowell, wurde aber allgemein nur Sir Rake genannt. Er hatte einen »Intimus«, einen blassen, bösartigen Mann, der ebenso groß wie Sir Rake war, aber nur halb so dick. Er hieß Sir Basil Blaydon und war nicht eigentlich hässlich, aber sein Gesichtsausdruck war abstoßend. Er hatte sehr kleine, blassblaue Augen, die überall gleichzeitig waren und die Schwächen seiner Mitmenschen sofort erfassten; sein schmallippiger Mund mit den herabgezogenen Mundwinkeln schien spöttisch über diese Schwächen zu grinsen.

Ich fragte Lance immer wieder: »Warum laden wir Lowell und Blaydon ein? Wir kommen doch ohne sie genauso gut aus.«

»Meine Liebe«, antwortete er, »Lowell ist einer der waghalsigsten Spieler, die ich kenne.«

»Noch waghalsiger als du?«

Lance lächelte gutmütig. »Im Vergleich zu ihm bin ich geradezu vorsichtig. Nein, wir müssen Lowell zu uns bitten – außerdem würde er auf jeden Fall kommen. Ich habe erlebt, dass er ungeladen auf Partys erschien.«

»Mir wäre es lieber, wenn er nicht in unser Haus käme; das gilt auch für den Mann, der ihn immer begleitet.«

»Ach, Blaydon ist nur sein Schatten. Wenn du die beiden nicht magst, kümmere dich einfach nicht um sie.«

Jedes Mal wenn ich meinen Widerwillen vor den beiden äußerte, schob Lance meine Einwände mit einer lässigen Bemerkung beiseite; diese Methode war wesentlich wirkungsvoller als ein heftiger Protest.

Ich musste Sir Rake also weiterhin ertragen. Natürlich war ich nicht glücklich darüber, dass sein Sohn Reginald sich mit Sabrina gut verstand. Reggie war ein armes Geschöpf und in allem das genaue Gegenteil Sir Rakes. Er war hochgeschossen, ungelenk, hatte einen blassen Teint und helle Augen und sichtlich Angst vor seinem Vater, der ihn anscheinend verachtete. Infolge eines Unfalls, den er als Kind erlitten hatte, hinkte er leicht. Seine Mutter war an einer Fehlgeburt gestorben und Reggie war Sir Rakes einziger Sohn geblieben.

Wahrscheinlich war es typisch für Sabrina, dass sie sich für Reggie interessierte. Sabrina wollte für jemanden sorgen, sich um seine Angelegenheiten kümmern, ihn bemuttern. Der arme, leicht verkrüppelte Reggie, der vor seinem Vater zitterte und den niemand für voll nahm, passte genau in Sabrinas Vorstellungen.

Sicherlich hatte sie zunächst Mitleid mit ihm empfunden. Keine der jungen Frauen aus unserem Bekanntenkreis legte Wert auf Reggies Gesellschaft; Sabrina wollte ihnen zeigen, dass sie bereit war, sich des armen Reggie anzunehmen und begann, sich mit ihm zu unterhalten. Zuerst war der junge Mann verwirrt; aber dann gewöhnte er sich daran und wenn sie auf einer Gesellschaft nicht erschien, war er offensichtlich verzweifelt. Aber wenn sie anwesend war, sah er sie so anbetend an, dass ich begann, mir Sorgen zu machen.

Sie unterhielten sich miteinander und sie brachte ihn sogar dazu, mit ihr zu tanzen. Infolge seiner Behinderung war er etwas unbeholfen, aber sie gab ihm immer das Gefühl, dass sie gern mit ihm tanzte, und ich hörte sie einmal zu ihm sagen, dass sie am liebsten mit ihm beisammen war.

Ich sprach mit Lance darüber, der die Schultern zuckte. Er hielt es für unklug, sich in die Angelegenheiten der jungen Leute zu mischen.

»Soll sie ihn heiraten?«, fragte ich.

»Wenn die beiden es wollen – warum nicht?«

»Ich will wissen, ob es klug wäre. Reggie ist von seinem Vater abhängig und wenn ich mir vorstelle, dass Sabrina in dieses Haus übersiedelt, schaudert es mich.«

Lance dachte offensichtlich an etwas anderes, denn er antwortete nur leichthin: »Solche Dinge erledigen sich meist von selbst.«

Also beschloss ich, mit Sabrina darüber zu sprechen.

»Hältst du es für klug, dich ausschließlich Reggie Lowell zu widmen?«, fragte ich sie.

»Ich mag Reggie und er mag mich.«

»Das ist ja das Problem: Er mag dich viel zu sehr. Er ist in dich verliebt, Sabrina.«

Sie nickte lächelnd.

»Sabrina, ich weiß, dass er dir leid tut, aber ich halte es nicht für richtig, wenn du ihn auf die Idee bringst ...«

»Auf was für eine Idee?«

»Na ja, dass du ihn heiraten könntest.«
»Warum sollte er es nicht annehmen?«
»Weil du ihn nicht heiraten würdest.«
»Warum nicht?«
»Ach Sabrina, willst du wirklich behaupten, dass du in ihn verliebt bist?«
Sie schwieg und ich fuhr temperamentvoll fort: »Na also, da siehst du's. Er tut dir leid. Das habe ich gewusst, denn ich kenne dich genau. Aber das genügt nicht.«
»Genügt nicht? Er braucht jemanden, der sich seiner annimmt, der ihm das Bewusstsein gibt, dass er für voll genommen wird.«
»Sabrina, du erweckst falsche Hoffnungen in ihm.«
»Ganz bestimmt nicht.«
»Willst du damit sagen, dass du ihn heiraten könntest?«
»Allerdings.«
»Sabrina, es gibt so viele Männer, du könntest beinahe jeden haben.«
»Ich will aber nicht jeden, ich will Reggie helfen.«
Zuerst war ich unglücklich darüber, dann dachte ich, dass sie vielleicht Recht hatte. Reggie brauchte sie und Sabrina tat das Bewusstsein gut, dass sie gebraucht wurde.
Eines Nachmittags schnitt ich im Garten Rosen, als Sabrina mich aufsuchte. Es war ein schöner Sommertag; ich hörte die Stimmen von Zipporah und Jean-Louis in der Koppel. Jean-Louis gab Zipporah Reitunterricht; sie lernte die Hecke überspringen, die die Koppel vom Feld trennte.
Ich beschäftigte mich zufrieden mit meinen Rosen, suchte mir die schönsten Blüten aus und freute mich über das herrliche Wetter. Die Bienen summten im Lavendel, der um den Teich blühte. Gelegentlich sprang ein Goldfisch; Zipporah behauptete, die Goldfische gehörten ihr, weil sie sie manchmal fütterte. Der Lavendel duftete süß, auf den Reseden saßen Schmetterlinge, und die Welt war friedlich – so glaubte ich jedenfalls.

Plötzlich stand Sabrina neben mir. Sie trug ein grünes Leinenkleid und einen großen Hut und sah kühl, schön und selbstsicher aus.

»Ich wollte, dass du es als Erste erfährst, Clarissa.«

Ich drehte mich zu ihr um. Sie lächelte und ihre schönen Augen schienen in weite Ferne zu blicken.

Ich erschrak, weil ich ahnte, was sie mir sagen würde.

»Ja, du hast es erraten. Ich werde Reggie heiraten.«

»Sabrina!«

»Ich weiß, dass du nicht damit einverstanden bist, aber ich verspreche dir, Clarissa, dass alles gut gehen wird.«

»Liebst du ihn?«

Wieder ein kurzes Zögern. »Aber natürlich«, antwortete sie schließlich gereizt.

Sie sah so schön aus – und so jung, noch gar nicht wie eine reife Frau. In ihr schlummerte sicherlich die Fähigkeit, eine leidenschaftliche, aufregende Frau zu sein; es musste nur der richtige Mann kommen und sie wecken. Aber Reggie war bestimmt nicht dieser Mann. Sie heiratete aus Mitleid und das war noch nie eine gute Grundlage für eine Ehe gewesen.

»Hast du es dir *sehr* gut überlegt?«

»Natürlich«, wiederholte sie leicht verärgert, was mir bewies, dass sie ihrer Sache keineswegs sicher war.

»Vielleicht solltest du noch ein bisschen warten ...«

»Warten? Wozu denn? Ich werde demnächst zwanzig. In diesem Alter sind die meisten Mädchen schon verheiratet. Ach, Clarissa, ich möchte ihn für alles entschädigen, was er erlitten hat. Sein Vater ist ein schrecklicher Mensch und Reggie hat bei ihm kein leichtes Leben gehabt.«

»Bedenke, dass er dein Schwiegervater wird!«

»Man heiratet ja nicht seinen Schwiegervater.«

»Nein, aber du wirst zweifellos oft mit ihm zusammenkommen.«

»Ich werde dafür sorgen, dass das nicht der Fall ist. Ich

werde mich mit Reggie an einem anderen Ort niederlassen und wir werden nur anstandshalber gelegentlich auf Besuch kommen. Sein Vater war nicht gut zu ihm und ist daran schuld, dass er so geworden ist, wie er ist – schüchtern, unsicher, ohne Selbstvertrauen.«

»Und du willst wirklich so einen Mann heiraten?«

»Ich will Reggie heiraten, ich kann ihm helfen.«

»Sabrina, du sollst eine Ehefrau werden und kein Heilsapostel.«

»Mach es mir nicht noch schwerer, Clarissa; es sieht dir auch gar nicht ähnlich. Du hast mich immer verstanden und mir geholfen. Du weißt doch, was Eltern ihren Kindern antun können.«

Sie hatte recht. Kinder, die leicht zu beeindrucken sind, leiden lange unter den unbedachten Handlungen ihrer Eltern. Sie hatte ihre Kindheitserlebnisse nicht vergessen; für sie war Reggie jemand, der nicht das Glück gehabt hatte, einen verständnisvollen Menschen wie mich zu finden.

Wahrscheinlich hätte ich mich mit der Heirat leichter abgefunden, wenn es nur um Reggie gegangen wäre. Mich schreckte vor allem die Tatsache ab, dass Sir Rake dann mehr oder weniger zu einem Familienmitglied werden würde. Ich hasste die Art, wie er Frauen musterte – mich inbegriffen. Er schien sie mit seinen Blicken auszuziehen.

Aber Sabrinas Entschluss stand fest und ich wusste nur zu gut, dass niemand sie davon abbringen konnte.

Als ich mit Lance darüber sprach, zeigte er nur sehr wenig Interesse. Er war im Begriff, in den Klub zu gehen und war offensichtlich in Gedanken schon bei dem Abend an den Spieltischen.

Also wandte ich mich an Nanny Curlew, die in Sabrina fast ihr eigenes Kind sah. »Ich hätte mir zwar eine bessere Partie für Sabrina gewünscht«, war ihr Kommentar, »aber wenn sie diesen jungen Mann wirklich liebt, ist nichts dagegen einzuwenden.«

Die beiden jungen Leute hatten beschlossen, die Verlobung noch eine Weile geheimzuhalten, was mir durchaus recht war. In der darauf folgenden Zeit traf ich einige Male mit Sir Rake zusammen; einmal kam er sogar zu einem Spielabend zu uns. Reggie war nicht dabei, und die Blicke, mit denen Sir Rake Sabrina bedachte, beunruhigten mich zutiefst.

Doch dann schickte er ihr eine Einladung, die sehr herzlich klang:

Meine liebe, zukünftige Tochter,
ich kann dir gar nicht sagen, wie sehr ich mich freute, als mir mein Sohn erzählte, dass ihr heiraten werdet. Ich habe dich immer sehr bewundert und es gibt niemanden, den ich lieber in unsere Familie aufnehmen würde.

Ich möchte, dass Reginald dich zu mir bringt, sodass wir drei miteinander plaudern können. Er wird dich morgen abend um acht Uhr abholen. Es soll ein reines Familientreffen sein, bei dem wir uns überlegen wollen, wie und wann wir die Verlobung bekannt geben.

Erweise mir also bitte diesen Gefallen, ich habe dir so viel zu sagen.

Ich freue mich darauf, dein Vater zu werden.

Ralph Lowell

»Diese Einladung klingt, als würde er sich wirklich freuen«, sagte ich, als Sabrina sie mir zeigte.

»Ich halte die Geschichten über ihn für sehr übertrieben«, antwortete sie.

»Er hat sich Reggie gegenüber aber sehr schlecht benommen.«

»Es gibt viele Väter, die nicht sehr freundlich zu ihren Kindern sind.«

Sie zog für diesen Abend ein reizendes Kleid aus rosa Seide an, dessen Rock vorne aufgeschlagen war, sodass man das bestickte Unterkleid sah. Das Mieder lag eng an und war tief ausgeschnitten und sie sah bezaubernd aus.

Da ich fand, dass sie etwas brauchte, um die Schultern zu bedecken, brachte ich ihr die Staubperlen-Stola und legte sie ihr um. Die silbergraue Stola und die zarten Perlen hoben ihr Kleid noch mehr hervor.

Die Kutsche traf um Punkt acht Uhr ein und ein Lakai klopfte. Vom Fenster aus sah ich zu, wie Sabrina aus dem Haus trat und in die Kutsche stieg. In diesem Augenblick ahnte ich noch nicht, was für schreckliche Folgen diese Nacht haben würde.

Lance war im Klub und ich zog es vor, nicht daran zu denken, wie er am Spieltisch saß. Stattdessen dachte ich an Sabrina, die uns demnächst verlassen würde. Als Nächste würde dann Zipporah an der Reihe sein. Obwohl es jeder Mutter schwerfiel, sich von ihrem Kind zu trennen, kam unweigerlich der Tag, an dem sie es an einen Ehemann verlor.

Etwa zwei Stunden später kam Sabrina zurück, in einen alten Mantel gehüllt, den ich nicht kannte. Sie stürzte in mein Schlafzimmer, und als sie den Mantel fallen ließ, sah ich, dass das Mieder ihres Kleides zerrissen war; auch im Rock befand sich ein Riss, ihre Wange war durch einen Kratzer verunstaltet und sie war weiß wie ein Laken.

»Sabrina!«, rief ich.

Sie warf sich mir schluchzend in die Arme und ich brauchte lange, um sie zu beruhigen.

»Clarissa, o Clarissa, es war furchtbar ... Er ist tot. Ich bin nicht daran schuld, das schwöre ich, es ist ganz plötzlich passiert, ganz überraschend.«

»Sabrina, Liebling, beruhige dich, erzähl mir, was geschehen ist.«

»Dieser Mann ...«

»Du meinst Sir Rake?«

Sie nickte. »Es war schrecklich, Clarissa. Ich kämpfte

gegen ihn, und ich war schon erschöpft. Ich konnte ihn nicht mehr abwehren, er war so stark. Ich trat und kratzte und schrie, und dann: »Oh, Clarissa, ich habe es nicht getan.«

Ich ging zu dem Schrank, in dem Lance den Brandy aufbewahrte, schenkte ein bisschen davon in ein Glas und reichte es ihr. Ihre Zähne schlugen aufeinander und ihre Hände zitterten so heftig, dass sie nicht trinken konnte. Ich flößte ihr ein paar Schluck von dem scharfen Getränk ein, dann sagte ich: »Und jetzt erzähl mir alles, Sabrina, von Anfang an.«

Sie starrte vor sich hin, als erlebe sie den Albtraum noch einmal. »Als ich in die Kutsche stieg, saß Reggie nicht in ihr.«

»Ich hatte mich schon darüber gewundert, dass er nicht ausgestiegen war und dir entgegenging.«

»Ich nahm an, dass er mich aus irgendeinem Grund bei seinem Vater erwarten würde. Eine Haushälterin nahm mich in Empfang, aber ich erblickte noch immer keine Spur von Reggie. Sie sagte, Sir Ralph erwarte mich, und führte mich die Treppe hinauf. Sie klopfte an eine Tür, wartete aber keine Antwort ab, sondern öffnete sie und verschwand. Ich trat ins Zimmer ... es war ein Schlafzimmer mit einem Himmelbett. Bevor ich etwas sagen oder tun konnte, fiel die Tür ins Schloss und Sir Rake packte mich. Ich erschrak fürchterlich. Er hielt mich fest und sagte, er hätte mich schon immer haben wollen, er lege Wert auf ein besonders liebevolles Verhältnis zwischen Vater und Tochter. Ich riss mich los und lief zum Fenster, um hinauszuspringen, aber er holte mich ein und zog mich zurück. Er hatte den Schlafrock abgelegt, den er getragen hatte ... er war nackt, Clarissa. Er warf mich auf das Bett und begann an meinem Kleid zu zerren.«

Sie vergrub das Gesicht an meiner Schulter, als wolle sie die schreckliche Szene aus ihrem Gedächtnis löschen.

»Er sagte, ich sei ein kleiner Teufel, aber er liebe Teufelchen. Es wäre viel aufregender, wenn das Mädchen sich sträube. Er sagte schreckliche Dinge, Clarissa. Ich wehrte mich, so gut ich konnte, aber er war stärker als ich. Er lachte und riss an meinem Kleid – und plötzlich lockerte sich sein Griff und dann ließ er mich los. Sein Gesicht war ganz blau, und er atmete röchelnd. Ich stieß ihn von mir ... er rollte vom Bett hinunter und blieb regungslos auf dem Fußboden liegen. Er atmete nicht mehr und seine Augen standen weit offen. Einen Augenblick lang wusste ich nicht, was geschehen war, dann begriff ich ... er war tot.«

»Und du kamst nach Hause, das war das einzig Richtige.«

»Aber er ... Clarissa, ich ließ ihn einfach liegen. Ich fand diesen Mantel und zog ihn an, ich musste meine Blöße mit irgendetwas bedecken. Als ich aus dem Haus lief, kam eine Sänfte vorbei und ich ließ mich hierher bringen. In meinem Gürteltäschchen hatte ich gerade noch so viel Geld, dass ich sie bezahlen konnte. O Clarissa, was wird jetzt geschehen?«

»Nichts. Du hast nichts Unrechtes getan, denn er war schuld daran. Du bist nicht für seinen Tod verantwortlich. Aber bist du sicher, dass er tot ist? Vielleicht wurde er nur ohnmächtig.«

»Er atmete nicht mehr, Clarissa, das weiß ich genau. Ich hatte solche Angst und lief einfach davon.«

Ich streichelte sie. »Komm, ich helfe dir beim Ausziehen, du musst ins Bett. Ich werde dir etwas zum Trinken bringen, etwas Beruhigendes. Nanny Curlew weiß sicherlich, was dir gut tut.«

Sie klammerte sich an mich. »Ich konnte an nichts anderes denken als daran, möglichst schnell zu dir zurückzukehren ... weil ich mich bei dir in Sicherheit befinden würde.«

Ich verbrachte eine schlaflose Nacht. Ich blieb an Sabrinas Bett sitzen, bis Nanny Curlews Mittel wirkte und sie einschlief.

Als Lance nach Hause kam, saß ich immer noch im Wohnzimmer und überlegte. Wenn Sir Ralph wirklich tot war, würde es eine Untersuchung geben, und man würde herausfinden, dass Sabrina bei ihm gewesen war, als er starb. Das würde den Klatschmäulern Stoff liefern.

Lance sah mich ganz verwundert an und ich erzählte ihm alles.

»Dieses Schwein!«, rief er. »Wenn er wirklich tot ist, verliert die Welt nicht viel an ihm.«

»Aber was wird aus Sabrina?«

Er gelangte zu den gleichen Schlüssen wie ich. Sicherlich würden einige Leute annehmen, dass Sabrina genau gewusst hatte, was sie in dem Haus erwartete, oder gar, dass sie schon längst ein Verhältnis mit ihm hatte und die Ehe mit Reggie nur ein Vorwand war, um den beiden mehr Gelegenheit zu geben, einander zu treffen. Sabrinas Ruf würde ruiniert sein.

Lance und ich dachten lange nach und schließlich meinte Lance, dass ja niemand wisse, wer die Frau war, die sich bei Sir Rake befunden hatte, als er starb. Er hatte so viele Geliebte gehabt, dass niemand sich die Mühe machen würde, der Sache auf den Grund zu gehen.

Dann fiel mir der Brief ein, den er an Sabrina geschrieben hatte. Ich erwähnte ihn und Lance erklärte mir, dass wir ihn vernichten müssten. Also holte ich ihn aus Sabrinas Zimmer und wir verbrannten ihn.

»So«, meinte Lance, »jetzt gibt es keinen Beweis mehr dafür, dass sie dort war. Außerdem wird niemand auf die Idee kommen, dass er ausgerechnet die zukünftige Frau seines Sohnes verführen wollte.«

»Doch«, rief ich, »was ist mit den Lakaien? Seine Kutsche hat Sabrina hier abgeholt.«

Lance reagierte schnell. »Ich werde mit den Lakaien sprechen und dafür sorgen, dass sie vergessen, wen sie gestern abgeholt haben.«

»Hältst du das für klug, Lance?«

»Es gibt keine andere Möglichkeit.«

Als Sabrina am nächsten Tag aufwachte, war sie viel ruhiger. Lance und ich erklärten ihr, dass es am vernünftigsten war, wenn sie sich ganz still verhielt. Mit den Lakaien würde Lance reden, und was die Haushälterin betraf ...

»Ich glaube nicht, dass sie mich erkannt hat«, unterbrach uns Sabrina. »Es war dunkel und sie führte mich sofort die Treppe hinauf. Das Ganze hat vielleicht eine Minute gedauert.«

»Dann können wir die Haushälterin vergessen«, meinte Lance.

Am nächsten Vormittag, besuchte uns Sir Basil Blaydon, der sichtlich erschüttert war. Er platzte sofort heraus: »Habt ihr die Neuigkeit gehört? Ralph ist vergangene Nacht gestorben. Angeblich hatte er eine Frau bei sich. Wahrscheinlich ein Schlaganfall. Ich habe ihm schon immer gesagt, dass er vernünftiger leben muss, sonst würde es einmal ein böses Ende nehmen.«

»Du meine Güte!«, rief Lance. »Wer war denn die Frau, die bei ihm war?«

»Das weiß man nicht. Die Haushälterin behauptet, sie habe eine Frau eingelassen, habe sie sich aber nicht genau angesehen. Sie weiß auch den Namen nicht; Sir Ralph hatte ihr nur gesagt, dass er eine Besucherin erwarte und dass man sie sofort zu ihm führen solle.«

Sobald Sir Basil uns verlassen hatte, begab sich Lance in die Stadt. Als er zurückkam, lächelte er.

»Ich habe mit den Lakaien gesprochen und dafür gesorgt, dass sie nichts mehr von einer jungen Frau wissen, die sie hier abgeholt haben. Sie werden behaupten, dass die Frau sie irgendwo in der Dover Street erwartet hat. Jetzt müssen wir uns deswegen keine Sorgen mehr machen.«

Dann kam der erste Schlag. Ich hatte vollkommen vergessen, dass ich Sabrina an diesem Abend die Staubperlen-Stola geliehen hatte und dass sie ohne sie nach Hause gekommen war. Man fand die Stola im Zimmer des Toten; weil sie ein einmaliges Stück war, wusste man sehr bald, wem sie gehörte, und damit nahm der Skandal seinen Lauf.

Bei der Frau, die bei Sir Ralph gewesen war, konnte es sich nur um Clarissa Clavering handeln.

Sabrina wollte sofort die Wahrheit gestehen, aber Lance fiel ein Ausweg ein. Er bestellte eine neue Perlen-Stola und befahl uns, inzwischen nicht auf die Gerüchte zu reagieren.

Dann aber kam der zweite Schlag. Sir Basil Blaydon bot einem der Lakaien einen höheren Betrag als seinerzeit Lance und der Mann erzählte ihm, dass er die betreffende Dame aus der Albemarle Street abgeholt hatte. Wieder wollte Sabrina die Wahrheit sagen und wieder hielt Lance sie zurück, denn die zweite Stola war inzwischen fertig geworden; ich sollte sie bei der ersten sich bietenden Gelegenheit in der Öffentlichkeit tragen.

Doch dann konnte auch die Stolamacherin nicht den Mund halten und bald erzählte man sich überall in der Stadt, dass Lance für seine Frau eine zweite Stola hatte anfertigen lassen.

Eines Abends kam Lance bleich und sehr ernst nach Hause; ich hatte ihn noch nie in einem solchen Zustand gesehen. »Ich habe Blaydon gefordert«, war alles, was er sagte.

»Was soll das heißen?«, rief ich.

»Er beleidigte dich und mich; er behauptete noch dazu

vor Zeugen, du seist Lowells Geliebte gewesen. Morgen früh stehe ich ihm im Hyde Park gegenüber.«

»Nein, Lance, bitte nicht.«

»Es muss sein. Ich kann diese Verleumdung nicht auf dir sitzenlassen.«

»Und wenn er dich tötet?«

»Ich habe bis jetzt immer Glück gehabt.«

»Lance, lass es sein. Es ist den Einsatz nicht wert.«

»Deine Ehre ist mehr wert als diesen Einsatz.« Der Zug um seinen Mund sagte mir deutlicher als tausend Worte, dass niemand und nichts ihn von seinem Vorsatz abbringen konnte.

Ich erzählte Sabrina nichts davon, denn sie wäre vor Schuldbewusstsein verzweifelt gewesen. Glücklicherweise ging sie seit dem Zwischenfall mit Sir Rake nicht aus und traf auch nicht mit Reggie zusammen. Ich war davon überzeugt, dass die Beziehung der beiden zu Ende war, denn Sabrina würde immer, wenn sie mit Reggie beisammen war, die Szene mit seinem Vater vor sich sehen.

Ich blieb die ganze Nacht wach. Im Morgengrauen verließ Lance das Haus; er befand sich in Begleitung von Jack Etheringtone, der sein Sekundant sein sollte.

Ich setzte mich ans Fenster und wartete ... wartete ...

Dann trugen sie ihn ins Haus. Er blutete heftig aus einer Wunde in der Seite, und ich erkannte ihn kaum wieder, so eingefallen war sein Gesicht.

»Wir haben einen Arzt holen lassen«, sagte Jack Etheringtone. »Inzwischen sollten wir ihn zu Bett bringen.«

Das Warten schien kein Ende zu nehmen. Lance sah mich an und versuchte zu sprechen. Ich beugte mich zu ihm hinunter, um ihn besser zu verstehen.

Er flüsterte: »Ich konnte nicht anders, du musst das begreifen, Clarissa.«

»Der Arzt wird bald hier sein«, tröstete ich ihn, »und dann wird alles wieder gut.«

Als der Arzt kam, schüttelte er ernst den Kopf. Die Kugel saß zu tief, er konnte sie nicht entfernen. Außerdem hatte Lance zu viel Blut verloren.

Lance, der kühle Gentleman, der elegante Dandy, der unverbesserliche Spieler, lag im Sterben, und sein Tod entsprach der Art, wie er gelebt hatte. Er hatte sein Leben sinnlos und unnötig weggeworfen; er war seinem Wesen bis zuletzt treu geblieben.

Lance wurde immer schwächer, war aber bei Bewusstsein und sprach zu mir. Ich versuchte, ihn zum Schweigen zu bringen, aber es schien ihn zu erleichtern, dass er mir noch sagen konnte, was er auf dem Herzen hatte.

»O Clarissa, ich habe dich immer so sehr geliebt. Aber zwischen uns war es nicht ganz so, wie es sein sollte, nicht wahr? Weil ich ein Spieler war. Ich konnte nicht damit aufhören, obwohl ich es wollte. Aber trotzdem war das Leben mit dir schön.«

Ich küsste ihn auf die Lippen und die Stirn und sagte leise: »Es war wunderbar, Lance.«

Er lächelte, schloss die Augen und verschied.

XVI

Die Heimkehr

Lances Tod erschütterte nicht nur mich zutiefst; auch Sabrina war vollkommen gebrochen.

»Was ist nur an mir?«, fragte sie. »Warum muss ich allen Menschen Unglück bringen? Wenn ich nicht auf die Idee gekommen wäre, Reggie zu heiraten, wäre Lance heute noch am Leben.«

»Du kannst nichts für die Ereignisse dieser Nacht.«

»Ach, Clarissa, ich bin so unglücklich; die Schuld an Lances Tod trifft ganz allein mich.«

»Nein, Sabrina, sei doch vernünftig, du redest ja Unsinn.«

Wieder stand ich vor der Aufgabe, sie ihrer Schwermut zu entreißen, und ich spürte immer deutlicher, dass sie mir mehr bedeutete als meine eigene Tochter.

Zipporah war sanft und weiblich und dennoch widerstandsfähiger als Sabrina. Außerdem verband sie eine innige Freundschaft mit Jean-Louis, den sie über alles liebte.

Sabrina heiratete Reggie nicht und er verließ bald darauf England. Ich verkaufte das Haus in der Albemarle Street und wir zogen auf das Land.

So vergingen zehn ruhige, friedliche Jahre. Priscilla und Leigh starben. Onkel Carl kehrte nach Eversleigh zurück und übernahm die Leitung des Besitzes. Ich war jetzt dreiundvierzig und Sabrina dreißig. Die Leute wunderten sich darüber, dass sie nie geheiratet hatte. Sie war sehr schön und hatte zahlreiche Verehrer gehabt, aber sie hatte sich nie entschließen können, einem von ihnen ihr Jawort zu geben.

Wir hatten uns ganz auf das Landleben umgestellt; wir empfingen oft Gäste und machten genauso oft Besuche. Die Spielabende hatten ganz aufgehört; nur gelegentlich saßen wir bei einer Partie Whist beisammen. Ich kümmerte mich viel um den Garten und zog in ihm allerhand Kräuter. Es war ein erfülltes Leben und ich war ausgeglichen.

Im Laufe der Jahre hatten sich Jean-Louis und Zipporah immer enger aneinander angeschlossen und es stand für uns alle fest, dass sie einmal heiraten würden. Jean-Louis wollte aber zuerst ein eigenes Einkommen haben, sodass er seine Frau selbst erhalten konnte. Er hatte sich immer für unseren Besitz interessiert und bei Lances ausgezeichnetem Verwalter Tom Staples viel gelernt. Nach Lances Tod hatte Tom mit Jean-Louis' Hilfe den Besitz verwaltet und nach Toms Tod bot ich Jean-Louis diesen Posten an. Er war sofort dazu bereit und da dem Verwalter ein eigenes Haus zur Verfügung stand, wollte er nun die Heirat nicht länger aufschieben.

Zipporah, Sabrina und ich stürzten uns mit Feuereifer in die Aufgabe, das Haus neu einzurichten. Zipporah strahlte vor Glück und es tat mir nur leid, dass Lance das alles nicht mehr miterleben konnte.

Die Hochzeit war auf Anfang März festgesetzt und dann war der große Tag endlich gekommen. Überall herrschte geschäftiges Treiben, der Duft von gebratenem Fleisch und frischem Kuchen zog durch das Haus. Die ersten Gäste trafen ein und ich musste an meine eigene Hochzeit denken. Ich wusste noch, dass ich am Altar das Gefühl gehabt hatte, Dickon stehe neben mir und schaue mich vorwurfsvoll an.

Bald würden Sabrina und ich allein sein. Ohne Zipporah und Jean-Louis würde das Haus merkwürdig still sein und mir würde mein fröhliches Kind sehr fehlen. Aber zum Glück wohnten sie nicht weit von uns und ich konnte sie oft sehen.

Natürlich fragte ich mich auch, ob Sabrina angesichts der Hochzeitsvorbereitungen nicht vielleicht bereute, nie geheiratet zu haben. Manchmal hatte ich das Gefühl, dass ihre Augen sehnsüchtig blickten, als sehe sie ein Glück vor sich, das sie nie erfahren hatte.

In diesem Augenblick rief sie meinen Namen.

Ich trat auf den Treppenabsatz und sah sie unten in der Halle mit einem Mann sprechen. Während ich die Treppe hinunterging, wurde das Gefühl immer stärker, dass ich den Fremden kannte, und dann rief ich plötzlich: »Ist es möglich …?«

Er wandte sich zu mir um und lächelte. Seine Augen waren noch genauso blau, wie ich sie in Erinnerung hatte.

»Ja«, sagte er, »ich bin es. Und du bist Clarissa.«

»Dickon«, flüsterte ich ungläubig.

»Der in das Land seiner Väter heimgekehrt ist.« Dann umschloss er mein Gesicht mit beiden Händen und betrachtete mich.

Ich hatte Angst. Ich war um dreißig Jahre älter als damals, hatte kaum mehr Ähnlichkeit mit dem Mädchen, das er gekannt hatte. Um meine Augen lagen Schatten und in mein Gesicht hatten sich Falten gegraben. Meine Jugendzeit war lang vorbei.

Auch er hatte sich verändert. Er war mager, sein Gesicht sonnengebräunt, sein Haar nicht mehr so dicht und schon von weißen Strähnen durchzogen. Aber die Augen leuchteten genauso strahlend wie vor all den Jahren.

Sabrina erklärte gerade. »Ich entdeckte ihn, als er das Haus betrachtete. Er war nach Eversleigh gefahren und Carl hatte ihm gesagt, wo du jetzt lebst. Als er mich sah, hielt er mich zuerst für dich.«

»Ja«, bestätigte er, »sie sieht dir sehr ähnlich.«

»Das ist kein Wunder, wir sind ja Kusinen.«

»Ich bin so froh, weil ich dich gefunden habe.«

Wir waren beide befangen, was begreiflich war.

»Du bist gerade zurechtgekommen, um auf der Hochzeit meiner Tochter zu tanzen«, stellte ich fest.

»Ja, Sabrina hat mir davon erzählt.«

Wahrscheinlich war das, was dann geschah, unvermeidlich. Ich hätte darauf gefasst sein müssen. Als er England verlassen hatte, war ich ein sehr junges Mädchen gewesen, als er wiederkam, eine alternde Frau, deren Tochter soeben heiratete. Wahrscheinlich hatte er mich in Gedanken immer noch so vor sich gesehen, wie ich damals gewesen war, und vergessen, dass auch an mir die Jahre nicht spurlos vorbeigingen.

Die Hochzeit war vorbei; Zipporah und Jean-Louis waren in ihr eigenes Haus übersiedelt und die Gäste fuhren heim. Dickon aber blieb bei uns.

Ich liebte Dickon, ich hatte ihn immer geliebt und würde ihn immer lieben. In meiner Vorstellung war er zu einer Idealgestalt geworden und das blieb er auch jetzt.

Er erzählte uns viel von seinem Leben in Virginia. Er war einer Plantage zugeteilt worden und hatte versucht, sein Heimweh durch harte Arbeit zu überwinden. Bald schätzte ihn der Plantagenbesitzer als wertvolle Arbeitskraft, zog ihn zu verantwortungsvolleren Aufgaben heran und behandelte ihn schließlich wie ein Familienmitglied. Er wohnte sogar im Herrenhaus.

»Aber du hast nie geheiratet?«, fragte Sabrina.

»Nein … obwohl die Tochter des Hauses eine Witwe mit einem kleinen Sohn war. Sie erinnerte mich an dich, Clarissa. Als ihr Vater starb, übernahm ich die Leitung der Plantage. Wir hätten heiraten können … aber ich träumte immer nur davon, einmal heimzukehren.«

In dieser Zeit blickte ich oft in den Spiegel, um zu sehen, ob ich noch etwas von dem jungen Mädchen an mir hatte, das ich einmal gewesen war. Ich war beträchtlich älter geworden, aber das galt auch für ihn. Wir waren beide reife

Menschen ... vielleicht ein Grund mehr, einander zu verstehen.

Ich dachte: Er wird mich um meine Hand bitten und das ist dann das glückliche Ende unserer Geschichte. Wie im Märchen, »und wenn sie nicht gestorben sind, leben sie heute noch«.

Dickon war sehr viel mit Sabrina und mir beisammen und wir ritten auch oft gemeinsam aus. Er erzählte uns, dass er nach dem Ende seiner Verbannungszeit noch auf der Plantage geblieben war, bis der Sohn der Witwe alt genug war, um selbst die Leitung zu übernehmen. Außerdem hatte er sich vergewissern müssen, was aus dem Familienbesitz geworden war. Er hatte erfahren, dass ein entfernter Verwandter während seiner Abwesenheit seine Güter verwaltet hatte, sodass er jetzt ein wohlhabender Mann war.

Sabrina veränderte sich in dieser Zeit, sie sah jünger aus, und ihre Wangen bekamen wieder Farbe. Ich hätte es merken müssen, es war zu offensichtlich. Aber ich war so in meine Traumwelt eingesponnen, dass ich die Tatsachen erst zur Kenntnis nahm, als ich mit ihnen konfrontiert wurde.

Sabrina und Dickon waren von einem Spaziergang zurückgekommen, als ich gerade die Treppe in die Halle hinuntergehen wollte. Ich hörte Sabrina sagen: »Ach, Dickon, was sollen wir nur tun?«

Er antwortete: »Clarissa wird es verstehen.«

»Das glaube ich nicht. Sie hat dich all die Jahre über nicht vergessen. Sie hat auf dich gewartet; sie liebt dich, Dickon, genau wie vor dreißig Jahren.«

»Auch ich liebe sie und werde sie immer lieben. Aber dich liebe ich anders, Sabrina. Clarissa ist eine Erinnerung aus der Vergangenheit, während du die Gegenwart verkörperst, du meine allerschönste Sabrina.«

Ich ging leise in mein Zimmer zurück.

Närrin! dachte ich. Hast du es nicht kommen sehen? Du bist eine alte Frau und er hat von einer jungen geträumt. Er kehrte zurück und Sabrina war die Erfüllung seines Traums.

Sie verbargen ihre Gefühle tapfer, aber sie konnten mich nicht täuschen ... vielleicht, weil ich davon wusste. Für mich war es eine schwere Zeit, denn ich hatte so lange auf Dickon gewartet, ihn so oft in meinen Träumen umarmt. Manchmal glaubte ich, dass ich nicht auf ihn verzichten konnte, dass ich es nicht aushalten würde, ihn und Sabrina als Ehepaar zu sehen. Aber dann siegte die Vernunft über mein Gefühl. Ich wollte weder Dickon noch Sabrina verlieren und um das zu erreichen, gab es nur einen einzigen Weg.

Ich bat Sabrina, zu mir zu kommen, weil ich mit ihr über Dickon sprechen wollte. Sie war offensichtlich beunruhigt, deshalb spannte ich sie nicht lange auf die Folter.

»Du weißt ja, Sabrina«, sagte ich, »dass ich immer an Dickon gedacht und von ihm geträumt habe. Aber leider sieht die Wirklichkeit meist anders aus als die Träume. Man kann nicht einfach dort anknüpfen, wo man vor so vielen Jahren aufgehört hat.«

Sie sah mich ungläubig an.

»Meinst du ... Willst du damit sagen, dass deine Gefühle für ihn nicht mehr die gleichen sind?«

Ich konnte ihr nicht in die Augen sehen, sonst wäre mir wahrscheinlich die Lüge nicht über die Lippen gekommen.

»Ich habe ihn gern. Er ist ein großartiger Mensch ... aber ich bin an meine Freiheit gewöhnt. Ich möchte weiterhin meine eigene Herrin bleiben.«

»Ich verstehe dich, Clarissa.«

»Das habe ich mir gedacht. Aber wie kann ich ihm ...«

»Auch er wird dich verstehen, davon bin ich überzeugt.«

Sie konnte es offensichtlich nicht mehr erwarten, zu ihm zu eilen, ihm von der wunderbaren Entwicklung der Dinge zu erzählen. Deshalb stand ich auf. Sie warf sich mir an den Hals.

»Ich liebe dich so sehr, Clarissa.«

Wie glücklich die beiden waren! Sabrina hatte alle ihre Kindheitsängste abgeworfen und gab sich ganz ihrem Gefühl hin. Dickon betete sie an, machte sich aber ein bisschen Sorgen, weil er um dreizehn Jahre älter war als sie.

»Was spielt das Alter für eine Rolle?«, fragte ich. »Ihr passt wunderbar zueinander.«

Die beiden waren mir beinahe dankbar, weil ich Dickon nicht heiraten wollte, und ich lächelte strahlend, wann immer die Rede auf ihre Hochzeit kam. Es fiel mir keineswegs leicht und ich war stolz auf meine Haltung. Nur wenn ich allein im Schlafzimmer lag, ließ ich die Maske fallen und weinte in der Dunkelheit der Nacht manchmal heimlich.

Das war das Ende meines Traumes!

Sabrina und Dickon wurden in aller Stille in der Dorfkirche getraut und reisten sofort danach in den Norden.

Im Juli dieses Jahres landete Charles Edward Stuart mit einem kleinen Gefolge und ein paar hundert Landsknechten auf einer der kleinen Inseln vor Schottland; außerdem hatte er das Geld bei sich, das ihm der König von Frankreich geliehen hatte. Er wollte unseren König, Georg den Zweiten, absetzen und selbst den Thron besteigen. Es war genau wie vor dreißig Jahren.

Überall wurde von nichts anderem gesprochen; auf den Kopf des Usurpators wurde ein Preis ausgesetzt. In Schottland nannte man ihn nur Bonnie Prince Charles, weil er so jung war und so gut aussah.

Die Leute nahmen den Aufstand jedoch nicht sehr ernst. Die meisten erinnerten sich an die Abfuhr, die sich der

Vater des Prinzen in Schottland geholt hatte. Was waren schon die Hochländer, die den Prinzen unterstützten, im Vergleich zu der gut ausgebildeten englischen Armee?

Deshalb herrschte allgemeine Bestürzung, als Charles Sir John Cope bei Prestonpans schlug, nach Süden marschierte und sogar Derby erreichte. Wahrscheinlich hätte der Prinz London einnehmen können, wenn er sich nicht entschlossen hätte, in den Norden zurückzukehren und dort die entscheidende Schlacht zu schlagen.

Dann bekam ich einen Brief von Sabrina.

»Ich habe ihn an das erinnert, was er schon einmal erlebt hat. Aber er sagt, dass ein Mann für das kämpfen muss, was er für richtig hält und dass der Thron den Stuarts gehört. Er ist jetzt bei den Hochländern und ich bin verzweifelt und voll Angst. Ich bin ganz allein hier im Norden und spiele manchmal mit dem Gedanken, zu dir zu kommen. Aber ich muss hierbleiben und warten, bis er zurückkehrt.«

Das war die einzige Nachricht, die ich von ihr erhielt. Im April hörte ich von der schrecklichen Schlacht bei Culloden und wartete verzweifelt auf einen Brief. Aber nichts kam. Die Menschen sprachen von den Grausamkeiten, die der englische General Cumberland verübt hatte, und ich konnte nicht zuhören, weil ich immerzu an Dickon denken musste. Ich schrieb an Sabrina und flehte sie an, mir doch wenigstens ein paar kurze Zeilen zu schicken, aber ich bekam keine Antwort von ihr.

Inzwischen war der Mai gekommen und die Natur stand in voller Blüte. Ich war blind gegen die Schönheit um mich, weil meine Seele voller Angst war.

Mitte des Monats kam sie. Sie betrat das Haus wie eine Schlafwandlerin; ihr Gesicht war blass und traurig und ich begriff. Ich breitete die Arme aus und sie warf sich hinein. Wir hielten einander lange wortlos umschlungen; dann fragte ich: »Dickon ... ist er ...?«

Sie nickte. »Er ist an den Verletzungen gestorben, die er in der Schlacht von Culloden erlitten hat.«

»O Sabrina …«

Sie konnte nicht reden und ich hielt sie schweigend in den Armen, bis ihre Tränen langsam versiegten.

Später sprachen wir miteinander. »Er wollte unbedingt in den Krieg ziehen, Clarissa. Ich versuchte, ihn zurückzuhalten, erinnerte ihn an alles, was seinerzeit geschehen war. Aber er war ein Jakobit und das konnte er nie vergessen. Ich flehte ihn an, zu bleiben, aber er konnte nicht anders. Außerdem war er davon überzeugt, dass die Stuarts diesmal siegen würden. Er sah nicht ein, dass sie gegen die englische Armee keine Chance hatten. Das Schlachten bei Culloden … o Clarissa, mir fehlen dafür die Worte.«

»Du warst dabei?«

»Ich folgte ihm, ich konnte ihn nicht im Stich lassen. Er wurde schwer verwundet, aber einige seiner Leute brachten ihn in das Bauernhaus, in dem ich auf ihn wartete. So starb er wenigstens in meinen Armen.«

»Sabrina, mein armes Kind, wie sehr musst du gelitten haben.«

»Ja, es war eine schwere Zeit. Als er starb, verwirrte sich sein Geist und er muss mich für dich gehalten haben. Jedenfalls starb er mit deinem Namen auf den Lippen.«

Unsere Tränen flossen ineinander.

Jetzt sind wir wieder beisammen, Sabrina und ich. Und gestern ließ sie den Arzt kommen, ohne mir zu sagen, weshalb. Als er sie verließ, lief ich in ihr Zimmer. Sie begrüßte mich mit strahlendem Lächeln.

»Ich habe so sehr gehofft, dass es stimmt, aber ich wollte es dir erst sagen, wenn ich ganz sicher war. Oh, Clarissa, ich bekomme ein Kind … Dickons Kind.«

Ich zitterte vor Freude, denn jetzt wusste ich, dass Dickon für uns beide weiterleben würde.